KB123905

남의×비서

남의 비서 1

2022년 12월 20일 초판 1쇄 인쇄
2022년 12월 23일 초판 1쇄 발행

지은이 이서한
발행인 김정수 강준규

기획 편집 정시연 이은정
마케팅 지원 배진경 임혜솔 송지유 장선영 김다운 조진숙

발행처 (주)로크미디어
출판등록 2003년 3월 24일
주소 서울시 마포구 마포대로 45 일진빌딩 6층
편집 문의 (02)6365-5170 **구입 문의** (02)3273-5135
홈페이지 rokmedia.blog.me
E-mail romance@rokmedia.com

ⓒ 이서한, 2022

값 10,000원

ISBN 979-11-408-0543-3 04810 (1권)
ISBN 979-11-408-0542-6 04810 (세트)

이 책의 모든 내용에 대한 편집권은 저자와의 계약에 의해
(주)로크미디어에 있으므로 무단 복제, 수정, 배포 행위를 금합니다.

작가와의 협의에 의해 인지는 생략합니다.
잘못된 책은 구입처에서 바꾸어 드립니다.

남의×비서

Person's Secretary

이서한 장편소설

1

Contnents

프롤로그

지유는 탈의실에서 옷을 갈아입고 거울 앞에 섰다. 꿀꺽, 침을 삼킨 지유가 크게 숨을 들이켰다.

'옷까지 입으니까 긴장돼.'

동그란 이마를 살짝 찡그린 지유가 거울 속의 자신을 걱정스러운 얼굴로 바라봤다.

워크숍의 메인 이벤트로 스포츠댄스라니. 그냥 평소대로 팀별 장기자랑이나 하게 할 것이지. 이천호 회장이 최근 즐겨 본다며 전 직원에게 스포츠댄스를 추게 할 줄이야.

'너무…… 야한가?'

거울 속의 자신을 보는 지유의 얼굴에 근심이 어렸다. 미니원피스 스타일의 검은색 스포츠댄스 의상이었는데 허벅지 부분이 살짝 트여 있어서 몹시 신경이 쓰였다.

'이 옷을 고를 때까지만 해도 별로 야하다는 생각을 하지 못했는데.'

그런데 막상 이걸 입고 이사님과 춤출 생각을 하니 머릿속이 아찔해졌다. 지유는 회전할 때마다 넓게 퍼지는 레이스 치마 끝을 손가락으로 꼼지락거렸다.

"에이 그만두자. 소심하게 이게 뭐니."

혼잣말로 중얼거린 지유가 마음을 다잡으며 탈의실을 나섰다.

"아, 실장님!"

복도로 나오자마자 반가움이 가득 실린 목소리가 들렸다. 돌아보니 이사실 소속 비서팀인 은주와 남식이 밝은 얼굴로 다가오고 있었다. 은주를 본 지유가 순간 멈칫거렸다.

"은주 씨 옷이…… 음, 조금 많이 화려하네요?"

강렬한 황금색 의상을 입은 은주는 화장도 만만치 않게 강렬했다. 그야말로 눈이 부실 정도였다.

사내 워크샵에 이렇게까지?

"저 실은 예전에 스포츠댄스 배웠거든요. 그것도 3년이나!"

"그래서 절 어찌나 들볶던지, 정말 힘들었습니다."

2 대 8 가르마를 하고 새하얀 드레스셔츠를 입은 남식이 썩 내키지 않는단 얼굴로 중얼거렸다.

"남들도 다 이 정도는 한다니깐? 우리 회장님 얼마나 완벽주의시냐고. 대충 하면 오히려 이사님 얼굴에 먹칠하는 거야."

"상품이 탐이 나서가 아니라?"

"물론 그것도 무척 탐이 나……아, 아니 남식 씨 날 뭘로 보고?"

발끈하던 은주가 남식의 팔을 잡아끌었다.

"어쨌든 저쪽으로 가서 한 번 더 맞춰 보자고요."
"또요?"
남식이 질색했지만 은주는 아랑곳하지 않았다.
"실장님, 파이팅 하세요! 우승은 저희 거가 되겠지만요. 후후후!"
"아, 네……."
회전력을 뽐내며 멀어지는 은주를 지유가 신기한 듯 보고 있는데 익숙한 목소리가 들렸다.
"대단한 의욕이네."
"아, 상무님."
태림그룹의 후계자이자 현재 그녀의 직속상관인 이정훈 상무가 팔에 깁스를 한 채 서 있었다. 그가 다정한 얼굴로 물었다.
"정 실장도 우승하고 싶어?"
"우승은요. 전 그냥 참여에 의미를 두고 있어요."
지유가 멋쩍게 웃으며 손사래 쳤다.
"정 실장도 그동안 연습 열심히 했잖아. 아쉽네. 내가 다치지만 않았어도 우리도 우승쯤 노려볼 만도 한데."
정훈이 진심으로 아쉽다는 얼굴로 말했다.
"정말 괜찮아요. 상무님."
맑게 웃어 보이는 지유를 정훈이 가만히 내려다봤다.
"……내가 아쉬워서 그래."
"네?"
중얼거리듯 작게 흘린 말을 못 알아들은 지유가 눈을 동그랗게 떴다. 그러자 정훈이 곧 웃어 보였다.

"아니야. 어쨌든 오늘 열심히 해. 나도 열심히 응원할 테니까."

"네. 열심히 할게요."

다시 생긋 웃어 보인 지유가 인사하고 돌아서려 할 때였다.

"아, 정 실장. 잠깐만."

멈칫한 지유가 정훈을 다시 쳐다봤다. 한쪽 팔에 깁스를 한 그가 어깨에 걸쳐 두고 있던 재킷을 낑낑거리며 벗고 있었다.

"대기 시간이 꽤 길 거야. 그렇게만 입고 있으면 추우니 이거 걸치고 있어."

"아니에요. 전 괜찮으니 상무님 입고 계세요."

지유가 당치 않다는 듯 손을 내저었다. 하지만 정훈은 이미 그녀의 어깨에 자신의 재킷을 걸치고 있었다.

"미안하니까 이거라도 하게 해 줘."

정훈이 상냥한 얼굴로 웃어 보였다. 그런 그를 고민하는 눈으로 보고 있던 지유가 결국 마주 웃었다.

"감사합니다. 상무님."

"그래. 긴장하지 말고 잘해."

"네. 그럴게요."

대화를 마무리 지은 지유가 돌아서서 총총 걸어갔다. 그리고 그런 지유를 지켜보는 시선이 있었다.

"아, 이사님! 여기 계셨네요. 대기실 안내 못 받으셨…… 어머나! 이사님 손이……."

맞은편 복도에 서 있던 서국을 발견한 행사 진행요원이 그의 손에 들린 찌그러진 캔과 바닥에 뚝뚝 떨어지는 커피를 보고 놀랐다.

그 목소리에 서국의 시선이 진행요원에게로 잠시 옮겨 갔다가 다시 지유에게로 향했다.

"……괜찮습니다."

정훈의 커다란 재킷을 어깨에 걸치고 있는 지유의 뒷모습에 서국의 서늘한 시선이 박혀 들었다.

'……역시, 긴장돼.'

대기실에 서국과 둘만 앉아 있게 되자 지유가 또르륵 눈을 굴렸다.

그룹의 후계자가 쓴다는 이유로 특별히 따로 배정된 대기실이었다. 예정과 다르게 이정훈이 아닌 이서국과 함께 쓰게 되었지만.

힐끔.

지유가 옆에 앉아 있는 서국을 조심스레 바라봤다.

'어쩜 이 남자는 2 대 8 가르마도 저렇게 잘 어울릴까.'

아까 봤던 남식과는 비교도 되지 않을 정도로 우아한 모습이었다.

'솔직히 웬만한 남자들이 저 헤어스타일을 하면 웃음부터 나올 것 같은데 이사님은 다르네.'

마치 영국의 귀족 같은 타고난 기품이 흐르는 외모와 엄격한 분위기를 가진 그는 저 헤어스타일과 흰 드레스셔츠까지도 완벽하게 소화했다.

'아, 나도 모르게 너무 쳐다봐 버렸어.'

훔쳐보는 걸 들킬지도 모른다는 생각에 지유가 그에게서 얼른 시선을 돌렸다.

'그런데…… 아직 기분이 안 좋으신가?'

서국은 평소의 무감한 표정보다 더 굳은 듯한 얼굴이었다. 그는 가슴 위에서 팔짱을 낀 채 생각에 잠겨 있었다.

'연습할 때도 내내 냉랭하더니…….'

혹시 그날 때문?

서국에 대해 누구보다 잘 안다고 자부할 수 있는 그녀였다. 하지만 그날 그가 왜 기분이 상한 건지는 도무지 알 수 없었다.

아직까지 찬바람이 쌩쌩 부는 이유도.

지유는 냉랭한 공기에 속으로 한숨을 내쉬며 시선을 내렸다.

"……."

그때 서국의 시선이 지유에게 닿았다. 지유는 그가 쳐다보는 것도 모르고 구두 앞코를 까닥거리며 거기에만 시선을 두고 있었다.

그의 시선이 그녀의 어깨부터 몸을 감싸고 있는 커다란 재킷에 닿았다. 아까부터 느껴지는 이 향은 정훈이 늘 뿌리고 다니는 향수 향이었다. 그의 미간에 균열이 일었다.

"그거,"

똑똑.

서국이 뭔가 말을 꺼내려는데 마침 대기실 문을 노크하는 소리가 들렸다.

"네."

지유가 고개를 반짝 들며 대답했다.

문이 열리고 진행요원이 얼굴을 빼꼼 내밀었다.

"이번 팀 다음 순서니 준비해 주세요."

"알겠습니다."

지유가 대답하고는 재킷을 벗으며 일어났다. 고가의 명품일 것이 뻔할 것이므로 소파 한쪽에 재킷을 고이 접어 조심스럽게 올려놨다.

문 쪽으로 걸어간 지유가 손잡이를 잡으며 돌아봤다.

"이사님, 이제 나갈……."

어?

서국이 생각보다 너무 가까이 있었다. 그 사실에 놀라는 순간 그가 팔을 내밀어 그녀가 열던 문을 그대로 닫았다.

탁.

"……."

문이 닫히고 잠시 정적이 흘렀다. 서국이 자신의 팔과 문 사이에 지유를 가둔 채 그녀를 내려다보고 있었다.

'너무 가까운……데.'

꿀꺽.

지나치게 가까운 거리에 긴장해 버린 숨이 지유의 목구멍에 걸려 버렸다. 예상치 못한 상황을 맞이한 지유가 흔들리는 동공을 억지로 고정시켰다.

"저…… 이사님?"

서국이 웃음기 없이 내려다보며 말했다.

"앞으로 저거 입지 마세요."
직선으로 박히는 시선에 지유의 심장이 방망이질 쳐 댔다.
"저거라니, 어떤 걸 말씀하시는 거예요?"
"이정훈 거 입지 말란 말입니다."
아, 저 옷?
지유의 눈이 의아하게 끔벅거렸다.
"저건 제가 대기하는 동안 추울까 봐 상무님이 배려해 주신……."
"어떤 이유든 입지 말란 말입니다."
곧장 설명하는 지유의 말을 서국이 낮은 목소리로 막았다.
"아……."
당혹한 그녀의 입술이 뒷말을 잃은 채 붕어처럼 뻐끔댔다. 속절없이 흔들리는 눈이 서국에게 고스란히 포박당했다. 2 대 8 가르마를 타고서도 조각상처럼 잘생긴 얼굴이 가까이에서 시선을 빼앗자 머릿속에 산소가 부족해지는 기분이었다.
'흡.'
그가 고개를 앞으로 더 기울이자 지유는 본능적으로 숨을 삼켰다.
'이젠 정말 어지러워.'
희박해진 산소량으로 어질어질해지는데 서국이 그의 높은 콧날과 닿을 정도로 가까이에서 그녀에게 말했다.
"불쾌하거든요. 상당히."
"!"
귓속으로 흘러 들어오는 목소리에 지유의 심장이 쿵 떨어졌다.

똑똑.

그때 그녀의 등 뒤에서 노크 소리가 들렸다.

"이제 나오셔야 합니다."

진행요원의 목소리에 서국은 그제야 지유를 가두고 있던 팔을 내리고 그녀에게서 한 걸음 멀어졌다.

"그만 나가죠."

"아, 네. 이사님."

얼른 대답한 지유가 곧바로 돌아서서 문을 열었다. 그러고는 도망치듯 밖으로 빠져나갔다.

'대, 대체 뭐야?'

진행요원을 따라가는 지유의 머릿속은 엉망진창이었다. 방금 전 서국이 한 말 때문에 심장은 요동치고, 얼굴은 붉게 달아올랐다.

'무슨 의미로 한 말이냐고.'

궁금했지만 도저히 뒤따라오는 그를 돌아볼 자신이 없었다.

"여기에서 대기하고 계시다가 음악이 바뀌고 저 커튼이 열리면 무대로 나가시면 됩니다."

"네."

고개를 끄덕이며 대답은 하고 있었지만 지유는 어떤 말도 머릿속에 들어오지 않았다.

'어떡해. 옆을 못 쳐다보겠어.'

자신의 옆에 서국이 서 있다는 걸 알았지만 도저히 볼 수가 없었다.

그때 밖에서 박수와 환호 소리가 들렸다. 곧 커튼이 열리고 앞 팀이 안쪽으로 들어왔다. 커튼이 열린 순간 슬쩍 보인 바깥 객석에는 사람들이 가득 차 있었다. 그걸 본 순간 정신이 번쩍 들었다.

'안 돼. 이래선 상무실 무대를 망쳐. 정신 차리자, 정신!'

지유가 억지로 정신을 다잡으려는데 문득 서국의 커다란 손이 허리에 닿았다.

'꺅!'

저도 모르게 놀란 지유가 소리 지를 뻔한 입을 제 손으로 재빨리 막았다. 그때 귓가에 서국의 낮은 목소리가 들려왔다.

"준비 자세 잊었습니까?"

"아…… 죄송합니다!"

얼른 대답한 지유가 한쪽 손을 그의 팔에 걸치고 다른 손을 옆으로 뻗었다.

준비 자세를 취하고 있었지만 제 허리에 닿은 서국의 커다란 손의 감촉에 신경이 쏠렸다. 얇은 의상 때문인지 그의 손바닥 체온까지 고스란히 느껴졌다. 단단한 힘까지도.

'의상이 바뀌어서 그런가? 연습 때랑 같은 자센데 뭔가 다른 것 같……'

촤악-

커튼이 열리고 환한 조명이 그들을 비췄다. 정신을 다잡은 지유가 연습한 대로 미소를 지으며 서국과 함께 무대로 나갔다.

와아아-

꺄악!

서국이 등장한 것만으로 사방에서 환호성인지 비명인지 모를 소리가 터져 나왔다.

"우와, 이서국 이사님도 참여했어?"

"이런 데 참여하시는 건 처음이지 않아?"

"쉿, 일단 조용히!"

지유는 전 직원의 웅성거림을 피부로 느끼며 맞춘 대로 나란히 서서 서국의 어깨에 팔을 올렸다.

'실수하면 어쩌지?'

사람들의 기대가 느껴져 더 잘해야 한다는 부담감이 엄습했다. 그때 문득 그의 얼굴이 시야에 들어왔다.

'……어?'

그는 연습 때와 다르게 집어삼킬 듯한 강렬한 시선으로 자신을 응시하고 있었다. 그런 그를 보자 지유의 입술이 절로 벌어졌다.

객석도 흥분 상태였다.

"표정 봐 봐, 완전 멋있어!"

"어떡해!"

여직원들의 꺅꺅거리는 소리가 음악 소리를 넘어설 정도였다. 의아한 건 지유도 마찬가지였다.

'이사님이 이렇게 연기력이 좋았나?'

지유도 놀란 얼굴로 보고 있는데 전주 부분이 끝나고 본격적인 음악이 시작됐다.

'그, 근데 왜 이렇게 잘해?'

연습 때는 동선과 자세만 맞춰 보는 거라 대충했는데, 정작 실전이 되자 서국은 완벽하게 지유를 리드했다. 긴 팔로 강하게 끌어당겼다가 놔줄 때마다 지유도 정신없이 동작을 맞추며 따라갔다.
정확한 동작으로 움직이는 서국의 손길이 몸에 닿을 때마다 지유의 억지로 올리고 있는 입꼬리가 파르르 떨렸다.
"긴장했습니까?"
몸이 맞붙는 동작에서 서국이 귓가에 지유만 들리도록 말했다.
"네?"
되묻던 지유는 서국의 커다란 손이 등에서 허리로 미끄러지듯 내려오자 헉, 숨을 삼켰다.
"연습 때보다 몸이 많이 경직된 것 같아서."
"아, 아니에요."
지유는 가까스로 웃음을 유지한 채 바로 다음 동작으로 넘어가며 그에게서 떨어졌다. 하지만 안심할 새도 없이 그다음 동작은 곧바로 그에게 팽글팽글 돌면서 다가서는 거였다.
"아!"
너무 세게 끌어당기는 힘에 지유가 커다란 그의 가슴에 폭 안긴 꼴이 되어 버렸다.
'어떡해! 원래 안기는 건 아니었는데!'
가까이에서 시선을 마주치게 되자 지유의 눈동자가 당황으로 크게 흔들렸다.
꺄아악!
마치 미리 짜여진 연기처럼 객석에선 난리가 났다. 서국이 바로 앞에서 지유를 열망 어린 눈빛으로 응시하자 비명의 데시벨이 빠르게 커졌다.

서국이 들어 올린 지유의 허벅지를 힘주어 꽉 잡았다.

'끼약!'

지유의 소리 없는 비명의 데시벨도 찢어질 듯 커졌다.

서국이 그녀의 허벅지를 잡은 채 고개를 가까이 숙였다.

지유가 크게 숨을 들이켰다.

'이제 라스트인 엔딩 동작만 버티면……!'

키스 연기를 펼치며 커튼이 닫히면 고조된 객석은 흥분의 도가니가 될 것이고, 자신의 심장도 분명 남아나지 않을 거라는 생각이 들었다.

'지금 이 눈빛 앞에서 어떻게 태연할 수가 있어?'

연기인 걸 아는데도 너무나 강렬했다. 지유는 어서 음악이 끝나길 기다리며 눈을 꾹 감았다.

이제 합을 맞춰 봤던 위치까지 서국의 입술이 다가올 거였다. 예상대로 키스하려는 듯 서국의 얼굴이 더 가까이 다가가자 여자 직원들의 비명 소리가 찢어질 듯 커졌다.

'빨리 끝나라, 빨리!'

지유가 눈을 질끈 감고 그렇게 생각하고 있는데 문득 서국의 목소리가 들렸다.

"흥미로운 이야기 해 줄까요?"

"……네?"

실눈을 뜬 지유가 되묻는 소리와 함께 무대가 어두워졌다. 그들과 무대 사이에 커튼이 쳐졌다.

차락.

그리고 그 순간, 서국의 입술이 벌어지더니 지유의 도톰한 아랫입술을 깨물어 당겼다.

"!"

지유의 눈이 확 커지는데 그의 입술이 곧바로 떨어졌다. 당황한 그녀의 얼굴을 서국이 강렬하게 응시했다.

"나 그날 안 자고 있었습니다."

……뭐?

지유의 눈이 커다랗게 흔들렸다.

"깨어 있었다고. 당신이 내 집무실에 들어왔을 때."

흔들리는 그녀의 시선을 휘어 감으며 말한 그가 지유를 놔주고 몸을 돌렸다. 그러고는 먼저 안쪽으로 걸어가기 시작했다.

와아아아아—

커튼 밖의 함성 소리와 박수 소리는 귀가 먹먹할 정도로 컸지만, 지유의 귓속엔 방금 서국이 한 말만 맴돌았다.

'나 그날 안 자고 있었어.'

"말도 안……!"

두 손으로 제 입술을 가린 지유의 얼굴이 새빨개졌다.

01

언제나처럼 단정하게 머리를 묶고 짙은 컬러의 깔끔한 재킷과 검은색 슬랙스를 받쳐 입은 지유가 이사실 문을 열고 들어가 비서실로 향했다. 각진 금테 안경이 그녀의 동그란 얼굴에서 풍기는 앳된 분위기를 눌러 줬다.

"실장님 생일 축하드려요!"

비서실에 들어서자마자 커다란 목소리와 함께 지유의 눈앞에 생일 케이크가 들어왔다. 잠시 놀라 눈을 동그랗게 떴던 지유의 얼굴에 곧 환한 웃음이 걸렸다.

"매년 챙겨 주다니 너무 감동이네. 다들 고마워요."

"실장님 생일인데 당연하죠. 자, 후- 하세요."

"음, 이건 좀 부끄러운데."

지유가 작은 코끝을 만지작거리며 멋쩍어하자 비서들이 어서 초를 불라고 성화였다. 결국 매년 이 초를 불어야 했음을 인식하고 있는 지유가 어쩔 수 없이 입바람을 불었다.

후~

짝짝짝!

초가 꺼지자 동시에 비서들이 기다렸다는 듯 박수를 쳐 댔다.

"축하드려요!"

"고마워요."

지유가 작게 미소 지었다.

그때 사무실로 서국이 들어섰다. 모여 있던 비서들과 지유의 시선이 그에게 향했다.

훤칠한 신장에 날렵한 핏의 슈트를 차려입은 서국은 완벽남 그 자체였다. 시크한 듯 보이는 무감한 표정이 그의 수려한 외모와 어우러져 쉽게 다가갈 수 없는 분위기를 냈다.

사무실에 들어서던 그가 케이크에서 시선을 멈췄다.

"안녕하세요. 이사님."

비서들이 인사하는 동안에도 눈을 가늘이고 생일 케이크를 보고 있던 서국이 입을 열었다.

"오늘 누구 생일입니까?"

"네? 아, 그게……."

지유를 제외한 나머지 비서들이 서로 눈치를 보듯 난처하게 시선을 교환했다.

"오늘 실장님 생일이라서요."

케이크를 들고 있던 비서팀의 유일한 남직원 남식이 말했다.

서국의 시선이 천천히 지유에게 향했다.

"오늘이었습니까?"

"네."

지유가 연한 미소를 띠고 대답했다.

"그랬군요. 생일 축하해요."

무감에 가까운 담백한 인사에 지유가 입술 끝을 둥글게 휘어 올렸다.

"감사합니다. 이사님."

서국이 집무실로 향하자 지유가 서둘러 자신의 자리에 가방을 내려놓으며 말했다.

"다들 축하해 줘서 고마워요! 케이크는 잘라서 먼저 먹고 있어요."

"실장님 건 자리에 둘게요."

"고마워요."

업무 브리핑을 위해 태블릿피시를 챙긴 지유가 얼른 서국을 뒤따라 집무실로 들어갔다.

두 사람이 안쪽의 집무실로 사라지자 은주가 눈썹을 잔뜩 모았다.

"어떻게 이사님은 8년을 같이 일한 비서실장 생일을 매년 물어보실 수가 있어? 그 좋은 머리로."

"원래 일 외엔 무관심한 분이긴 하잖아요."

"그래도 나라면 너무 서운할 거 같아. 아무리 잘난 남자라고 해도 본인을 10년 가까이 보좌하고 있는 사람에게 일말의 관심도 없다는 거잖아."

은주가 진심으로 서운한 표정을 짓자 나머지 비서들도 고개를 끄덕였다.

"솔직히 그건 그래."

"이런 일이 매년 똑같이 반복되는데도 기억 못 한다는 건 그냥 자기 머리에 둘 필요가 없다는 거지."

"맞아요. 서운하지."

"국내 굴지의 재벌가의 차남, 거기다 무슨 연예인 저리 가라 할 정도로 몸도 좋고 얼굴도 잘생긴 남자면 뭐 하냐고, 사람이 저렇게 인정머리가 없는데."

"……."

매년 반복해서 보는 장면에 실망했기 때문인지 다들 표정에 착잡함이 흘렀다.

"에휴, 일단 케이크나 잘라 두자. 실장님 좋아하시는 건데."

"그래요."

침묵을 깨고 선희가 말하자 효린이 따라서 탕비실로 들어갔다.

집무실로 들어온 지유는 넓은 공간을 가로질러 걸어가는 서국을 따라갔다. 그가 햇빛이 쏟아져 들어오는 통유리 창 앞에 배치된 책상 위에 브리프케이스를 내려놓고 재킷을 벗어 옷걸이에 걸칠 때까지 그녀는 익숙하게 기다렸다. 출근 때마다 정해진 루틴대로 의자에 앉은 뒤 안경을 꺼내 책상 위에 올려놓을 때까지 가만히 기다린 지유가 입을 열었다.

"오늘 오후에 평택 신규 산업단지를 돌아보실 예정이라, 오전 중으로 제가 올려 둔 파일을 확인하시고 결재해 주셔야 합니다."

"오찬은 어딥니까?"

서국이 기다란 손가락으로 노트북을 켜며 물었다.

"정오에 금오생명 최용우 사장님과 잡혀 있습니다. 장소는 삼성동 한성담입니다."

"알겠습니다. 나가 봐요."

서국이 노트북에 시선을 두고 말하자 지유가 고개를 숙여 인사 후 집무실을 나왔다.

탁.

문을 닫은 지유가 그 자리에 잠시 서 있었다. 그녀의 입가에 씁쓸한 미소가 엷게 맺혔다.

'오늘도네.'

그는 인식 못 하고 있겠지만, 그녀가 집무실에 들어선 이후부터 그와 한 번도 시선이 마주치지 않았다. 그것 역시 이서국의 루틴이었다. 8년이나 함께하다 보니 일상이 되어 버린 스케줄 브리핑이나 업무 보고는 굳이 하던 일을 멈추지 않고 해도 충분히 머릿속에 입력할 수 있기 때문일 거였다.

'그래서 굳이 시선을 마주칠 필요를 못 느끼는 것일 테고.'

물론 지유 역시 익숙해진 일이긴 했다.

그러다 보니 매일 한 번쯤은 자신을 보나 안 보나 확인하게 되는 습관이 생겨 버렸다. 거기에 서운하다는 건 아닌데, 그래도 뭔가…….

"일해야지. 일."

하던 생각을 멈춘 지유는 종종걸음으로 비서실의 자기 자리로 돌아왔다. 책상 위에는 그녀가 좋아하는 홍차 케이크 한 조각과 달콤한 커피, 그리고 옆에 작은 선물이 놓여 있었다. 그걸 본 지유의 얼굴에 금세 웃음이 어렸다.

"선물 고마워요."

비서팀 직원들을 둘러보며 밝게 말한 지유가 자리에 앉아 포크로 홍차 케이크를 듬뿍 떠서 한 입 먹었다.

"음, 맛있다."

입안에서 사르르 녹는 달콤한 맛에 가슴속에 맺힌 작은 서운함도 함께 녹아내리는 기분이었다.

드르륵.

책상 위에 올려놓은 지유의 휴대폰이 진동했다.

"어?"

포크를 입에 물고 있던 지유가 액정을 보더니 얼른 일어났다. 휴대폰을 들고 빠르게 회의실로 들어온 지유가 전화를 받았다.

"네. 저예요."

– 우리 지유, 생일 축하한다!

동수의 밝은 목소리를 듣자 지유의 얼굴에 웃음이 맺혔다.

"고마워요. 아빠."

– 생일에 같이 보낼 친구는 있는 거야?

"당연하죠. 회사 동료들 많아요."

– 그래. 아빠가 용돈 빠방하게 보냈으니까 맛있는 거 크게 한턱 쏴.

"어휴, 아빠 용돈이나 하시지. 맨날……."

지유가 살짝 눈썹을 찡그리는데 호탕한 웃음소리가 들려왔다.

– 이 재미로 비자금 모으는 거 아니냐. 아직 사귀는 남자는 없고?

"남자는 무슨? 일도 이렇게 바쁜데."

지유가 입술을 삐죽거리며 말했다.

– 빨리 애인 만들어서 아빠 소개시켜 주러 와. 왕복 항공권이랑 다 해줄 테니까 비용은 걱정 말고.

“나 이제 돈 잘 벌거든요? 언제까지 어린앤 줄 알고.”

지유가 핀잔주듯 하는 소리에 다시 웃음소리가 들렸다. 지유의 입술에도 잔잔한 미소가 걸렸다. 언제나 마음을 안정시켜 주는 다정한 웃음소리. 비록 거리는 떨어져 있지만 이 웃음이 그녀의 마음을 따뜻하게 보듬어 주곤 했다.

– 시간이 아무리 지나도 넌 나한테는 항상 꼬맹이야. 녀석. 어쨌든 빨리 스윗한 애인 만들어서 아빠한테 구경 좀 시켜 주고. 알았지?

“네. 최대한 노력해 볼게요!”

– 너도 맨날 그 소리. 그래, 아픈 덴 없고?

“건강해요. 아빠도 건강하시죠?”

– 건강 빼면 시체 아니냐. 하하. 그럼 또 통화하자. 우리 꼬맹이, 최고로 행복한 생일 보내라!

“네. 고마워요.”

뚝.

“…….”

전화를 끊은 지유가 휴대폰을 잠시 바라봤다. 그녀의 아버지 정동수는 비록 먼 미국에서 지내고 있어도, 마음만은 여전히 지유 곁에 있는 든든한 아군이자 정신적 지주였다. 오랜만의 통화에 그녀의 얼굴에 에너지가 더 차올랐다.

“좋아! 힘내서 일하자!”

주먹을 가볍게 쥐어 보인 지유가 힘차게 회의실을 나섰다.

◆ ◇ ◆

신 산업단지의 제 1, 2공장을 둘러보고 돌아오는 차 안에 지유와 서국이 앉아 있었다. 지유는 운전비서인 상현과 함께 앞자리에 앉아 있고 서국은 뒷좌석에서 익숙하게 태블릿피시를 보는 중이었다.

룸미러를 통해 지유가 서국을 힐금거렸다. 장거리 외근 일정까지 겹쳐졌는데도 그의 모습은 아침 출근 때와 똑같이 한 치의 흐트러짐도 없었다. 자신에게나 타인에게나 엄격한 그의 성정을 대변하듯, 지난 8년 동안 서국은 단 한 번 흐트러진 모습을 보인 적이 없었다.

술을 마시고 주사를 부린 적도 없었고 비서들에게 감정적으로 짜증을 부린 적도 없었다. 사생활 역시 지유가 아는 한 대체 무슨 재미로 세상을 사는 걸까 싶을 정도로 무미건조했다.

일 외엔 운동, 운동 외엔 일.

그게 한국을 움직이는 재벌 3세 이서국의 교과서적인 루틴이었다.

'초반엔 정말 뒤로는 뭔가 음험하고 비밀스러운 사생활을 가진 남자일 거라고 생각했었는데.'

워커홀릭일 정도로 일에만 몰두하면서 그 외에 자신을 위한 시간도 전부 운동에 쓰다니.

지유가 비서로서 처음 함께 일했던 그의 형 이정훈도 성실한 타입이긴 했지만 이서국만 하진 않았다. 적어도 정훈은 여자는 꽤 만나고 다녔으니까. 하지만 그 역시 그 외 다른 사생활은 깨끗했기에 재벌계에선 그리 일반적인 남자는 아니다.

'그런데 정말 이사님은 천연기념물 수준의 남자란 말이지.'

속으로 지유가 그렇게 중얼거리는 동안 어느새 회사에 도착했다.

끼익.

차가 멈추자 지유는 빠르게 벨트를 풀며 말했다.

"이사님은 바로 퇴근하시는 거죠? 태워 주셔서 감사합니다."

"정 실장."

지유가 차 문 손잡이를 잡고 막 당기려는 찰나에 서국의 목소리가 들렸다.

"네?"

돌아보는 지유의 눈앞에 익숙한 브랜드의 쇼핑백이 보였다.

"오늘 생일인데 미리 준비 못 해서 미안합니다. 축하해요."

"아, 감사합니다. 이사님."

지유가 쇼핑백을 받아 들고는 단정히 고개를 숙였다. 그녀가 차 문을 열고 내리자 육중한 세단이 다시 출발했다.

"……."

멀어지는 차의 뒷모습을 가만히 보고 있던 지유가 들고 있던 쇼핑백으로 시선을 돌렸다. 묘한 표정으로 잠시 쇼핑백을 응시하던 그녀가 몸을 돌려 회사 안으로 들어갔다.

◆ ◇ ◆

야근을 마치고 집으로 돌아온 지유는 따끈한 물에 샤워를 하고 나왔다. 화장을 지우고 헐렁한 캐릭터 티셔츠를 입고 있는 지유는 회사에서의 모습보다 훨씬 어려 보였다.

원체 동안인 탓에 회사에선 신경 써서 복장을 갖춰 입고 있었다. 미국 지사에서 비서직을 처음 맡았을 때는 지금보다는 훨씬 캐주얼한 차림으로 일했었다. 정훈이 자유로운 분위기를 추구했기 때문이었다. 그런데 한국 본사로 들어오게 되니 이곳은 전혀 달랐다.

'지유 씨처럼 동안에다 실제 나이까지 어린 사람은 미국에서는 어떨지 몰라도 여기에선 무시당하기 딱 좋은 타깃이 돼.'

당시 비서팀 실장인 박애경 실장의 조언이었다. 그 조언대로 어려 보이는 얼굴은 사회생활에 결코 장점이 될 수 없다는 걸 지유는 몇 달 만에 깨달았다. 억울한 일을 몇 차례 겪은 뒤로 그녀는 최대한 고지식한 차림새를 갖춰 나갔다.

"하아. 개운해."

지유는 방금 샤워를 마쳐 반들반들해진 얼굴로 테이블 위에 올려 뒀던 쇼핑백을 바라봤다. 사실 열지 않아도 선물이 뭔지 알았다.

값비싼 향수 브랜드의 핸드크림.

시선을 장식장으로 돌린 그녀의 눈앞에 똑같은 핸드크림 네 개가 쪼로록 줄지어 있었다.

"……."

서국의 비서가 된 지 1년쯤 됐을 때 나눴던 대화가 머릿속에 떠올랐다.

'정 실장. 질문 하나 해도 됩니까?'

'네. 이사님.'

'여성일 경우에 예의에 어긋나지 않게 적당히 할 수 있는 선물이 어떤 게 있습니까?'

'어디 선물하실 일이 있으세요?'

'업무상으로 가끔 그런 일이 생기는데 그쪽은 전혀 아는 게 없어서 말입니다.'

'음, 그러니까 사적인 호감이 전혀 없는 상태에서 상대방이 기분 나빠 하지 않고 무난하게 생각할 만한 선물 말씀하시는 거죠?'

'정확합니다.'

"……그렇다고 해서 매년 똑같은 걸 선물하면 기분 나쁘다고 덧붙여 줄 걸 그랬나."

지유가 작게 한숨을 내쉬었다. 3년 차가 됐을 때 지금의 비서팀이 꾸려지고 그때부터 팀원들의 생일 축하를 받았다. 처음 생일 축하를 받았을 때도 서국은 의아한 얼굴로 누구의 생일인지를 물었고 퇴근 무렵 몰라서 미안하다며 이 핸드크림을 건넸다.

"이사님은 그때 그 조언을 해 준 게 나라는 걸 잊고 있는 걸까?"

아니면 설사 기억하더라도 아무래도 상관이 없어서 그런 걸지도.

지유는 다섯 개째의 똑같은 핸드크림을 옆에 세워 놓고는 멍하니 바라봤다. 어쩜 그리 한결같은지, 자신이 예를 들어 말했던 명품 향수 브랜드의 같은 제품을 아직도 똑같이 사고 있었다.

그래서일까? 가격이 너무 비싸서 평소 엄두도 못 냈던 핸드크림이지만, 이상하게 쓰고 싶은 생각은 들지 않았다.

"솔직히 내가 사용하든 말든 준 다음엔 신경도 쓰지 않을 사람이라 그런가."

지유의 표정이 어두워졌다.

"사적인 호감이 전혀 없는 상태에서 상대방이 기분 나빠 하지 않고 무난하게 생각할 만한 선물……."

작게 중얼거리던 지유의 미간이 찡그려졌다.

"내가 한 말에 내가 매년 상처받을 줄이야. 그땐 어떻게 알았겠어."

게다가 저 지독히 좋은 머리에 자신의 생일은 기억되지 않고 있단 사실에도 매년 상처받게 될 줄은.

"저렇게 무심의 극치인 남자인데 나는 왜 아직도……."

더 말하면 더 속상할 거 같아 지유가 입을 꾸욱 다물었다.

"에잇, 생일날까지 야근한 것도 슬픈데 빨리 머리나 말리고 치킨 시켜야지."

누가 듣는 것도 아닌데 괜히 큰 소리로 말한 지유가 덜 마른 머리칼을 수건으로 씩씩하게 털어 냈다.

◆ ◇ ◆

다음 날 아침, 지유가 출근하길 기다렸다는 듯 선희가 빠르게 다가왔다.

"실장님 어제 생일인데 야근하셨어요?"

선희가 걱정 가득한 얼굴로 묻자 지유는 속으로 아차 싶었다.

"아, 신경 쓰지 말아요. 친구가 좀 늦게 나온다고 해서 시간 맞추느라 더 하고 간 거니까."

선희의 어두웠던 얼굴이 조금 환해졌다.

"아…… 그런 거였어요?"

"그럼요."

확인하듯 묻는 말에 지유가 곧장 대답했다. 설마 집에서 혼자 치킨이나 시켜 먹었겠냐는 얼굴로 활짝 웃어 보이자 선희는 그제야 안심한 듯 자리로 돌아갔다. 지유는 선희를 힐금거리며 책상 앞에 앉았다.

'직원들이 신경 쓸 줄 알았더라면 그냥 일찍 들어갈걸.'

생일이지만 어차피 약속도 없어서 일이라도 할 생각으로 야근했던 거였는데. 다음부터는 좀 더 신경 써야겠어.

지유가 그렇게 생각하며 오늘 일정을 점검하는데 서국이 출근했다.

"안녕하세요. 이사님."

직원들의 인사를 받으며 들어서는 서국은 특유의 무감한 얼굴로 집무실로 향했다. 빼어난 외모와 슈트핏을 갖추고도 타인에게는 일말의 관심도 없는 듯한 시니컬한 눈빛은 이지적인 눈매와 합쳐져 이서국만의 특유의 분위기를 만들었다. 누구도 꺾지 못한 수려한 남자를 탐내는 여자들은 회사에선 말할 것도 없고, 재계에서도 넘쳐났다. 아직 누구도 그의 관심을 끄는 데 성공하진 못했지만.

'뒷모습까지 저렇게 완벽할 건 뭐람. 아, 내가 뭐 하는 거야?'

서국을 따라 집무실로 들어간 지유가 그의 뒷모습을 저도 모르게 홀린 듯 보고 있다가 퍼뜩 정신을 차렸다.

"오늘 일정 브리핑하겠습니다."

태블릿피시를 들어 올리며 지유가 말하는데 서국이 입을 열었다.

"금요일 오후 일정은 비워 주셔야 할 것 같습니다."

"금요일 오후 말씀입니까?"

평소 이런 급작스러운 스케줄 변경 요청은 거의 없는 터라 지유가 그를 의아한 눈빛으로 바라봤다. 그는 그녀에게는 일말의 시선도 주지 않은 채 평소 루틴대로 책상 앞에 앉아 노트북을 켜고 있었다.

"네. 갑자기 선 자리가 잡혀서."

"……선이요?"

노트북 화면에 향해 있던 서국의 무감한 눈동자가 지유에게 향했다.

아, 이런.

자신도 모르게 개인적인 일을 되묻고 말았다는 생각에 지유가 얼른 태블릿피시로 시선을 내렸다.

"몇 시 이후로 비워 두면 될까요?"

"3시 이후로 비워 두시면 될 것 같습니다."

"그럼 그렇게 조정하겠습니다. 10시에 있을 임원회의 때 필요한 자료를 뽑아 왔으니 한번 읽어 두시면 좋을 것 같아요."

서류를 책상 위에 조심스럽게 올려 둔 지유가 돌아서서 밖으로 나왔다.

탁.

닫힌 집무실 문 앞에 선 지유가 작게 숨을 들이켰다.

'뭘 놀래선.'

어차피 이 세계에서 정략결혼은 흔한 일이었다. 서로 얻는 것이 뚜렷한 관계에 있는 기업끼리 이득을 도모하기 위해 혼인만큼 좋은 명분의 결합도 없기 때문이다. 여태 그런 일이 없었을 뿐이지 이서국에게도 당연한 절차인 거였다.

'그런데 난 왜…….'

지유의 얼굴이 어두워졌다. 저 세계에서 당연한 일이라고 해도 방금 들은 말은 내심 충격이었다. 지금까지는 이서국이 여자에게 관심이 없었기 때문에 마냥 먼 훗날의 일이라고만 생각해 왔기 때문일까?

"이러고 있을 때가 아니야. 일단 스케줄 변경부터 해야지."

지유가 복잡한 마음을 털어 내며 빠른 걸음으로 비서실로 돌아갔다.

회의 시간에 맞춰 회의 자료를 들고 서국과 엘리베이터 쪽으로 향하던 지유가 물었다.

"자료는 살펴보셨어요?"

"대강 훑어봤습니다. 정리가 잘 되어 있어 읽기 편하더군요."

"다행이네요."

시간에 쫓기는 서국을 위해 신경 써서 만든 것이었는데, 그의 말에 보람을 느낀 지유가 미소 지었다.

"아."

그때 그녀가 들고 있는 파일에서 프린트된 서류 하나가 바닥으로 떨어졌다. 지유가 무릎을 굽혀 얼른 서류를 집어 올렸다.

"이게 왜 떨어졌……."

멋쩍게 웃으며 일어선 지유의 앞에는 아무도 없었다. 서국은 이미 한참 앞으로 걸어간 후였다.

"……."

지유는 멀어진 서국의 뒷모습을 그 자리에 서서 바라봤다. 엘리베이터 앞에 가서야 멈춰 선 그는 그녀가 없다는 걸 그제야 깨달았는지 돌아봤다. 의아한 시선이 자신에게 닿자 지유가 얼른 서국에게 향했다.

"죄송해요. 잠시 떨어진 걸 줍느라."

"괜찮습니다."

서국은 무감한 목소리로 말하고는 열린 문 안으로 들어갔다.

하아, 하아.

지유도 뛰느라 차오른 숨을 조용히 진정시키며 그를 따라 들어갔다.

회의가 끝나고 다시 비서실로 돌아온 뒤에도 지유는 왠지 집중이 어려웠다. 자꾸만 다른 쪽으로 흩어지는 정신을 억지로 모니터로 끌어다 놓으려 애를 쓰고 있는데 누군가의 목소리가 들렸다.

"여기 정지유 씨 있습니까?"

자신의 이름을 부르는 귀에 익은 목소리에 지유가 고개를 들었다.

"본부장님?"

순간 지유의 눈이 동그래졌다. 미국에서 함께 일했던 정훈이 비서실 안으로 들어서고 있었다. 말끔한 외모를 가진 남자가 들어오자 비서실 사람들의 시선도 그에게 향했다. 화려한 로열그린 컬러의 슈트가 자연스럽게 잘 어울리는 남자였다.

정훈은 자신을 보고 놀란 얼굴로 일어서는 지유의 자리로 성큼 다가왔다.

"나 이제 본부장 아니야. 상무님이라고 불러 줘야 한다고."

정훈이 싱글거리며 어깨를 으쓱거렸다.

"이제 본사 들어오시는 거예요?"

"응. 그렇게 됐어."

"그럼 본격적으로 시작되겠네요. 축하드려요."

지유가 진심을 담아 환하게 웃었다.

"지유 씨 공도 크지. 초반에 자리 잡을 때 들어와서 고생 많았어."

"고생은요. 저도 보람됐어요."

마주 보며 부드럽게 웃고 있던 정훈의 시선이 문득 그녀의 머리 뒤로 향했다.

"이서국."

집무실에서 나온 서국에게 정훈이 유쾌하게 다가갔다. 그를 본 서국의 눈썹이 좁혀 들었다.
"말도 없이 갑자기 온 거야?"
"아버지가 불러서 회사 나왔다가 너 있나 해서 들러 봤지. 잠깐 얘기 좀 하고 가려고 하는데, 시간 괜찮지?"
서국이 짧게 시계를 확인하고 말했다.
"길게 하지 않는다면."
"시간 많이 안 뺏을 테니 걱정 마."
정훈은 친근하게 서국의 어깨에 팔을 두르며 마치 자기 집무실인 양 그를 이끌었다. 두 사람이 안으로 들어가자 직원들이 지유에게 몰려들었다.
"실장님. 저분 이번에 본사 들어오시는 상무님 맞죠? 이사님 형님 되시는."
효린이 눈을 빛내며 묻는 말에 지유가 의아한 얼굴로 마주 봤다.
"알고 있었어요?"
"그럼요. 이미 사내에 소문이 파다한데. 그런데 실장님이랑 친하세요?"
"미국에서 같이 일했거든요."
"아, 어쩐지! 두 분이 그냥 형식적으로 인사 나누는 게 아니라 정말 반가운 사람 만난 분위기였거든요."
궁금증이 풀렸다는 듯 은주가 고개를 주억거렸다.
"상무님은 승계 절차 밟으시려고 들어오신 거 맞죠?"
"아마 그럴 거예요."
미국 지사에서 일했던 것도 본사에서 직접 경영권을 승계받기 전까지의 후계자 과정이라는 걸 지유도 알고 있었다. 본사로 들어오는 순간부터가 본격적인 승계 절차의 시작이었다.

"그래도 업무 성과로 저희 이사님을 제쳐야 가능한 거 아닙니까?"

남식이 끼어들어서 견제의 시선을 던지자 선희도 동조했다.

"그건 맞죠. 이사님이 지금 몇 년 사이에 해 놓은 업적이 얼만데. 그거 이상은 보여 줘야 후계자로서 인정받을 수 있는 거 아니에요?"

지유가 잠시 생각하다가 어깨를 가볍게 으쓱였다.

"음, 글쎄요. 이사님은 후계 구도에 욕심 있는 분은 아니시라서요."

"이사님 본인이 그렇다고 해도 남들은 그렇게 생각 안 하죠. 특히 주주들은 더 그렇고."

굴러온 돌에게 쉽게 자리를 내줄 수 없다는 듯 남식은 정훈에 대한 삐딱한 심기를 드러내자, 지유가 은은하게 미소 지으며 말했다.

"일단 그건 두고 볼 일이고 이번 주 차 담당이 남식 씨였죠?"

"아차, 내 정신! 일단 들어갔다 올게요!"

비장하게 눈을 빛내고 있던 남식이 그제야 자기 역할을 깨닫고 부리나케 탕비실로 달려갔다.

"자, 우리도 일합시다!"

나머지 비서들도 각자의 자리로 돌려보낸 지유가 의자에 앉았다.

'진짜 얼마 만이야?'

급작스럽지만 반가운 만남에 그녀의 입술이 둥글게 휘어 올라갔다.

정훈은 지유가 미국에서 처음 비서직을 맡았을 때 모셨던 상사였다. 그래서 많이 배웠고 도움도 받았다. 어린 시절의 서툰 실수들을 늘 웃는 얼굴로 서글서글하게 넘어가 준 그에게 아직까지 고마움이 남아 있었다.

그때 기억이 새록새록 떠올라 지유가 작게 웃고 있는데 정훈이 집무실에서 나왔다.

"앞으로 자주 보게 될 거니 정 붙여 둬요. 나 미워하지 말고. 그럼 또 봅시다."

아까 비서실 직원들의 대화를 들은 것도 아닐 텐데 마치 들은 사람처럼 웃으며 하는 말에 비서들이 어색하게 인사했다.

"안녕히 가세요. 상무님."

자리에서 일어선 지유가 정훈을 비서실 바깥까지 따라나섰다.

"출근은 언제부터 하세요?"

엘리베이터 쪽으로 향하며 묻는 말에 그가 지유에게 걸음을 맞춰 주며 대답했다.

"날짜는 대강 잡혔는데 확정은 아니라. 하지만 최대한 빨리 시작할 거야."

"아아, 축하드려요."

"축하는 무슨. 근데 방금 서국이 녀석 말없이 왔다고 얼마나 핀잔줬는지 알아? 저 녀석 고리타분한 성격 언제 바뀔까?"

농담하는 말에 지유가 조용히 웃으며 따라가는데 문득 정훈이 갑자기 돌아봤다.
“아, 지유 씨. 어제 생일이었지?”
지유의 눈이 조금 커졌다.
“그걸 기억하고 계셨어요?”
“내가 기억력이 좀 좋잖아. 아까 지유 씨 얼굴 보고 생각난 거긴 하지만. 하하. 그나저나 선물도 준비 못 해서 어쩌지?”
“괜찮아요. 기억해 주신 것만 해도 감사한데요.”
지유가 말갛게 웃는 얼굴을 정훈이 가만히 내려다봤다.
“오랜만에 봐서 반가운데 여기선 대화도 제대로 못 할 거 같고.”
고민 어린 표정을 지은 정훈이 말을 이었다.
“생일 축하할 겸 오늘 저녁 사고 싶은데, 시간 괜찮아?”
“오늘이요?”
지유가 눈을 깜빡이며 금빛 안경테를 추켜올렸다.
“어. 혹시 선약 있어?”
“아뇨. 별일은 없어요.”
그녀의 대답에 정훈이 다행이라는 듯 웃었다.
“그럼 퇴근하고 정문 앞에서 봐. 그쪽으로 갈 테니까.”
“아, 그럼 정문에서 나와 옆으로 좀 내려가면 신호등 있는데, 거기 서 있을게요.”
그의 말에 지유가 얼른 덧붙였다. 예전 상사라지만 이사실 소속이다 보니 정문 바로 앞에서 정훈을 만나기는 아무래도 부담스러웠다. 정훈은 개의치 않는다는 듯 고개를 끄덕였다.
“그래. 그럼 이따 봐.”

얼떨결에 저녁 약속을 잡은 지유가 엘리베이터 쪽으로 향하는 정훈을 바라봤다.

"여전하시구나. 상무님은."

상무님보다는 본부장님이라는 호칭이 익숙하긴 하지만 호칭만 바뀌었을 뿐 정훈은 그때와 별다른 게 없어 보였다.

'의상 센스가 화려한 것도 똑같고.'

미국에서는 지금보다 훨씬 자유로운 복장을 추구했던 그였는데 본사에선 그래도 많이 자중하는 듯했다. 어쨌든 슈트를 차려입긴 했으니까.

"그나저나 정시 퇴근하려면 지금부터 달려야겠는데?"

손목시계를 확인한 지유가 부랴부랴 비서실로 돌아갔다.

◆ ◇ ◆

퇴근한 서국은 운전비서가 운전하는 차의 뒷좌석에 앉아 있었다. 태블릿피시에 시선을 두고 있는 서국의 귀에 문득 운전비서인 상현의 목소리가 들렸다.

"앞에 상무님 차인 것 같은데요?"

"그렇습니까."

서국은 시선을 옮기지 않고 대답했다.

"저번에 봤던 차라 기억이 납니다. 제가 차를 좀 아는데, 저 차가 흔한 차종은 아니거든요. 엄청 비싼 건데."

신호에 멈춰 선 채 눈에 확 띄는 앞의 슈퍼카를 구경하며 상현이 말했다. 서국은 그 말엔 관심 없다는 듯 여전히 태블릿피시에 시선을 두고 있었다.

"어? 누굴 태우려나 봐요. 여자분인데? 만나는 분인가?"

"……."

"가만, 저분 정 실장님 아닙니까?"

태블릿피시에 박혀 있던 서국의 시선이 멈칫하더니 천천히 들려 올라갔다. 앞차는 그의 형인 정훈의 차가 맞았고, 그 차에 지유가 올라타는 모습이 보였다.

"정 실장님 맞네요. 근데 정 실장님이 상무님과 아는 사이셨어요? 같이 차에 탈 정도면 엄청 친한 사이인 모양인데……."

"신호 바뀌었는데 출발하죠."

"아, 네."

앞차를 계속 기웃거리던 상현은 그제야 신호가 바뀐 걸 알고 차를 출발시켰다.

"……."

서국은 짙게 선팅 된 차창 밖으로 정훈의 차를 짧게 응시했다.

◆ ◇ ◆

지유는 정훈과 캐주얼 다이닝바에 마주 앉아 있었다. 적당히 가벼운 분위기라 부담스럽지 않은 장소였다. 정훈이 파스타를 익숙하게 포크로 감아올리며 지유를 바라봤다.

"그동안 잘 지냈어? 오랜만에 봤더니 그때와는 분위기가 좀 변한 것 같은데."

지유도 오일 파스타 면을 동그란 스푼 위에 돌돌 말며 대답했다.

“저도 벌써 서른이 넘었는걸요. 그때와 다르죠.”

“아, 그렇구나. 시간이 그렇게 흐르긴 했네.”

정훈이 새삼 놀랐다는 듯 고개를 끄덕였다.

“그때가 지유 씨 스물두 살이었나?”

“네. 졸업하기 전에 입사했으니까.”

대답한 지유가 완벽하게 감아올린 파스타를 흡족하게 바라봤다. 그녀가 은빛 동그란 스푼을 입에 넣고 입술을 오물거리는 모습을 정훈이 부드러운 시선으로 응시했다.

“지유 씨 본사로 이동한다는 말에 그때 나 많이 서운했던 건 알아?”

“그러셨어요?”

손과 입은 부지런히 움직이면서 지유는 눈을 둥글게 떴다. 안경 너머로 보이는 크고 동그란 눈은 어딘가 귀를 쫑긋거리는 토끼를 연상시켰다. 정중하게 차려입은 옷차림과는 조금 동떨어지게 느껴지는 그 앳된 이미지가 지유의 매력이었다.

‘본인은 전혀 모르고 있군.’

정훈은 지유와 시선을 맞춘 채 그런 생각을 했다. 지유 스스로가 자신의 그런 매력을 알고 있다면 저런 식의 어울리지도 않는 각진 안경과 옷차림으로 그 매력을 누르려 들진 않을 거였다. 하지만 한국 사회에서의 규율을 그 역시 어느 정도는 인식하고 있기에 접시로 시선을 돌리고 가벼운 어투로 말했다.

“3년이면 정이 많이 들었지. 여러 가지로.”

"저도 첫 직장이었고 상무님께서 잘 대해 주셔서 감사했어요."

"그런 식으로 유창하게 감사를 표할 줄도 알다니, 지유 씨 정말 완벽해졌는데."

정훈이 샴페인 잔을 들어 올리자 지유도 웃으며 자신의 잔을 가볍게 부딪쳤다. 샴페인을 한 모금 마신 정훈이 잔을 내려놓으며 말했다.

"나름 준비한다고는 했는데 내 예상보다 급작스럽게 본사에 들어오게 됐거든. 그래서 여러 가지로 심란했나 봐."

"그러셨어요?"

"비서팀 꾸리는 것도 생각보다 어렵고."

지유가 경청의 의미로 열심히 고개를 끄덕였다. 자신으로선 이런 거대한 기업 후계자의 고충 같은 건 사실 잘 알지 못했다. 하지만 정훈이 그답지 않게 꽤 진지한 표정을 짓고 있어서 그의 고민이 상당히 깊다는 건 알 수 있었다.

시선을 내리깔고 잔을 응시하던 정훈이 지유를 바라봤다.

"그래서 여러 부담이 있는 상황이었는데, 이렇게 처음 미국에서 시작할 때 함께했던 사람과 대화하니까 안심이 되는 것 같아."

정훈이 상냥한 미소를 지어 보이자 지유도 마주 웃었다.

"제가 도움이 된다니 다행이네요."

정훈은 미소가 잘 어울리는 사람이었다. 유쾌하고 다정하고, 팀 전체의 분위기를 밝게 이끌고 가는 장점이 있었다.

"분명 잘하실 거예요. 상무님."

지유가 진심을 담아 말했다.

"그래. 고마워. 지유 씨. 힘낼게."

응원의 의미로 이번엔 지유가 잔을 내밀었다.

"힘내세요."

챙.

부딪힌 두 사람의 둥근 샴페인 잔이 허공에서 예쁜 소리를 냈다.

식사를 마치고 나온 그들은 건물 앞에서 마주 섰다.

"바래다준다니까 그러네."

자신의 차를 앞에 대기시킨 정훈이 지유에게 말했다. 이미 나오기 전에 한참 실랑이를 하고 결론을 봤음에도 정훈은 아직 포기하지 않은 모양이었다.

'예전부터 매너가 과한 사람이긴 했으니.'

그의 성격을 잘 아는 지유가 생글거리며 말했다.

"정말 괜찮아요. 혼자 가는 게 편하기도 하고."

"그렇게 말하면 더 권할 수가 없겠군. 그래. 조심히 들어가고 오늘 즐거웠어. 지유 씨 생일 선물로 산 식사인데 내가 선물 받은 기분이네."

"아니에요. 덕분에 맛있게 잘 먹었어요. 먼저 들어가 보겠습니다."

예의 있게 고개를 숙여 보인 지유가 몸을 돌렸다.

"……."

밤거리로 멀어지는 지유의 모습을 정훈이 잠시 보고 있었다.

생각에 잠긴 듯 한동안 보고 있던 그가 기사가 대기하고 있는 차로 몸을 돌렸다.

한눈에 봐도 알 수 있는 고가의 슈퍼카에 올라타는 스타일 좋은 남자에게 주변 사람들의 시선이 쏠려 있었다.

◆ ◇ ◆

"좋은 아침입니다."

다음 날 아침, 지유는 지금 막 출근한 서국을 향해 자리에서 일어서서 인사했다. 세련된 블랙 슈트 차림의 모습으로 이사실로 들어선 서국이 지유를 쳐다봤다.

'응?'

지유가 의아한 눈빛을 했다. 평소엔 짧은 고갯짓으로 인사만 받고 집무실로 곧장 들어갔던 서국이 갑자기 시선을 맞춰 오자 머릿속이 복잡해졌다.

'내가 뭔가 실수했나? 어제 업무 점검은 다 하고 퇴근했는데.'

지유가 순간적으로 바삐 머리를 굴리는데 그녀를 향했던 시선을 돌려 서국이 집무실로 뚜벅뚜벅 걸어갔다.

'……아닌가?'

고개를 갸웃거린 지유가 곧 결재 파일과 태블릿피시를 챙겨 집무실로 향했다.

문을 열고 들어가니 서국은 늘 그렇듯 그녀에게 시선을 두지 않은 채 재킷을 벗어 걸고 의자에 앉고 있었다. 책상 앞으로 다가간 지유가 결재 파일을 책상 위로 올려놨다.

“오늘 퇴근하시기 전까지 결재해 주셔야 할 서류들입니다. 그리고 어제 말씀하셨던 금요일 스케줄은 다음 주로 변경했습니다.”

“알겠습니다.”

시선을 화면에 둔 채 대답하는 서국에게 고개를 숙인 지유가 돌아섰다.

처음부터 끝까지 시선 한 번 주지 않는 건 분명 평소의 이서국이 맞다.

‘그렇다는 건…… 역시 아까 그 시선은 기분 탓이라는 뜻이겠지.’

지유는 담담한 얼굴로 집무실을 나왔다.

예전에는 이런 식의 착각을 종종 했었다. 왠지 그가 자신을 보고 있는 것 같아 살펴보면 여지없이 착각이었다. 아주 나중에 알게 됐다. 그저 그의 시선이 자신에게 닿기를 바라는 마음 때문이라고.

‘방금도 그런 건가?’

지유는 조금 가라앉은 기분으로 책상에 앉았다.

실은 어젯밤 한참 동안 잠을 이루지 못했다. 이번 주 금요일에 서국이 선을 본다는 걸 알고 나니 괜히 심란해져 버린 탓이다.

‘미련한 짝사랑은 이미 예전에 포기했다고 생각했었는데…….’

선을 본다는 사실 하나만으로 어제 하루 종일 일에도 집중 못 하고 잠도 설치더니, 오늘은 그를 한창 좋아할 때나 했던 시선 착각까지 해 버렸다.

그러고 나니 영 기분이 씁쓸해졌다.

'안 되겠어.'

자꾸만 가라앉는 마음을 어떻게 하면 바꿀 수 있을까 궁리하던 지유가 결심한 듯 고개를 뒤로 쭉 뺐다.

"선희 씨. 월요일에 맡긴 보고서 다 읽어 봤어요?"

선희가 책상에 앉아 흠칫하더니 지유를 쳐다봤다.

"그거 금요일까지 하면 되는 거 아니었나요? 거의 다 보긴 했는데……."

"내가 여유가 되니까 나한테 넘겨요. 체크된 곳 이후 나머진 내가 확인할 테니까."

"실장님도 바쁘시잖아요."

"괜찮으니 나한테 넘겨요."

웃으면서 반강제로 일감을 빼앗은 지유가 이번엔 매의 눈빛으로 남식을 바라봤다.

"남식 씨. 이번 주 부서총괄회의 자료 정리는 끝났어요?"

"아, 계획서 확인 때문에 그건 아직 못 했는데 금방 하겠……."

"내가 할 테니 그것도 나한테 줘요."

"아닙니다. 제가 하겠……."

"그거 시한 내일까진데 오늘 밤새울 거예요?"

"……도와주신다니 감사합니다. 실장님."

"어디 보자, 그리고……."

지유가 눈을 빛내며 남은 비서실 사람들을 두리번거리자 아직 호명되지 않은 은주와 효린이 갑자기 벌떡 일어났다.

"아차, 이거 복사 좀 하고 와야겠네!"

"네. 부장님! 전에 전화드렸던 이사실 채은주입니다. 다름이 아니라 그때 요청드렸던 자료 오늘까지 주기로 하셨는데 아직이셔서요. 언제쯤 받아 볼 수 있을까요?"

먹잇감을 노리는 눈으로 살피던 지유는 동물적 본능으로 잽싸게 사라져 버린 두 비서를 아쉬운 표정으로 바라봤다.

그 모습을 본 남식이 옆자리 선희에게 속닥거렸다.

"실장님 스트레스 게이지 만땅인 거 같지? 일거리 찾아다니는 거 보니까."

"아니 본인 일이 제일 많은데 대체 언제 다 하고 우리 걸 노리는 거지? 일 머신인가?"

"스트레스 많아질수록 워커홀릭 되시잖아. 큰일이네. 나머지도 안 뺏기려면 빨리빨리 해치워야겠어."

"그래야겠네."

적어도 이 비서실에서 자기 몫은 하는 비서로 남으려면 실장이 스트레스 게이지가 높아질수록 자신들도 전투적으로 일에 임해야 하는 것을 그들은 알고 있었다. 그러지 않으면 저 워커홀릭에게 일거리를 몽땅 빼앗길지도 모른다.

지유가 포기를 모르고 달아난 비서들의 자리 주변을 어슬렁거리며 맴돌고 있는데 마침 손님이 찾아왔다.

"내가 자주 온다고 했죠?"

밝은 목소리로 인사하며 들어온 정훈을 지유가 돌아봤다.

"상무님. 오늘도 오셨네요?"

"서국이 안에 있지?"

"네. 계세요."

또 연락 없이 왔다고 이사님이 짜증 내시겠구나.

지유가 미소 지으면서 속으로 그렇게 생각하고 있는데 정훈이 그녀를 불렀다.

"지유 씨도 같이 들어가."

"저도요?"

자리로 돌아가려던 지유가 멈칫해서 정훈을 쳐다봤다.

"응. 오늘은 두 사람 모두에게 볼일이 있거든."

볼일이라니? 그게 뭐지?

지유는 의문을 품은 채 정훈을 따라 집무실로 향했다.

똑똑.

정훈이 노크한 뒤 집무실 문을 열자 예상대로 서국의 미간이 좁혀 들었다.

"어제 내 말은 뭘로……."

언짢은 기색을 드러내며 말하던 서국은 정훈을 뒤따라 들어오는 지유를 보고 눈을 가늘였다.

"어제는 그냥 인사차 들른 거고, 오늘은 정말 용건이 있어서 온 거니까 너무 기분 나빠 하진 마."

정훈은 능청스럽게 말하며 소파로 다가가 앉았다.

"지유 씨도 이쪽으로 앉아."

지유는 슬쩍 서국을 쳐다본 뒤 소파로 걸어가 맞은편에 앉았다.

"……."

그 모습에 서국의 예리한 시선이 닿았다.

끼익-

서국이 의자를 뒤로 밀었다. 모델처럼 긴 다리를 세워 몸을 일으킨 그가 시선을 정훈에게 두고 다가왔다. 서국의 시선이 자신에게 닿는 것이 느껴지자 지유가 눈을 내렸다. 곧 시선을 다시 올렸을 땐 그는 언제 쳐다봤냐 싶게 상석에 앉아 정훈을 바라보고 있었다.

"어제 생각해 봤는데."

정훈이 가벼운 어조로 말을 꺼냈다.

"내가 사람 쓰는 데 좀 많이 까다로운 편이잖아. 특히 최측근인 비서팀 꾸리는 데는 더 까다롭고."

지유는 어제 식사할 때 정훈이 했던 말을 떠올렸다.

'비서팀 꾸리는 게 생각보다 힘들다고 하셨지.'

그 외에도 여러 가지 고충은 있어 보였지만 가장 난항을 겪고 있는 게 그 부분인 것 같았다.

"본론을 말해."

서국이 무감한 표정으로 말하자 정훈의 눈이 예사롭지 않게 빛났다.

"그래서 하는 부탁인데, 지금 비서팀은 대충 만들어졌는데 실장 자리가 공석이거든."

사람을 소개해 달라는 건가?

지유가 머릿속으로 마땅한 사람을 떠올려 보려는데 손목시계를 힐긋 본 서국이 말했다.

"미국에 있던 실장은 어떻게 됐는데."

"물론 그도 믿을 만한 사람이지. 그런데 거기서 승진하는 바람에 같이 못 오게 됐어. 게다가 이미 거기서 가정도 이뤘고."

정훈이 정말 아쉽다는 표정을 짓고는 말을 이었다.

"하지만 그렇다고 아무나 실장으로 쓸 순 없어. 지금 꾸려진 비서팀 내에서 고를 생각인데 누가 가장 적임자인지는 당장 알 수 없는 문제니까."

"상황은 알겠으니 그 부탁이 뭔지 말해."

서국이 설명을 차단하듯 단도직입적으로 물었다.

"그러니까 내 부탁은……."

정훈이 의미심장한 시선으로 지유를 쳐다봤다.

'어?'

그 시선과 마주친 지유가 토끼처럼 동그랗게 눈을 떴다.

"지유 씨가 반년 동안만 내 비서팀 비서실장으로 와 줄 수 있을까 하는 거야."

……응? 나?

뜬금없이 자신에게 향하는 제안에 지유가 크게 뜬 눈을 느리게 깜빡였다.

"저요?"

"그래. 내가 자리 잡을 때까지. 그리고 새 실장을 고를 때까지만. 이건 아무래도 상사의 허락도 필요한 문제니까, 부탁한다. 서국아."

정훈이 진지한 부탁임을 강조하듯 서국을 절실하게 바라봤다.

서국이 지유를 향해 고개를 돌렸다.

"정 실장 생각은 어떻습니까."

"좀 도와줘. 지유 씨."

정훈의 간절한 얼굴이 이번엔 지유에게 향했다. 두 사람의 시선이 자신에게 향하자 잠시 생각하던 지유가 입을 열었다.

"너무 급작스러운 제안이라 생각할 시간이 좀 필요할 것 같아요."

"그럼 서국이 넌 괜찮은 거지?"

정훈이 확인받듯 서국에게 물었다. 그러자 서국이 무감한 시선을 지유에게 두고 말했다.

"정 실장만 괜찮다면."

"좋아! 그럼 내가 지유 씨만 설득하면 되겠군."

정훈이 지유 쪽으로 몸을 기울이며 그녀의 손을 꼭 잡았다.

"반드시 긍정적으로 생각해 줘. 내가 이 회사에서 아직 지유 씨만큼 믿음 가는 사람이 없어서 그래. 지유 씨 능력은 3년간 지켜봐서 잘 알고 있고, 손발도 맞춰 봤으니까."

지유는 정훈의 말을 들으며 서국의 표정을 힐끔 살폈다.

"……."

여전히 무표정한 서국의 얼굴을 확인한 지유가 입술을 살짝 잘근거렸다.

"긍정적으로 생각해 보겠습니다."

지유가 미소 지으며 대답하자 정훈의 얼굴이 환해졌다.

"정말이지?"

"네. 그럼 먼저 나가 볼게요."

지유는 미소를 가장한 채 대화를 마무리 지으며 자리에서 일어섰다.

◆ ◇ ◆

퇴근해서 집에 들어온 지유는 일렬종대로 늘어선 핸드크림을 멍하니 바라봤다.

"잡아 주길 바란 건 아니지만……."

하긴 내 실장을 빌려줄 수 없다고 완강하게 거부하는 이사님 모습도 상상이 안 되긴 하지.

하아, 지유가 어깨를 들썩이며 작게 한숨을 내쉬었다.

"그렇다고 그렇게 무심하게 나오면 서운하지 않겠냐고. 8년을 같이했는데."

지금 비서실은 업무 분담 시스템이 잘 잡혀 있어서 자신이 없더라도 6개월 정도야 큰 차질 없이 돌아갈 거였다.

하지만 오늘 서국의 태도로 보아 자리 잡을 때까지만이 아니라, 그냥 상무실 실장으로 데려가고 싶다 해도 딱히 말리지 않을 것 같았다.

그렇게 생각하니 온몸에 힘이 쭉 빠졌다. 아무런 성의도 담겨 있지 않은 이 핸드크림도 오늘따라 더욱 속이 상했다.

"에잇."

지유가 핸드크림 하나를 들어 쓰레기통으로 향했다.

'아무 의미도 없는 핸드크림 따위, 버려 버리자.'

입을 꾹 다물고 쓰레기통에 던져 넣으려던 지유의 손에서 힘이 빠졌다.

"……정말 아무렇지도 않나. 이사님은."

지유는 맥 빠진 얼굴로 핸드크림을 든 채 본사로 발령받아 처음 출근한 날을 떠올렸다.

"잠깐만요!"

출근 첫날부터 늦을 것 같아 내달려서 겨우 잡아탄 엘리베이터에는 훤칠한 남자가 서 있었다.

"아…… 감사합니다."

세상에, 무슨 남자가 저렇게 잘생겼어?

웬만큼 잘생긴 남자를 봐도 그냥 좀 생겼구나 정도의 생각만 했던 자신이었는데, 이 남자는 보자마자 심장이 쿵 떨어질 정도였다. 게다가 체격은 어찌나 좋은지, 슈트핏이라는 게 뭔지 보여 주는 비율 좋은 몸은 일반인과 체형 자체가 달라 보였다. 어깨도 떡 벌어졌고 다리가 어찌나 긴지 허리가 남들 가슴 위치에 있는 것 같았다.

'연예인이겠지? 처음 보는 배우인데 이 회사 모델인가?'

최근 몇 년은 미국에서 지냈던지라 한국 연예인은 잘 모르다 보니 회사에 들른 광고 모델이라고 막연히 속으로 생각했다.

딩-

'어?'

엘리베이터 문이 열리자 자신보다 그 남자가 먼저 내렸다. 게다가 들어가는 곳도 같았다.

'저 사람도 이사실에 볼일이 있나?'

보안 라인을 지나 슬쩍 따라 들어갔더니 안에서 직원들이 그 남자에게 인사하는 모습이 보였다.

"안녕하세요, 이사님."

이사? 저 남자가 이사라고? 오늘부터 자신이 모시게 될 상사가 처음으로 사람 외모에 심쿵하게 만든 미남이라니.

의도치 않은 상황에 심장이 빠르게 뛰기 시작했다.

"그땐 그렇게 무심의 극치를 달리는 남자인 줄은 몰랐지."

첫날의 만남을 떠올리던 지유가 들고 있던 핸드크림을 바라봤다.

"……."

탁.

잠시 쳐다보던 그녀가 결국 원래 위치에 다시 세웠다.

"괜찮아. 원래 그런 남자잖아. 상처받을 거 없어."

지유가 애써 밝은 목소리로 말했다. 자신에게 아무 관심 없는 남자를 매일 옆에서 지켜보며 마음을 주다 보면 상처에도 어느 정도 익숙해지게 된다. 그 상처를 치유하는 것에도 능해지고. 그러지 않으면 버틸 수 없다는 걸 잘 알고 있으니까.

"어차피 잘생겼다고 첫눈에 반한 정도의 감정인데 뭘."

그러니까 괜찮을 거야.

지유는 쓸쓸한 미소를 지으며 몸을 돌렸다.

02

“먼저 퇴근하겠습니다.”

손목시계에 시선을 둔 서국이 인사하고 빠른 걸음으로 비서실을 나갔다.

“다음 주에 뵐게요.”

입을 모아 인사한 비서들이 시야에서 그가 완전히 사라지자 참새 떼처럼 지유에게로 모여들었다.

“실장님. 오늘 이사님 선 때문에 스케줄 취소했다던데, 맞아요?”

효린이 눈을 부릅뜨고는 묻자 지유가 고개를 살짝 모로 기울였다.

“그건 어디서 들었어요?”

“선보는 여자 쪽에서 소문을 엄청 뿌린 모양이에요. 우경건설 둘째 딸인가 그렇죠? 회사에도 벌써 다 돌아서 오늘 그 질문을 몇 번이나 받았는지 몰라요."

"그 둘째 딸이 이사님 짝사랑하는 거로 유명하잖아요. 이사님 나가시는 사교모임은 다 따라다니고."

"드디어 소원 이룬 거네. 그 여자는."

여자들이 눈에 불을 켜고 숙덕이는데 남식이 끼어들었다.

"그래도 급이 맞아야 선도 본다고, 회장님도 얻을 게 있으시니까 그렇게 했겠죠."

"남식 씨 무슨 소리야? 그 여자랑 우리 이사님이 어떻게 급이 맞아. 일단 외모가 급이 안 맞는데."

"이쪽 세계에서 누가 외모 보고 결혼한다고. 다 집안끼리 정해서 하는 거잖아요."

"누가 그걸 몰라서 하는 소린가. 남식 씨 저럴 때 진짜 눈치 없지 않아?"

"내가 뭘요?"

남식이 억울한 표정을 짓고 있는데 지유가 손뼉을 짝짝 쳤다.

"자! 그만하고 자리로 가서 일합시다. 이사님이 선을 보든 점을 보든 우리와 상관없는 이야기잖아요."

"그건…… 그렇죠."

갑자기 현실을 인식한 듯 비서들 표정이 어두워지더니 썰물 빠지듯 각자의 자리로 돌아갔다.

'우리와 상관없는 이야기.'

지유는 방금 전 자신이 한 말을 되뇌었다. 그건 사실 자신에게 한 말이었다. 금요일인 오늘 서국이 선을 본다는 걸 지나치게 의식하고 있는 그녀 자신에게. 그런데도 한숨이 나왔다.

'오늘따라 왜 평소보다 멋지게 하고 오신 거람.'

늘 완벽한 모습이지만 오늘따라 더 멋지게 스타일링 된 헤어 스타일도, 더 신경 쓴 듯한 슈트 차림도 다른 여자를 위한 거라는 사실에 속이 쓰렸다. 아니 그것보다는 어쩌면 어제 그런 제안이 있던 다음인데도 여전히 저에겐 눈길 한 번 주지 않는 그의 태도에 아픈 건지도 몰랐다.

'모르고 싶어도 왜 자꾸 알게 하는 걸까. 이사님은.'

그에게 있어서 내가 그것밖에 안 된다는 걸.

마치 일부러 그러는 사람처럼. 그래서 이 오래된 마음을 단념시키려는 사람처럼.

"지유 씨."

퇴근하고 회사를 빠져나오는 길에 갑자기 들린 목소리에 지유가 멈춰 섰다. 생각에 잠겨 있었기 때문에 조금 멍한 얼굴로 돌아보는데 정훈이 웃으며 서 있었다.

"상무님?"

그의 손엔 커다란 가필드 고양이 인형이 들려 있었다.

"이거 뇌물은 아닌데, 아니다. 솔직히 뇌물이긴 한데 지유 씨 좋아하는 거 맞지? 옛날에 책상 위에 많았잖아."

정훈이 지유에게 인형을 내밀며 말하자 그녀가 시선을 올려 눈을 맞췄다.

"그것도 기억하세요?"
"혹시 지금은 안 좋아하나?"
정훈이 조금 멋쩍은 표정을 짓자 지유가 고개를 저었다.
"아뇨. 지금도 좋아하긴 하는데……."
지유가 가필드 인형을 바라봤다. 미국에 있을 때 그녀의 책상 위에는 크고 작은 가필드 인형으로 채워져 있었다. 지금은 회사 책상에까지 놓진 않지만 아직도 집의 장식장에 가필드 인형들이 늘어서 있었다. 동그랗고 커다란 머리에 졸린 눈을 가진 그 특유의 캐릭터를 보고 있으면 저절로 마음이 안정되곤 했다.
지유가 받지 않고 인형을 보고만 있자 정훈이 그녀에게 더 가까이 내밀었다.
"이 나이에 인형 들고 다니는 게 조금 부끄럽긴 했지만 뇌물이라는 중요한 역할을 위해 꿋꿋하게 가져왔어. 그러니까 받아줘."
"……감사합니다."
지유가 조심스럽게 인형을 받아 들고는 정훈을 올려다봤다.
"그런데 상무님은……."
말을 꺼내던 그녀가 입을 다물었다.
"응. 말해. 지유 씨."
말을 고르는 듯한 지유를 정훈이 미소로 내려다봤다. 언제까지든 기다리겠다는 듯 여유 있게 보고 있자 망설이던 지유가 다시 입을 열었다.
"상무님은 제가 꼭 필요하세요?"
"반드시."

곧바로 대답한 정훈이 눈을 똑바로 맞추고 말을 이었다.

"지금 이사실 비서팀 분위기를 봐도 알 수 있어. 지유 씨가 실장으로서 팀의 중심을 잘 잡아서 그런 자연스러운 분위기가 된 거겠지. 나도 그런 걸 원하고."

"……."

그녀의 표정에 갈등이 스쳐 지나가는 것도 정훈은 놓치지 않았다.

"6개월이 무리라면 4개월만이라도 좋으니 꼭 도와줬으면 좋겠어. 그 역할을 할 수 있는 건 지유 씨밖에 없고, 내가 지금 믿을 수 있는 사람도 지유 씨밖에 없어."

진심을 담아 말하는 정훈을 보던 지유가 조용히 시선을 내렸다. 안고 있는 가필드 인형의 둥근 머리를 가만가만 매만지며 그녀가 말했다.

"조금만 더 시간을 주세요. 상무님."

"아, 미안해. 내가 너무 다그쳤지?"

정훈이 겸연쩍은 듯 제 머리칼을 쓸어 넘기는 모습에 지유가 맑게 웃었다.

"긍정적으로 생각하고 있으니 곧 결론 내릴게요."

"그래. 기다릴 테니 편하게 생각해 줘."

정훈이 부드럽게 마주 웃었다.

"인형 감사합니다. 그럼 가 볼게요. 상무님."

지유가 고개를 숙이고 물러나려 하자 정훈이 얼른 옆으로 왔다.

"바래다줄게. 인형도 들었는데."

"아니에요. 들어가세요."

지유가 사양하고는 돌아섰다.

단정한 정장 차림으로 커다란 인형을 안고 총총 멀어지는 지유의 뒷모습을 정훈이 응시했다.

"곧 결정 나겠군."

정훈이 입가에 미소를 띠고 혼잣말처럼 내뱉었다.

'상무님은 꼭 제가 필요하세요?'

그는 지유의 그 질문의 의미를 본능적으로 파악했다. 이런 질문을 하는 이유는 분명 서국의 무심한 성격과 무관하지 않을 거라고. 서국과 지유가 함께 있는 자리에서 자신이 처음 그 제안을 했을 때도 그런 느낌을 받았다. 아마 비서실장으로서의 지유에게 서국이 잘 대해 주진 않았을 거라는.

원래 서국은 다른 사람에게 영 관심이 없는 성격이긴 했다. 상대가 누구든 간에 있어도 그만, 없어도 그만. 딱 그 정도 태도를 유지했다. 그래서 그에게 마음을 준 사람들은 상처받기 십상이었다. 특히 오래 곁에 있는 사람일수록 서운함을 가지고 있었다.

"그렇게 고치라고 했는데…… 그래도 그 성격 덕분에 내가 도움을 받게 됐군."

언젠간 후회할 일 있을 거라고 했지. 이서국.

정훈이 입가에 느긋한 미소를 매단 채 한참 멀어진 지유의 뒷모습에서 시선을 거뒀다. 회사로 들어가는 그의 발걸음이 경쾌했다.

◆ ◇ ◆

"오늘 나와 주셔서 감사해요."

서국은 마주 선 여자가 하는 말에 마땅한 대답을 머릿속으로 떠올렸다.

"저도 감사합니다."

그의 대답에 기분이 좋아진 듯 여자가 볼을 붉히며 웃었다. 그녀는 헤어와 의상에 신경을 써도 너무 써서 상대를 불편하게 만들 정도로 과한 차림이었다.

"저 사실 아주 오래 기다렸거든요. 서국 씨와 이런 자리를 가지게 될 날을요."

"……."

이번엔 마땅한 대답이 떠오르지 않아 서국은 그저 여자를 내려다보고만 있었다. 그 시선에도 여자의 뺨은 더 붉어졌다.

"그럼 다음 만남 기대하고 있을게요. 조심히 들어가세요."

보통 남자들이 한다고 알고 있던 멘트를 먼저 한 여자가 고개를 숙였다.

"조심히 들어가십시오."

예의에 어긋나지 않게 마주 고개를 숙인 서국이 시선을 들었다. 여자는 기사가 대기하고 있는 차로 걸어가고 있었다. 조신하게 보이려고 노력하고는 있지만 기쁨을 숨길 수 없는 듯한 여자의 걸음걸이를 서국이 조용히 바라봤다.

'……이름이 뭐였더라.'

벌써 이름이 기억나지 않는다. 분명 대화 중간중간 불렀던 것 같은데 그때마다 신경 써서 떠올려 냈던 그 이름이 이젠 아예 떠오르지 않았다. 잠시 떠올려 보려 미간을 모은 서국이 포기하고는 몸을 돌렸다. 어차피 그에겐 아무래도 좋을 이름이었다. 설사 그 상대가 결혼을 조건으로 하는 선 자리에서 만난 여자라 하더라도.

대기하던 차에 올라탄 서국이 태블릿피시로 보고서를 확인하는데 휴대폰 진동이 울렸다. 부친인 이천호 회장의 전화였다.

"네."

서국은 읽던 보고서에 시선을 둔 채 대답했다.

– 자리 끝난 모양이던데 잘 한 게냐.

"말씀드렸듯 전 아직 결혼 생각 없습니다."

– 뭐야?

이 회장의 목소리에 노기가 어렸지만 서국은 계속 보고서를 읽어 내려가고 있었다.

– 한 번 만나서 뭘 안다고. 보다 보면 정이 붙고 그러는 거다. 좀 더 만나 봐.

"약속 지키시길 바랍니다. 그럼 바빠서 먼저 끊겠습니다."

곧바로 험한 소리가 이어졌지만 서국은 일말의 망설임 없이 전화를 끊었다. 애초에 한 번만 만나 보기로 하고 이후 다시 말을 꺼내지 않는다는 조건으로 나간 자리였다. 몇 달 전부터 계속 그를 귀찮게 하는 일에서 벗어나고자 받아들인 게 오늘의 자리였다. 그런데 생각보다 더 피곤했다. 끈질기게 달라붙던 여자의 눈도 그렇고.

서국의 미간이 좁혀 드는데 상현의 목소리가 들렸다.

"오늘 만나신 분 이사님 취향이 아니셨던 모양입니다."

서국이 미간을 지그시 모은 채 룸미러로 눈을 맞췄지만 눈치 없는 상현은 제 할 말만 했다.

"전 아까 보니 뭐 나름 괜찮아 보이던데요? 몸매도 괜찮고. 이사님은 어떤 여성분이 취향이신데요?"

"취향 같은 거 없습니다."

"없어요? 뭐 외모나 성격이라거나, 보통 마음이 가는 요소들이 있잖아요."

"관심 없는 문제라."

"아…… 그렇군요."

상현은 대답하면서 이상함을 느꼈다. 그러고 보니 지금까지 서국이 여자를 만나는 걸 본 적이 없었다.

'그렇다고 따로 남자를 만나는 것 같지도 않고.'

성 정체성이 그렇다면야 이해하겠지만 그게 아니라면 대체 저 페로몬 넘치는 육체와 이지적인 마스크를 갖고 왜 연애를 하지 않느냐는 말이다. 게다가 서국은 원래 말수가 적긴 했지만 여자 얘길 꺼낸 적이 한 번도 없었다. 이쯤 되니 상현은 궁금증을 참기 힘들었다.

"그래도 결혼은 하셔야 할 텐데. 반드시 꼭 한 명하고만 결혼해야 한다면 떠오르는 분 없으세요?"

상현이 포기하지 않고 묻자 서국이 잠시 생각하는 듯하다가 표정 변화 없이 대답했다.

"없습니다."

"거참, 특이하시네."

고개를 갸웃거리던 상현이 퍼뜩 정신을 차리고는 황급히 사과했다.

"아, 죄송합니다! 이사님이 이상하다는 게 아니라……!"

상현이 침을 삼키고는 서둘러 말을 이었다.

"그, 그냥 제가 이사님 같은 능력과 외모를 가졌다면 열심히 연애했을 것 같아서 말이죠. 하핫, 나쁜 의미는 없어요. 정말로."

주절거리듯 설명한 상현이 조용한 뒷자리를 힐긋거렸다. 서국은 여전히 태블릿피시에만 시선을 두고 있었다.

'아까보다 미간이 더 좁혀 든 것 같은데……?'

눈치를 보던 상현이 슬쩍 다시 말을 꺼냈다.

"이사님. 기분 상하신 거 아니죠?"

"저 일 좀 해야겠는데, 조용히 해 주겠습니까."

"아, 네. 죄송합니다."

머쓱해진 상현은 그제야 입을 닫고 조용히 운전에 집중했다.

◆ ◇ ◆

다음 날 아침, 집무실에서 평소처럼 브리핑을 마친 지유가 서국을 바라봤다. 결재 서류를 확인하고 있는 그를 보며 지유가 입을 열었다.

"이사님. 생각해 봤는데요."

지유의 말에 서국의 시선이 그녀에게 향했다. 냉기도 온기도, 아무것도 느껴지지 않는 회색빛이 도는 검은 눈동자를 마주하며 지유가 말을 이었다.

"상무님 비서실 자리 잡을 동안만 도와 드리고 올게요."

"……."

"아마 넉넉잡고 반년이면 돌아올 수 있을 거예요. 팀원들에겐 제가 설명하겠습니다."

말을 마친 지유가 그를 바라봤지만 서국은 표정 없이 그녀를 응시할 뿐이었다.

"……그럼 나가 보겠습니다."

고개 숙인 지유가 돌아서 문 쪽으로 향하던 그때였다. 뒤에서 서국의 목소리가 들렸다.

"정 실장."

"네?"

멈춰 선 지유가 돌아보니 서국이 그녀를 똑바로 보며 다가오고 있었다.

'뭐지?'

표정이 평소와 달랐다. 방금 전까지의 무감함과는 다른 굳은 얼굴로 걸어온 그가 지유의 눈앞에 섰다.

"안 되겠는데요."

"……네?"

강렬한 시선으로 그녀를 보며 서국이 말했다.

"나는 정 실장 못 보냅니다."

"!"

지유가 눈을 크게 뜨는데 서국이 그녀의 몸을 확 잡아끌었다. 순식간에 단단한 몸과 밀착됨과 동시에 서국이 그녀의 고개를 들어 올렸다.

"이사……."

당혹스러운 목소리가 흘러나오는 입술을 그가 거칠게 삼켰다.

맙소사!

지유의 눈이 더 커지는데 서국이 그녀의 입술을 진하게 빨며 벽으로 밀어붙였다.

쿵.

벽에 지유의 등이 닿고 그가 더 사납게 입술을 얽어 댔다. 축축한 혀가 뒤엉키며 가쁜 숨이 서로의 입안을 오갔다.

"하아! 이, 이사님! 여, 여기서 갑자기 이러시면……."

지유가 달뜬 숨을 터뜨리며 말하자 서국이 손을 내려 그녀의 오동통한 엉덩이를 거머쥐었다.

"앗……!"

"몰랐습니까?"

귓가에 그의 흥분 어린 낮은 목소리가 와 닿았다.

"내가 그동안, 당신 좋아했던 거."

이, 이사님이 날?

정신없는 머릿속으로 지유가 그렇게 생각하고 있는데 서국의 커다란 손이 스커트 안을 파고들었다.

'……잠깐, 스커트?'

더운 숨을 흘리던 지유가 멈칫거렸다.

'나 회사에서 스커트 안 입는데?'

띠띠띠띠띠-

번쩍!

알람 소리와 동시에 잠에서 깬 지유가 눈을 크게 떴다.

"뭐야, 역시 꿈이야?"

마지막에 스커트에서 이상하다 했더니…….

지유가 울상을 지으며 제 얼굴을 감쌌다.

"창피하게 이런 꿈까지 꾸고…… 못 살아, 정말!"

지유가 침대 위에서 푸드덕거렸다. 꿈인데 뭐가 그리 리얼한지, 아직까지 몸에 열기가 남아 있다는 것도 창피했다. 침대에서 벌떡 일어난 지유가 제 머리를 엉망으로 흐트러뜨리며 욕실로 걸어갔다.

"상무님 비서실 자리 잡을 때까지 4개월 정도만 도와 드리고 오는 게 어떨까 하는데요."

출근한 지유가 어렵게 말을 꺼내면서도 서국의 표정을 살폈다. 꿈에서와 똑같이 그가 무감하게 바라보고 있었다. 평소의 모습이 맞는데 꿈 때문인지 왠지 얼굴이 붉어질 것만 같았다. 혹시 예지몽이라든가 그런 건 아닐까?

"물론 이사님께서 원치 않으시면……."

"난 괜찮으니 그렇게 해요."

"네?"

지유가 되묻는데 서국이 고저 없는 톤으로 말했다.

"가서 도와주고 와도 된단 말입니다."

"……."

일말의 고민 없이 흘러나오는 말에 지유의 어깨에서 힘이 탁 풀렸다.

……그런 꿈을 왜 꿔선.

지유가 억지로 입술에 미소를 그려 냈다.

"네. 그럼 상무님께 그렇게 말씀드릴게요."

미소를 머금고 돌아서던 지유가 우뚝 멈춰 섰다.

"저, 그런데 이사님."

다시 들린 목소리에 결재 서류로 향하던 서국의 시선이 다시 지유에게 향했다. 지유는 가만히 서국을 바라보고만 있었다.

"네."

재촉하듯 그가 말하자 지유가 숨을 한번 들이켜고는 입을 열었다.

"만약 제가 상무실에 남게 돼도 괜찮으시겠어요?"

서국의 눈이 가늘어졌다. 질문을 이해하지 못한 듯 눈썹을 모은 그가 물었다.

"무슨 뜻입니까."

"그러니까 만약, 4개월 뒤에도 상무님이 제가 거기 남길 바라고, 저도 계속 상무님 일을 도와 드리고 싶다면, 거기 남아도 괜찮으시겠냐는 질문이에요."

지유가 그와 시선을 맞추고 조용히 답변을 기다렸다. 서국은 여전히 의아함을 담은 눈동자로 그녀를 보고 있었다.

"그건 좋은 일 같은데."

"좋은…… 일이요?"

지유는 저도 모르게 되물었다. 가슴이 꽉 막힐 것 같은데 서국은 담담하게 설명했다.

"이정훈 상무는 알다시피 차기 후계자입니다. 남는다면 정 실장도 승진을 하는 거니 커리어에 훨씬 도움 될 겁니다."

"……."

몇 초 동안 그를 보고 있던 지유가 사무적인 미소를 지었다.

"조언 감사합니다. 이사님. 말씀 기억하겠습니다."

입술 끝을 끌어 올리고 말한 지유가 고개를 숙이고 집무실을 나왔다.

"네? 4개월이나요?"

지유의 설명을 들은 은주가 눈을 크게 떴다.

"갑자기 정해진 거라 미리 말하지 못해서 미안해요. 하지만 내가 없어도 그 정도는 분명 잘해 나갈 수 있을……."

"안 돼요! 그쪽에서 4개월 뒤에 실장님을 놔줄지 안 놔줄지 어떻게 알아요?"

"맞아요! 4개월은 포석이고 그 뒤로 쭉 데리고 있을 생각이 분명해요!"

말도 안 된다는 듯 눈에 힘을 주는 은주와 선희를 지유가 웃는 얼굴로 타일렀다.

"제가 이사실에 오래 근무했다는 건 상무님도 알고 계세요.

그러니 그런 일은 없을 거예요."

"그러니까 더 빼 가고 싶은 거 아닐까요?"

남식이 심각한 얼굴로 말하자 효린도 고개를 끄덕였다.

"당연하죠. 실장님 능력에 대한 소문은 이미 회사 내에 파다하니 외부에서 스카우트해 오지 않는 이상 실장님이 적임자라고 생각한 거겠죠."

진지한 그들을 보며 지유가 가볍게 웃었다.

"그렇게 말해 주니 기분은 좋네요. 그래도 그럴 일은 없을 거니 걱정 안 해도 돼요."

"하지만……."

"별도의 업무 인계가 있겠지만, 그동안 하던 대로만 하면 4개월 정도는 큰 문제 없을 거예요. 그래도 혹시 문제 생기면 언제라도 전화 줘요."

"……네. 실장님."

지유가 웃는 얼굴로 단호하게 나오자 직원들이 시무룩하게 대답했다.

"절대 상무님 꼬임에 넘어가면 안 돼요. 실장님."

근심 어린 얼굴로 하는 조언에 지유가 말갛게 웃었다.

"걱정 말라니까요."

의심을 지우지 못한 눈초리가 지유에게 따라붙었다.

"저희 종종 가서 염탐할 거예요."

"알았어요, 알았어."

지유가 안심시키듯 고개를 끄덕였다.

◆ ◇ ◆

"이사님에게 듣고 싶은 말을 직원들에게 들었네."

집에 돌아온 지유는 침대 위의 가필드 인형을 바라보며 중얼거렸다.

"꿈속의 모습까진 바라지 않더라도…… 그냥 조금 곤란한 표정이라도 지어 줬더라면 좋았을 텐데."

지유의 얼굴에 씁쓸한 미소가 어렸다.

"무심한 남자 너무 어렵다, 그치?"

지유가 가필드 인형의 머리를 살살 쓰다듬었다. 4개월이면 꽤 긴 시간인데 그는 아무렇지 않은 걸까.

"그걸 눈앞에서 확인했으면서도 미련 줄줄이네. 한심하긴."

콧잔등을 살짝 찡그린 지유가 침대 위에 벌렁 누웠다. 시야에 일렬종대로 쪼르륵 세워진 핸드크림이 들어왔다. 그 위로 아까의 무심한 서국의 표정이 겹쳐졌다.

보기 싫다.

지유는 시선을 돌려 가만히 천장을 바라봤다. 아무리 아닌 척해도 상처받은 마음의 고통은 무시가 되지 않았다. 그에게 상처받는 일이 한두 번도 아니고 그 수려한 얼굴에 감정이 떠오른 건 한 번도 본 적 없지만, 그래도 오늘 같은 상황에선 평소와는 다른 반응을 보여 줄 줄 알았다. 하다못해 일말의 아쉬움이라도 보여 주길 바랐다.

하지만 그는 얼마 전의 태도와 똑같이 이래도 그만, 저래도 그만인 모습만 보였을 뿐이다.

"있어도 그만, 없어도 그만……."

이사님에게 난 그런 사람인 거지.

눈가가 시큰거려 오자 지유는 콧잔등에 주름이 지도록 힘을 줬다. 평소처럼 스스로 기운을 내고 싶은데 오늘은 아무래도 힘들 것 같았다.

"에잇!"

펄럭!

'차라리 자는 게 낫겠어.'

지유는 몸을 돌려 이불을 머리까지 뒤집어썼다. 감은 눈가가 뜨거워져서 눈에도 힘을 꾹 줬다. 작게 훌쩍거리는 소리가 이불 안에서 한참 새어 나왔다.

◆ ◇ ◆

한동안 이사실에서 남은 일과 업무 인계까지 처리한 뒤, 지유는 상무실로 출근했다. 이사실보다 위층에 있는 상무실은 후계자의 사무실답게 공간이 넓었다. 그녀가 들어서자 기다리고 있던 정훈이 다가왔다.

"지유 씨! 와 줘서 고마워. 아니, 이젠 정 실장이라고 불러야겠군."

일반적인 슈트 차림이 아닌 딥블루 컬러의 셔츠와 슬랙스 차림인 정훈은 헤어스타일도 연예인처럼 웨이브가 들어가 있어 도저히 이 회사의 상무로는 보이지 않았다. 하지만 미국에서 일할 때는 늘 보던 익숙한 모습이라 지유는 오히려 반가운 기분이 들었다.

"편하신 대로 부르세요."

"일단 비서팀 직원들부터 소개시켜 줄게."

정훈이 지유를 넓은 비서실 안쪽으로 이끌었다. 안에는 두 명의 젊은 직원들이 있었다. 정훈이 그들 앞에 지유를 세우고 소개했다.

"이쪽은 비서실 설계를 맡아 줄 정지유 실장입니다. 인사해요."

"처음 뵙겠습니다. 잘 부탁할게요."

"잘 부탁드립니다."

"우선 인사만 하고, 설명할 것도 있으니 따라와요. 정 실장."

"네. 상무님."

정훈이 자신의 집무실로 지유를 데려갔다. 모던한 인테리어와 현대미술가의 작품들이 걸린 집무실로 들어서자 그가 걸음을 멈췄다. 지유에게 빙글 몸을 돌린 정훈이 산뜻한 미소를 머금고 말했다.

"예전에 같이 일한 적이 있으니 내 업무 스타일은 잘 알고 있을 거고."

"네."

지유가 고개를 끄덕였다.

"지금까지 일하던 방식과 다른 부분은 많겠지만 정 실장이 최대한 맞춰 줄 수 있을 거라 믿어."

"노력하겠습니다."

지유가 단정하게 대답하자 고개를 끄덕이던 정훈이 그녀를 물끄러미 바라봤다.

"그리고 개인적으로 물어볼 게 있는데……."

"뭔데요?"

지유가 심각한 얼굴의 정훈을 보고 의아한 표정을 지었다. 그가 고개를 기울이고는 지유를 머리끝부터 발끝까지 관찰하듯 살펴봤다. 차가운 인상을 주는 안경테와 질끈 묶은 머리, 그리고 차분한 정장 차림을 천천히 내려다본 정훈이 난감한 표정을 지었다.

"음…… 그때랑 전체적인 의상 취향이 많이 바뀐 것 같은데. 이사실 분위기에 맞춰서 그런 거겠지?"

제 모습을 한번 훑어본 지유가 고개를 끄덕였다.

"네. 아무래도 여긴 미국과는 분위기가 달라서요."

"하긴 이쪽이 그런 방면으론 상당히 보수적이긴 하지."

정훈이 턱에 손가락을 대고는 고개를 끄덕였다.

"그래도 난 사무실 분위기를 딱딱하게 만들고 싶지 않거든. 그래서 직원들도 지나치게 격식을 차리진 않았으면 좋겠어."

아, 그래서 직원들도 옷차림이 캐주얼 오피스룩에 가까운 거였구나.

지유는 정훈의 말의 요지를 곧장 알아들었다.

"이곳에서 추구하는 분위기가 그렇다면 맞추도록 할게요."

"그래 주면 고맙겠어. 보고 있으면 나도 덩달아 목이 조이는 느낌이라. 그냥 청바지 차림도 상관없으니 편하게 입어."

정훈이 싱긋 웃자 지유도 가볍게 마주 웃었다.

"청바지 차림으로 임원회의에 갈 순 없죠."

"아, 그건 너무 갔나. 어쨌든 편하게. 알았지?"

"네. 그럴게요."

미국에서는 그런 차림이 익숙했지만 이미 8년 전의 일이라 까마득하긴 했다.

'하지만 또 적응하면 되는 문제긴 하니까.'

이사실에 와서 보수적인 임원들을 상대하기 위해 나름의 갑옷을 갖춘 것이었다. 어려 보이지 않기 위해, 무시당하지 않기 위해 갖췄던 옷차림을 지금까지 유지하고 있었던 것도 어떤 부분에선 고민 없이 안주했던 건지도 모른다. 이번 일이 어쩌면 새로운 변화의 계기가 될 수도 있을 거였다.

그래. 그렇게 생각하자.

지유는 심기일전하는 마음으로 눈을 빛냈다. 이왕 새로운 도전을 하는 거니 이곳에서 최대한 많이 얻어 가겠다고 다짐하며.

그때 이사실에서는 회의가 시작될 시간이었다. 회의실에서 대기하고 있던 비서들은 서국이 들어오자 몸을 일으켰다.

"앉아요."

곧장 말하며 자리에 앉은 서국이 시선을 들었다. 비서들을 무감하게 훑어 나간 그의 눈에 의아함이 맺혔다.

"정 실장은 어디 있습니까?"

"네?"

비서들이 일제히 서국을 바라봤다.

"정 실장 말입니다. 지금 안 보이는데."

비서들이 이번엔 난감한 표정으로 서로를 힐끔거렸다. 조금 전 지유를 대신해 집무실에 들어가 일정 브리핑을 하고 나온 선희가 머뭇거리며 말을 꺼냈다.

"실장님은 오늘부터 상무실에……."

그 말에 서국의 미간이 미세하게 좁혀 들었다. 그러고는 곧 테이블 위의 자료로 시선을 옮겼다.

"제가 잠시 잊었습니다. 그럼 회의 시작하죠."

"네."

대답하는 비서들이 서국 몰래 시선을 교환했다.

"무심한 사람인 줄은 알았지만 이렇게까지 무관심할 수 있어?"

회의가 끝난 뒤 서국이 사무실을 나가자 곧장 성토의 장이 열렸다.

"1, 2년 일한 사람도 아니고 자그마치 8년인데요."

"난 아무리 잠깐이라지만 이사님이 실장님을 상무실로 보낸 게 이해가 안 가. 거절했어야지."

다들 화가 난 목소리로 한마디씩 하는데 선희가 혼자 생각에 잠겨 있다가 말했다.

"아까 집무실에서 브리핑하는데 한 번도 쳐다보지를 않으시길래 이상하다 했는데…… 정 실장님도 늘 그렇게 하신 걸까?"

"네? 한 번도요??"

비서들이 충격적인 표정으로 선희를 쳐다봤다.

"혹시 이사님, 브리핑한 게 실장님인 줄 안 거 아냐?"

"설마, 목소리로 구분할 수 있잖아."

"목소리도 전혀 관심 없으면 모를 수도 있지."

"그건 좀 심하다……. 그 정도면 사람 질리게 하는 수준 아냐?"

"하지만 이사님이라면 충분히 가능할 것 같아. 워낙 다른 사람한테 관심이 없잖아."

"그렇긴 한데……."

다들 말하면서도 씁쓸한 표정이었다. 지유가 있을 땐 그녀가 서국의 대부분을 케어 했다 보니 이 정도일 줄은 몰랐다.

"……."

상사의 지독한 무심함을 짧은 시간에 알게 되어 버린 것 같아 한동안 침묵이 흘렀다. 그때 선희가 걱정스러운 목소리를 냈다.

"실장님 안 돌아오시면 어떡하지?"

"잡으러 갈 거야. 안 오시면."

비장하게 말하는 은주 옆에서 남식도 덩달아 비장하게 덧붙였다.

"나도 같이 가요."

"그래요. 다 같이 가서 모시고 와요!"

효린까지 합세하자 다들 의기투합해 결의를 다졌다.

"……."

잠시 나갔다가 돌아오는 길에 비서실 입구에서 뜻밖의 말을 들은 서국은 그대로 잠시 서 있었다. 한동안 서 있던 서국은 조용히 돌아서서 비서실을 나갔다. 지금 들어가면 직원들이 난처해할 것 같았다.

엘리베이터를 타고 1층으로 향하는 동안 그의 머릿속에 방금 직원들의 말들이 떠올랐다.

'그건 좀 심하다. 그 정도면 사람 질리게 하는 수준 아냐?'

탄식처럼 내뱉어진 말을 떠올리자 그의 매끈한 미간이 습관처럼 좁혀 들었다.

내가, 심하다고.

비서들의 대화가 자신을 향한 질타와 지유에 대한 동정으로 점철된 데에 대해 그는 이해할 수가 없었다.

지잉-

문이 열리자 미간을 찌푸린 채 엘리베이터에서 내린 서국이 카페를 향해 걸어갔다. 그때 그의 시야에 카페 안에서 음료를 사고 있는 여자가 보였다. 문제의 정 실장이었다.

우뚝.

그녀를 본 서국이 멈춰 섰다. 지유의 옆에는 정훈이 나란히 서서 다정하게 대화 중이었다. 직원들 음료를 사러 내려온 것인지 테이크아웃 컵 캐리어가 앞에 놓여 있었다. 아직 덜 나온 음료를 기다리고 있는 듯했다.

그 자리에 선 서국은 지유와 정훈의 모습을 유심히 바라봤다. 웃으면서 대화하는 두 사람의 모습은 아주 친밀하고 자연스러워 보였다.

'……미국 지사에서 같이 일했다고 했던가.'

좀 전에 직원들의 대화를 들었기 때문인지 지유의 웃는 얼굴에 시선이 갔다. 작고 하얀 얼굴에서 부드럽게 휘어진 눈꼬리가 보였다. 예쁘게 휘어 올라간 입술도.

자신을 대할 때도 그녀가 저런 얼굴이었는지 떠올려 보려 했지만 기억이 잘 나지 않았다. 지유에 대한 이미지는 브리핑 때 태블릿피시를 들고 있는 그녀의 손이나 뒷모습이 대부분이었다.

"아하하하."

정훈의 농담에 환하게 웃음을 터뜨리는 지유를 보자 그의 눈이 가늘어졌다.

웃음소리도 처음 듣는 것 같았다. 저렇게 웃는 모습도 처음 보고.

"……."

지유의 모습을 잠시 보고 있던 서국이 다시 엘리베이터 쪽으로 몸을 돌렸다.

◆ ◇ ◆

팡! 팡!

슈퍼리치들을 위한 회원제로 운영되는 최고급 호텔 스포츠센터에서 볼이 벽을 때리는 소리가 크게 울렸다.

스쿼시 라켓 손잡이를 커다란 손으로 꽉 움켜쥐고 힘차게 공을 때려 대는 서국은 이른 아침이라는 시간이 무색할 정도로 온몸이 땀에 젖어 있었다. 젖은 운동복이 단단한 상체에 달라붙어 있어 펌핑 된 가슴근육과 울퉁불퉁한 복근의 윤곽까지 고스란히 드러냈다. 검은색 반바지 아래로 돌처럼 단단하게 근육이 박힌 허벅지와 날렵하고 긴 종아리가 쭉 뻗어 있었다.

팡!

땀에 젖어 헝클어진 머리칼이 그가 있는 힘껏 공을 때릴 때마다 이마 위에서 찰랑거렸다. 서국은 오직 공에만 모든 신경을 집중한 채 사냥감을 쫓는 날렵한 짐승처럼 집요하게 움직였다.

"하."

한참을 근육이 터질 듯 움직여 대던 그가 마침내 라켓을 든 채 안쪽 벽의 벤치로 향했다. 기다란 벤치에 털썩 앉아 생수병 뚜껑을 열어 들이켜는데 누군가의 목소리가 들렸다.

"이서국."

서국이 생수병을 든 채 고개를 돌렸다. 중학교 동창인 최민호가 마찬가지로 운동을 끝냈는지 적당히 땀에 젖은 모습으로 나타났다.

"다른 놈들은 온갖 사교모임에서 맨날 보는데 넌 여길 와야 얼굴이나 겨우 보는 거 알아?"

민호가 옆에 앉으며 투덜대듯 말하자 서국이 숨을 고르며 대답했다.

"얼굴 봐서 뭐 하게."

들고 있던 이온음료 병을 열던 민호가 서국을 쳐다봤다.

"……."

잠시 그를 쳐다보던 민호가 말했다.

"너 그렇게 땀에 젖은 몸으로 헐떡이면서 말하니까 아주 음란하게 들리는데?"

"최민호."

서국이 인상을 쓰자 민호가 쾌활하게 웃었다.

"알았다, 알았어. 질색하기는."

민호는 서국의 성격과 반대로 장난기가 많은 친구였다. 서국의 입장에선 과도한 게 있었지만 중학생 때부터 한결같이 서국을 꾸준히 따라다니다시피 한 민호의 정성 덕분에 두 사람은 친구가 될 수 있었다.

지금도 그는 종종 서국이 있는 장소에 불쑥불쑥 나타나서 친분을 유지했다. 서국으로서는 이해할 수 없는 노력이지만 지금은 그냥 다른 성격이려니 이해하고 있었다.

이온음료를 들이켠 민호가 물었다.

"너네 형님 미국에서 돌아왔다며."

"저번 달에 왔어."

서국이 스포츠타월로 이마의 땀을 닦으며 대답했다. 민호가 그를 힐긋 쳐다봤다.

"본사 들어왔다고 들었는데, 그럼 이제 승계 시작 모드야?"

"그렇겠지."

무감하게 대답하는 서국을 민호가 유심히 바라봤다.

"흐음, 넌 괜찮냐?"

"뭘?"

서국이 민호를 마주 봤다.

"아니 솔직히, 능력으로 하면 네가 뒤처지는 것도 아니고. 요즘 시대에 꼭 장남이 승계하란 법도 없잖아. 네가 서자도 아닌데."

"뭘 말하고 싶은 건데."
서국이 똑바로 쳐다보는 시선에 민호가 어깨를 으쓱거렸다.
"형이랑 겨뤄 볼 생각 없냐는 거지. 맨날 기사 제목으로 나오는 승계권 다툼 말이야."
"난 그럴 생각 없어."
"왜 없어? 지금이 기회일 수 있지. 형이 자리 잡기 전에 네가 능력을 보이면 같은 본사에 있으니까 단박에 비교가 될 거 아니야."
서국이 관심 없다는 듯 무심히 운동 가방을 열었다.
"야, 이 답답한 자식이 좀 들어 보라니까."
민호가 정말 답답하다는 얼굴로 서국의 어깨를 잡았다. 서국의 시선이 다시 민호에게 향하자 그가 열변을 토하기 시작했다.
"지금까진 네 형이 미국에 있어서 비교 대상이 아니었지만 내가 장담하는데 네가 능력 면에서 월등할걸? 지금 너네 회사 주가 폭등한 게 누구 덕분인데. 네가 손댄 것마다 다 성공해서 그런 거 아니야."
"관심 없다니까."
서국은 다시 가방으로 시선을 옮겨 마저 짐을 정리했다.
"하……. 참 답답하네."
민호는 속이 터지려고 하는데 서국은 손목시계를 짧게 확인하고는 몸을 일으켰다.
"이제 그만 가야 돼."
"벌써 출근하게?"
민호가 얼른 따라 일어섰다.

"식전이면 여기서 밥이나 같이 먹고 가자."

민호가 바짝 따라붙으며 물었다.

"그래, 그럼."

서국이 건조하게 대답했다. 민호는 속없는 사람처럼 싱글거렸다.

"일단 씻을 거지? 나도 씻어야 되니까 같이 나가자."

민호가 친근하게 굴며 서국의 어깨에 팔을 둘렀다. 하지만 곧 덥다는 듯 서국이 쳐 내자 구시렁거리는 민호의 목소리가 들려왔다.

샤워실에서 씻고 나온 그들은 호텔 라운지 층에 있는 한식당에 자리를 잡았다.. 창가 자리에 앉아 식사를 하던 민호가 생각났다는 듯 말을 꺼냈다.

"그러고 보니까 박태희도 미국에서 들어온다는 거 같던데. 들었어?"

"못 들었어."

서국이 정갈하게 수저를 움직이며 대답했다. 그 모습을 빤히 보던 민호가 다시 물었다.

"처음 들었다고?"

"어."

"근데 왜 이렇게 반응이 없어? 이미 알고 있는 얘긴 줄 알았네."

투덜거리듯 하는 말에 움직임을 멈춘 서국이 시선을 올렸다.

"반응이 있어야 되는 건가?"

눈을 가늘이며 묻는 말에 민호가 당연하다는 듯 대답했다.

"그야, 너희 형제랑 박태희 어릴 때부터 친하지 않았어? 내 기억에도 맨날 셋이서 같이 붙어 다녔던 거 같은데."

"……."

서국이 표정 변화 없이 보고 있자 민호가 질린다는 듯 고개를 저어 댔다.

"반응이 참, 하긴 네가 사람한테 무심한 거 한두 해도 아니지만."

제 할 말을 다 했다는 듯 민호도 자신의 식사에 집중하기 시작했다. 그 모습을 보고 있던 서국이 조용히 입을 열었다.

"내가 사람 질리게 할 정도로 무심한가?"

"어, 어?!"

밥을 먹고 있던 민호가 눈을 크게 뜨고는 서국을 바라봤다.

"아니 난 그렇게까진 말 안 했는데, 왜? 누가 너보고 사람 질리게 한대?"

"어."

"누가?"

"직원이."

"직원이?!"

민호가 뜨악한 표정을 지었다.

"맙소사, 간이 부었구나! 직원 누가 감히 네 앞에서 그런 말을?"

서국이 표정 없이 말했다.

"내 앞에서 한 게 아니라 우연히 들은 거야."

놀란 얼굴을 하고 있던 민호가 그제야 고개를 끄덕였다.

"아…… 어쩐지. 아무리 그래도 그런 미친 사람은 없지 싶었는데. 그래도 야, 충격이긴 하겠다. 아무리 사실이라지만."

"사실?"

서국의 짙게 뻗은 눈썹이 꿈틀거렸다. 거기에는 아랑곳없이 민호가 젓가락으로 허공에서 서국을 쿡 찍어 가리켰다.

"당연하잖아. 물론 본인에게 직접 말하기엔 심한 말이지만. 그래도 뒤에선 얼마든지 할 수 있지."

"……."

빙글빙글 웃고 있는 민호를 서국이 서늘하게 응시했다.

"젓가락은 치우지. 기분 나쁜데."

"아, 미안."

민호가 말 잘 듣는 어린이처럼 얼른 젓가락을 테이블 위에 내려놨다. 그러고는 가슴 위에서 팔짱을 꼈다.

"어쨌든 네가 모르고 있었다면 그게 더 충격이다. 내가 맨날 너 무심의 극치라고 말했잖아. 그건 대체 뭘로 들은 건데?"

"……."

서국이 생각에 잠긴 얼굴로 창밖을 바라봤다. 민호는 뭐라고 더 잔소리하려다가 시계를 확인하고는 퍼뜩 놀랐다.

"야, 출근하려면 얼른 먹어야겠다. 넌 안 먹어?"

서국은 급하게 다시 식사를 하는 민호는 쳐다보지도 않고 창밖에만 시선을 두고 있었다.

"아예 입맛이 사라진 거야? 운동을 그렇게 했는데 지금 제대로 안 먹어 두면 금방 배고파진다. 너."

민호의 잔소리는 들리지 않는다는 듯 생각에 잠긴 서국의 눈이 고요히 잦아들었다.

◆ ◇ ◆

"이사님 왜 그러시지?"

업무 브리핑을 마치고 나온 선희가 심각해져서 비서실로 오자 다들 의자를 끌고 다가왔다.

"왜, 또?"

"무슨 일인데?"

비서들이 호기심과 걱정이 담긴 눈으로 선희를 바라봤다. 그들을 둘러본 선희가 침을 꼴깍 삼키고는 소리 죽여 말했다.

"어젠 눈길도 안 주시더니…… 오늘은 내내 날 뚫어지게 쳐다보시는 거야."

다들 눈이 휘둥그레 커졌다.

"이사님이요?"

"그래! 그 이사님이!"

데시벨을 낮춰 소리친 선희가 심각하게 말을 이었다.

"근데 문제는…… 막상 그 잘생긴 얼굴로 눈을 막 쳐다보고 있으니까 너무 긴장돼서 말도 막 더듬어 버렸지 뭐야."

"뭐? 창피하게!"

은주가 혀를 내두르자 선희가 억울한 듯 항변했다.

"왜 갑자기 사람을 그렇게 보는 거야! 심장 터지게!"

남식이 어이없다는 얼굴로 물었다.

“안 봐도 뭐라고 하고, 봐도 뭐라고 하고 대체 어쩌란 거예요?”

“내 말이!”

선희가 답답하다는 듯 제 머리칼을 감싸 쥐었다.

“정말 여자들이란 알다가도 모르겠어.”

고개를 절레절레 저은 남식이 의자를 끌고 자기 자리로 돌아갔다. 남은 은주와 효린이 서로 쳐다보고는 말했다.

“다음엔 내가 들어가 볼게. 나도 그 냉미남 눈빛 레이저 한번 받아 보자.”

“그다음은 나.”

그녀들의 숙덕이는 목소리가 남식의 뒤통수에 따라붙자 그가 슥 돌아봤다.

“내가 눈빛 레이저 좀 쏴 줄까?”

“냉미남의 눈빛 아니면 필요 없거든.”

“아, 그러세요.”

세상 싸늘한 반응에 남식이 어깨를 으쓱이고는 자리에 앉았다.

◆ ◇ ◆

로비에서 임원전용 엘리베이터로 걸어가던 서국은 익숙한 뒷모습을 발견하고 멈춰 섰다. 한 명은 정훈이었고, 정훈의 옆에서 있는 여자는 그의 비서 같았다.

“아, 서국아.”

서국을 발견한 정훈이 반갑게 인사했다. 그 소리에 옆에 서 있던 여자가 고개를 돌렸다.

……정 실장?

순간 서국이 눈을 가늘였다. 그는 자신이 전혀 모른다고 생각했던 여자의 뒷모습이 지유였다는 것에 놀랐다. 늘 단정하게 하나로 묶고 있던 머리칼을 부드럽게 풀고 딱딱한 안경이 아닌 렌즈를 착용한 지유가 그를 바라봤다.

"안녕하세요. 이사님."

다소곳하게 고개를 숙였다가 올리는 사이 흘러 내려온 갈색 머리칼을 지유가 하얀 손가락으로 쓸어 넘겼다.

"네."

마주 고개를 숙인 서국이 지유를 가만히 내려다봤다. 옷차림도 늘 그가 보던 무채색의 정장 차림이 아닌 화사한 옐로우 컬러의 블라우스와 아이보리 컬러의 팬츠를 입고 있었다.

서국이 분위기가 완전히 바뀐 지유를 내려다보는데 정훈이 그에게 물었다.

"식사하고 오는 길이야?"

지유에게 시선을 꽂은 채 서국이 대답했다.

"오찬이 있어서."

"우리도 밖에서 먹고 오는 길인데, 새로 생긴 집인데 맛이 꽤 괜찮아. 근처에서 먹을 일 있으면 알려 줄게."

"그래. 나중에."

서국이 낮은 어조로 대답하는데 엘리베이터가 도착했다. 세 사람이 올라탄 엘리베이터가 움직이기 시작했다. 서국이 문 앞에 서고 뒤에 내리는 정훈과 지유가 벽 쪽으로 섰다. 그의 뒤에서 두 사람의 대화 소리가 들렸다.

"오늘 첫 회식인데 메뉴 뭘로 하지?"

"상무님 좋아하시는 걸로 하세요."

"무슨 소리야. 정 실장이 와 줘서 내가 얼마나 고마운데, 당연히 메뉴는 정 실장이 좋아하는 걸로 해야지."

서국의 시선이 문에 비친 두 사람에게 향했다. 사이좋게 나란히 선 두 사람의 대화는 꽤 친밀하게 들렸다.

"정 실장 미국에서 해머만 한 스테이크 좋아했잖아. 그런 데로 갈까?"

"네? 제가 언제 해머만 한 걸 좋아했다고…… 그, 그냥 손바닥만 한 걸 좋아했죠."

정훈의 말에 지유가 깜짝 놀라선 서국을 힐긋거렸다. 그러자 그녀의 시선이 닿기 전에 서국이 먼저 시선을 정면으로 돌렸다.

"공룡 손바닥인가?"

정훈이 볼이 붉어진 지유가 귀엽다는 듯 웃고는 말했다.

"그래. 정 실장이 그렇다면 그런 걸로 하지 뭐."

"다음에 봐."

서국이 내리면서 인사하는 소리에 정훈이 지유에게만 향해 있던 시선을 들었다.

"아, 그래. 다음에 보자."

"안녕히 가세요."

지유가 서국에게 인사하는데 정훈이 빠르게 그녀에게 물었다.

"정 실장. 그럼 스테이크 괜찮은 거지?"
"네. 좋아해요. 그런데 거기가 어딘데요?"
"가까워. 이 건물 뒤에 그……."
탁.
엘리베이터 문이 닫히고 두 사람의 대화 소리가 끊겼다. 우뚝, 동시에 서국의 걸음도 멈췄다. 그가 천천히 몸을 돌려 이미 닫힌 문을 쳐다봤다.
"……."
한동안 서 있던 그가 걸음을 옮겨 이사실로 향했다. 기다리고 있던 남식이 서국을 뒤따라 집무실로 들어왔다.
"이사님. 요청하셨던 자료 가져왔습니다."
"거기 두세요."
"네."
남식이 책상 위에 뽑아 온 자료를 올려 두고 돌아서는데 서국이 말했다.
"최 비서."
"네! 이사님."
남식이 얼른 다시 서국을 바라봤다. 그가 뭔가 생각에 잠긴 눈으로 남식을 보고 있었다. 회색빛이 많이 섞인 짙은 눈동자로 말없이 응시하는 시선에 남식은 괜히 어깨에 힘이 들어갔다.
'뭐야, 내가 왜 긴장을?'
이게 다른 비서들이 말하던 그 냉미남의 눈빛인가?
남식이 그렇게 생각하며 숨을 삼키는데 서국이 말했다.
"회식이라는 거, 꼭 해야 합니까?"

"네? 회, 회식이요?"
뜬금없는 질문에 남식이 저도 모르게 톤을 올려 물었다. 눈을 크게 뜬 남식을 그가 가만히 응시했다.
"팀 회식 말입니다."
서국이 낮게 말하자 남식이 잠시 망설이다 입을 열었다.
"저, 그런데…… 이사님은 회식 안 좋아하지 않으세요?"
"그래도 직원들의 경우는 다르지 않습니까? 다른 팀은 종종 하는 것 같던데."
"아, 저희끼리는 실장님께서 맛있는 거 사 주셔서 자주 먹었습니다."
남식의 말에 서국의 표정이 묘해졌다.
"……그랬군요."
서국의 얼굴이 서늘해지자 아차 싶어진 남식이 빠르게 덧붙였다.
"이사님이 바쁘시고 술도 안 좋아하셔서 그런 거니까 저희는 다 이해합니다. 실장님께서 늘 그렇게 저희에게 말씀하셨거든요. 서운해하지 말라고."
"……."
서국은 아까 엘리베이터 문이 닫히기 전의 지유 목소리를 떠올렸다.

'네. 좋아해요.'

그 말이 이상하게 그의 심기에 거슬렸다. 눈을 가늘인 서국이 남식을 바라봤다.

"최 비서."

"스테이크!"

남식이 비서실로 뛰어 들어오며 소리치자 다들 고개를 돌렸다.

"뭔 스테이크?"

"아니, 회식!"

"회식?!"

비서들의 눈이 커졌다. 남식이 흥분된 표정으로 말했다.

"이사님이 오늘 회식하자며 메뉴로 스테이크 어떠냐 물으시더라고요."

"이사님이 오늘 회식하자고 했다고?"

"네. 그래서 다들 시간 괜찮은지 물어보라고 하셨어요."

남식의 말에 다들 서로 얼굴을 쳐다봤다.

"요즘 왜 그러시지? 갑자기 안 하던 행동들을 하시고."

다들 심각한 표정으로 고민에 싸여 있는데 남식이 싱글벙글한 얼굴로 말했다.

"어쨌든 메뉴 스테이크 물어보셔서 고기는 진리라고 대답했는데 잘했죠?"

선희가 고개를 끄덕였다.

"이사님이 메뉴 선정 센스는 좋으시네."

"그건 인정."

은주도 고개를 주억거렸다.

"그럼 회식 전까지 파이팅 해서 일 마무리합시다!"
"네!"
선희의 멘트와 함께 다들 업무 속도를 올리기 시작했다.

일찍 업무를 마무리 지은 이사실 비서팀은 서국과 함께 회사 근처의 스테이크 하우스로 향했다.
"여기 멋지다. 생긴 지 얼마 안 돼서 아직 안 가 봤는데."
"그러게. 꽤 비싸다더라고."
유럽식 대리석 건물을 보며 쑥덕이던 은주와 효린이 누군가를 보고는 눈을 크게 떴다.
"어? 실장님?"
"아."
입구 안쪽 카운터에 정훈과 서 있던 지유가 돌아보고는 놀란 표정을 지었다.
"다들 여긴 어떻게……."
"아니!"
비서들이 지유에게 우르르 몰려들더니 그녀를 위아래로 살폈다.
"세상에! 하루 만에 분위기가 왜 이렇게 바뀌신 거예요?"
"그게 아니라…… 어엇."
효린이 지유를 잡아 자기들 쪽으로 끌어당기며 정훈과 거리를 두게 했다. 곧바로 따라온 다른 비서들도 지유를 둥그렇게 에워쌌다. 정훈이 멀찍이서 숙덕이는 비서들을 미소로 바라봤다. 그러다가 뒤따라 들어오는 서국을 쳐다봤다.

"너희도 회식?"

"어."

서국이 건조하게 대답하자 정훈이 지유 쪽을 힐긋 보고는 말했다.

"우리도 정 실장 환영파티 하려고 왔어. 힘든 결정이었을 텐데 좋은 거 사 주고 싶어서."

지유에게서 시선을 돌린 정훈이 서국을 바라봤다.

"같은 데 온 건 우연이네."

"……."

서국이 대답 없이 정훈을 마주 봤다. 두 사람 사이에 알 수 없는 미묘한 분위기가 흐르는 사이, 지유는 한쪽에서 직원들에게 추궁을 당하고 있었다.

"안경은! 안경은 어디 간 거예요? 머리는 왜 안 묶으시고! 설마 상무님한테 잘 보이려고 이런 건 아니죠? 실장님!"

효린이 매섭게 눈을 뜨고 추궁하자 지유가 부드럽게 웃었다.

"그런 게 아니라 그냥 사무실 분위기를 맞춰서 입은 것뿐이에요."

"정말이죠? 남식 씨 걸고 맹세할 수 있죠?"

"왜 나를 걸고……."

뜬금없이 소환된 남식이 억울한 표정을 짓는데 정훈이 다가오더니 자연스럽게 지유의 팔을 잡아 빼냈다.

"정 실장. 다들 기다리고 있는데 그만 가 봐야지."

"아, 네. 상무님. 그럼 다들 맛있게 먹고 다음에 봐요."

지유가 인사하고 정훈을 따라 멀어졌다. 그녀의 뒷모습에 아련한 시선들이 달라붙었다.

"실장님…… 갑자기 너무 러블리해지셨잖아요. 사람 불안하게."

"그동안 나이에 안 맞게 너무 경직된 스타일만 고수하셔서 그렇지."

그때 서국이 다가왔다.

"우리도 이동하죠."

"네! 이사님."

서국의 말에 퍼뜩 정신을 차린 그들이 기다리고 있는 직원에게 얼른 걸어갔다.

"이쪽으로 오십시오."

자리를 안내해 주는 직원을 비서들과 함께 뒤따르며 서국이 조용히 뒤를 돌아봤다. 정훈과 지유는 안쪽으로 멀어지고 있었다.

정훈을 따라 걸어가는 지유의 얼굴이 어두워졌다.

'나 있을 땐 회식 한 번도 안 했는데…….'

서운한 기분이 과거의 기억을 끄집어냈다. 4년 전, 지금의 비서팀이 완성됐을 때 지유는 서국에게 회식을 제안한 적이 있었다.

'이사님. 신입 비서들도 확정됐는데 회식 날짜 언제로 잡을까요?'

그녀의 말에 모니터를 보고 있던 서국이 고개를 들었다.

'그게 꼭 필요한 일입니까?'
'꼭 필요하진 않더라도 하는 것이…….'
'꼭 필요한 일만 보고하는 게 정 실장의 일입니다.'
'……알겠습니다. 이사님.'

그 말을 듣고 결국 비서팀 팀원들끼리만 회식을 갖게 됐다.

'실장님 승진 축하해요!'
'고마워요. 우리 신입 남식 씨와 효린 씨도 앞으로 잘 부탁해요.'
'비서실의 무궁한 발전을 위해 건배!'

다들 기분 좋게 건배를 하고 술을 마시다가 고참인 선희가 슬쩍 물어 왔다.

'근데 이사님은 많이 바쁘세요? 오늘 실장님 승진 축하 자리인데…….'
'아, 오늘 선약이 있으신가 봐요. 바쁘신 분이니 우리가 이해해 드려야죠.'

지유가 생긋 웃어 보이자 선희도 어쩔 수 없다는 듯 따라 웃었다. 하지만 서운하지 않은 건 아니었다. 그 뒤로도 종종 회식을 가졌지만 서국에게는 말하지 않았다.

'그런데 왜 내가 없으니까 바로 회식을 하는 거냐고.'

지유의 서운함은 급기야 원망으로 향하고 있었다.

'혹시 내가 없어서 일부러?'

자신과 함께 회식하기 싫어서 다른 데로 옮기자마자 곧바로 회식을 연 게 아닐까?

"정 실장. 무슨 생각해?"

"네?"

문득 들려온 정훈의 목소리에 지유가 정신을 차렸다. 고개를 들어보니 그가 그녀의 얼굴을 유심히 살피고 있었다.

"신경 쓰이는 일이라도 있어? 표정이 어두운데."

"아닙니다. 상무님."

지유가 얼른 웃어 보였다. 억지로 지어낸 웃음에 정훈의 의아한 시선이 잠시 닿았다.

"아, 저기 다들 와 있네. 갑시다."

먼저 와 있는 비서들의 자리를 본 정훈이 지유를 자연스럽게 이끌었다.

우우웅, 우우우웅.

비서들의 대화를 조용히 듣고 있던 서국은 휴대폰 진동 소리에 고개를 숙였다. 액정을 확인한 그가 휴대폰을 들고 일어섰다.

"잠시 통화 좀 하겠습니다."

비서들에게 양해를 구한 그가 전화를 받으며 밖으로 나왔다.

"네. 이서국입니다."

서국은 분위기 있는 조명이 은은한 빛을 내는 정원으로 나갔다. 업무적 통화를 하던 그의 시선이 문득 전면유리 안쪽 테이블의 사람들로 향했다. 이내 그의 시선이 한곳에 고정됐다. 정확히는 상무실 사람들과 함께 환하게 웃고 있는 지유에게.

"……."

지유를 향한 서국의 눈이 순간 예리해졌다. 정훈이 뭐라 하자 지유가 웃음을 터뜨렸다. 다들 웃는 와중에도 정훈의 웃음기 어린 시선이 그녀에게 향해 있었다.

– 이사님?

"……죄송합니다. 말씀하십시오."

휴대폰을 귀에 댄 채 창 안을 응시하며 서국이 말했다. 그의 시선은 흔들림 없이 지유에게 닿아 있었다. 한동안 창 안쪽을 보고 있던 서국의 눈동자가 어두운 색으로 가라앉았다.

◆ ◇ ◆

"후우."

집으로 돌아온 지유가 소파 위에 가방을 내려놓고는 털썩 앉았다.

"너무 오랜만에 과음을 했나."

발갛게 물든 얼굴을 매만지며 지유가 한숨 흘리듯 말했다. 정훈이 계속 와인을 따라 줘서 평소보다 더 많이 마신 것 같았다. 아니, 사실 그것보단…….

"역시 서운해서……?"

아까 봤던 서국의 모습이 떠오르자 또 마음이 찌르르 아팠다. 자긴 쏙 빠진 자리에 다른 직원들하고만 그렇게 바로 회식을 하다니. 서운하게 생각하지 않으려야 그럴 수가 없었다.

"나도 이사님이랑…… 회식하고 싶었는데."

그런 회식 자리를 한 번쯤은 가졌으면 했다. 업무의 연장이라 해도 업무 외적 이야기도 할 수 있는 자리니까. 술기운에 더 서운해진 지유의 커다란 눈에 눈물이 그렁그렁 맺혔다.

"속상해, 정말."

이런 일이 눈물을 뚝뚝 흘릴 일은 아닌 것 같은데 왜 이렇게 속이 상할까. 정훈의 비서실장으로 있는 모습을 본 그가 조금쯤은 아쉬움을 느껴 주길 바랐는지도 모른다. 저의 달라진 외모에 조금쯤은 관심을 가져 주길 바랐는지도.

하지만 일말의 관심도 없는 무심함과, 기다렸다는 듯 직원들과 함께 저가 그토록 바라던 회식을 갖는 모습을 보니 그냥 모든 게 다 너무 서운하게만 느껴졌다.

지유는 소파 위에 앉은 채 무릎을 팔로 감싸 그 위에 얼굴을 묻었다. 술 때문인지 눈물 때문인지 열이 올라 얼굴이 뜨끈뜨끈했다. 하아, 숨을 내쉰 지유가 다시 깊이 들이켰다.

'이 서운함도 술이 깨고 나면, 자고 나면 괜찮아지겠지.'

분명 괜찮아질 거야.

지유가 방울방울 매달린 눈물을 익숙하게 손가락으로 털어냈다.

◆ ◇ ◆

그 시간, 서국의 차가 지유의 아파트 앞에 서 있었다. 운전석에 있던 상현이 고개를 돌려 뒷좌석의 서국을 바라봤다.

"이제 출발하면 될까요?"

"기다리시죠."

서국이 창밖에 시선을 고정한 채 낮게 말했다.

"알겠습니다."

상현이 다시 고개를 돌려 휴대폰 게임을 시작했다.

"……."

서국의 진지한 시선은 좀 전에 지유가 비틀거리며 들어간 아파트의 입구에 향해 있었다.

1시간 전, 서국은 비서팀의 회식이 끝난 뒤 따로 2차를 가라고 법인카드를 건네고 나왔다. 그러고 나서 밖에 나와서 운전비서의 차를 기다리는데 지유의 목소리가 들렸다.

"아니에요. 혼자 갈 수 있어요. 하나도 안 취했는걸요."

돌아보니 지유가 정훈에게 말하고 있었다.

"취한 거 같은데?"

"아니라니까요. 저보다 다른 직원들 챙겨 주세요. 그럼 먼저 가 보겠습니다!"

"아, 정 실……."

도망치듯 사라지는 지유를 정훈이 멍하니 보고 있었다. 어찌나 빠른지 그녀는 벌써 저만큼 앞에 가 있었다. 그때 마침 서국의 차가 도착하고 그가 올라탔다.

"직진하세요."

"네? 집은 반대 방향……."

"직진."

서국의 강경한 말에 상현은 영문을 모르고 직진했다. 조금 앞으로 가니 언제 달려갔냐는 듯 지유가 비틀거리며 걷고 있는 모습이 보였다. 그 모습을 본 서국의 미간이 좁혀 들었다.

"멈춰요."

"아, 네."

차를 멈춘 서국이 문을 열고 나가는데 택시를 발견한 지유가 얼른 손을 들었다.

"택시!"

지유가 비틀거리며 택시에 올라타는 모습을 본 서국이 그 자리에 우뚝 섰다. 눈을 가늘였다가 다시 빠르게 차로 돌아온 그가 말했다.

"앞차 따라가요."

"택시 말입니까?"

"네."

상현은 오늘따라 서국이 영문 모를 지시만 한다고 생각하며 그의 말에 따랐다. 아파트 입구 앞에 택시가 멈추고 거기서 여자가 내렸지만, 상현은 그 여자가 지유라는 생각은 못 했다. 그가 알고 있는 정 실장은 고리타분할 정도로 정석적인 비서의 옷차림을 갖추고 있었으니까.

'누군데 그러시지?'

저 여자를 따라온 건 확실하니 누군지 궁금했지만 아무리 눈치 없는 상현이라도 그런 질문은 하지 않았다.

"……."

서국은 말없이 지유를 응시하고 있었다. 비척거리며 택시에서 내린 지유는 이미 멀어진 택시를 향해 90도로 허리를 숙여 꾸벅 인사를 하고 있었다. 그러고는 휘청휘청 입구로 향했다.

'많이 취한 건가.'

몇 번인가 공동현관 비밀번호를 잘못 누르는 지유를 보자 그의 짙은 눈썹이 꿈틀거렸다. 한참 만에 입구가 열리고 지유가 안으로 들어갔다. 지유가 건물 안으로 사라진 뒤에도 여전히 그의 시선은 그곳에 향해 있었다.

한참 생각에 잠긴 얼굴로 보고 있던 서국이 말했다.

"이제 출발하죠."

"네. 이사님."

상현은 하던 게임을 끄고 얼른 시동을 걸었다. 차가 아파트를 빠져나올 때까지도 서국의 시선은 한참 전에 지유가 사라진 곳에 머물러 있었다.

◆ ◇ ◆

태림그룹 27층 대회의실에서 프레젠테이션이 진행되고 있었다. 빔 프로젝터 스크린 앞에 선 정훈은 깔끔한 라이트머드 컬러 셔츠에 블랙 슬랙스를 입고 설명하고 있었다.

"포화 상태인 산업 안에서 도태되지 않기 위해 우리 태림은 새로운 성장 동력이 필요한 시점입니다. 그래서 저는 올해부터 내후년 상반기까지의 기간을 가지고 신에너지 개발에 집중해 볼 생각입니다. 그게 지금까지 설명드렸던 이번 프로젝트의 초기 구상입니다."

긴 설명을 마무리한 정훈이 앉아 있는 개발자들과 각 부처의 담당자들을 바라봤다.

"그럼 질문 받도록 하겠습니다."

정훈이 싱긋 웃자 질문이 시작됐다.

"전체 기간은 어느 정도 생각하고 계신지 궁금합니다."

"성과를 내기 위해선 5년 정도 생각하고 있습니다. 국내외 에너지 사업의 판도가 빠르게 변화하고 있는 만큼 확답은 어렵지만, 지금의 계획으로는 그렇습니다."

술술 대답하는 정훈을 지유가 조금 거리를 두고 선 채 보고 있었다. 태블릿피시를 든 그녀는 정훈이 비서팀에서 준비한 자료에 맞게 설명하고 있는지를 확인하기 위해 예의주시했다.

'흐음. 괜찮긴 한데…….'

지유가 고개를 살짝 기울이고는 직원들이 앉아 있는 쪽을 바라봤다. 여러 사람들 사이에서도 단번에 눈에 들어오는 서국에게 그녀의 시선이 짧게 닿았다.

뛰어난 언변을 무기로 정훈은 충분히 잘하고 있었다. 하지만 객관적으로 보면 엄격한 서국의 발표보다 사람들의 신뢰를 더 얻기는 어려워 보였다.

아직 권위적인 한국 사회 구조상 직원들은 카리스마를 가지고 조직을 이끌어 나갈 수 있는 이서국 같은 사람에게 리더로서의 호감을 느끼게 되어 있다. 자신감에 차 있는 정훈을 보는 직원들의 신뢰도도 이서국만 못 하다. 늘 회의를 보아 오던 지유는 그걸 알 수가 있었다.

'이건 상무님의 장점이기도 하지만 이 부분에선 좀 아쉽긴 하네.'

지유가 속으로 한숨을 내쉬었다. 어쨌든 후계자는 이정훈이고 그의 비서실 설계를 맡은 지유에겐 아쉬움이 느껴지는 대목이었다. 그때 다른 질문이 들려왔다.

"초기 비용은 얼마나 예상하십니까?"

"초기 비용은……."

순간 정훈이 조금 당황한 얼굴로 자료를 살폈다.

그 모습을 본 지유가 태블릿피시로 빠르게 자료를 검색해서 정훈에게 다가가 건넸다.

"상무님. 여기 있습니다."

정훈이 안심한 표정으로 지유를 바라봤다. 그러고는 다시 앞의 사람들을 향해 말했다.

"죄송합니다. 초기 비용은 대략……."

회의가 끝난 뒤 대회의실에서 사람들이 썰물처럼 빠져나갔다. 정훈이 뒷정리를 하고 있는 지유에게 다가왔다.

"고마워. 덕분에 살았어."

"아닙니다. 제 일이니까요."

자료를 챙기던 지유가 생긋 웃었다. 그 모습을 정훈이 부드러운 미소를 띠고 바라봤다.

"그래도 온 지 얼마 되지도 않았는데 신사업 진행 내용까지 다 살펴봤다는 거잖아. 대단해. 정 실장."

"감사합니다."

지유가 대답하고는 정리한 자료를 들고 정훈과 함께 문 쪽으로 향했다. 힐끔 뒤를 쳐다보니 서국의 모습이 보이지 않았다.

'먼저 나간 걸까?'

지유가 저도 모르게 시선으로 그를 찾는데 다른 임원이 정훈에게 말을 걸었다.

"이 상무, 오늘 잘 봤어. 아주 능력이 출중하더구만. 과연 미국에서 쌓은 경력이 허튼 게 아니야."

"과찬이십니다."

정훈이 단정히 고개를 숙였다. 정훈의 어깨를 툭툭 두드려 준 임원이 지유를 쳐다봤다. 그러고는 생각났다는 듯 정훈에게 말했다.

"새로 온 실장이 아주 능력 있던데. 잘 구했어. 어디서 스카우트해 온 모양이지?"

임원이 칭찬하는 말에 정훈과 지유가 서로 시선을 교환했다.

"아…… 감사합니다. 그럼 가 보겠습니다."

"그래. 회장님께 안부 전해 주고."

"네."

정훈은 임원에게 인사한 뒤 돌아서서 엘리베이터로 향했다. 그곳으로 걸어가던 그가 함께 나란히 걷고 있는 지유에게 고개를 갸웃거리며 말했다.

"어떻게 모를 수가 있지?"

"보통 임원들은 비서실장에게 큰 관심은 없으시잖아요."

지유가 사무적인 미소를 띠고서 대수롭지 않게 대답했다. 스타일이 변해서겠지만, 그전의 스타일과 비슷한 다른 비서들과도 아마 구분하긴 어려울 거였다.

"아무리 그래도……. 아, 정 실장. 이사실로 돌아가면 원래 스타일로 되돌려야 하나?"

정훈이 불쑥 묻자 지유가 눈을 굴렸다.

"글쎄요. 생각해 보진 않았어요."

"난 지금의 모습이 정지유답고 좋은데."

"상무실에선 바꿀 일 없으니 걱정하실 거 없어요."

지유가 가볍게 대답했다. 정훈이 그녀의 모습을 가만히 내려다봤다.

"그런 뜻이 아니라."

정훈이 뭔가 말하려는데 그들 앞에 누군가가 마주 섰다.

"이서국."

서국을 본 정훈이 웃으며 인사했다.

"안녕하세요."

지유도 고개를 숙여 인사했다. 고개를 들었을 때 서국과 눈이 마주쳤다. 순간 지유는 숨을 삼켰다. 정훈과 일을 하고 있어서인지 이서국 특유의 존재감이 더 여실히 느껴졌다. 보자마자 심장을 조여들게 하는 수려한 얼굴도 새삼 놀라웠다.

지유를 잠시 본 서국이 정훈에게 시선을 돌렸다.

"잘 봤어. 준비 많이 했던데."

"고맙다. 그래도 여기 와서 큰 회의는 처음이라 긴장했는지 실수할 뻔했어. 능력 있는 정 실장 덕분에 위기를 넘겼지만.”

정훈이 지유를 칭찬하자 서국의 시선이 그녀에게 다시 닿았다.

“수고 많았습니다.”

“아닙니다. 이사님.”

지유가 조금 멋쩍은 기분으로 대답하는데 서국의 시선이 움직이지 않고 계속 그녀에게 닿아 있었다.

“……?”

얽혀 드는 시선에 지유가 이상함을 느끼는데 정훈의 목소리가 그 기류를 갈랐다.

“엘리베이터 왔네. 탑시다.”

정훈이 지유의 허리를 매너 있는 손으로 이끌었다.

“아, 네.”

그 손길에 이끌려 엘리베이터에 올라탄 지유는 등 뒤의 서국에게서 박힐 듯한 시선을 느꼈다.

두근.

‘착각이겠지?’

이번에도 평소처럼 제 착각일 거라 생각하면서도 뒤에 서 있는 서국에게 모든 신경이 쏠렸다.

‘항상 옆에서 일하다가 이제 자주 보지 못하니까 그런 걸 거야.’

왠지 심장박동이 자꾸만 빨라지는 기분에 지유는 자료를 안고 있는 손에 지그시 힘을 줬다.

“그럼 다음에 보자.”

상무실이 있는 층에 도착해 정훈과 지유가 먼저 내렸다. 서국을 제대로 보지도 못하고 고개 숙여 인사하고 내린 지유는 비서실로 돌아왔다. 심장이 아직 콩콩 뛰고 있어 슬며시 뺨의 온기를 체크하는데 비서팀 직원인 영혜가 슬쩍 지유에게 물었다.

"실장님. 회의 분위기 어땠어요? 상무님 꽤 긴장하신 것 같던데."

"충분히 잘하셨어요."

지유가 생긋 웃으며 대답했다. 영혜 얼굴이 환해졌다.

"아, 다행이네요."

영혜가 안심한 듯 다시 업무로 돌아갔다. 그걸 본 지유도 입술 끝을 올린 채 자신의 자리에 앉았다. 동시에 그녀의 입꼬리가 아래로 내려왔다.

'이제 안 그러기로 했는데.'

마음 한편이 씁쓸했다. 자주 못 봐서 그런지 서국이 있을 만한 곳에 자꾸 눈길로 그를 찾아다니고, 자그마한 시선에도 의식하게 되어 버린다.

'적당히 해. 정지유.'

무수히 했던 그 착각들에서 아직도 벗어나지 못한 거면 너 정말 한심한 거야.

고개를 가볍게 흔든 지유가 회의록을 정리하기 시작했다. 지유가 외면하려는 그녀의 심장은 여전히 빠르게 뛰고 있는 채로.

◆ ◇ ◆

집에서 안경을 끼고 책상에 앉아 스케줄표를 정리하던 지유가 동그란 이마를 살짝 찌푸렸다.

"정보가 너무 없네."

다음 주 화요일에 잡혀 있는 부산 포럼 장소는 신설된 지 얼마 안 된 곳이라 정보가 거의 없었다. 주최 측에서 넘긴 자료도 빈약해서 회의실의 시설이나 동선 등을 파악하기가 더 힘이 들었다.

"역시 먼저 가서 봐야 할 거 같아."

국내뿐 아니라 아시아 대부분의 기업에서 참여하는 중요한 포럼이고, 정훈이 후계자로 참석하는 첫 공식행사였다. 차질 없이 정훈을 수행하기 위해선 사전답사가 필요할 것 같았다.

"그때 필요한 자료를 미리 프린트해 둔 게 있었는데? 그게 어디 있더라……. 아."

책상을 뒤지던 지유가 멈칫했다. 책꽂이에서 파일 하나를 발견한 그녀가 놀란 눈으로 꺼내 들었다.

"어머, 이걸 잊고 있었네."

이건 특허와 에너지 개발로 유명한 독일 BX사에서 보낸 기획서였다. BX에서 작년부터 협약 요청이 있었는데 아직 정식 계약은 체결하지 않은 상태였다. BX는 워낙 파급력이 대단한 회사라 지유도 꽤 기대를 하고 있는 제안이라 집에 가져와서 살펴본 기억이 있었다.

'그 뒤에 사무실에 가져가는 걸 잊은 모양이야. 그사이 진행될 수도 있으니 이건 내일 가져다줘야겠어.'

파일 내용을 훑어보던 지유가 회사에 가져가기 위해 파일을 가방에 넣었다. 그러고는 다시 자료를 찾기 시작했다.

다음 날 출근하자마자 지유는 이사실로 향했다. 그녀가 비서실로 들어오자마자 다들 얼굴에 화색이 돌았다.

"실장님! 돌아오신 거예요?"

"이사님한테 전해 드릴 게 있어서 잠깐 들렀어요. 안에 계세요?"

지유의 말에 선희의 얼굴이 단박에 시무룩해졌다.

"아직이시구나……. 네. 안에 계세요."

그때 효린이 빠른 걸음으로 다가와 득달같이 물었다.

"실장님 혹시 상무님 꼬임에 넘어가신 건 아니죠?"

"안 넘어갔어요. 일단 안에 들어갔다 올게요."

"빨리 오셔야 해요."

눈을 번뜩이며 부담스러울 정도로 쳐다보고 있는 시선을 웃음으로 피한 지유가 집무실로 걸어갔다.

똑똑.

지유가 노크한 뒤 집무실 문을 열려다 움직임을 멈췄다.

'오랜만이네.'

그러고 보니 서국의 집무실에 들어가는 게 꽤 오랜만이었다. 매일 이 문을 열 때마다 내심 가슴 떨려 했는데 오랜만이다 보니 더 긴장이 됐다. 지유가 작게 숨을 들이켰다.

'릴렉스하자, 릴렉스.'

마음의 평정을 읊조리며 지유가 문을 열었다.

"이사님. 이게……."

파일을 들어 보이며 말하려던 지유는 안쪽의 서국을 보고 멈춰 섰다.

"이사님?"

눈을 둥글게 뜬 지유는 발소리를 줄여 책상 쪽으로 조심스럽게 걸어갔다. 가까이서 보니 서국은 의자에 앉은 채 잠들어 있었다.

'회사에서 주무시는 건 처음 보는데?'

지유는 눈을 천천히 깜박이며 잠든 서국을 바라봤다. 그녀가 이 비서실에서 일하는 동안 서국이 집무실에서 잠든 모습을 한 번도 본 적이 없었다. 아무리 격무에 시달려도 강철 체력으로 버티던 그였으니까.

'여기 두고 가야겠다. 보면 아실 거니까.'

지유는 조용히 파일을 책상 위에 올려 뒀다. 그러고는 살금살금 몸을 돌리던 그녀가 우뚝 멈춰 섰다.

"……."

안 돼. 가야 해. 발 움직여. 어서!

잠시 갈등 어린 표정을 짓고 있던 지유가 결국 유혹에 못 이겨 서국 쪽으로 다시 몸을 돌렸다. 평소 루틴대로 슈트 재킷을 걸쳐 둔 서국은 흰 와이셔츠 위에 타이까지 완벽하게 맨 채 잠이 들어 있었다. 긴 다리를 뻗고 단단한 배 위에 두 손을 가지런히 올린 채 눈을 감고 있는 모습을 보니 절로 심장이 빨라졌다.

'이렇게 가까이서 보는 것도…… 처음인가?'

해외 출장 때 비행기 안에서 외엔 잠든 모습을 본 적도 없었고 그때도 감히 가까이에선 보지 못했다.

꿀꺽.

침을 삼킨 지유가 고개를 살짝 숙여 서국의 얼굴을 가까이에서 내려다봤다. 조각 미남이 바로 이것이다, 라는 걸 보여 주는 듯한 수려한 얼굴이 무방비하게 그녀의 시야 안에 있었다. 짙은 눈썹 아래 감은 눈의 속눈썹이 서늘한 그늘을 만들고 있었다.

높은 콧날과 그 아래 늘 무감하게 다물려 있는 입술로 시선이 옮겨졌다.

'꿈에선 그렇게 짐승처럼 달려들더니.'

섬세하게 조각된 듯한 입술을 응시하던 지유가 한숨처럼 내뱉었다.

"……내가 좋아하는 거 전혀 모르는 사람인데."

이렇게 보기만 해도 심장이 뜨겁게 뛰는 거, 옆에만 있어도 숨이 막히는 거…… 정말 하나도 모르는 사람인데.

창으로 쏟아져 들어오는 햇살 아래 그의 단정한 얼굴을 홀린 듯 보고 있던 지유가 그의 얼굴 위로 고개를 숙였다.

쪽.

"!"

저도 모르게 서국의 입술에 충동적으로 입을 맞춘 지유가 놀라서 번쩍 고개를 들었다.

'미쳤나 봐. 깨면 어쩌려고!'

얼굴이 화르륵 붉어진 지유가 두 손으로 제 입술을 막고는 도망치듯 집무실 문으로 향했다.

탁!

문을 닫은 지유가 재빨리 비서실로 향했다.

“실장님, 바로 가시는 거예요?”

“미안해요. 바, 바빠서 다음에 다시 올게요!”

쏜살같이 비서실을 빠져나가는 지유 뒤로 비서팀 직원들의 목소리가 들려왔다. 거기에는 신경 쓸 겨를도 없이 정신없이 이사실을 나온 그녀는 엘리베이터에 올라탔다.

“하아!”

문이 닫히자마자 가슴 부근을 부여잡은 지유가 커다랗게 숨을 토해 냈다.

“정신이 나갔어, 완전 제정신이 아니야! 대체 어떻게 그런……!”

얼굴이 홍당무처럼 새빨개진 지유가 고개를 세차게 흔들었다.

너무 오래된 짝사랑에 머리가 어떻게 되어 버린 걸까? 어떻게 집무실에서 그 남자의 입술을 훔칠 생각을…….

“끼악!”

방금 전 입술을 겹치던 촉감이 선명히 떠오르자 지유가 견디지 못하고 꽥 소리를 질렀다.

‘미쳤어, 미쳤어! 정말!’

지유가 벽에 머리를 쿵쿵 박고는 두 손으로 제 얼굴을 감쌌다. 불길이 치솟을 듯한 뜨거움이 손바닥에 고스란히 느껴졌다.

탁!

“미안해요. 바, 바빠서 다음에 다시 올게요!”

문이 닫히는 소리와 함께 밖에서 다급히 말하는 지유의 목소리가 이사실까지 들려왔다.

감겨 있던 서국의 눈꺼풀이 천천히 들려 올라갔다.

"……."

짙은 눈동자가 방금 지유가 나간 문에 또렷하게 고정됐다.

03

“직장 내 성희롱 처벌이 어떻게 되더라…….”

“네? 실장님 무슨 일 있으셨어요?”

지유가 회색빛 얼굴로 중얼거리는 소리에 옆자리 영혜가 깜짝 놀라 물었다.

“아, 아니에요. 그냥 기억이 안 나서요. 실장으로서 알고 있어야 하니까. 하하…….”

지유가 당황한 얼굴로 웃자 영혜가 기억을 더듬었다.

“정확히는 기억이 안 나는데 사내 법규 파일을 봐야 할 것 같아요. 찾아 드릴까요?”

“괜찮아요. 제가 시간 날 때 찾아볼게요. 그냥 생각난 것뿐이니까.”

“네. 실장님.”

영혜에게 웃어 보이던 지유의 입술 끝이 파르르 경련하고 있었다.

'이게 무슨 짓이야? 그걸 왜 내 입으로 떠벌리고 있냐고!'

가뜩이나 처참한 심정인데 자신이 하는 꼴은 더 처참했다. 입술을 잘근잘근 짓씹은 지유가 숨을 크게 들이켜고는 업무에 집중해 보려 노력했다. 하지만 잠시만 빈틈이 생기면 서국의 입술을 훔치는 자신의 모습이 머릿속을 가득 채웠다.

'아! 어떡해!'

지유가 마우스를 부서뜨릴 듯 꽉 움켜잡는데 인터폰이 울렸다.

"네. 상무님."

프로페셔널 한 모습으로 인터폰을 누른 지유가 침착하게 말했다. 곧 정훈의 목소리가 들렸다.

– 정 실장, 잠깐 들어와 보겠어?

"알겠습니다."

곧장 자리에서 일어난 지유가 표정을 정돈하며 집무실로 향했다.

"부르셨어요?"

정훈에게 다가가자 그가 책상 앞에 앉은 채 고심하는 얼굴로 말했다.

"다음 주 금요일 저녁 스케줄 알고 있지?"

"금요일이면, 서광건설 창립기념식 말씀이신가요?"

지유가 기억을 더듬어서 대답했다.

"맞아. 그거 말인데…… 내가 정 실장에게 부탁이 좀 있어서."

정훈이 책상 위에서 손깍지를 끼며 지유를 바라봤다.

"말씀하세요."

그답지 않게 머뭇거리는 모습에 지유가 의아한 표정을 지었다.

"그 기념식이 파트너 동반 파티인데 내가 본사에 들어온 이후로는 공식적인 자리가 이번이 처음이야."

"아아. 그렇군요."

"그래서 비즈니스적으로 나를 보좌해 줄 수 있는 사람과 함께 참여하고 싶어서 말이야. 혹시 같이 가 줄 수 있겠어?"

정훈의 말에 지유가 동그란 눈을 치켜떴다.

"제가요?"

"그래. 정 실장이 같이 가 준다면 긴장이 조금 덜할 것 같아서."

정훈이 난처한 듯 웃으며 지유를 바라봤다.

"부탁할게."

"음……. 그런 이유라면 제가 보좌해 드리는 게 맞겠죠. 알겠습니다. 상무님."

지유가 고개를 끄덕이며 대답했다. 긴장하고 있던 정훈이 다행이라는 듯 웃었다.

"이런 자리 싫어할까 봐 걱정했는데 다행이다. 미국에선 좋아하지 않았잖아."

"그땐 비서직 초기라 저도 무서운 게 많은 시기였거든요. 미국은 또 한국과 다른 문화권이라서요. 그런데 그때 일 많이 기억하시네요?"

지유가 의외라는 듯 정훈을 쳐다봤다. 자신도 까마득한 기억을 정훈이 종종 이렇게 꺼낼 때마다 신기한 기분이었다.

지유의 시선을 받던 정훈이 가볍게 웃었다.

“나에겐 그때 정 실장 기억이 최근의 기억보단 더 강하니까 그럴 거야.”

“이해해요. 그때 3년을 함께했으니까요.”

지유가 납득한 듯 고개를 끄덕였다. 정훈이 그녀를 지그시 바라봤다.

“어쨌든 어려운 일일 수도 있는데 들어줘서 고마워. 그날 잘 부탁해.”

“네. 아, 상무님. 화요일에 있을 포럼 준비차 월요일에 저 먼저 가 있을게요.”

“월요일에?”

정훈이 물었다.

“이번 포럼 개최 장소가 처음 가는 곳이라 제가 먼저 가서 확인해 봐야 할 게 있어서요.”

“그럼 나도 같이…….”

“상무님은 월요일 오후 임원회의에 꼭 참석하셔야 하니 마무리 짓고 예정대로 출발하시면 됩니다.”

지유가 설명하자 정훈의 눈썹이 좁혀 들었다.

“아, 이런. 그럼 임원회의를 정 실장 없이 해야 하는 건가.”

불안한 기색을 내비치는 정훈에게 지유가 생긋 웃어 보였다.

“잘하실 수 있을 거예요.”

“그래. 긴장은 좀 더 되겠지만.”

"그럼 나가 보겠습니다."
할 수 없다는 듯 웃는 정훈을 향해 고개를 숙이려던 지유가 생각난 듯 말했다.
"아, 상무님."
"응?"
다정한 미소를 지으며 정훈이 그녀를 바라봤다.
"아까 미국 지사에서 데이빗이라는 분이 연락 주셨는데요."
지유의 말에 미소 짓고 있던 정훈의 얼굴이 눈에 띄게 굳었다.
'?'
순간 지유가 의아하게 바라보는데 곧 그가 다시 웃었다.
"내가 따로 연락할게."
"네. 그럼."
다시 고개를 숙인 지유가 문으로 향했다.
"……."
그녀가 돌아서자 정훈의 얼굴에 초조한 기색이 떠올랐다.

탁.
지유가 상무실 문을 닫고 나왔다. 동시에 억지로 미뤄 뒀던 아까의 기억이 또다시 그녀의 머릿속을 뭉게뭉게 채우고 있었다.
'안 돼! 그만!'
머리를 세차게 흔든 지유가 심호흡하며 비서실로 돌아갔다. 그나마 주말 뒤의 출장 때문에 당분간이라도 서국을 피할 수 있어서 다행이었다.

◆ ◇ ◆

"……이서국?"

들려오는 목소리에 서국이 정신을 차린 듯 고개를 들었다. 민호는 그의 얼굴을 유심히 살피며 물었다.

"무슨 생각을 하기에 넋이 나가 있냐?"

"아니, 아무것도."

짧게 대답하는 서국은 민호를 보고 있지 않았다.

'이상하네?'

민호가 관찰하듯 서국을 바라봤다. 서국은 지금 가끔 참석하는 재벌가 자제들의 모임에 나와 있었다. 아무리 좋아하지 않는 자리라 하더라도 그의 위치상 아예 참여하지 않을 순 없었다. 그래서 정기적인 자리에만 참석하고 있었다.

평소 서국이 그런 마인드이기 때문에 모임에서도 무심한 모습을 보이긴 했지만 오늘의 그는 더 이상했다. 어딘가 멍한 듯하면서도 딴생각에 잠겨 있는 그는 몸만 여기 있을 뿐 머릿속은 전혀 다른 곳에 있는 사람 같았다. 그를 오래 봐 왔던 민호도 서국의 이런 모습은 처음이었다.

"무슨 일 없는 거지?"

"……없어."

느른한 목소리로 대답하는 서국의 눈동자에서 어떤 열기가 느껴졌다.

아무래도 아닌 것 같은데.

민호가 고개를 기우뚱거리는데 부드러운 음색의 여자 목소리가 들렸다.

"이서국. 잘 지냈어?"

서국에게 다가온 여자를 본 민호가 놀란 듯 말했다.

"어? 박태희?"

"민호 너도 오랜만이다."

구불구불 웨이브 진 긴 머리칼을 옆으로 우아하게 넘기며 태희가 반갑게 웃었다. 말랐지만 육감적인 몸매가 드러나는 하이웨스트 원피스를 입은 태희가 등장하자 그 자리의 남자들이 몰려들었다.

"박태희! 이야, 한국 들어온 거야?"

"왔으면 연락 좀 하지 그랬어."

"다들 잘 지냈어?"

순식간에 남자들에게 둘러싸인 태희를 슬쩍 본 민호가 픽 웃으며 서국에게 말했다.

"여신 미모는 여전하네. 박태희는 어떻게 늙지도 않냐. 미국 간 게 10년 정도 된 거 같은데. 안 그래?"

싱글거리며 말한 민호가 대답 없는 서국을 쳐다봤다. 여전히 딴생각에 잠겨 있자 그의 어깨를 툭 쳤다.

"야, 내 말 듣고 있는 거야?"

"……가야겠어."

"어?"

서국이 중얼거리듯 말하고는 갑자기 일어섰다. 민호가 눈을 둥그렇게 떴다.

"박태희도 오랜만에 왔는데 벌써 가게?"

"간다."

갑자기 서국이 뒤도 안 보고 걸어가 버렸다. 뒤에서 엉거주춤 서 있던 민호가 이마를 찡그렸다.

"영 이상한데. 저 녀석."

분명 무슨 일이 있긴 있는데…….

출입구로 향하는 서국의 뒷모습을 민호가 의심스럽게 바라봤다.

밖으로 나온 서국이 주차장 쪽으로 향하는데 뒤따라 나온 태희가 그를 불렀다.

"서국아, 이서국!"

걸음을 멈춘 서국이 돌아봤다. 넓은 보폭을 따라잡느라 차오른 숨을 태희가 가쁘게 몰아쉬고 있었다. 머리칼을 흩날리며 빠르게 걸어온 태희가 서국 앞에 서서 살짝 상기된 얼굴로 말했다.

"너 보러 왔는데 벌써 가는 게 어디 있어?"

"볼일이 있어서."

서국이 무감한 목소리로 하는 말에 태희가 입술을 삐죽였다.

"넌 여전하구나. 하여튼 차갑기는."

한숨을 내쉰 태희가 서국을 가만히 올려다봤다.

"실은 너한테 부탁할 게 있어서."

"나에게?"

서국이 물으면서도 표정 변화 없이 내려다봤다. 태희가 머리칼을 우아하게 쓸어 넘기고는 말했다.

“이번 주 금요일에 있는 서광건설 창립기념식 너도 갈 거지?”

“참석해야겠지.”

스케줄이 잡혀 있던 걸 떠올리며 서국이 대답했다. 그를 보는 태희의 눈이 은근한 빛을 띠었다.

“그때 비서랑 함께 갈 계획이고?”

“그럴 생각인데.”

역시!

눈을 빛낸 태희가 입술을 벌리며 하얀 치아를 드러냈다.

“파트너 동반 모임을 비서랑 다니는 것도 여전하네. 너 아직 만나는 사람 없구나?”

“본론을 말해.”

서국이 미간을 슬며시 좁히자 태희가 웃었다.

“어휴, 이서국 진짜. 알았어. 빨리 말할게. 실은 그날 나도 같이 갈 파트너가 없어서, 너도 마땅한 파트너 없으면 같이 가자고.”

태희의 말이 이해가 되지 않는다는 듯 서국이 나왔던 곳을 시선으로 가리켰다.

“넌 저 안에도 같이 가 줄 사람 많을 텐데.”

“그래도 아무하고나 같이 가고 싶진 않아. 한국 오고 이런 자리는 처음 참석하는 거라 여기저기 인사해야 할 데도 많을 텐데 쓸데없는 오해받고 싶지도 않고.”

“…….”

서국이 속을 알 수 없는 표정으로 보고 있자 태희가 애교 있는 웃음을 지어 보였다.

"너랑 가면 이상한 말 나오지 않을 거니까 이번만 부탁할게. 같이 가 줄 거지?"

"이번만이라면."

"아! 다행이다. 고마워, 서국아."

태희가 부드러운 눈웃음을 짓고는 서국의 팔을 가볍게 터치했다.

"그럼 그날 봐."

살랑살랑 손을 흔든 태희가 몸을 돌려 건물 쪽으로 향했다. 그녀의 모습을 힐긋 본 서국이 돌아섰다. 생각에 잠긴 듯한 얼굴로 차로 걸어간 그가 곧장 올라탔다.

◆ ◇ ◆

쏴아아아아아.

겨우 기차를 타긴 했는데 창밖으로 퍼붓는 빗줄기에 지유의 표정이 심각해졌다.

'괜찮을까?'

처음 기차역으로 올 때부터 몰아치는 비바람이 범상치 않았는데 기상예보보다 빠른 속도로 북상한 태풍이 이젠 폭풍우 수준으로 몰아치고 있었다. 포털 기사들을 검색해 보니 급작스럽게 방향을 튼 태풍의 영향으로 어디가 정전됐다는 둥 어디 도로가 침수됐다는 둥 난리였다. 특히 지금 가고 있는 부산이 가장 심각한 수준인 모양이었다.

"예약한 호텔로 가려면 역에서 또 택시로 들어가야 되는데……."

지유가 걱정스러운 시선으로 창밖을 보며 중얼거렸다.

이래서 막막한 현실 앞엔 사랑이고 나발이고 다 쓸모없어진다는 건가. 주말 내내 그녀 머릿속을 헤집던 이서국도 눈앞의 거대한 장대비 앞에선 잠시 자취를 감췄다.

"역에 고립되는 거 아니야?"

불길한 기운은 왜 맞아떨어지는 건지. 부산역에서 하차하자 천장이 막혀 있음에도 양쪽의 뚫린 공간으로 몰아친 바람 때문에 지유는 날아갈 뻔했다.

휘오오오-

"꺄악!"

휘청거린 지유가 겨우 몸을 바로 세우자 그 짧은 사이에 머리칼이 산발이 됐다.

"이쪽이야!"

"으악! 저거 떨어지는 거 아니야?"

"달려!"

패닉에 빠진 채 에스컬레이터로 가기 위해 사투를 벌이는 사람들 틈에 지유도 겨우 합류했다. 에스컬레이터로 올라가며 흐트러진 머리칼을 매만져 봤지만 수습이 될 수준이 아니었다.

"아, 어떡해."

지유가 울상을 지으며 사람들을 둘러봤다. 다들 바람과 사투를 벌이다 산발이 된 머리와 흐트러진 옷차림으로 좀비 떼처럼 역사로 올라가고 있었다.

'다들 마찬가지구나.'

자신만 만신창이가 된 건 아니라는 생각에 나름 안도가 됐다. 역사로 올라오니 예상대로 태풍에 고립된 사람들이 몰려 있었다.

"이럴 줄 알았어. 진짜 망했……."

주위를 둘러보며 답답하게 내뱉던 지유가 순간 멈칫거렸다.

'어?'

바람에 머리칼이 엉망으로 흐트러져도 멋진 남자가 지유의 눈앞에 있었다. 평소의 단정한 헤어스타일과 달리 흐트러진 머리칼 때문에 더 섹시한 분위기를 풍기는 남자가.

"……이사님?"

서국이 그녀를 내려다보고 멈칫거렸다. 똑같은 열차에 타고 있었는지 막 에스컬레이터에서 올라온 서국도 지유를 보고 놀란 눈치였다. 슈트 위에 트렌치코트를 걸치고 브리프케이스를 든 그도 같은 포럼에 참석하는 듯 보였다.

'아차!'

그를 본 순간 지유의 머릿속에 현실의 태풍으로 잊혔던 지난 금요일에 자신이 저지른 일이 떠올랐다.

어떡해!

얼굴이 확 붉어지는 걸 느낀 지유가 산발된 머리칼을 재빨리 앞으로 내려 얼굴을 가렸다. 잠시 놀란 듯 서 있던 서국이 그녀에게 다가왔다.

"내일 포럼에 참석하는군요."

"네. 이사님도 참석하시는 줄은 몰랐어요."

지유가 물미역처럼 축 처진 머리칼로 얼굴을 가린 채 고개를 숙이고 말했다.

"혼자 온 겁니까?"

"상무님은 내일 오시기로 해서요. 그런데 이사님은 왜 혼자……."

지유가 흐물거리는 물미역 사이로 그를 힐금거리며 물었다. 서국이 단정하게 대답했다.

"간단한 출장은 혼자 다니는 게 편합니다."

지유가 잠시 서국을 쳐다봤다.

혼자 왔다고?

자신이 있을 땐 늘 그녀가 동반했었다. 동반한다고 해도 딱히 대화를 나누거나 하는 건 아니었다. 그저 비서실장의 역할만 할 뿐 그 외엔 서국은 혼자만의 시간을 가졌다.

'그러고 보니…….'

자신이 출장에 동반한 것도 실장이 되고서도 한참 뒤였던 것이 떠올랐다. 8년을 함께한 자신도 편하게 대하지 못했는데 다른 비서와의 출장은 그에게 더 불편할 거란 생각이 들었다.

그때 그녀를 유심히 들여다보던 서국이 말했다.

"그런데 머리는 왜 그러고 있는 겁니까? 혹시 어디 다친 데라도……."

지유가 얼른 손을 내저었다.

"아! 아뇨. 바람 때문에 그래요."

미심쩍은 시선을 피해 그녀가 고개를 슬쩍 돌렸다.

하필 지금 절대 만나고 싶지 않은 남자를 만나다니!

하지만 어디를 둘러봐도 피할 곳이 없었다. 난감하게 통유리 밖에 휘몰아치는 비바람을 보며 어딘가에 전화를 하고 있는 사람들을 보면 교통편이 마비됐다는 걸 알 수 있었다. 서국이 주변을 한 바퀴 훑고는 말했다.

"고립됐군요."

"네. 그러네요."

처참한 심정을 누르며 지유가 담담한 말투를 쥐어짰다. 곧 저녁이니 앞으로 시간이 지날수록 사람들은 점점 더 불어날 것이었다.

'설마 이 안에서 태풍이 잦아들길 기다려야 되는 걸까?'

지유가 걱정스럽게 바깥을 보고 있는데 옆에서 서국의 목소리가 다시 들렸다.

"역 근처에 호텔이 몇 군데 있습니다. 남은 방이 있는지 보고 오겠습니다."

"네? 지금 밖에 나간다고요?"

지유가 경악한 표정을 지었다. 지금 나갔다간 정말 비바람에 날아갈지도 모른다는 생각에 저도 모르게 그의 코트 자락을 붙잡았다. 멈칫한 서국이 내려다봤다.

"아, 죄송합니다."

지유가 얼른 잡고 있던 코트 자락을 놨다.

"……."

그녀를 내려다보던 서국은 냉정한 얼굴로 머리칼을 쓸어 넘기며 시계를 쳐다봤다.

"지체할수록 방을 구할 수 있는 가능성은 더 낮아집니다."

……이 와중에 왜 저 얼굴에 또 홀리니.

모델처럼 자연스럽게 흐트러진 머리칼. 서늘하게 내려뜬 시선. 조각도 보통 조각이 아니다. 물미역 같은 머리칼 사이로 그 잘생긴 얼굴을 훔쳐보던 지유는 그의 시선이 다시 올라오기 전에 얼른 고개를 돌렸다. 다행히 훔쳐보는 시선을 눈치채지 못한 듯 서국이 말했다.

"저기 들어가 있어요. 다른 데 있지 말고."

그가 가리킨 카페는 이미 거의 만석이었지만 서 있는 사람들 사이에 같이 껴 있을 순 있을 것 같았다.

"네. 이사님."

지유가 고개를 끄덕였다. 서국이 빠르게 사람들 사이를 헤치고 출구를 향해 멀어졌다. 그 뒷모습을 잠시 보고 있던 그녀가 카페 쪽으로 걸음을 옮겼다.

'일단 이사님 말대로 따르는 게 좋겠지.'

지유는 혼잡한 사람들 틈에서 커피를 들고 서 있었다. 한 손엔 서국의 커피도 들고서.

"도로가 침수돼서 지금 버스고 택시고 다 못 다닌대. 나도 모르겠어. 언제 풀릴지는."

짜증스러운 목소리로 통화 중인 옆 사람을 지유가 힐끔거렸다.

'나도 이사님 아니었으면 혼자 답답해하고 있었겠지.'

사실 조금 전 그를 만나 무척 당황했지만, 한편으로는 이런 상황에서 서국과 만난 것이 다행이란 생각이 들었다. 그의 일처리 능력을 보면 폭풍우보다 더한 것이 몰아친다 해도 어디선가 호텔 방 두 개를 떠억 잡아 올 것만 같았다. 다들 불가능하다고 했던 프로젝트를 여러 번 성공시켰던 걸 떠올려 보면 더욱 믿음이 갔다.

게다가 밖의 저 무섭게 쏟아지는 비와 제 몸뚱이쯤은 가볍게 날릴 것 같은 바람을 혼자 보고 있다고 생각하면 무척 무서웠을 것 같았다.

'이럴 땐 누구든 옆에 있으면 안심되는 법이니까.'

지유가 따뜻한 커피 잔을 손에 쥐고 그렇게 생각하고 있는데, 카페 안으로 서국이 들어오는 게 보였다.

'어…….'

순간 지유는 커피 잔을 든 채로 그를 멍하니 쳐다봤다. 젖은 머리칼을 쓸어 넘기며 들어온 그는 이곳에 고립된 수많은 사람들의 시선을 단박에 휘어잡았다. 그가 들어온 순간 옆에서 짜증스럽게 통화하던 여자의 목소리도 멈출 정도였다. 비에 젖은 남자가 이렇게나 섹시할 수 있다는 걸 런웨이 위의 모델처럼 보여 준 서국이 지유에게 똑바로 향했다.

두근.

그에게 쏠린 수많은 시선에도 아랑곳없이 오로지 자신 한 사람에게만 시선을 준 채 다가오는 서국의 모습에 지유는 심장이 뛰었다.

그녀 앞까지 온 서국이 젖은 코트 깃을 털며 말했다.

"다행히 역 앞 호텔에 방이 남아 있다고 합니다."

"아, 정말요? 다행……."

퍼뜩 정신을 차린 지유가 얼른 대답하는데 그의 말이 이어졌다.

"그런데 방이 하나밖에 안 남았다고 합니다."

"……네?"

방이 딱 하나 남았다고?

사람은 두 사람인데 방이 하나라니. 그렇다는 건…….

지유의 눈이 흔들리는데 서국은 아무렇지 않은 듯 평소의 무감한 표정으로 그녀를 이끌었다.

"체크인 했으니 우선 가죠. 적어도 역사 안에서 지내는 것보단 나을 테니."

"아, 네!"

당황한 지유의 머릿속에 온갖 생각들이 교차했지만 우선 앞서 걷는 그를 따랐다. 어찌 됐든 이대로면 정말 역사 안에 고립될 테고, 내일 있을 포럼에 참석할 서국의 컨디션도 생각해야 했다. 지금은 상무실 비서팀에 잠시 와 있다지만, 본래의 자리는 이사실이니까.

'아, 이사님 옷이…….'

그때 지유의 시선에 그새 흠뻑 젖은 그의 트렌치코트가 보였다. 밖의 날씨 상태를 보여 주듯 젖어 있는 옷을 보니 미안해졌다.

"이사님."

지유가 앞장서서 사람들을 헤치고 나아가는 그의 코트 뒤를 살짝 잡고 그를 불렀다. 서국이 돌아보자 그녀가 들고 있던 테이크아웃 컵을 내밀었다.

"식기 전에 이거 드시고 가세요."

"……."

서국이 그녀가 내민 컵을 잠시 바라봤다. 젖은 머리칼이 그의 단정한 이마에 내려와 있는 모습이 묘하게 관능 어린 분위기를 내고 있었다.

"고마워요."

커다란 손으로 받아 든 그가 입구를 열고 컵을 입술로 가져갔다. 마시면서 힐긋 그녀를 쳐다본 서국이 미간을 살짝 모았다.

"안 춥습니까? 많이 젖었는데."

그가 묻는 말에 지유가 얼른 고개를 저었다.

"안 추워요. 이사님은 괜찮으세요? 밖이 정말 심각한가 봐요."

"꽤 많이 내리긴 하는데…… 멀지 않은 거리니까 괜찮을 겁니다. 가죠."

적당히 식은 모양인지 빠르게 커피를 다 마신 서국이 빈 컵을 들고 다시 앞서 걷기 시작했다.

지유는 그의 넓은 등을 보고 걸으며 심장이 콩콩거리는 것을 느꼈다. 사람들 틈을 헤치고 그녀에게 길을 내어 주는 커다란 남자의 뒷모습은 심장을 떨리게 하기 충분했다. 거기다 시선 한 번 제대로 안 주던 남자가 저보다 훨씬 젖은 채로 춥지 않은지 걱정해 주는 모습은 낯설면서도 묘하게 가슴을 뛰게 했다.

'안 돼. 정신 차려.'

점점 빨라지는 심장박동에 어지러워진 지유가 그의 뒤에서 푸르르 고개를 흔들었다.

쏴아아아아아아―

"와……. 엄청나네요."

온통 젖어 있는 계단을 내려오자 퍼붓는 비에 시야가 잘 보이지 않을 정도였다. 우산이 소용이 있을까 싶으면서도 지유는 일단 가방에서 꺼내 폈다.

후웅!

"꺄악!"

순간 엄청난 돌풍에 펼치던 우산이 그대로 뒤집히며 공중으로 날아갔다. 서국이 그걸 낚아채듯 빠르게 잡았다.

"가, 감사합니다."

"이대로 놔두면 누군가가 위험해질 수 있으니 이건 호텔로 가져가서 버리죠."

인상을 쓴 서국이 망가진 우산을 대충 접어 한 손에 들었다. 그러고는 쏟아지는 빗줄기를 한번 쳐다본 뒤 자신의 트렌치코트 한쪽을 펼쳤다.

"가방을 품에 안아요."

"아……."

그가 자신의 코트로 지유의 몸을 보호하듯 감싸자 몸이 바짝 밀착됐다. 평소 그가 쓰는 향수 향과 남성적인 체향이 순간 콧속으로 훅 끼쳐들자 지유가 숨을 삼켰다.

"불편해도 도착할 때까지 조금만 참아요."

"네, 네."

위에서 내려앉는 낮은 목소리에 지유는 얼굴이 붉어진 채 연신 고개를 끄덕였다. 서국은 제 코트로 그녀 머리 위를 가리며 빗속으로 성큼 걸어 들어갔다. 주변의 아무 소리도 안 들릴 정도로 거센 빗소리만 가득한 거리를 지유는 그에게 바짝 밀착된 채 정신없이 달렸다.

콩콩콩콩!

걸음에 맞춰서 빠르게 뛰는 심장 소리가 먹먹할 정도로 지유의 머릿속을 울리고 있었다.

'나대지 마, 심장아! 제발!'

지유는 제 가방을 꼭 끌어안은 채 서국의 보호를 받으며 호텔로 향했다.

……꿀꺽.

막상 호텔 룸으로 올라오니 지유는 서국과 단둘이 한 공간에 있다는 실감이 났다.

그리고 하필이면 스위트룸.

만만찮은 가격 때문에 이 방만 남아 있던 듯했다.

"생각보다 깔끔하네요."

지유는 긴장하지 않은 척 룸 안을 둘러보며 말했다. 이미 엘리베이터 안에서부터 심장이 입 밖으로 튀어나올 것처럼 미친 듯이 뛰고 있었는데도.

"먼저 씻겠습니까?"

"아뇨. 이사님 먼저 씻으세요. 너무 젖어서 빨리 안 씻으면 감기 걸리시겠어요."

지유가 사양하자 서국이 먼저 욕실로 향했다.

"아, 드라이 맡겨야겠네."

그의 다 젖은 코트를 걱정스럽게 보던 지유가 당장 할 일을 떠올리고 인터폰으로 프런트에 전화했다.

"네. 알겠습니다."

빠르게 통화를 마친 지유가 뒤를 돌아봤다. 방금 보니 저쪽은 유리 파티션으로 나뉜 거울이 있는 드레스룸이 있고, 그 뒤로 욕실이 연결된 구조였다. 그가 들어간 지 얼마 되지 않았으니 아직 욕실에 들어가지 않았을 거라 생각한 지유가 얼른 달려갔다.

"이사님. 호텔에 문의해 보니 옷 드라이 맡길 수 있다고 하네요. 벗으시면……."

커다란 거울 앞에 선 남자의 뒷모습을 본 지유가 멈칫거렸다.

"!"

셔츠 단추를 풀고 있던 서국과 거울 속에서 시선이 똑바로 마주쳤다.

젖은 채 흐트러진 머리칼과 넓고 탄탄한 상체에 달라붙어 있는 셔츠. 젖어 있기 때문에 셔츠 안의 단단한 근육 라인까지 노골적으로 드러나 있었다. 거기에 단추도 몇 개 풀어져 있어 넓은 가슴 부분의 맨살이 고스란히 지유의 시야에 들어왔다.

두근!

거울 속에서 부딪힌 시선에선 당혹이 느껴지는 게 아니라 어딘가 위험할 정도로 관능 어린 분위기가 풍겼다.

"앗, 죄송해요……! 지금 벗으신 줄 몰랐어요."

지유가 당황한 얼굴로 사과하자 서국이 무감하게 대답했다.

"괜찮습니다. 호텔 측에 드라이 맡기도록 하죠."

거울을 벗어나 셔츠를 완전히 벗어 낸 그가 툭 내려놨다.

'와…… 몸이 좋다고는 생각했지만 저 정도일 줄은…….'

바짝 성나 있는 등 근육을 본 지유는 놀라 벌어진 입술을 다물지 못했다. 셔츠만 벗어 낸 서국은 그대로 욕실 안으로 사라졌다. 문이 닫히자 지유는 붉게 달아오른 얼굴로 소파 쪽으로 걸어갔다.

'짝사랑을 오래 하다 보니 욕망을 너무 쌓아 뒀나 봐.'

지유는 발그레 열이 오른 얼굴에 파닥파닥 손부채질하며 한숨을 내쉬었다. 열감에 물든 눈동자가 욕실 쪽을 향했다.

"나 괜찮을까? 오늘 밤……."

상사가 자는 사이 성추행할 정도로 욕망이 제어되지 않는 상황에서 하룻밤을 같이 있어야 하다니. 이런 상황은 정말 예상하지 못했다. 게다가 저런 탄력 넘치는 몸을 봐 버렸으니 자꾸만 몸이 야릇하게 간질거리는 기분이었다. 그나마 옆에서 자주 볼 땐 이 정도는 아니었는데 떨어져 보니 그리움만큼 열망도 짙어진 느낌이랄까.

"이래서 뭐든 오래 참으면 병 된다는……."

"뭘 참습니까?"

"그거야 이사…… 으앗! 언제 나오셨어요?!"

깜짝 놀란 지유가 돌아보니 도톰한 배스가운을 입은 서국이 보였다. 배스가운이 몸을 꽤 가려 준다고는 하나 가운 자체가 주는 섹시한 분위기와 드러나 있는 팔다리의 쭉 뻗은 근육질 윤곽, 그리고 물기가 맺혀 있는 목과 쇄골이 정신을 혼미하게 했다.

'정신줄 잡아, 정지유!'

지유가 떨어지지 않는 시선을 가까스로 잡아떼는데 서국이 물었다.

"방금 내 얘기 한 겁니까? 이사라고 들은 것 같은데."

"아니, 제가 내년쯤 이사를 생각하고 있거든요. 신경 쓰지 마세요."

지유가 사무적인 미소를 얼굴에 장착하고 말했다. 의아한 표정을 짓고 있던 그가 이내 룸 한쪽 벽의 통유리 창 바깥으로 시선을 돌렸다. 그의 표정이 진지해졌다.

"이대로라면 내일 포럼 취소될 수도 있겠군요."

"아…… 그러게요."

지유도 창밖을 보며 근심 어린 표정을 지었다. 아까보다 빗줄기가 더 굵어진 것 같았다. 고층이라 아래는 잘 내려다보이진 않지만 바람도 강해진 것 같고.

잠시 창밖을 보고 있는데 어디선가 진동 소리가 울렸다. 서국의 시선이 그녀에게 향했다.

"정 실장 전화 아닙니까?"

"어머, 맞네요!"

지유가 테이블 쪽으로 얼른 걸어갔다. 가방 안에서 진동을 울리고 있는 휴대폰을 꺼낸 뒤 전화를 받았다.

"네. 상무님."

멈칫.

서국의 시선이 지유에게 향했다.

"전화하셨어요? 죄송해요. 몰랐어요."

멀찍이 떨어져서 통화하는 그녀에게 서국의 시선이 박혀 들었다.

"네. 괜찮아요. 숙소 들어와 있으니 걱정 마세요."

"……."

지유를 보고 있는 서국의 눈빛이 짙어졌다. 그 시선을 알지 못하는 지유는 창밖을 한 번 쳐다보고는 말했다.

"그런데 여기 상황을 보니 내일 일정이 아무래도 취소될 수 있을 것 같아서요. 지금은 늦었으니 내일 일찍 주최 측에 문의해 보고 다시 연락드릴게요."

전화를 끊으려던 지유가 입술을 끌어 올렸다.

"정말 괜찮다니까요. 그럼 내일 전화드릴게요. 쉬세요."

통화를 마친 지유가 고개를 돌렸다. 순간 서국이 자신을 보고 있는 시선과 눈이 마주쳤다.

"……?"

뚫어지게 응시하고 있는 서국을 지유가 의아하게 바라봤다. 무감한 얼굴로 그녀를 보고 있던 서국이 입을 열었다.

"보고하지 않아도 됩니까?"

그의 말에 지유가 눈을 천천히 깜빡였다.

"보고라니, 어떤 걸요?"

"지금 나와 함께 있는 것 말입니다."

"네……?"

서국의 은밀한 뉘앙스가 담긴 말과 묘한 눈빛에 지유의 눈이 살짝 커졌다.

'무슨 의도일까?'

분명 별 얘기는 아닐 거였다. 지금까지 무수히 착각했지만 늘 지독한 무심함이 결론이었으니까. 지유는 눈치 없이 뛰는 심장을 진정시키려 노력했다. 그런데 괜히 침이 꿀꺽 삼켜졌다.

"상무님께 그런 개인적인 부분까지 보고할 필요는 없죠. 그보다……."

지유가 말을 돌리려는데 서국의 목소리가 곧장 들려왔다.

"혹시 알리고 싶지 않은 건 아닙니까?"

"네?"

그의 질문에 지유가 되물었다. 동그란 눈을 깜빡이고 있는 그녀에게 서국이 천천히 걸어왔다.

"지금 상황, 이 상무가 알게 되는 걸 정 실장이 원치 않아서 숨긴 건지 궁금해서 말입니다."

"……."

가까이 다가와 똑바로 응시하는 눈빛에 지유는 다시 머릿속이 복잡해졌다.

'대체 무슨 의도일까.'

점점 더 머리가 복잡해지는데 이렇게 가까이서 오래 시선을 맞추는 게 처음이란 생각이 들었다. 그러자 그의 질문과 상관없이 얼굴이 붉어질 것만 같았다.

지유가 살짝 시선을 내리깔았다가 다시 올렸다.

"그럴 필요가 없어서일 뿐 다른 의도는 없어요."

"……그래요."

그는 표정을 바꾸지도 시선을 옮기지도 않았다. 지유는 자꾸만 입술 안이 바짝 말라 왔다.

'왜 자꾸…… 저런 눈으로 봐. 안 그래도 존재 자체가 지금 너무 위험한데.'

쥐고 있는 휴대폰이 땀에 젖어 드는 게 느껴졌다. 지유는 휴대폰을 든 채로 자연스럽게 몸을 돌렸다.

“그보다 식사는 어떻게 할까요? 호텔 식당이 있긴 하지만 옷도 젖어서 아무래도 룸서비스를 시키는 게 좋을 것 같은데요.”

지유의 말에 서국이 고개를 끄덕였다.

“그렇게 해요.”

“네. 그럼 제가 확인해 보고 주문하겠습니다.”

좋아, 자연스러웠어!

자연스럽게 인터폰이 있는 곳으로 걸어간 지유가 룸서비스 메뉴가 적힌 책자를 집어 들었다.

‘그냥 이사님과 출장 온 거라고 생각하자.’

지유가 눈으로는 메뉴를 훑으면서 속으로 생각했다. 이사실 비서팀에 있으면서 서국과 출장을 가는 일이 종종 있었는데 지금도 그런 상황이라고 생각하면 떨지 않고 대할 수 있을 것 같았다. 이 상태로 오늘 밤을 무사히 넘겨 보리라 다짐하며 인터폰을 들어 올렸다.

그때 뒤에서 다가온 손이 인터폰 수화기를 들고 있는 지유의 손 위를 덮더니 그대로 내려놨다.

달칵.

‘……어?’

바로 뒤에서 서국이 느껴졌다. 익숙한 향수 향이 콧속으로 훅 밀려들고 제 손 위를 덮은 커다란 손의 감촉에 지유는 그대로 굳어 버렸다. 귓가에 그의 낮은 목소리가 들려왔다.

“내가 할게요. 그 옷도 젖었을 텐데 정 실장도 씻고 오세요.”

"아, 네."

책자를 서국에게 넘긴 지유가 얼른 뒤로 물러섰다. 브랜디를 같이 주문하는 그의 목소리를 들으며 가방을 챙겨 도망치듯 욕실 안 드레스룸으로 들어섰다.

"아니 이사님은 내 평정을 위한 노력에도 아랑곳없이 저렇게 갑자기 뒤로 바짝 서시면……."

복화술하듯 작게 탄식을 내뱉은 지유가 커다란 가방에서 갈아입을 옷을 꺼냈다. 호텔에서 입으려고 편한 옷을 가져온 게 다행이었다. 내일 포럼이 취소되지 않을 수도 있는데 젖고 구겨진 옷을 그대로 입고 참석할 순 없는 노릇이니까. 서국의 옷과 함께 드라이 맡길 요량으로 젖은 옷을 한편에 놔둔 지유가 렌즈를 빼냈다.

욕실로 들어서니 스위트룸다운 모노톤의 깔끔한 인테리어가 눈에 들어왔다. 그리고 젖은 샤워부스도.

'이곳에서 이사님이 알몸으로…….'

서국이 먼저 샤워한 장소에서 샤워하려니 왠지 야릇한 기분이었다. 아까 봤던 성난 근육이 꿈틀거리는 등이 저도 모르게 연상되자 지유가 번쩍 정신을 차렸다.

"아니 샤워하려면 당연하잖아. 나도 알몸 이사님도 알……."

그만, 그만!

어지러울 정도로 빠르게 고개를 저어 댄 지유가 복숭앗빛으로 달아오른 얼굴로 얼른 샤워기를 들었다. 괜히 의식하지 않기 위해 경건한 생각을 하며 잽싸게 샤워를 마친 그녀가 수건을 든 채 드레스룸으로 나왔다.

"어? 안경이 어딨지?"

분명 들어오기 전에 여기 둔 거 같은데. 부연 시야로 요리조리 안경을 찾던 지유가 거울 앞 테이블 위를 더듬거리다 리모컨을 바닥으로 떨어뜨렸다.

탁!

"앗."

그리고 바닥에 떨어진 리모컨을 지유가 무심결에 발로 밟아 버렸다.

지이잉-

순간 드레스룸 벽의 통유리를 가리고 있던 블라인드가 걷혔다.

"!"

동시에 소파에 앉아 브랜디를 마시고 있던 서국과 눈이 마주쳤다.

"……."

눈이 마주친 채 몇 초간의 정적이 흘렀다.

비명도 못 지른 지유가 돌처럼 굳은 채 서 있자 서국이 먼저 눈을 피해 줬다.

'아아악-!'

지유가 내적 비명을 지르며 막힌 통유리 아래쪽으로 몸을 숙였다. 바닥에 쪼그려 앉아 리모컨을 연타하니 욕실 조명이 꺼졌다.

'어…… 어떡해. 다 보였어!'

깜깜한 공간의 바닥에 쪼그려 앉은 채 지유가 울먹거렸다. 죽고 싶은 심정이었지만 언제까지나 여기 주저앉아 있을 수는 없는 노릇이었다.

훌쩍.

그렁그렁 맺힌 눈물을 닦아 낸 지유가 다시 리모컨을 눌러 대서 조명을 켜고 블라인드를 내렸다. 안경을 찾아 낀 그녀가 머리를 말리며 억지로 멘탈을 수습했다.

괜찮다, 괜찮다, 괜찮다……. 세뇌시키듯 스스로에게 괜찮다고 주입시키고서 말린 머리칼을 하나로 묶고 쭈뼛대며 밖으로 나왔다.

"저……."

지유가 헐렁한 후드티 밑단을 만지작거리며 난처한 표정으로 다가갔다. 서국이 식지 않게 닫아 뒀던 요리를 오픈 했다.

"식사하죠."

"……네."

지유는 우선 맞은편에 얌전히 앉았다.

"한잔하시겠습니까?"

"감사합니다."

서국이 권한 브랜디를 지유가 사양하지 않고 받았다. 아무래도 맨정신으로는 버티기가 힘들었다.

그래, 마시자. 취해 버리자!

영롱한 빛깔의 액체를 단번에 쭉 들이켠 지유가 그를 힐끔거렸다.

'모른 척해 주시려는 걸까?'

평소처럼 무감한 얼굴로 브랜디를 마시고 있는 모습을 보니 서국이 일부러 그러는 거라는 생각이 들었다. 자신을 배려해서.

'무심하고 눈치도 없는 남잔 줄만 알았는데…….'

예상치 못한 서국의 배려에 지유는 조금 안심이 됐다. 따스한 수프를 호로록거리며 먹는 사이에 마음의 안정도 조금씩 찾아갔다. 수프 접시를 다 비운 지유가 말을 꺼냈다.

"아까는 당황해서 제대로 말씀을 못 드렸는데, 놀라셨을 텐데 죄송합니다."

"아닙니다. 실수인데 사과할 필요 없어요."

담담하게 말한 그가 그녀를 쳐다봤다. 서국의 눈동자가 묘한 빛으로 짙어졌다. 빤히 보는 시선에 지유는 왠지 긴장이 됐다.

"……오랜만이군요."

그 말에 지유가 화들짝 놀랐다.

"네? 저 이런 실수는 처음인……!"

"아니, 안경 말입니다."

"아, 이거요……?"

지유가 머쓱해진 얼굴로 안경을 추켜올렸다.

"묶은 머리도 그렇고."

그가 지유를 응시하며 낮게 말했다. 이렇게 조용한 곳에서 들어 보니 역시 서국은 목소리가 좋았다. 평소에도 좋다고는 생각했지만 상황 때문인지 더 그렇게 생각됐다.

"……."

가만히 보고 있는 서국의 시선에 지유는 점점 더 긴장이 됐다. 이서국의 시선을 항상 갈망해 왔으면서도 막상 그 시선에 면역이 없다는 걸 깨달았다.

뭐라도 말해야 해.

입안이 바짝 타들어 갈 듯한 긴장에 지유가 빠르게 입을 열었다.

“상무님과 처음 미국에 있을 때는 지금 상무실 분위기의 옷차림보다 더 개방적이었어요. 상무님이 그때의 자유로움을 추구하셔서 저도 최대한 맞추고 있는 거예요.”

평소보다 빠른 속도로 지유가 말하자 서국이 잔으로 시선을 옮겼다. 눈을 가늘이고 뭔가 생각하던 그가 다시 그녀를 바라봤다.

“이사실에서의 옷차림은 불편했습니까?”

“그런 의미가 아니라, 그 전엔 제 단점을 보완하고자 택했던 옷차림이었거든요.”

“단점?”

서국이 고개를 비스듬히 기울였다. 느른한 시선을 살짝 피한 지유가 테이블 위로 시선을 내렸다.

“제가 어린 나이에 일을 시작하기도 했지만 어른스러운 외모는 아니어서요.”

“…….”

그가 잔을 든 채 가만히 지유를 바라봤다.

……8년 치의 시선을 하룻밤에 다 줄 생각인 걸까?

게다가 그토록 바라 왔던 그의 시선 앞인데 왜 뱀 앞의 개구리처럼 움츠러드는 건지. 시선 탓도 있지만 아까부터 그의 가슴 위에서 점점 벌어지고 있는 배스가운 때문인 것 같기도 했다. 근사한 근육의 모양이 적나라하게 보이는 면적이 넓어질수록 지유의 입안은 사막처럼 바짝 말라 갔다.

“이사님은 예전 스타일이 더 익숙하시죠?”

그녀의 질문에 서국이 들고 있던 브랜디 잔을 입술로 가져갔다.

“지금이 가장 좋아 보입니다.”

“지금요?”

지유가 눈을 깜빡이며 묻자 서국이 브랜디를 입술 안에 담아 삼킨 뒤 말했다.

“편해 보여서요.”

“아…….”

품이 큰 후드티에 토끼 무늬가 프린트 된 헐렁한 바지, 그리고 깡총 하나로 묶은 머리와 안경. 분명 지유 자신이 평소 집에서 늘 하고 있는 차림이긴 하지만 그가 이 모습이 가장 좋다고 할 줄은 몰라서 조금 당황했다.

뭐라 말해야 하지?

지유가 눈만 도르륵 도르륵 굴리고 있었다. 서국이 제 빈 잔을 채우고 병을 든 채 물었다.

“한 잔 더 하겠습니까?”

“네. 주세요.”

그가 제 잔을 채워 주는 모습을 지켜 보던 지유가 물었다.

“그런데 이사님은 식사는 안 하세요?”

아까부터 서국은 음식엔 손도 대지 않고 술만 마시고 있었다.

“생각이 없습니다. 난 신경 쓰지 말고 편히 들어요.”

“……네.”

잔을 두 손으로 잡고 대답한 지유가 고개를 돌려 다시 한 모금 마셨다.

몰래 뽀뽀하고, 알몸까지 보이고선 잘도 마주 앉아 술을 마시고 있네.

왠지 자신이 뻔뻔하다는 생각이 들었다. 그래도 뜻하지 않은 상황이긴 하지만 서국과 이런 개인적인 자리는 처음이라 그런지 괜히 들뜨게 되는 것도 사실이었다. 처음 보는 그의 배스가운 차림 때문인지, 자연스럽게 이마 위로 흘러 내려와 있는 머리칼 때문인지, 아니면 대놓고 페로몬을 풍기는 저 단단한 몸 때문인지 어쨌든 기분이 이상했다.

'게다가 이곳은 스위트룸. 바로 뒤엔 거대한 침대가…….'

손가락 끝에서부터 찌릿거리며 열감이 느껴지는 것 같았다. 몸이 달아오르는 기분에 지유가 저도 모르게 입맛을 다시는데, 서국이 몸을 일으키며 말했다.

"피곤할 테니 오늘은 그만 쉬어요. 내가 소파에서 자겠습니다."

지유가 화들짝 놀랐다.

"네? 아니에요. 제가 소파에서……."

지유가 만류할 틈도 없이 성큼 소파로 걸어간 서국이 그대로 풀썩 누웠다. 한 팔을 들어 눈을 가리고 기다란 몸을 누인 그를 보자 마음이 불편해졌다. 지유가 어색하게 일어서서 소파 쪽으로 다가왔다.

"이사님. 이사님이 침대에서 주무시는 게 좋을 것 같아요. 제가 소파에서……."

"쉬어요."

낮지만 단호함이 실린 목소리가 흘러나왔다.

그래도…….

영 불편한 마음에 소파 주변을 서성이던 지유는 서국이 더 불편할 거란 생각에 조용히 실내등을 어둡게 하고 자리로 돌아왔다. 테이블 쪽 간접조명만 켜 둔 채 남은 브랜디를 홀짝거리면서도 시선이 자꾸만 소파로 향했다.

'방주인을 소파에서 재우다니.'

마음이 불편했지만 서국이 요지부동이니 어찌할 바가 없었다.

혼자 브랜디를 마시던 지유가 조용히 한숨을 내쉬었다.

"……잠이 오나."

평범한 젊은 남녀라면 이런 상황에 잠들기 힘들지 않을까. 게다가 아까 그런 모습까지 보인 상황에서.

'난 역시 이사님한테 전혀 여자로서의 매력이 없나 봐.'

눈물이 그렁그렁해진 지유가 벌떡 일어나 빠르게 테이블을 정리했다. 그러고는 욕실에서 양치하고 찬물로 세수한 뒤 조용히 나와 침대에 누웠다. 이불을 몸에 둘둘 감고 애벌레처럼 소파 쪽으로 누운 채 미동도 없이 잠든 그를 바라봤다.

'어떻게 잠이 오냐고…….'

지유는 시무룩한 얼굴로 서국의 모습을 응시했다. 그래도 잠든 그의 모습이라도 오랫동안 눈에 담고 싶었다. 오랜만에 보는 얼굴이긴 하니까.

'아무래도 이대로 한숨도 못 잘 것 같아.'

이불을 꼭 껴안은 지유가 서국에게 시선을 향한 채 한숨을 포옥 내쉬었다.

1시간 뒤.

침대 위에서 무방비하게 잠든 지유를 소파에 앉아 있는 서국이 보고 있었다. 그녀를 지켜보고 있는 그의 시선이 깊어졌다.

"누가 못 잔다는 건지."

낮게 내뱉은 그가 손을 뻗어 제 입술을 손가락으로 훑었다. 생각에 잠긴 얼굴로 제 입술을 느리게 쓰는 그에게선 나른하면서도 야릇한 분위기가 풍겼다.

"……."

평소의 이서국과는 다른 열감이 감도는 깊어진 눈빛까지, 그는 전혀 인식하지 못하고 있었다. 그러다 문득 무언가를 떠올린 듯 미간을 좁혔다.

"후."

서국이 탁한 한숨을 내쉬며 제 손으로 얼굴을 가렸다.

그의 귓불이 붉어져 있었다.

다음 날 아침. 지유가 침대에서 벌떡 몸을 일으켰다.

'세상에, 언제 잠든 거지?'

지유가 엉망으로 헝클어진 머리칼을 급히 쓸어내리며 주변을 두리번거렸다. 서국이 잠들었던 소파에는 그는 보이지 않고 자신의 정장만 곱게 개어 놓여 있었다. 그쪽으로 다가가니 제 옷 위에 메모가 한 장 남겨져 있었다.

일정이 있어 먼저 갑니다. 포럼은 취소됐으니 천천히 움직여도 될 겁니다.

"역시 취소된 건가……?"

지유가 작게 중얼거리며 창밖으로 시선을 돌렸다. 비바람은 많이 잔잔해졌으나 아무래도 태풍 여파로 취소된 모양이었다. 창밖을 보던 그녀의 시선이 다시 얌전히 놓여 있는 제 옷으로 향했다.

"내 옷도 찾아 놔 주셨구나."

어제 여러 가지 일로 긴장해서 피곤하긴 했는데 아무리 그래도 이사님 나가는 것도 모르고 자다니…….

적나라하게 자는 모습을 보였다는 생각에 지유는 제가 한심하게 느껴졌다. 늘 최선을 다해 완벽한 모습을 보이고 싶었는데, 하룻밤 사이에 너무나 많은 모습을 보여 버렸다.

게다가 되돌릴 수 없는 실수까지…….

"윽, 떠올리지 마!"

고개를 세차게 흔든 지유가 우선 정훈에게 보고하기 위해 휴대폰을 들었다.

◆ ◇ ◆

그 사건이 있은 후로 지유는 회사에서 사력을 다해 서국을 피해 다녔다.

'그나마 지금 상무실에 있어서 어찌나 다행인지.'

만약 그 전처럼 매일 서국과 얼굴을 맞대야 할 상황이었다면 얼마나 고통스러웠을까.
지유가 그런 생각을 하며 서국이 다닐 만한 루트를 피해 상무실로 향하는 중이었다.
"!"
T자 형 복도 저쪽에서 후광을 뿜어내며 걸어오는 남자가 있었다. 착각이라고 생각하고 싶어도 사람들 사이에서도 단연 눈에 띄는 비주얼은 이서국이 맞았다.
'하필!'
만나길 바랐을 땐 그렇게 만나지지 않더니, 꼭 이럴 때 마주칠 게 뭐야?
지유는 속으로 한탄하며 엘리베이터 옆의 막힌 벽 뒤에 바짝 몸을 숨겼다. 고개만 빼꼼 내민 그녀가 매의 눈으로 동태를 살폈다.
쭉 가라, 쭈욱!
그가 직진해서 이쪽으로 오지 않길 속으로 간절히 바라고 있는데 뒤에서 갑자기 목소리가 들렸다.
"정 실장, 이서국한테 뭐 잘못한 거 있어?"
으앗!
마음속의 비명을 가까스로 삼킨 지유가 얼른 뒤돌아섰다. 종이컵을 든 정훈이 그녀를 의아한 눈으로 보고 있었다.
"아뇨. 그냥 여기 창밖 햇빛이 좋아서요. 요즘 햇빛을 영 못 받고 살았거든요."
지유가 따사로운 햇살을 만끽하는 듯한 자세를 취하며 웃어 보였다.

“저 먹구름 안 보여?”

정훈이 창밖을 보며 고개를 갸웃거리자 지유가 확신에 찬 얼굴로 말했다.

“흐린 날도 자외선 때문에 선크림을 발라야 된다고 하잖아요. 그러니까 흐린 날도 광합성이 가능하지 않을까요?”

“흐음.”

정훈이 천천히 고개를 끄덕였다. 말도 안 되는 소리라는 걸 알면서도 지유는 주절주절 변명을 늘어놓기 시작했다.

“사람도 식물처럼 햇빛이 꼭 필요한 존재라 못 받으면 비타민 D 부족으로 인해 각종 현대인의 질병에 걸릴 수 있…….”

“아, 서국아.”

“!”

정훈이 복도 쪽을 보며 하는 말에 지유가 움찔 놀랐다.

옆을 보니 서국이 서늘한 시선으로 정훈과 자신을 번갈아 보고 있었다.

“안녕하세요.”

당황을 숨긴 지유가 신속하게 그를 향해 고개를 숙였다. 그녀에게 짧게 고개 인사를 한 서국이 예리한 시선으로 정훈을 쳐다봤다.

“두 사람, 이런 데서 뭐 하는 거지?”

서국의 차가운 목소리에 지유는 다른 의미로 당황했다. 그러고 보니 지금 상황은 남들이 잘 보이지 않는 구석에 숨어서 두 사람이 뭔가 작당을 하고 있는 모양새로 보일 법도 했다.

“저, 그게…….”

"보시다시피, 광합성 중."

지유가 해명하려는데 정훈이 싱긋 웃으며 먼저 말했다.

"광합성?"

서국의 단정한 미간에 익숙한 세로줄이 그어졌다.

"사람도 식물처럼 햇빛이 꼭 필요한 존재라고 정 실장이 그러기에."

"……."

서국의 시선이 지유에게 박혔다. 사람을 흠칫거리게 만드는 시선에 지유가 입술을 열었다.

뭐라 말하려던 입술이 다시 다물렸다. 변명하고 싶어지는 마음을 꾹 참고 지유가 서 있는데 곧 서국이 몸을 돌렸다.

"다음에 또 보자."

서국의 등을 향해 정훈이 가볍게 인사했다. 지유도 얼른 고개를 숙였다. 그가 별말 없이 멀어지고 나서야 지유는 어깨의 긴장을 풀었다.

'말도 안 되는 소리라고 생각했겠지.'

당황해서 한 말이지만 이런 흐린 날에 광합성이라니, 웃기는 소리긴 해.

"가지, 정 실장."

"네. 상무님."

시무룩하게 서 있던 지유가 정훈의 말에 정신을 차리고 걸음을 옮겼다.

서국은 방금 봤던 장면에 왠지 모를 불쾌감을 느끼고 있었다.

이유를 알 수 없는 불쾌감을 떨쳐 버리려 이사실로 곧장 들어서는데 비서들의 목소리가 들렸다.

"진짜? 금 대리가 정 실장님을?"

정 실장이라는 말에 그가 걸음을 멈췄다. 탕비실 쪽에서 커피를 든 비서들이 수다를 떨고 있는 모습이 보였다.

"전엔 그런 분위기 아니었는데?"

"요즘 정 실장님 분위기가 확 바뀌었잖아요. 안경 벗으니까 눈이 엄청 크고 예쁘시더라고요. 저도 처음 보고 놀랐어요."

"하긴 안 꾸미셔서 그렇지 예쁜 얼굴이긴 했지."

"근데 금 대리는 어딜 못 올라올 나무를 함부로 쳐다본대요?"

"그러게. 전엔 본체만체하더니 이제 와서 언감생심 꿈도 꾸지 말라고 해. 솔직히 금 대리가 상무님 이기겠어? 후계자신데."

"여기서 상무님이 왜 나와요?"

고개를 끄덕이던 남식이 상무에 대한 습관적 적개심을 드러냈다.

"솔직히 볼 때마다 상무님이 정 실장님 보는 눈빛이 심상치 않아. 잠깐 안 보이면 막 두리번거리며 찾고 그런다니까?"

"그건 안 돼요! 상무님이랑 혹여나 잘되면 우리한텐 영영 안 돌아오실 수도 있잖아요?"

이번엔 남식이 아니라 효린이 적개심을 드러냈다.

"일단 그건…… 아, 이사님. 식사 맛있게 하셨어요?"

사무실로 나오던 은주가 서국을 보고 빠르게 인사했다.

"네."

짧게 대답하고 집무실로 걸어가는 서국을 보고 다른 비서들도 후다닥 자리로 향했다.

"그런데."

"네?"

찻잔을 들고 자리로 돌아가던 은주가 고개를 돌렸다. 서국이 속을 알 수 없는 얼굴로 우뚝 서 있었다.

"금 대리가 누굽니까?"

뜻밖의 질문에 은주는 의아한 표정으로 대답했다.

"아, 홍보부 사람인데……."

"몇 팀 소속입니까."

"아마 홍보2팀 소속일 거예요."

"……."

은주의 대답에 눈을 가늘이고 잠시 생각에 잠겼던 서국이 몸을 돌렸다. 집무실로 걸어가는 그의 뒷모습을 보던 비서들이 서로 시선을 맞췄다.

"우리 대화 들으셨나 봐요."

"그러게. 그런데 금 대리 물어보시는 건 혹시……."

"혹시……??"

어느새 다시 몰려든 그들의 기대에 찬 시선들이 빠르게 오갔다.

"저 무감한 이사님께서 정 실장님에 대한 감정을 이제야 깨닫는 중이시라든가."

"어우, 그런 가슴 떨리는 말 하지 마세요!"

효린이 콧김을 홍홍 내뿜으며 흥분을 내비쳤다.

"아니지. 충분히 가능성 있어. 원래 사람은 놓쳐 봐야 그 크기를 알 수 있다고 하잖아."

"맞아. 정 실장님이 상무실로 간 지금이 그 타이밍일 수 있지."

"그렇다면……."

꿀꺽.

몰려든 세 명의 비서들 사이에서 침 넘어가는 소리가 크게 울렸다. 은주가 진지한 얼굴로 소리 낮춰 말했다.

"작전명은 질투, 번뇌의 구렁텅이 어때?"

"구렁텅이가 뭡니까? 그냥 해요."

남식이 투덜거리자 선희가 안경을 추켜올리며 끄덕였다.

"어쨌든 좋아. 이사님 안에 내재된 질투를 아주 제대로 한번 끄집어내 보자고."

선희의 의견에 동감한 듯 다들 의미심장한 시선을 교환했다.

한편, 집무실 안으로 들어온 서국의 미간이 좁혀 들어 있었다. 정훈과 지유의 모습을 보고 든 불쾌감이 방금 비서들의 대화를 듣고 더 심해졌는데 이유를 알 수 없었다.

……홍보2팀 금 대리라.

아마 몇 번 회의를 같이 했을 테니 본 적 있는 얼굴일 텐데 기억나진 않았다. 평소 사람에 대한 데이터는 거의 저장해 두지 않는 그의 성격이 이럴 땐 불편했다. 그런데도, 요즘 한 여자가 그의 머릿속을 영 복잡하게 만들고 있었다.

이정훈의 비서실로 옮겨 가 있는 그 여자가.

"……."

해결되지 않는 난제를 만난 듯 그의 조각처럼 잘생긴 얼굴이 어두워졌다.

늘 옆에 있는 것이 당연했던 여자가 그 자리에서 사라지게 되자 갑자기 다르게 다가왔다. 항상 그 자리에 있을 땐 몰랐는데 자리를 비우고 난 후에야 불편함을 느끼게 됐다. 자신이 눈치채지 못한 사이, 그녀가 사소한 것 하나하나 전부 자신에게 맞춰 줬다는 걸 그제야 알게 된 거였다.

'그건 좀 심하다……. 그 정도면 사람 질리게 하는 수준 아냐?'

자신이 그 정도로 무관심한 인간이라는 것도 그제야 알게 됐다.

그런데 아니다. 자신은 그런 무관심한 인간이 아니었다. 요즘 그 여자 생각으로 머리가 가득 차고 나서야 알게 됐다.

'……내가 좋아하는 거 전혀 모르는 사람인데.'

한숨 쉬듯 말하고는 몰래 키스하고 도망치더니, 이정훈과 보란 듯이 구석에서 노닥거리질 않나, 금 대린지 은 대린지도 그 여자를 좋아한다질 않나…….

거기다 밤마다 잠들 수 없게 만드는 모습까지 멋대로 보여 놓고.

"하."

그 장면을 떠올린 서국이 인상을 찌푸리고 커다란 손으로 이마를 짚었다. 의지를 벗어나 뜨거워지는 육체를 진정시키며 생각해 봐도 도무지 알 수가 없었다.

8년을 공기처럼 곁에 있던 정지유, 그 여자가.

◆ ◇ ◆

창립기념식이 있는 L호텔 연회장에 지유와 정훈이 들어섰다. 댄디함을 살린 그레이 컬러 슈트를 입은 정훈이 지유를 보며 멋쩍은 듯 웃었다.

"함께 와 줘서 고마워. 아무래도 정 실장이 동행해 주는 게 안심이 돼서."

"저로선 감사한 말씀이죠."

지유가 생긋 미소 지었다. 지유는 전체적으로 심플하지만 과하지 않은 리본 장식으로 포인트를 준 원피스를 입고 있었다. 업무적인 형식은 갖췄지만 격식에 어긋나지 않게 그녀가 신중히 고른 거였다. 진하지 않은 화장은 지유의 앳된 얼굴을 가리지 못했지만, 어깨 아래로 내려오는 머리칼을 한쪽으로 넘겨 여성적인 분위기가 감돌았다.

연회홀 안으로 들어선 정훈이 주변을 둘러봤다.

"서국이는 어디 있지? 먼저 와 있을 텐데."

지유가 잠시 멈칫했다.

"이사님도 오신대요?"

"그렇게 들었는데?"

정훈은 주변을 열심히 훑으며 대답했다.

'……이사님 오시는구나.'

서국도 이곳 어딘가에 있을 거라고 생각하니 지유는 왠지 긴장이 됐다. 복도에서 본 뒤로 또 마주친 적은 없었지만, 그날의 냉랭한 시선이 신경 쓰이긴 했다. 그래도 아직은 알몸 사건 여파가 더 커서 도망치고 싶은 기분이지만.

'어?'

그때 그녀의 눈에 테이블에 앉아 있는 한 남자가 들어왔다. 뒤에서 봐도 압도적인 피지컬의 남자는 누가 봐도 이서국이었다. 수영 선수처럼 떡 벌어진 어깨와 그에 비해 작은 두상이 동양인답지 않은 좋은 비율을 보였다. 그는 월등한 신장 때문에 남들보다 훨씬 긴 다리를 우아하게 꼬고 앉아 있었다.

"아, 저기 있네. 이서……."

반가운 얼굴로 다가서던 정훈이 문득 멈춰 섰다. 정훈의 시선은 서국 옆에 앉아 있는 수려하고 여리여리한 외모의 여자에게 향해 있었다. 부드럽게 웨이브 진 긴 머리칼을 한쪽으로 넘긴 여자가 천천히 고개를 돌렸다. 정훈과 눈이 마주친 그녀의 얼굴에 미소가 어렸다.

"정훈 오빠. 오랜만이네. 잘 지냈어?"

여자의 우아함이 담긴 환한 미소에 정훈이 입술이 어색하게 휘어 올라갔다.

"이런 데서 갑자기 보니까 놀랐잖아. 한국 들어왔단 말은 들었어."

"그럼 연락하지 그랬어. 밥이라도 먹게."

"……그러게."

여자가 녹아들 듯한 미소를 지으며 말하자 정훈도 마주 웃었다.

'어?'

지유는 왠지 이상함을 느꼈다. 정훈을 오래 봐 왔는데, 지금 그의 미소는 무척이나 불편한 감정을 담고 있었다. 두 사람의 관계를 정확히 알 순 없었지만 평범한 관계는 아닐 거라는 생각이 들었다.

그때 문득 시선이 느껴졌다. 고개를 돌리니 서국의 서늘한 눈이 그녀에게 향해 있었다.

"안녕하세요. 이사님."

눈이 마주치자 지유는 얼른 그에게 인사를 했다. 그새 평정을 되찾았는지 정훈이 평소의 표정으로 웃었다.

"그럼 다음에 또 보자."

정훈이 지유를 데리고 자리를 옮기려 하자 여자가 말했다.

"굳이 따로 앉을 거 있어? 여기 같이 앉아."

음색이 크림처럼 부드러운 여자였다. 귓속으로 흘러 들어온 여자의 목소리에 지유가 고개를 돌리려는데 정훈이 먼저 대답했다.

"업무차 온 거라 다음에 보자. 태희야."

태희라는 사람이구나.

왠지 인상에 남는 이름이었다. 지유가 걸음을 옮기는데 뒤에서 중저음의 목소리가 들렸다.

"우리도 같은 목적으로 온 건데."

서국의 목소리에 지유가 멈칫거렸다. 돌아보자 그녀에게 똑바로 향한 눈동자와 마주쳤다.

"오늘 우리 할 일 많아. 앉아 있을 시간 없으니 간다."

산뜻하게 말한 정훈이 지유의 어깨를 잡고 자연스럽게 돌아섰다.

"……."

함께 멀어지는 두 사람의 뒷모습에 서국의 시선이 따라붙었다. 언뜻 보기엔 무감해 보였지만, 집요하게 따라붙는 시선은 지유의 어깨를 잡은 정훈의 손에 닿아 있었다. 그런 서국을 가만히 보던 태희가 의아스러운 표정을 지었다.

"뭘 그렇게 봐?"

"……아무것도."

서국은 조용히 시선을 걷어 내고 샴페인 잔을 입술로 가져갔다.

"그런데 방금 정훈 오빠랑 같이 있던 여자는 누구야?"

"비서실장이야."

"아하, 실장."

태희가 입술 끝을 휘어 올리고 잔을 입술로 가져가는데 서국이 말을 덧붙였다.

"내 실장."

"응?"

잔을 든 채 태희가 서국을 다시 바라봤다.

짙어진 그의 시선이 멀어진 지유에게 다시 향해 있었다.

"내 비서실장이라고. 잠시 상무실에 지원 나간 상태고."

"아…… 그래?"

태희는 자신을 보지 않고 한 사람만 보고 있는 서국을 유심히 쳐다봤다. 그가 자리를 떠난 여자를 응시하는 사이 태희의 표정이 굳어 가고 있었지만 서국은 알지 못했다. 그저 멀리 떨어진 테이블에 자리를 잡는 두 사람에게 시선을 향한 채였다.

"상무님."

"……어?"

지유의 부름에 정훈이 멈칫거렸다. 그가 고개를 돌리자 빤히 보고 있던 지유와 눈이 마주쳤다.

"괜찮으세요?"

"괜찮냐니, 뭐가?"

웃음기 섞인 말투로 되물었지만 그의 목소리는 어딘가 경직되어 있었다.

"아까부터 계속 표정이 굳어 있으세요. 혹시 몸이 안 좋으신가 해서요."

"아닌데. 전혀 아무렇지도 않아."

정훈이 어깨를 으쓱해 보이자 지유는 얌전히 고개를 끄덕였다.

"그럼 다행이지만요."

"정말이야. 걱정해 줘서 고마워."

"네. 아, 저 잠시 자리 좀 비울게요."

테이블에서 지유가 몸을 일으키자 정훈의 혼잣말 같은 작은 목소리가 따라붙었다.

"그래. ……고마워."

지유는 정훈을 향해 작게 미소를 짓고는 돌아섰다.

사실 두 사람을 만난 이후로 영 그답지 않은 상태를 보이는 정훈을 눈치채고 있었다. 그를 배려해서 잠시 자리를 피해 주려고 한 말이었는데 정훈이 의도를 정확히 알고 감사를 표한 것이다. 항상 산뜻함을 유지하는 정훈이 이 정도로 표정 관리를 못 하는 건 지유도 처음 봤다.

'그 태희라는 여자 때문인 것 같은데.'

솔직히 지유도 신경이 쓰였다. 워낙 눈에 띄는 미인이기도 했지만 서국이 이런 자리에 비서 외의 여자를 데려오는 건 처음이었으니까.

'그 세 사람은 잘 아는 사이 같고…… 에이, 그만 신경 끄자.'

서국과 함께 있는 여자에게 모든 신경이 쏠려 있는 걸 깨달은 지유가 손을 씻으며 마음을 다잡았다. 어쨌든 업무의 일환으로 온 자리인데 아무리 조금 전 장면이 충격적일지라도 지금은 정훈을 보좌하는 데 최선을 다해야 했다. 거울을 보며 마음을 다잡은 지유가 화장실에서 나왔다.

상무님도 마음을 좀 가라앉히셨겠…….

"어?"

연회홀로 가는 복도에 서국이 서 있었다. 날렵한 턱시도 차림의 그의 모습을 보자 방금 전의 다짐은 어디로 가고 또 주책맞게 심장이 뛰기 시작했다. 누군가를 기다리는 듯 벽에 기대서 있는 모습을 보니 지유는 알은체를 해야 할지 망설여졌다.

'혹시 아까 그 여자를 기다리는 걸까?'

그런 거라면 두 사람이 같이 있는 모습은 보고 싶지 않았다.

그때 서국의 시선이 이쪽으로 향했다. 눈이 마주치자 고민하던 지유가 얼른 사무용 미소를 얼굴에 장착했다.

"일행분 기다리세요?"

그녀가 하는 말에 서국이 묘한 표정을 지었다.

'왜 저렇게 보시지?'

대답도 없이 사람을 꿰뚫어 보는 듯한 짙은 눈동자로 쳐다보자 지유가 긴장을 숨기며 마주 봤다. 그가 느릿하게 입을 열었다.

"정 실장."

"네. 이사님."

곧장 대답하면서도 지유는 심상찮은 눈빛에 손바닥에 땀이 맺혔다. 요즘 계속 저 시선이 문제다. 아주 다각도로 사람을 쩔쩔매게 만드는 위험한 눈빛이었다.

그래서 자꾸만 뱀 앞에 놓인 설치류가 된 기분이 되는 걸까?

지유가 긴장을 숨기며 마주보고 있는 사이 서국이 가까이 다가왔다. 그가 수려한 얼굴을 천천히 모로 기울이며 말했다.

"나에게 할 말 없습니까?"

"할 말……이요?"

지유는 순간 숨을 삼켰다.

뭘 물어보는 거지? 혹시 그때 그 키스? 아니면 오랫동안 좋아하던 걸 들킨 걸까?

"있을 것 같은데."

서국의 느릿한 목소리에 지유의 눈동자가 남모르게 요동쳤다.

쿵쿵쿵.

어쩌지? 걸리는 게 너무 많아!

지유의 심장이 세차게 울렸다. 서국은 그녀의 미세한 표정 변화를 주시하며 시선을 떼지 않았다.

'지금 표정 관리를 잘해야 살아 남는다. 정지유.'

지유가 빠르게 멘탈을 다잡았다. 까딱 지난날의 업보로 얼굴이라도 붉어졌다간 속내를 전부 들켜 버리는 수가 있었다.

"저는……."

그 시간, 담배를 피우러 밖으로 나온 정훈은 달을 쳐다보고 있었다.

'도망치듯 나온 꼴인가.'

지금 자신이 도망칠 이유가 없음에도 혼자 그 공간에 남아 있기가 버거웠다. 담배를 한 모금 깊이 빨아들이고 재떨이에 길게 남은 꽁초를 던졌다.

'그래도 지유 씨 오기 전엔 빨리 들어가 봐야지.'

지유는 기민하게 상대방의 기분을 캐치하곤 했다. 혼자 있는 시간을 굳이 준 의도를 그 역시 모르지 않았다. 정훈은 급작스러운 만남에 잠시 흐트러졌던 감정을 추스르고 건물 안으로 들어가기 위해 몸을 돌렸다.

"!"

앞에 서 있는 여자를 본 그의 두 다리가 그 자리에 멈춰 섰다.

"그렇게 티 내며 도망갈 거 있어?"

태희가 가슴 앞에서 팔짱을 끼고 정훈을 향해 걸어갔다.

"누가 봐도 의심스럽게."

마치 그의 심리를 꿰뚫어 보듯 살짝 예쁜 눈으로 흘겨본 그녀가 다가갔다.

"……."

태희를 보는 정훈의 눈빛이 깊어졌다. 의례적인 웃음도 짓지 않고 있는 그의 앞에 태희가 똑바로 섰다.

"오빤 내가 반갑지 않구나?"

애교 있게 웃는 얼굴에 정훈이 찡그리듯 웃었다.

"반가워했으면 좋겠어?"

지어낸 웃음과 다르게 목소리는 탁하게 갈라졌다. 그의 고통 어린 미소를 눈앞에서 보면서도 태희는 해사하게 웃었다.

"응. 소꿉친구잖아. 우리."

"……하."

정훈이 헛웃음을 흘렸다. 박태희가 이런 여자라는 건 누구보다 자신이 잘 알고 있었다. 잔인하게 그를 버렸다는 것에 일말의 죄책감도 없을 성격이라는 것도.

더 대화할 의지를 잃은 정훈이 몸을 돌리자 태희의 목소리가 따라붙었다.

"날 편하게 대해. 정훈 오빠."

우뚝 그 자리에 멈춰 선 그가 돌아봤다. 태희가 그를 가만히 바라보고 있었다.

"앞으로 볼 일이 많을 거니까."

깃털처럼 가벼운 목소리로 말한 태희가 우아하게 미소 짓고 있었다.

◆ ◇ ◆

집으로 향하는 차 안에 서국이 앉아 있었다. 그는 턱시도 차림으로 뒷좌석에 앉아 창밖을 보며 생각에 잠겨 있었다.

몇 시간 전, 파티장에서 들었던 지유의 말이 머릿속을 맴돌았다.

'저는 이사님께 드릴 말씀이 없는데요. 어떤 일로 그러시는지 여쭤봐도 될까요?'

까딱하면 믿을 정도로 그 말을 하는 그녀의 얼굴은 담담해 보였다. 만약 그녀가 몰래 키스했던 그날의 기억이 없었다면 믿을 수밖에 없을 정도로.

"……."

창밖에 시선을 향한 서국의 표정이 진지해졌다.

그 감정은 언제부터였을까. 타인의 감정이 궁금한 적이 없었는데, 최근 정지유라는 여자의 심리 상태와 감정이 수시로 궁금했다.

그녀가 비서실에 있던 시간은 8년이었다. 그 시간의 언제쯤부터 그녀가 자신에게 그런 감정을 품게 된 건지 알고 싶었다. 잠든 상사의 입술에 저도 모르게 키스할 정도면서 감쪽같이 속이고 있던 게 대체 언제부터인 건지.

오늘처럼 능숙하게 감정을 감췄던 게 언제부터였는지…….

과거의 기억을 더듬어 올라가던 서국의 매끈한 이마가 살짝 찌푸려졌다.

또 정지유 생각으로 머릿속이 가득 차 버리다니.

아무에게도 관심이 없던 머리가 작정하고 한 사람에게 꽂히면 이렇게 되는 걸까. 업무에도 지장이 갈 정도로 그녀 생각으로 가득 차 버리는 게 스스로도 믿기 어려울 정도였다. 커다란 손으로 얼굴을 쓸어 낸 그가 피곤한 눈을 감았다. 갑자기 자신의 머릿속을 들쑤시는 여자 하나 때문에 뇌가 과부하에 걸릴 것 같았다.

억지로 생각을 떨쳐 버리며 잠을 청하는데 익숙한 형체가 눈앞에 아른거렸다. 갑자기 올라가는 블라인드와 그 사이로 등장한 하얗고 보드라운 몸.

'!'

둥근 선을 따라 이어진 탐스러운 여성의 몸과 젖은 채 흘러내린 머리칼이 떠오르자마자 서국이 눈을 번쩍 떴다.

……이런.

그가 단정한 눈썹을 일그러뜨렸다. 차 안에서 하반신이 뻐근해지는 것이 느껴지자 서국의 조각처럼 수려한 얼굴이 굳어졌다. 각인처럼 뇌리에 박힌 그 장면은 그 뒤로 수시로 떠올라 그의 육체를 괴롭히곤 했다. 어떨 때는 밤새 잠을 이루지 못할 정도로 정체 모를 열기로 온몸을 뜨겁게 만들었다. 잘 알지도 못하고 지나갔던 사춘기 때조차 겪지 못했던 증상에 난감한 적이 한두 번이 아니다.

지금도 운전비서가 운전하는 차 안에서 이게 무슨…….

'변태성욕자도 아니고.'

이마를 일그러뜨린 서국이 헤드레스트에 뒷머리를 기대고 눈을 감았다. 치밀어 오른 불길을 삭이기 위해 내일 있을 회의에 점검해야 할 내용을 떠올렸다. 온갖 데이터 수치를 머릿속에 펼쳐 놨지만 이미 자극당한 육체는 그의 의지를 배반하고 더 단단해져만 갔다.

"……후."

신음처럼 낮게 한숨을 뱉어 낸 그의 남성적인 목울대가 크게 꿈틀거렸다.

04

"스포츠댄스요?"

일정 브리핑을 마친 지유가 동그란 눈으로 정훈을 바라봤다.

그가 난감한 미소를 머금고 말했다.

"지금 인트라넷에 공지 올라왔을 거야. 나도 말렸는데 아버지가 요즘 스포츠댄스에 푹 빠지셔서."

"스포츠댄스라면, 그 여자가 남자 파트너와 춤추다가 휙휙 돌고 그런 거 아닌가요?"

지유가 대충 손짓으로 빙글빙글 도는 흉내를 내며 물었다. 정훈의 난감한 미소가 더 짙어져 있었다.

"장르에 따라 다른데 대충 비슷하지."

"아아……."

"워크숍에서 스포츠댄스라니. 사내에서 말이 나오지 않겠어?"

정훈이 걱정스럽게 하는 말에 지유가 고개를 살짝 기울였다.
"그러진 않을 것 같아요. 대부분 부서별 장기자랑이나 체육대회로 때웠지만 갑자기 낚시대항전이라든가, 볼링전, 단체 등산을 하는 일이 있긴 했으니까요."
그럴 줄 알았다는 듯 정훈이 난감한 표정을 지었다.
"다 아버지 취미군. 그나마 골프는 안 하셨네."
"아, 골프도 있었네요."
"후, 아버진 대체……."
지유가 생각난 듯 말하자 정훈이 어두운 얼굴로 머리를 감싸 쥐었다.
"회장님은 이런 단체 활동에 워낙 열정적인 분이시잖아요. 그나저나 부서별로 한 팀씩 꼭 출전해야 한다면…… 어떻게 해야 할까요?"
약속이라도 한 듯 침묵의 시간이 흘렀다. 이내 결단을 내린 듯 정훈이 말했다.
"지유 씨, 나랑 나갈래요?"

그 시간 이사실.
"세상에! 이거 완전 저희를 위한 건데요? 저 스포츠댄스 오래 배웠거든요!"
은주가 흥분한 얼굴로 눈을 빛내자 어렵게 말을 꺼냈던 서국이 의아하게 바라봤다.
"그렇습니까?"
"네! 우리 팀이 우승은 따 놓은 당상이라고 봐야겠네요! 우승 상품은 뭐예요?"

"하와이 여행권이라고 쓰여 있는데요?"

효린이 침착하게 공지를 확인하고 말하자 은주가 더욱 흥분했다.

"우와! 우리 팀 다 갈 수 있는 거네? 실력 발휘 제대로 해야겠네요. 남식 씨, 나랑 같이 해요!"

"왜 저한테…… 윽."

은주가 쿡 찌르자 남식의 얼굴이 찌뿌려졌다. 서국에게 보이지 않는 쪽으로 얼굴을 돌린 은주가 남식에게 복화술로 말했다.

"그럼 내가 이사님과 할 순 없잖아요. 잔말 말고 같이 해요. 하와이 같이 가고 싶으면."

"아…… 저도 꼭 한번 해 보고 싶었는데 이번 기회에 참여해 봐야겠네요. 하하."

은주의 무서운 기세에 남식이 마지못해 말하자 선희가 박수를 짝! 쳤다.

"그럼 우리 부서는 은주 씨와 남식 씨로 정해졌네요."

"열심히 하겠습니다!"

갑작스러운 일에 불편해할 줄 알았는데 뜻밖의 반응을 보이자 서국이 의외감 어린 얼굴로 봤다. 잠시 보고 있던 그가 정리하듯 말했다.

"그럼 은주 씨와 남식 씨가 수고해 주기 바랍니다."

"이사실의 명예를 걸고 최선을 다하겠습니다!"

은주가 자신만만하게 대답했다. 그녀는 이미 우승을 해서 하와이 여행 상품권을 따낸 사람처럼 기세등등한 얼굴이었다.

공지를 전한 서국이 집무실로 들어왔다. 비서들의 예상외 반응에 의아함을 느낀 것도 잠시, 그는 곧 언제 그런 일이 있었나 싶게 일에 집중했다. 한동안 업무에 몰두하다 회의 시간에 맞춰 다시 나오는데 비서들의 목소리가 들렸다.

"그럼 정 실장님은 상무님이랑 둘이 참가하시는 거네?"

우뚝.

정 실장이라는 말에 그가 걸음을 멈췄다. 집무실과 가까운 탕비실에서 목소리가 들려오고 있었다.

"선남선녀라서 비주얼은 일단 제대로 먹히겠는데?"

"게다가 상무님이 차기 총수니까 사내에서 은근 팬도 생긴 모양이던데."

"상무님 완전 인기쟁이네요. 정 실장님도 상무님한테 반하는 거 아닐까요? 게다가 스포츠댄스는 터치도 많잖아요."

"혹시 모르는 거지? 둘이서 땀 흘리면서 연습하다가 손길이 몸 여기저기 스치고 그러다 막 분위기가 타오르…… 어머, 이사님 나오셨어요?"

탕비실에서 그를 본 선희가 얼른 밖으로 나왔다.

"회의실로 바로 가는 거죠?"

"……네."

선희가 자리에서 회의 준비물을 얼른 챙기며 묻는 말에 서국이 생각에 잠긴 얼굴로 대답했다. 그 얼굴을 힐끔 본 선희가 서국을 따라 비서실을 나가면서 뒤에 남은 비서들과 시선을 교환했다. 의미심장한 눈빛을 나눈 선희가 서국과 함께 자리를 뜨자 비서들이 쑥덕거렸다.

"나 방금 발연기였어?"

은주가 걱정 어린 시선으로 묻자 효린이 단호히 고개를 저었다.

"괜찮아요. 그만하면 자연스러웠어요."

효린이 엄지까지 척 세워 주니 안심한 은주가 밝게 웃었다. 무사히 작전을 실행한 그들이 흐뭇한 시선을 교환했다.

서국은 생각에 잠긴 얼굴로 임원 전용 엘리베이터에 서 있었다. 선희는 옆에 조용히 선 채 남몰래 그의 표정을 살피고 있었다.

'저 진실의 미간, 기분 상한 거 맞는 거 같은데?'

최근 비서실의 비밀 질투 작전 실행 이후 서국의 표정 변화를 유심히 보게 됐다. 그러다 보니 알게 된 건데, 그의 심기는 미간의 변화에 드러나곤 했다. 원체 무감한 표정의 남자라 속을 잘 파악하기는 어려웠지만 미간의 미세한 균열로 불쾌지수를 가늠할 수 있었다.

선희가 매의 눈으로 보고 있는데 마침 엘리베이터 문이 열리고 익숙한 얼굴이 나타났다.

"어머, 실장님. 안녕하세요."

"아! 선희 씨."

정훈과 함께 나란히 서 있는 지유를 본 선희가 반갑게 인사했다.

나이스 타이밍!

방금 서국의 질투를 자극해 놓은 상태에서 그 당사자들이 나타나다니. 이렇게 타이밍이 좋을 수가 있담?

"안녕하세요. 이사님."

선희와 인사를 나눈 지유가 서국을 향해 고개를 숙이고 엘리베이터 안으로 들어섰다.

"자주 만난다."

특유의 스마트한 미소를 지으며 다가온 정훈이 자연스럽게 지유의 옆자리에 섰다.

"……."

앞에 나란히 선 두 사람에게 말없이 박히는 서국의 시선을 선희는 놓치지 않았다. 그때 정훈이 친밀하게 옆에서 지유를 내려다보며 말했다.

"먼저 의상부터 사러 갈까? 스포츠든 취미든 시작은 장비부터 갖추는 거라잖아."

그의 말에 지유가 올려다봤다.

"같이 가시게요?"

"그럼 따로 가려고 했어?"

정훈이 서운한 눈으로 말하자 지유가 곱게 눈을 접으며 웃었다.

"상무님 사이즈 알려 주시면 제가 다녀올게요. 바쁘신데 따로 시간 내실 건 없어요."

"직접 보고 고르고 싶거든."

옥신각신하는 목소리를 들으며 선희의 입술 끝은 점점 더 올라 갔다. 좋아, 더 해라, 더 해라!

"사이트에 사진 있으니 그거 보고 고르시면 되지 않을까요?"

"아니야. 같이 가는 걸로 해."

지잉-

회의실이 있는 층에 도착해서 문이 열렸다. 앞에 서 있던 정훈과 지유가 앞서 걸어 나갔다.

"그럼 날짜는……."

멀어지면서도 조곤조곤 대화를 이어 나가는 두 사람을 서국이 지켜보고 있었다. 그리고 그런 그를 선희가 관찰하듯 쳐다봤다.

"!"

순간 선희의 눈이 커졌다.

'세상에, 지금 저 표정 이사님 맞아?'

선희는 제 눈을 믿을 수가 없었다. 서국 본인도 아마 인식하지 못할 거였다. 지금 자신이 무슨 표정을 짓고 있는지.

미간은 멀쩡했다.

오히려 평소처럼 표정 하나 없는 얼굴이었지만 명백하게 그의 얼굴에 드러나 있었다. 저 두 사람에 대한 뜨거운 질투가.

'와…… 내 심장이 다 떨리네.'

뺨에 열기가 오르는 것 같아 선희가 슬쩍 손등을 제 얼굴에 갖다 댔다. 그녀가 두근대는 심장을 진정시키기가 힘들 정도로 서국은 완벽히 질투에 휩싸인 남자의 얼굴을 하고 있었다. 저 무감한 남자가 두 사람이 대화하는 걸 본 것만으로 제 표정 관리조차 못 하다니…….

'이건 우선 비밀로 해야겠어.'

이 사실을 알면 비서실이 난리가 나겠지만 선희는 근질거리는 입을 일단 봉인해 두기로 했다. 지금 서국의 표정은 쉽게 떠들어도 될 그런 얼굴이 아니었으니까.

비서로서 최소한 지켜 줘야 할 선은 지키기로 마음먹은 선희는 서국과 함께 회의실로 향했다.

◆ ◇ ◆

본사 내 대강당에는 편한 복장의 직원들이 남녀 짝지어 모여 있었다. 스포츠댄스 전문 강사들이 각 부서별로 몇 팀씩 맡아 안무 교육을 하는 중이었다.

지유도 흰색 티셔츠와 청바지 차림으로 머리를 돌돌 말아 높이 올려 묶고 있었다. 정훈과 함께 강사의 설명을 듣던 지유가 멀찍이 서 있는 은주와 남식을 기웃거렸다.

'역시 이사님은 참여 안 하시는구나.'

다행인가? 만약 서국이 은주와 파트너로 나왔다면 조금 질투가 날 것 같긴 했다.

'그래도 이 핑계로 몇 번 볼 수 있는 기회가 날아간 건 좀 아쉽긴 한…….'

순간 지유의 눈이 조금 커졌다. 윗층 계단에 서국이 서 있었다. 두근! 그를 본 지유의 심장이 반사적으로 뛰기 시작했다.

"자, 지금부터 안무를 배워 볼게요. 여자분이 남자분 팔을 이렇게 잡으시고."

"아, 네."

강사의 말에 정신을 차린 지유가 정훈의 팔을 잡았다.

'은주 씨랑 남식 씨 보러 온 건가?'

동작을 배우면서도 머릿속에는 방금 본 서국에 대한 생각으로 가득했다. 저도 모르게 힐끔 그가 있는 곳을 다시 쳐다봤다.

'어?'

기분 탓인지 모르겠지만 방금 전 시선이 마주친 것 같기도 한데……?

그렇게 생각하니 긴장이 돼서 몸에 바짝 힘이 들어갔다.

"앗!"

스텝이 꼬여 휘청거리는데 정훈이 빠르게 그녀를 붙잡았다.

"정 실장, 괜찮아?"

"네. 감사합니다."

얼른 웃어 보인 지유는 진땀을 흘리며 동작에 집중하려 애썼다.

'다른 생각 하면 안 돼. 상무님께 피해가 가잖아.'

마음을 다잡은 지유가 정훈에게만 시선을 두려 노력했다. 동작도 어려워서 바짝 신경을 쓰지 않으면 제대로 하기 힘들었다.

"동작과 동선은 알겠죠? 오늘은 여기까지 하고 앞으로는 이 순서로 외우는 걸 중점으로 해 봐요."

"네. 감사합니다."

강사가 레슨을 마치고 마무리 중인 다른 팀 쪽으로 향했다. 지유는 그제야 뒤늦게 시선을 돌렸다. 하지만 서국은 그 자리에 없었다.

'갔구나.'

긴장하고 돌아봤다가 막상 없는 걸 확인하고 나니 기운이 빠졌다.

"많이 힘들어? 지쳐 보이네."

지유의 표정을 본 정훈이 걱정스럽게 말하자 그녀가 얼른 고개를 저었다.

"아뇨. 전 괜찮……."

고개를 젓는데 갑자기 툭, 하고 머리끈이 풀리는 느낌이 들었다.

"어어?"

돌돌 말아 깡충 올려 묶고 있던 머리가 풀리자 정훈이 저도 모르게 손을 뻗었다.

덥석.

흘러 내려오는 머리칼을 엉겁결에 손으로 잡아 준 그와 지유가 눈이 마주쳤다.

"아, 미안. 나도 모르게 그만."

머리가 풀리는 걸 보고 손이 먼저 나갔던 정훈이 얼른 손을 떼어 내고 머쓱하게 웃었다.

"하하. 아니에요."

지유가 웃으며 끊어진 채 머리에 대롱대롱 매달려 있는 머리끈을 제거했다. 그대로 손으로 슥슥 빗어 정리하는데 정훈이 상냥하게 말했다.

"정 실장 상당히 잘 따라오던데."

"상무님은 배운 적 있으신가 봐요. 잘하시던데."

"나야 뭐든 잘하잖아."

칭찬에 뿌듯하게 웃은 정훈이 갑자기 허기진 표정을 지었다.

"그보다 갑자기 움직였더니 배가 고프네. 시간 되면 같이 밥 먹는 거 어때? 내가 살게."

"그렇게 해요. 상무님."

생긋 웃은 지유가 정훈과 함께 사람들을 지나 빠져나갔다.

"……."

그리고 멀어지는 두 사람을 뒤에서 서국이 싸늘한 눈으로 보고 있었다.

◆ ◇ ◆

정훈과 지유는 회사 근처 중식당으로 자리를 옮겨 마주 앉았다. 코스 요리로 주문한 정훈은 지유에게 손수 차를 따라 줬다.

"제가 할게요. 상무님."

지유가 얼른 일어서서 찻주전자를 잡으려 했지만 정훈이 제지하며 자신의 잔에도 차를 따랐다.

"지금은 업무 중 아니니까 부담 가질 거 없어. 그냥 식사하는 자리니까."

"그럴게요. 감사합니다."

지유가 정훈 뜻에 맞춰 감사를 표하고 조심스럽게 찻잔을 들어 차를 마셨다. 정훈이 그녀의 모습을 미소 띤 얼굴로 보면서 손등으로 느른히 턱을 괬다.

"미국에 있을 땐 식사도 자주 하고 그랬는데 여기선 그때처럼 자주 하진 못하네."

"아무래도 본사 일이 바쁘니까요."

지유가 테이블 위에 찻잔을 내려놓고 미소 지으며 대답했다.

"……그건 그렇지."

살짝 입꼬리를 내렸던 정훈이 다시 웃는 얼굴로 말했다.

"그래도 정 실장에게 내가 정말 도움을 많이 받고 있는 건 알지? 그래서 맛있는 것도 많이 사 주고 싶은데 바빠서 그럴 기회가 별로 없어서 아쉽다."

"마음만으로도 감사해요."

지유가 빙긋 웃었다. 그 얼굴을 보던 정훈이 입술 끝을 늘렸다.

"정 실장 웃는 얼굴이 나한텐 참 힐링이 된다는 거 알아?"

"제가요?"

그녀가 투명한 눈망울로 쳐다보자 정훈이 부드러운 눈빛으로 마주 봤다.

"미국에서도 그랬어. 정 실장은 모르겠지만."

잔잔한 음성에 지유가 고개를 살짝 갸웃거렸다.

'그랬던가……?'

지유의 기억 속의 정훈은 한결같이 친절한 사람이긴 했지만 팀원 모두에게 그랬다. 자신에게만 특별히 더 친절을 베풀거나 하진 않았다. 지유가 알쏭달쏭한 얼굴로 기억을 더듬어 보는데 마침 요리가 나왔다.

"우선 배고프니 먹을까?"

"네. 잘 먹겠습니다."

요리의 등장과 함께 생각을 멈춘 지유도 정훈을 따라 젓가락을 들었다.

◆ ◇ ◆

"원~ 투~ 쓰리~"

안무를 하며 지유의 보드라운 몸에 정훈의 손길이 은밀히 스쳤다. 정훈이 팔을 잡고 멀어졌던 그녀의 몸을 당기자 가까이에서 두 사람의 시선이 엉켜 들었다.

"……."

그녀의 붉고 도톰한 입술을 응시하던 정훈이 고개를 숙였다. 닿을 듯 가까워지는 입술이 순간적으로 떨어졌다. 놀란 지유의 눈이 크게 뜨이며 원인을 찾아 시선을 돌렸다. 그녀의 눈이 더 커졌다.

"이사님?"

난 질투로 완전히 머리가 돌아 버린 상태였다.

"앗, 이사님!"

정훈에게서 그녀를 빼앗아 무작정 끌고 나온 뒤 차 안에 밀어 넣었다.

탁!

"왜 이러시는 거예요? 앗! 안 돼…… 흐읍!"

반항하는 그녀를 끌어당겨 말캉한 입술을 억지로 삼켰다. 달달하다 못해 설탕처럼 녹아내릴 듯한 그 입술을 빨면서 아까 정훈의 손에 닿았던 머리칼을 풀어 냈다.

차르륵—

흐트러진 머리칼을 소유욕 어린 손길로 움켜쥐고 키스를 퍼부었다. 내 타액이 번져 있는 작고 도톰한 입술이 점점 더 이성을 잃게 만들었다.

"하읍, 이사님……! 잠깐……."

도리질 치는 작은 얼굴을 움켜잡아 혀뿌리가 뽑혀 나갈 정도로 빨아 삼키면서 다른 손을 헐렁한 티셔츠 안으로 밀어 넣었다.

"앗!"

다급히 밀어내는 작은 손을 붙잡아 머리 위로 올려 한 손으로 고정시켰다. 질투로 뜨거워진 머릿속은 어떤 말도 들리지 않았다. 티셔츠를 들어 올려 동그랗게 흔들리는 가슴을 입으로 빨기 시작했다. 파르르 떨리는 젖꼭지가 곤두서고 그녀의 숨결이 달아올랐다.

"아아, 이, 이사님……."

야릇한 헐떡임이 새어 나오는 입술이 욕망의 불덩이 속으로 날 밀어 넣고 있었다. 포도알처럼 부푼 유두를 이로 물고 잘근대다가 청바지 버클을 풀어냈다.

그 안으로 거칠게 손을 밀어 넣는 순간,

"!"

침대 위에서 서국이 번쩍 눈을 떴다.

무슨……!

자신의 침실 천장을 확인하고 당혹스러운 표정으로 상체를 세운 그가 땀에 젖은 제 몸을 바라봤다. 땀이 번들거리는 근육질 몸과 팽팽하게 치솟은 드로어즈를 본 그의 이마가 일그러졌다.

"후, ……미친."

잇새로 욕설을 사납게 내뱉은 서국이 수려한 이마를 일그러뜨렸다.

◆ ◇ ◆

출근하던 지유는 엘리베이터에서 정훈과 마주치고 깜짝 놀랐다.

"어머! 상무님, 다치셨어요?"

정훈이 팔에 깁스를 한 채로 머쓱하게 웃었다.

"어젯밤에……."

그때 문이 열리고 서국이 나타났다. 근사한 슈트 차림의 서국이 두 사람을 보고 잠시 멈칫거렸다.

"안녕하세요. 이사님."

"이서국."

인사를 받으며 안으로 들어서던 서국의 시선도 정훈의 팔로 향했다.

"팔은 왜 그런 거야?"

"그러니까 이건……."

지유를 힐긋 쳐다보며 정훈이 말했다.

"어젯밤에 정 실장과 식사한 뒤에 술 한잔 더 하고 들어갔거든."

두 사람이 함께 저녁을 먹었다는 말이 자연스럽게 나오자 서국의 미간에 균열이 일었다.

"그때 다치신 거예요?"

"나 혼자 취해서 계단 내려오다 발을 헛디디면서 짚었던 손이 잘못됐네. 정 실장과 관련 없어.”

걱정스럽게 쳐다보는 지유에게 정훈이 말끔한 미소를 지었다.

“그래도 깁스까지 하신 거 보면 많이 다치신 것 같은데…….”

“심한 건 아닌데 그래도 당분간 깁스 생활은 해야 할 것 같아. 그나저나 어쩌지? 이래서는 스포츠댄스는 무리일 것 같은데.”

다친 팔을 정훈이 시무룩하게 쳐다보자 지유가 얼른 말했다.

“걱정하지 마세요. 꼭 참여하지 않아도 괜찮을…….”

“내가 할게.”

두 사람의 대화에 갑자기 서국이 끼어들었다.

‘응? 이사님이……?’

지유는 순간 제 귀를 의심했다. 그녀와 정훈의 시선이 그에게 향하자 서국이 정훈을 보며 말했다.

“내가 파트너 역할 하면 되는 거 아닌가? 정 실장도 원래 내 소속이니.”

지유가 동그란 눈을 깜빡였다.

‘내 소속이라니, 이사님이 이런 말을……?’

정훈이 진지한 말투로 서국에게 말했다.

“그래도 되겠어? 상무실 대타로 나가는 건데? 게다가 너 그런 거 별로 안 좋아하잖아.”

“괜찮아. 내가 할게, 정 실장 파트너.”

서국이 똑바로 쳐다보며 하는 말에 정훈과 그 사이에 이상한 기류가 흘렀다. 그 시선을 지유가 번갈아 쳐다봤다.

‘잠깐, 이 분위기는……?’

정체 모를 분위기를 감지한 지유가 괜히 긴장하고 있는데 정훈이 평소처럼 웃어 보였다.

"네가 도와준다면 안심이지. 그럼 부탁할게. 서국아."

딩–

마침 그때 이사실이 있는 층에 도착했다. 문이 열리는 걸 확인한 서국이 지유를 내려다봤다.

"따로 연락하겠습니다."

낮게 말한 그가 내리고 천천히 문이 닫혔다. 지유가 눈을 깜빡였다.

'그럼…… 이사님이 내 파트너가 되는 건가?'

예상치 못한 전개에 지유가 내심 당황을 느꼈다. 그때 위에서 정훈의 목소리가 들렸다.

"정 실장도 다른 사람보다는 서국이가 편하지?"

"아, 네. 그건 그렇죠."

지유가 얼른 사무용 미소를 장착하고 대답하자 정훈이 한숨을 내쉬었다.

"아쉽네. 옷까지 다 맞췄는데……. 나도 참여하고 싶었는데 하필 지금 다쳐선."

"우선 낫는 게 중요하니까 그런 생각 하지 마세요. 상무님."

지유가 위로하고자 하는 말에 정훈이 그녀를 잠시 내려다봤다.

'?'

말없이 내려다보는 시선에 지유가 의아한 표정을 지었다. 그때 엘리베이터 문이 열리고 동시에 정훈이 말했다.

"……그래. 내년에 참여하면 되니까."

의미심장한 말을 남긴 정훈이 먼저 내렸다. 그를 따라 내리며 지유는 고개를 살짝 갸우뚱거렸다.

'내년?'

그때는 자신이 상무실에 없을 텐데 방금 정훈의 말은 왠지 내년에 자신과 같이 참여하면 된다는 뜻으로 들렸다.

'그냥 본인이 참여한다는 뜻인가?'

머릿속에 떠오른 물음표를 지운 지유는 정훈을 따라 상무실에 들어섰다.

지잉—

자리로 가서 앉는데 그녀의 휴대폰에 메시지가 들어왔다. 액정을 확인하던 지유가 멈칫했다.

[이서국 이사님]

평소 메신저를 사용하지 않는 그의 이름이 어쩐 일인지 화면에 떠 있었다. 얼른 잠금장치를 풀고 내용을 확인했다.

[점심시간에 잠깐 보죠.]

점심시간에?

한 번도 이런 개인적인 메시지를 보낸 적이 없던 서국이었다. 분명 워크숍 관련일 걸 알고 있으면서도 지유는 마치 데이트 신청이라도 받은 것처럼 주책없이 심장이 뛰었다. 콩콩거리는 심장을 진정시키며 그녀는 빛보다 빠르게 답장을 보냈다.

[어디서요?]

[정 실장 편한 곳으로 해요.]

[그럼 7층 회의실 앞 휴게실에서 봬요.]

[1시 40분에 가겠습니다.]

곧바로 이어지는 답장을 노려보던 지유는 대화가 마무리되고서야 깊이 한숨을 토해 냈다.

“아, 일단 브리핑.”

가방을 급히 내려놓은 지유가 잽싸게 집무실로 향했다.

지유는 점심시간에 구내식당에서 밥을 먹는 둥 마는 둥 하고서 서둘러 올라와 양치했다. 괜히 화장도 한 번 더 점검하고 잘 뿌리지도 않던 달달한 계열의 향수도 뿌려 주고는 7층으로 내려갔다. 7층 휴게실은 평소 잘 사용하지 않는 대회의실 앞에 있는 곳이라 점심시간엔 특히 한적했다.

‘누가 봐서 안 될 관계는 아니지만…….’

그래도 상무실에 있는데 이사와 둘이 만나고 있는 모습이 이상한 소문을 일으킬 수 있을 것 같아 정한 장소였다. 쓸데없는 오해는 사전 차단하는 게 좋다는 직업병 비슷한 오랜 습관으로 인한 행동이었다.

‘어? 벌써 오셨나?’

통유리로 한낮의 햇빛이 잘 들어오는 휴게실에 서국이 앉아 있는 모습이 보였다.

그는 한 손엔 커피 잔을 들고 다른 손으로는 서류를 검토하고 있었다. 익숙한 모습이었지만 최근엔 거의 보지 못했기에 지유는 잠시 그 자리에 서서 서국을 눈에 담았다.

깔끔하게 타이를 맨 흰 셔츠에 핏 좋은 정장 바지 차림이었는데 남들보다 긴 다리가 멀리서 봐도 그라는 걸 알게 했다. 더구나 저 완벽한 조각상 같은 옆모습은 아무리 봐도 질리지 않는 하나의 예술 작품 같았다. 그때 그의 시선이 서류에서 이쪽으로 옮겨졌다.

'앗!'

시선이 마주치자 지유는 얼른 자연스럽게 걸어오는 척 발을 움직였다.

"먼저 와 계셨네요. 식사는 하셨어요?"

"간단하게 했습니다."

지유가 그와 조금 떨어진 곳에 앉으며 말하자 짧게 대답한 서국이 습관적으로 손목시계를 확인했다. 늘 과도한 업무량으로 시간을 타이트하게 쪼개어 사용해서 그런지, 그에게는 수시로 시간을 확인하는 버릇이 있었다. 업무 브리핑이 조금 길어질 때면 어김없이 그의 시선은 시계로 향하곤 했다. 그의 시간을 많이 뺏지 않기 위해 지유가 입을 열었다.

"안무 연습 스케줄 때문이시면……."

"의상은 맞췄습니까?"

시계에서 지유에게로 시선을 옮기며 하는 말에 그녀가 순간 말을 멈췄다.

"아, 네. 지난주에요."

"다시 맞추러 가죠."

"네?"

지유가 잠시 놀란 표정을 지었다가 곧 설명했다.

"이사님은 상무님과 체형이 비슷하시니 수선만 하면 될 것 같아요. 상무님도 이번에 맞춘 거라서요."

서국이 그녀를 보다가 눈매를 가늘였다.

"다시 맞춰요. 그건 내 취향이 아닐 것 같으니까."

"그냥 드레스셔츠랑 바지라서 취향이랄 게 크게 없……."

"오늘 퇴근 후, 시간 괜찮습니까?"

"네? 오늘요?"

빠르게 치고 들어오는 말에 지유가 잠시 정신을 가다듬고 말했다.

"별다른 일은 없는데요."

서국의 시선이 다시 그의 손목시계로 향했다.

"그럼 오늘 갑시다. 퇴근 후 주차장에서 기다리겠습니다."

그가 서류를 들고 일어섰다. 그 모습을 본 지유도 덩달아 몸을 일으켰다.

"아…… 네. 알겠습니다."

엉거주춤 서서 대답하니 서국이 먼저 걸어 나갔다. 그러다 그가 다시 멈춰 서더니 돌아봤다. 왜 안 오냐는 시선으로 보자 지유가 사무적 미소를 지었다.

"먼저 가세요."

"……."

속을 알 수 없는 깊은 빛깔의 눈동자가 그녀에게 고정되어 있었다. 곧 몸을 돌린 그가 휴게실을 빠져나갔다. 얌전히 서서 그 모습을 보던 지유는 서국이 시야에서 완전히 사라지고 나서야 자리에 털썩 앉았다.

"퇴근 후에……?"

퇴근 후에 또 이사님을 만난다고?

그가 왜 새 의상에 집착하는지는 알 수 없었다.

'상무님도 뭐든 시작할 땐 장비 먼저 갖추는 거라 하시더니 형제라서 비슷한 건가?'

어쨌든 그가 점심시간에 보자는 말에 오전 내내 약간 흥분 상태였는데 아무래도 이 상태가 퇴근 후까지 이어질 모양이었다.

퇴근 뒤 임원 주차장으로 내려온 지유는 익숙하게 서국의 차를 찾을 수 있었다. 오랜 시간 그의 비서실장으로 있었기에 사실 안 보고도 위치를 알 정도였다. 얼른 차로 걸어가서 조수석 문을 열던 지유가 움찔거렸다.

'왜 이사님이?'

뒷좌석에 있을 거라고 생각했던 서국이 운전석에 앉아 있었다. 순간 지유의 머릿속은 번뇌에 빠졌다.

'내가 이사님 옆에 앉아도 되나?'

나란히 앉아도 되는 건지 판단이 서지 않았다. 그래도 이사님이 운전석에 앉아 있는데 뒷좌석에 앉는 건 더 이상한데…….

"운전 비서님은 안 계세요?"

이미 조수석 문을 열었으니 일단 자연스럽게 올라타며 지유가 물었다.

"먼저 보냈습니다."

서국은 지유가 벨트를 매는 모습을 보고 시동을 걸었다. 차를 출발시키는 그의 옆모습을 보며 지유는 좌반신이 바짝 긴장되는 걸 느꼈다.

'이사님이 운전하시는 차에 타는 건 처음인데…….'

게다가 단둘이 차에 있는 것도 처음이었다. 밀폐된 공간이라 그런가 괜히 더 긴장이 됐다. 묻어 뒀던 그 난감한 기억도 떠오르고.

'그만!'

뭉게뭉게 떠오르는 태풍 치던 날 부산 호텔에서의 일을 필사적으로 머릿속에서 지우며 지유가 서국을 바라봤다.

"저…… 괜찮으세요?"

지유가 조심스럽게 꺼내는 말에 운전하던 서국의 시선이 그녀 쪽으로 짧게 향했다.

"뭘 말입니까?"

"이사님은 상무님 말씀대로 스포츠댄스 같은 거 안 좋아하실 거 같아서요."

"특별히 좋아하지도, 싫어하지도 않습니다."

무감하게 흘러나오는 목소리에 지유가 그를 힐끔거렸다. 바로 옆에 있어서일까? 전방을 향하고 있는 옆모습이 유독 근사했다. 특히 저 베일 듯한 콧날이 제 심장을 반으로 쪼개 버릴 것만 같았다. 운전하는 모습을 괜히 몰래 훔쳐보는 것 같아 지유가 창밖으로 시선을 돌리며 말했다.

"괜히 저희 신경 쓰시느라 부담되는 일을 하시는 거면……."

"보통 상사와 본인을 '저희'라고 지칭합니까?"

갑자기 낮아진 목소리에 지유가 다시 그를 바라봤다.

"네?"

뭔가…… 잘못 말했나?

조금 전보다 냉기가 흐르는 듯한 서국의 수려한 얼굴이 그녀를 향해 있었다.

"방금 이정훈 상무와 정 실장을 저희라고 한 것 같은데."

서늘한 눈빛과 말투에 지유는 자신이 모르는 실수했나 싶어 얼른 사과부터 했다.

"제가 결례를 범했네요. 죄송합니다."

"……."

예리해진 시선으로 말없이 보던 그가 전방으로 고개를 돌렸다.

'가, 갑자기 찬바람이…….'

냉방이 켜져 있어 처음부터 공기가 서늘했지만 지금은 무슨 시베리아 한파가 몰아치는 것 같았다. 냉랭해진 분위기에 지유의 좌반신이 더욱 긴장해 돌덩이처럼 딱딱해졌다.

인간 돌하르방이 될 뻔했으나 마침 목적지에 도착해서 지유는 둘만 있는 불편한 공간을 무사히 탈출할 수 있었다. 서국이 데려온 곳은 정훈과 갔던 곳과는 다른 곳이었다. 저번에 간 매장 만만치 않게 고급스러운 분위기가 흐르는 곳이었는데 같은 곳이 아니라 차라리 다행이라는 생각이 들었다.

"마음에 드는 걸로 골라 봐요."

서국이 자기 건 보지도 않고 여성복 쪽으로 향하며 말했다.

"제 건 있으니 이사님 것만 하시면 돼요."

지유가 얼른 대답하자 앞서 걷던 그가 고개를 돌렸다.

"그건 입지 않는 게 좋겠습니다."

"네? 왜요?"

지유가 되묻는 소리에 서국의 눈이 아까 차에서처럼 서늘해졌다.

"새로 사는 게 좋겠다는 뜻인데."

"……?"

왜 굳이?

지유는 그의 말의 의도를 이해할 수 없었다. 이미 사 둔 게 있는데 왜 다시 사야 한단 말인가. 게다가 입지도 않은 새것인데.

"알겠습니다."

하지만 서국의 표정이 더 말을 꺼낼 수 없게 만들고 있어서 지유는 할 수 없이 그의 뜻에 따르기로 했다.

"정 실장은 어떤 취향입니까?"

"아, 전 화려한 건 별로 좋아하지 않아서 단색 톤이 좋을 것 같아요."

"원하는 걸로 골라 봐요."

서국이 제 가슴 앞에서 팔짱을 끼고 옆으로 물러났다. 마치 내 눈 앞에서 고르라는 듯한 시선에 왠지 입안에 침이 바짝 말랐다. 얼마 전 정훈과 의상을 고르러 갔을 때도 의상들이 죄다 화려해서 그중에서 튀지 않는 걸 고르느라 무척 힘이 들었는데…….

"이사님이 먼저 고르시면 제가 거기에 맞출게요."

"남자 의상은 거의 비슷한 것 같으니 먼저 골라요."

그 말이 사실이긴 해서 지유는 홀린 듯이 검은색 드레스가 모인 곳으로 걸어갔다.

"그럼 전 이걸로 할게요."

그중에서 가장 무난하고 튀지 않는 것으로 집어 든 지유가 숙제를 해치운 사람처럼 의기양양한 표정을 지었다. 그때 예상외의 복병이 나타났다.

"사이즈 맞는지 확인해야 하니 이쪽에서 입어 보세요."

직원이 지유를 옆의 피팅룸으로 이끌었다. 그 안으로 지유를 밀어 넣은 직원이 문 앞에서 말했다.

"입고 나오시면 돼요."

"네…… 네?"

지유가 눈이 동그래져선 돌아보는데 문이 닫혔다. 정훈과 갔을 땐 따로 입어 보지 않았기에 예상치 못했는데 떠밀리듯 안으로 들어와 보니 당혹감이 밀려들었다.

'이걸 입고 나가야 되는…… 거지?'

가장 무난한 스타일이긴 하지만 의상 자체가 화려하고 노출이 있는 옷이라 입고 나가기 부담스러웠다. 피팅룸 안에 화려한 조명이 달린 거울이 있었는데 그래서 그런지 의상이 더 화려해 보였다.

이걸 당장 이사님이 보는 앞에 입고 나가야 한다니?

지유는 진땀이 흘렀다. 에잇, 어쩔 수 없지. 창피하긴 하지만 속전속결로 해치워 버리자는 생각에 지유는 잽싸게 옷을 벗고 블랙스완을 연상시키는 검은 드레스를 입었다.

"괜찮죠?"

빠르게 문만 빼꼼 열고 직원에게 확인시켜 준 지유가 다시 문을 닫으려 했다.

"잠시만요."

매의 눈을 한 직원에게 문이 턱 잡혔다.

"나와 보시겠어요? 여기 사이즈가 뜨는데."

"네? 어디가……."

"팔 좀 벌려 보세요."

직원에게 끌려 나온 지유는 문 앞에서 어정쩡하게 팔을 벌린 채 서 있어야 했다. 그때 서국과 시선이 마주쳤다.

'윽. 부끄럽게.'

지유는 쥐구멍에라도 숨고 싶은 마음이었지만 서국의 시선은 달랐다. 마치 웨딩드레스 골라 주러 온 예비 신랑 같은 시선으로 그가 주시하고 있었다. 자신을 빤히 응시하는 진지한 눈빛에 지유는 뺨이 화르륵 타올랐다.

"역시 허리 부분을 좀 줄여야겠어요. 여기만 줄이면 딱 맞을 것 같아요. 체크해 뒀으니 갈아입고 오세요."

"감사합니다!"

직원에게 풀려나자마자 지유는 피팅룸 안으로 도망치듯 뛰어 들어갔다.

탁!

'하아, 내 심장!'

왜 이사님은 저런 눈으로 사람을 보고 있는 거람? 차림도 민망한데…….

그 어떤 것에도 무심했던 사람이 요즘 왜 자꾸 저를 저렇게 보는지 모를 일이었다. 왜 이리 심장을 덜컥덜컥 내려앉게 만드는 눈으로 보는지.

지유가 다시 옷을 갈아입고 밖으로 나오자 직원이 서국 앞에서 있었다.

'응?'

방금 전 자신을 대할 때와 달리 직원은 서국과 시선을 제대로 맞추지 못하고 있었다. 게다가 자신처럼 뺨에 발그레한 홍조가 걸려 있는 것이 아닌가.

"좀 전에 여자분이 고르신 것과 어울리는 걸로 하신다는 말씀이죠?"

"네."

"키도 크시고 어깨가 넓으셔서 치수를 재서 맞춰야겠어요. 필요하신 날짜까지 시간 여유는 좀 있으시죠?"

은근히 칭찬을 섞은 멘트를 날린 직원이 눈에 띄게 서국을 힐끔거리고 있는 모습을 보자, 지유의 눈이 세모꼴이 됐다. 서국은 그닥게 전혀 모르는 눈치였지만.

"치수 재야 하니 재킷을 좀 벗어 주시겠어요?"

직원의 말에 서국이 슈트 재킷을 벗어 태평양처럼 넓은 어깨를 드러냈다. 그 모습을 감탄 어린 시선으로 보던 직원이 줄자를 가져와야겠다며 종종걸음으로 멀어졌다. 그때 지유가 빠르게 다가갔다.

"제가 들어 드릴게요."

서국이 벗은 재킷을 향해 지유가 팔을 뻗었다. 그러자 그의 시선이 그녀에게 닿았다.

"?"

한동안 시선이 제게 머물러 있자 지유가 의아한 눈빛으로 마주 봤다.

'왜 그러시지?'

서국의 재킷이 그와 그녀의 손 둘 다 걸쳐져 있는 어정쩡한 상황이었다. 지유가 손을 떼야 하나 고민하는데 서국이 한층 낮아진 목소리로 말했다.

"이정훈 상무에게도 이렇게 합니까?"

"그야 상황에 따라서는……."

사실 그런 적은 없지만 지금 제 행동이 머쓱해질까 봐 대강 둘러댔다. 그러자 서국이 표정을 굳혔다.

"앞으로는 그런 일은 하지 않는 게 좋겠습니다."

"네?"

서국이 지유를 똑바로 내려다봤다.

"안 하는 게 좋겠다고."

강렬한 시선이 내리박히자 지유는 순간 숨을 삼켰다.

"……."

재킷을 든 것도 아니고 안 든 것도 아닌 자세로 한동안 침묵이 이어졌다.

"줄자 가져왔어요!"

그때 직원이 해맑게 다가왔다.

커다란 서국의 재킷을 잽싸게 든 지유가 얼른 뒤로 물러섰다.

"그럼 치수 재겠습니다."

조금 떨어진 곳에서 그의 치수를 재는 모습을 지켜보며 지유는 뒤늦게 숨을 뱉어 냈다.

'또 영문 모를 소릴 저런 눈빛으로…… 사람 심장 박살 낼 일 있나.'

본인은 모를 거였다. 자신의 그런 말 하나하나가 어떤 생각을 하게 만드는지. 오랜 짝사랑을 한 여자한테 그런 눈빛이 무슨 생각을 하게 만드는지…….

하아, 작게 한숨을 내쉰 지유가 습관적으로 사무적 미소를 장착하고 서국을 바라봤다.

'근데 왠지 오늘 이사님이 평소와 많이 다른 것 같은데.'

생각해 보면 아침부터 이상했다.

스포츠댄스 같은 걸 좋아하실 분이 아닌데 갑자기 파트너 역할을 하겠다고 하고, 사 놓은 옷이 있는데도 반드시 새로 사야 한다고 하고, 상무님 재킷은 받아 주지 말라고 하고…….

'기, 깊게 생각하지 말자. 또 오해일 거야.'

그렇게 다짐했지만 얼굴에 열기가 몰려드는 느낌이었다. 달아오른 뺨을 들키지 않기 위해 지유는 슬며시 고개를 숙였다.

"새 의상도 사 주시고, 감사합니다. 워크샵 때 잘 입을게요."

차 앞을 돌아온 지유가 그에게 인사했다. 하루 종일 제멋대로 심장이 나대는 바람에 몹시 피곤했다. 오늘 이서국을 상대하는 일은 너무도 기가 빨리는 일이었다.

'빨리 집으로 들어가 쉬어야겠어.'

지유가 해방의 멘트를 기다리며 미소 짓고 있는데 서국이 손목시계를 쳐다봤다.

"……."

생각에 잠긴 표정으로 시계를 보다가 고개를 든 그가 예상외의 말을 했다.

"식사 같이하죠. 퇴근하고 바로 여기로 데려와서 배고플 텐데."
"아닙니다. 전 괜찮으니 신경 쓰지 마세요. 이사님."
지유가 웃는 얼굴을 유지한 채 곧바로 거절했다. 어차피 의례적인 말일 거였다. 서국은 비서들과의 식사 자리를 썩 내켜 하지 않는다는 걸 알고 있었으니까. 그런데 그가 표정을 바꾸지 않고 말했다.
"지금까지 시간 뺏은 게 미안해서 그러니 근처에서 간단하게라도 하고 가요."
"아니 전 정말 괜찮은데……."
"정 실장은 뭘 좋아합니까?"
이쯤 되면 계속 거절할 수 없는 상황이었다. 얼마 전 뜻하지 않은 부산 호텔에서의 일 외에는 한 번도 서국과 개인적인 식사를 해 본 적이 없었다. 그래서 지유는 또다시 심장이 뛰기 시작했다.
"전 아무거나 잘 먹어요. 이사님 드시고 싶은 거로 하세요."
지유가 긴장을 숨기며 말하자 그가 그녀를 빤히 내려다봤다.
"난 정 실장이 원하는 거로 했으면 하는데."
……메뉴를 묻는 건데 왜 눈빛이 야한 것 같지?
침을 꿀꺽 삼킨 지유가 눈동자를 살짝 굴리며 대답했다.
"음, 그럼 전 고기……요."
"그러고 보니 스테이크 좋아한다고 했었죠."
전에 정훈과 엘리베이터에서 한 대화를 기억하는 듯 그가 말했다.
"그냥 고기는 다 좋아해요. 종류 상관없이."

“근처에 스테이크가 괜찮은 이탈리안 레스토랑이 있으니 거기로 가죠.”

서국이 먼저 차로 몸을 돌렸다.

“잘 먹었습니다.”

“맛은 괜찮았는지 모르겠군요.”

“정말 맛있었어요. 감사합니다.”

지유가 고개를 숙였다. 비싼 만큼 최고급 스테이크였던 건 분명한데 서국과 먹는다는 것에 신경 쓰여 솔직히 맛은 제대로 느끼지도 못했다. 오늘 식사는 하루 종일 이런 식이라 아무래도 집에 돌아가면 라면이라도 하나 끓여 먹어야 할 것 같았다.

“그럼 들어가 보겠습니다. 안무 연습 때 뵐게요.”

지유가 그사이 더 핼쑥해진 얼굴로 말했지만, 서국은 아까처럼 손목시계를 지그시 바라봤다.

“시간이 늦었습니다. 바래다줄게요.”

“아니에요. 여기서 버스 타면 집까지 금방 가요.”

“이 시간에 혼자 들어가면 위험합니다.”

“정말 괜찮아요! 이사님도 오늘 고생 많으셨는데 어서 들어가셔야죠.”

지유가 웃는 얼굴로 강하게 만류했다. 손까지 흔들어 보이는 그녀를 서국이 가만히 바라봤다.

“그렇게 선을 긋고 말하면 편합니까?”

낮게 가라앉은 목소리에 지유가 당황스러운 표정을 지었다.

“그게 무슨 말씀이신지…….”

"이정훈 상무와는 '저희'라고 표현할 정도로 친밀한 관계고, 8년을 함께한 나는 이렇게 거리를 둘 사람으로 대하는 게 편하냐는 말입니다."

"아……."

지유의 눈이 작게 흔들렸다. 서국이 처음 보는 표정으로 자신을 보고 있었다. 표정이 그다지 많지 않은 그는 사실 지금도 겉으로 보기엔 표정이 크게 달라 보이진 않는다. 하지만 지유는 이서국에 대해 누구보다 잘 안다고 자부하는 사람이었다.

이 정도로 화가 난 모습은 8년 동안 한 번도 본 적이 없었다. 간혹 업무 중에 일 처리가 잘못되거나 회의에서 큰 실수가 있어도 이 정도로 화난 얼굴을 한 적은 없었다.

'어쩌지?'

지유가 당혹스럽게 입술을 살짝 물었다 놨다.

"그런 의미는 아니었는데, 그런 식으로 생각하셨다면 죄송해요."

"……."

그녀를 내려다보고 있던 서국의 곧은 눈썹이 찌푸려졌다.

짧게 한숨을 내쉰 그가 차의 조수석 문을 열었다.

"정 실장이 사과할 문제는 아닙니다. 타요."

지금 분위기에서 다시 거절할 수는 없어 지유는 얼른 차에 올라탔다. 게다가 서국이 저를 위해 차 문을 잡고 있는 것도 재빠르게 올라타야 할 이유가 되었다.

얌전히 벨트를 매는 사이 보닛을 돌아 운전석으로 오는 서국의 모습이 보였다. 미세하게 좁혀 든 미간이 그가 아직 기분이 좋지 않다는 걸 드러냈다. 말없이 운전석에 오른 서국이 차를 출발시켰다.

'왜 화가 나신 걸까.'

버스로 가겠다 한 게 그렇게 화가 난 이유가 될 수 있나?

"……."

침묵에 싸인 차 안에서 지유는 혼란스러웠다. 차 안에 흐르는 냉기류도 불편하지만, 전방에만 시선을 두고 있는 서국의 심기가 왜 언짢아졌는지 알 수가 없어 답답했다. 다행히 집이 멀지 않은 거리라 숨 막히는 침묵의 시간은 길지 않았다.

끼익.

차가 멈춰 서자 지유는 곧장 차 문을 잡고 인사했다.

"바래다주셔서 감사합니다. 조심히 들어가세요."

지유가 얼른 고개를 숙이고 내렸다. 차가 출발할 때까지 얌전히 서 있자 곧 차가 움직이기 시작했다. 멀어지는 뒷모습을 보던 지유가 멈칫했다.

"잠깐. 그러고 보니 우리 집은 어떻게 아신 거지?"

집 앞까지 바래다주신 적은 없는데……?

자신은 늘 회사에 내려 달라고 했으므로 당연히 그와 집까지 같이 온 적은 없었다. 숨 막히는 분위기 때문에 말도 못 꺼내고 있었는데 그는 어떻게 제 집을 알고 있는 걸까?

"8년 동안 일했으니 어쩌다가 집 주소를 알 일이 있었겠지?"

자신의 기억엔 없지만 어쨌든 그럴 거라 생각하며 지유는 아파트 입구 쪽으로 몸을 돌렸다.

◆ ◇ ◆

청담동 한식당에서 이천호 회장 부부와 박대철 회장 부부, 그리고 그들의 딸인 박태희가 함께 앉아 있었다. 평소 이들은 주기적으로 식사를 같이 할 정도로 친분이 깊었다. 재벌가의 친분은 자연스레 그 자식들의 혼담으로 이어지기 쉬웠으므로 태희는 늘 그들에게 신붓감 1순위였다.

"태희 너도 이제 본격적으로 그룹 일에 뛰어든 모양이더구나. 이번에 호텔 쪽 맡기로 했다면서."

천호가 건네는 말에 단아하게 앉아 있던 태희가 미소 지었다.

"아직 부족한 게 많아요. 회장님께서도 많이 도와주세요."

"어련히 잘할 거면서."

웃으며 말하는 천호의 옆에는 그의 부인인 최명진이 앉아 있었다. 국내 최고 백화점 브랜드를 운영하고 있는 명진은 사업가로서도 명성이 높았다. 평소 웃는 얼굴을 보기 힘들 정도로 엄격한 이미지와 놀라운 경영능력이 그녀를 더 어려운 사람으로 만들었다. 하지만 오래 친분을 유지한 사람들이나 자기 사람들에겐 그런 면모만 보이진 않았다. 극소수에 불과했지만.

명진이 태희 모친인 심영주에게 말했다.

"태희가 여간 똑소리 나는 아이가 아니니 걱정은 전혀 안 되시겠어요."

제 딸 칭찬 싫어할 부모는 없다고, 기분 좋게 웃은 영주가 태희를 바라봤다.

"우리 태희가 말하지 않아도 제 일은 앞장서서 해내는 아이긴 해요."

"이 상무와 이 이사가 의지가 되어 주겠죠."

"그래. 정훈이가 많이 도와주겠지. 친한 사이잖아."

영주에게서 정훈의 이름이 나오자 태희의 미소에 보이지 않는 균열이 살짝 일었다. 하지만 누구도 눈치채지 못한 사이 태희가 화사한 미소를 지었다.

"저 서국이랑도 친해요. 얼마 전에 한국 와서 행사도 같이 참석했는데, 모르셨어요?"

"그랬어?"

천호가 관심을 가지고 묻는 말에 태희가 단정한 웃음을 머금고 대답했다.

"네. 정훈 오빠도 잘해 주지만, 서국이도 무척 잘해 줘요. 이번 일도 많이 도와준다고 해서 안심이 돼요."

"그래. 그 녀석도 경영에 있어선 어디 가서 빠지는 놈이 아니니까, 의지가 될 게다."

"같은 나이지만 배울 게 참 많은 사람이죠. 항상 의지가 돼요."

태희가 서국을 칭찬하는 말에 천호가 기꺼워했다. 본래는 태희를 정훈과 엮어 줄 셈이었는데 정훈이 아닌 서국에게 더 마음이 있다면 이천호 회장에겐 최상의 조건이었다. 태희가 서국과 혼인한다면 후계자인 정훈을 다른 집안과 엮어 다른 이득을 취할 수 있게 될 테니까.

박 회장 내외는 아무래도 후계자를 바라겠지만 태희가 좋다면 누구든 상관없을 거였다. 천호가 머릿속으로 빠르게 계산을 마치고 명진에게 넌지시 말했다.

“다음엔 이 상무와 이 이사도 함께하는 식사 자리 한번 마련하지.”

“그래야겠네요.”

명진이 대답하자 영주가 반가워했다.

“그럼 너무 좋죠. 그런데 너무 바쁜 것 같던데, 특히 정훈이는 본사 들어오고 많이 바쁘죠?”

영주가 눈을 빛내며 천호를 바라봤다. 서국보다는 정훈의 이야기로 화제가 옮겨 가길 바라는 심리에서였다. 그 심리를 꿰고 있었지만 천호는 특유의 포커페이스로 박 회장에게 말했다.

“다들 한 번씩은 겪는 일이니 잘하겠지.”

“이 상무는 걱정할 필요 없이 잘할 거네. 자네를 닮았다면 분명 혀를 내두를 추진력을 지녔을 것이 아닌가.”

대철이 이천호 회장을 추켜세우는 말을 했다. 이천호의 추진력과 결단력은 성공 신화의 요인이 될 정도로 대범하고, 카리스마가 넘쳤다.

“그래. 내 아들이니 잘하겠지.”

“…….”

그런 천호의 얼굴을 태희가 묘한 시선으로 가만히 응시하고 있었다.

◆ ◇ ◆

워크샵이 하루 앞으로 다가왔는데 지유의 표정은 우울했다.

"하아."

책상 위 탁상달력을 쳐다보던 지유가 작게 한숨을 내쉬었다.

그날 이후로 서국은 내내 찬바람 쌩쌩 모드였다. 연습 때도 말이 없고 냉기를 폴폴 날려 대서 온몸이 얼어붙는 줄 알았다. 물론 원래 말 없는 남자긴 하지만…….

'뭔가 다르단 말이지.'

최근 서국의 태도는 그 전의 무심함과는 달랐다. 무관심한 눈빛과 쳐다보는 것만으로 사람을 얼려 버릴 것 같은 차가운 눈빛은 달라도 너무 달랐다.

'이대로면 내일은 어떻게 하지? 실전은 분명 더 많이 긴장될 텐데.'

가뜩이나 외부 업무가 잦은 서국 때문에 연습 시간도 부족한데…… 지유는 걱정이 이만저만이 아니었다.

"정 실장."

생각에 잠겨 있던 지유는 정훈이 부르는 소리에 고개를 들었다.

"네. 상무님."

대답하며 일어서는데 그녀 자리로 온 그가 속삭이듯 말했다.

"내일 응원의 의미로 오늘 맛있는 거 사 줄게. 뭐가 좋겠어?"

"전 괜찮아요. 상무님."

지유가 애써 웃어 보이며 거절했다. 요즘 서국 때문에 입맛이 통 없는데 괜히 잘못 먹었다가 중요한 날을 앞두고 체할지도 몰랐다.

"이렇게 기운 없어서 어떻게 하려고. 긴장돼서 그러는 거야?"

"아무래도 긴장도 되고……."

속내를 말할 수 없어 지유가 둘러대는데 정훈이 강경하게 말했다.

"이럴 때일수록 더 힘 나는 걸 먹어야 하는 거야. 역시 정 실장은 고기지? 내가 맛있는 데 아니까 나만 믿고 따라와. 알았지?"

"아, 상무님. 전……."

지유가 뭐라 말하려 했지만 자기 맘대로 결정해 버린 정훈은 집무실로 들어가 버렸다. 지유가 난감하게 보고 있는데 옆에서 영혜가 말했다.

"못 이기는 척 다녀오세요. 상무님이 실장님만 부담되는 자리 내보내게 됐다고 신경이 많이 쓰이시나 봐요."

"상무님이요?"

지유가 쳐다보자 영혜가 고개를 끄덕였다.

"네. 저희끼리 있을 때 실장님한테 미안하다고 자주 그러셨어요. 자기가 갑자기 다치는 바람에 실장님만 고생하신다고."

"그러셨군요."

그렇게 신경 쓰고 있는 줄은 몰랐는데.

지유는 내심 고마움을 느끼면서도 제 어두운 표정이 정훈의 죄책감을 더 크게 만들었다는 미안함도 들었다.

'입맛이 없더라도 오늘은 상무님이 사 주시는 거 맛있게 먹어야지.'

그렇게 마음먹은 지유는 정시에 일을 끝내기 위해 정신 차리고 일에 집중했다.

◆ ◇ ◆

퇴근이 가까워 오는 시간, 서국은 집무실에 앉아 있었다. 책상 앞에 앉아 생각에 잠겨 있던 그가 답답한 듯 몸을 일으켜 창 앞에 섰다.

"……후."

창밖을 내다보며 깊게 숨을 들이켰다 내쉬어 봤지만 화가 가라앉지 않았다.

그는 요즘 내내 이 상태였다. 이 짜증의 원인을 알 수도 없었다.

확실한 건, 정지유 때문이라는 것.

그녀를 보면 화가 난다. 볼 때마다 가슴 내부에서 뜨거운 불덩이가 홧홧하게 차오르는 느낌이었다.

정훈과 함께 있는 모습을 보면 더욱 그 불길이 거세진다. 화가 나는데도 눈으로는 계속 찾게 되는 이유는 대체 뭘까. 지금 이 순간에도 상무실에 정훈과 함께 있을 그녀를 생각하면 가슴이 답답해지며 분노가 치솟는다.

그녀가 이사실에 있을 때는 한 번도 느껴 본 적 없었던 감정이었다. 그 알 수 없는 불쾌감과 초조함이 공존하는 요즘의 상태가 그를 불편하게 만들었다.

미간을 좁힌 서국이 걸어 뒀던 재킷을 입고 브리프케이스를 들었다. 집무실을 빠져나와 비서실로 향하는데 안쪽에서 목소리가 들렸다.

"오늘 정 실장님, 상무님이 아뜨리체에서 스테이크 사 준다고 하던데?"

"아뜨리체요? 거기 완전 고오오급 레스토랑이잖아요? 너무 부럽다!"

"근데 거기 너무 비싸지 않…… 아, 이사님. 퇴근하세요?"

서국을 본 비서들이 그에게 몸을 돌렸다.

"내일 봅시다."

"조심히 들어가세요."

서국이 인사하고 비서실을 나가자 작전에 충실했던 비서들이 서로 시선을 교환했다.

"어때요? 방금 저 미간."

"몹시 기분 안 좋아 보여. 질투력 확 올라갔어. 분명해."

"그렇죠?"

만족스럽게 입술 끝을 올린 그들이 각자의 자리로 총총 사라졌다. 서국은 자신의 불쾌지수에 비서들의 질투 작전이 한 몫 단단히 차지하고 있다는 걸 눈치채지 못하고 있었다.

"잠깐 멈춰요."

"지금요? 아, 네."

서국의 말에 운전하던 상현이 재빨리 차를 갓길에 세웠다. 서국은 얼마 전 지유와 스테이크를 먹었던 아뜨리체의 창가를 날렵한 시선으로 응시했다.

1층 창가석에 정훈과 지유가 마주 앉아 있었다.

"……."

서국의 짙은 눈동자가 어둡게 가라앉았다. 정훈을 향해 환하게 웃고 있는 지유를 보니 얼마 전 자신과 식사할 때의 그녀 모습과 대비가 됐다.

그 좋아한다던 스테이크를 먹으면서도, 그날의 그녀는 어딘가 불편해 보였다. 그러고 보니 예전 그녀가 상무실로 옮긴 뒤 얼마 지나지 않았을 때도 이런 기분을 느낀 적이 있었다.

정훈이 그녀의 환영회를 한다는 말에 한 번도 하지 않았던 회식을 그 장소로 가서 충동적으로 했던 그날. 그때도 전화를 받으러 밖에 나왔다가 창으로 즐거워 보이는 두 사람을 본 적이 있었다. 서국의 얼굴이 점차 싸늘해졌다.

'……*내가 좋아하는 거 전혀 모르는 사람인데.*'

그 말은 대체 뭐였을까. 이사실에 있을 땐 날 좋아했다가, 상무실에 간 지금은 이정훈을 좋아하게 된 건가. 오래 좋아했다면서, 그 키스 하나로 사람을 이렇게 완전히 다른 사람처럼 바꿔 놓고는……. 생전 느끼지도 않던 온갖 감정을 다 느끼게 만들어 놓고는.

마치 그 일은 없던 일처럼 이정훈과 웃고 있는 모습을 보니 머리가 뜨거울 정도로 분노가 일렁였다.

"……."

서국의 턱이 딱딱하게 굳었다. 창으로 다정한 두 사람을 보는 그의 눈빛이 어둡게 타올랐다.

05

워크숍 당일.

서국은 한숨도 자지 못하고 나와 저기압이었다. 여러 행사가 진행되는 동안 불쾌감을 억누르며 자리를 지키고 있던 그는 메인 이벤트가 시작되기 전 지정 탈의실로 향했다.

사락.

보기 좋은 날렵한 근육질 상체에 새하얀 드레스셔츠가 걸쳐졌다. 미간을 살짝 좁힌 채 거울을 보며 단추를 채워 나가는 그의 모습은 적당히 흐트러진 앞머리 때문인지 묘한 색기를 자아냈다.

똑똑.

우아한 자세로 커프스단추까지 채우자 노크 소리가 들렸다.

"다 입으셨어요?"

"네."

그가 대답하자 헤어와 메이크업 담당이 들어섰다.

"아……."

이미 여러 명의 헤어를 손질해 주고 피곤한 얼굴로 들어서던 헤어 메이크업 아티스트가 서국을 보고 순간 눈이 커졌다.

'무슨 남자가 저렇게 잘생겼어?'

흐트러진 앞머리와 신경질적인 분위기를 내는 미간의 주름까지 우아한 섹시함이 흘렀다. 모든 건 저 잘생긴 얼굴과 우월한 피지컬 탓임을 재빠르게 확인한 아티스트가 얼른 웃어 보였다.

"우선 헤어부터 하고 메이크업 들어갈게요."

"간단히 머리만 만져 주시면 될 것 같습니다."

"아…… 그러시겠어요?"

저 조각 같은 얼굴을 만져 볼 생각에 내심 기대에 부풀었던 아티스의 표정에 실망이 스쳤다.

"하긴 메이크업이 필요 없겠네요. 알겠습니다."

아쉬움을 삼킨 아티스트가 의자에 앉은 서국에게 다가가 들고 온 장비 가방을 열었다.

헤어 손질까지 마친 서국이 일어섰다.

"감사합니다."

짧게 인사를 전한 그가 나가려는데 아티스트가 불렀다.

"저, 잠깐만요."

서국이 돌아서자 그녀가 웃으며 캔커피를 건넸다.

"이거 드세요."

"괜찮습니다."

"저희 음료 많아서 그래요. 드세요."

그녀가 다시 권하자 잠시 캔커피를 내려다보던 서국이 받아 들었다.

"잘 마시겠습니다."

그가 커피를 들고 나가는 뒷모습에 아티스트의 아쉬운 시선이 닿아 있었다. 대기실로 향하는 서국에게 복도를 지나는 여자들의 시선이 쏟아졌다.

"이사님이셔?"

"맞네? 이사님도 오늘 나오시는 거야? 연습 때 못 봤는데."

화려한 의상으로 갈아입은 여성 직원들은 서국에게서 시선을 떼지 못했다. 정훈 대신 들어간 거라 단체 연습에는 불참하고 강사의 개인 레슨을 받았기 때문에 이서국이 참가한다는 건 다들 몰랐던 사실이었다.

"저렇게 입으니까 더 조각이다, 조각."

"우리 팀 남자랑 너무 비교되는데?"

그녀들의 힐끔거리는 시선에는 관심 없는 듯 서국은 대기실을 향해 걸어갔다. 그의 미간은 여전히 찌푸려진 채였다.

대기실엔 정지유가 있을 것이다.

"……."

서국의 걸음이 빨라졌다.

성큼거리며 걸어가던 그의 긴 다리가 일순 멈춰 섰다. 그의 시선 앞엔 정훈과 지유가 있었다. 정훈이 그녀의 어깨에 자신의 재킷을 걸쳐 주자 지유가 미소 지었다.

"감사합니다. 상무님."

"그래. 긴장하지 말고 잘해."

"네. 그럴게요."

정훈의 재킷을 어깨 위에 걸친 채 그녀가 총총 멀어졌다.

서국은 그 자리에 서서 멀어지는 지유의 뒷모습을 응시하고 있었다.

까드득.

그의 손아귀에서 무언가 우그러지는 소리가 들렸다. 그제야 마시다 만 캔커피를 들고 있었다는 걸 깨달은 서국이 제 손안에서 사정없이 구겨진 그것을 바라봤다.

"……."

그의 표정이 사납게 굳었다.

대기실 안에서 정지유는 그의 옆에서 바짝 얼어 있었다. 긴장한 얼굴로 도르륵 도르륵 눈동자를 굴리고 있는 모습을 보니 제 옆에 있는 게 여간 불편한 게 아닌 모양이었다. 어깨엔 이정훈의 재킷을 걸치고서.

그 재킷에 서국의 날카로운 시선이 박혀 들었다. 이정훈이 평소 쓰는 향수 향까지 느껴지자 저 옷이 그녀의 어깨 위에 있는 걸 더는 참을 수 없어졌다.

"그거……."

미간을 좁힌 서국이 말을 꺼내는데 문에서 노크 소리가 들렸다.

"이번 팀 다음 순서니 준비해 주세요."

얼른 일어난 지유가 그 거슬리는 재킷을 무척 소중한 물건 다루듯 한쪽에 고이 올려놨다. 서국은 그 모습도 무척 불쾌했다. 짜증이 턱까지 치밀어 오르는 기분이었다.

그 속도 모르고 앞서 걸어간 지유가 먼저 문을 열며 돌아봤다.

"이사님, 이제 나갈……."

탁.

뒤에서 서국이 그대로 문을 닫았다. 지유는 그와 문 안에 갇힌 상태가 되었다. 당황으로 동그란 눈이 더 커지는 걸 내려다보며 그가 말했다.

"앞으로 저거 입지 마세요."

"저거라니…… 어떤 걸 말씀하시는 거예요?"

"이정훈 거 입지 말란 말입니다."

지금 정지유는 무척 당황해 있었다. 빠르게 깜빡이는 눈이 그걸 증명했다. 시선을 가까이서 맞춘 서국이 낮게 말했다.

"불쾌하거든요. 상당히."

아무 말도 못 하는 그녀를 내려다보는데 다시 노크 소리가 들렸다.

그가 지유를 풀어 주자 그녀는 얼른 문을 열고 빠져나갔다. 줄행랑치듯 멀어지는 지유를 응시하며 서국이 뒤따라 걸어갔다.

그의 수려한 얼굴에 설핏 미소가 맺혔다.

'왜 몰랐을까. 지금까지…….'

서국의 머릿속으로 운전비서인 상현이 예전에 했던 말이 떠올랐다.

'그래도 결혼은 하셔야 할 텐데. 반드시 꼭 한 명하고만 결혼해야 한다면 떠오르는 분 없으세요?'

'없습니다.'

'거참 특이하시네.'

이름도 기억나지 않는 여자와 선을 본 날에 상현이 물어 왔다. 그 질문에 사실 떠오른 여자가 한 명 있었다.

지금 바짝 긴장한 얼굴로 그의 옆에서 대기하고 있는 여자.

그때, 그저 가장 가까운 곳에 있던 여자라서 생각났을 것이라 치부해 버린 게 실수였다. 이렇게 위험할 만큼 뜨거워진 다음에 깨닫게 된 게…….

'그리고 당신은 그 키스로 날 각성시킨 게 실수일 테고.'

화려한 조명 아래에서 연습한 동선대로 스포츠댄스를 추면서도 서국은 수많은 사람들을 전혀 인식하지 않고 있었다. 오로지 눈앞에 그와 함께 춤을 추는 지유에게만 강렬한 시선을 꽂고 있었다.

그리고 마지막 엔딩. 지유를 끌어다 품 안에 안은 서국이 그녀에게 바짝 얼굴을 가져다 댔다.

"……."

붉어진 얼굴로 가까이서 시선을 향하고 있는 지유의 모습은 그의 내부를 뜨겁게 달궜다. 결국,

"아……."

말캉한 입술을 베어 물었다. 예상치 못한 일에 흔들리는 그녀의 눈을 포박한 채 그가 말했다.

"나 그날 안 자고 있었습니다."

"!"

"깨어 있었다고. 당신이 내 집무실에 들어왔을 때."

서국의 눈동자가 타올랐다.

그때 들켜 버린 당신 감정이 변해 버렸다 해도 이젠 되돌릴 수 없다. 당신으로 인해 난 완전히 깨달아 버렸으니까.

지금껏 감춰져 있던 이 감정이…… 이렇게 뜨거웠다는 걸.

"하아, 하아!"

화장실로 도망쳐 온 지유가 세면대 앞에서 가쁜 숨을 내뱉었다.

"이게, 이게 대체 무슨 일이야?"

다 알고 있었다고? 그때 일을? 게다가 방금 그 키스는 뭐야? 그때의 복수라도 하는 건가?

"으악! 키스라니!"

지유가 제 입을 막고 내적 비명을 질러 댔다. 방금 있던 일을 믿을 수가 없어 패닉에 빠져 있는데 화장실 안으로 은주가 들어왔다.

"실장님! 여기 계셨네요?"

"네? 저, 저요?"

지유가 흠칫거리며 당황한 얼굴로 돌아보는데 은주가 얼른 그녀의 팔을 잡고 이끌었다.

"곧 시상식 한다고 다 나오래요! 얼른 가요. 실장님 우승 후보 잖아요!"

"우승 후보?"

지유가 어리둥절한 표정을 짓자 화려한 의상을 입은 은주가 모르냐는 듯 쳐다봤다.

"실장님이랑 이사님 하실 때 객석 난리 난 거 모르세요? 아주 돌고래 비명이 사방에서 터져 나왔는데."

"그랬……어요?"

지유가 떠올려 보려 했지만 서국에게 정신이 팔려 있어서 아무 소리도 들리지 않았던 것 같다. 초반에 좀 들린 것도 같았는데…….

"일단 시간 없으니 가요. 실장님."

은주는 복도로 지유를 잡아끌며 호들갑을 떨어 댔다.

"아니 이사님은 어쩜 그리 표정 연기를 잘하신대요? 진짜 키스하는 줄 알았어요!"

"아……하하. 진짜라니……."

지유의 심장이 쿵쾅거렸다.

"그래도 우승은 저희도 가능성 있는 거 알죠? 서로 파이팅 해요!"

윙크를 찡긋 날린 은주가 객석 앞의 출연자 대기석으로 지유를 데려갔다. 남식 옆에 서국이 앉아 있는 모습이 보였다.

'조금 전에 그런 일이 있었는데 바로 옆에 있어야 되는 거야?'

지유가 낭패감에 휩싸여 있는 순간, 그가 시선을 돌렸다.

"!"

눈이 마주치자 지유는 아까 눈앞으로 다가오던 그의 강렬한 눈빛이 떠올랐다.

'일단 태연한 척해야 해.'

꿀꺽 침을 삼킨 지유가 조심스럽게 걸어가 그의 옆에 앉았다. 마침 수상자를 발표하는 중이었다.

"나머지가 다 발표되면 누가 우승인지 뻔히 보여 시상이 시시해지겠죠? 우승팀 먼저 발표하겠습니다!"

지유는 바로 옆에 앉아 있는 서국 때문에 진행자 말이 하나도 들리지 않았다. 오로지 서국에게 모든 신경이 쏠려 있었다.

"영예로운 우승팀은 바로…… 이정훈 상무실 팀이 차지했습니다!"

"와아아!"

"실장님, 축하드려요!"

"어, 어?"

갑자기 시끄러워지더니 은주가 축하한다며 두 손을 덥석 잡아 쥐자 지유가 당황한 얼굴로 쳐다봤다.

'우승이라니? 우리가?'

그때 허리에 커다란 손의 감촉이 느껴졌다.

"올라가죠."

"!"

귓가에 흘러 들어온 서국의 낮은 목소리와 허리에 닿은 그의 손길에 지유는 더 당황해 버렸다. 서국은 태연하게 지유를 에스

코트하며 시상대 위로 올라갔다.

"이정훈 상무실 팀은 부상으로 인해 이서국 이사님이 대신 참가했다고 하네요. 축하드립니다!"

"감사합니다."

서국은 전혀 놀라지 않은 듯 담담하게 꽃다발을 받았다.

"그런데 이렇게 되면 우승 상품인 하와이 상품권에 대한 이사실과 상무실 분쟁이 있을 것으로 예상되는데요. 이사님은 어떻게 하실 생각입니까?"

진행자가 농담하듯 던지는 말에 서국이 옆에 서 있는 지유를 바라봤다.

'왜 날…….'

그 시선에 지유가 긴장하며 마주 보는데 서국이 그녀를 보며 말했다.

"이사실과 상무실이 함께 가는 방향으로 추진해 보겠습니다."

어?

지유의 입술이 작게 벌어지는데 진행자가 박수를 크게 쳤다.

"통 큰 결단, 멋지십니다! 그럼 다시 한번 우승 축하드리고, 이번엔 준우승 팀을 발표하겠습니다."

시상이 끝나고 얼른 내려오면서 지유는 머릿속이 어질어질했다.

'방금 그 눈빛 대체 뭐야?'

그녀만이 느낀 서국의 눈빛이 순간 너무나 에로틱하게 느껴졌었다. 착각이라고 하기엔 심장의 반응이 너무…….

지유가 뒤따라 내려오는 서국을 의식하며 계단을 내려오는데 진행요원이 말했다.

"이제 의상 갈아입고 남은 시상식 참여하셨다가 뒤풀이 장소로 이동하시면 됩니다."

그 말에 지유가 눈을 번쩍 떴다.

튈 찬스!

등 뒤의 이서국 때문에 긴장해서 숨이 막힐 정도였다. 우선 이 자리를 벗어나서 머릿속을 정리해야 할 필요성을 느낀 지유가 복도로 나오자마자 빠르게 말했다.

"그럼 전 옷 갈아입고 올 테니 나중에……."

온몸으로 도망칠 준비를 하고 있는 지유의 손목을 서국이 지그시 잡았다.

지유가 눈을 동그랗게 떴다.

"어어, 이사……."

서국은 그대로 아까 있던 대기실에 그녀를 이끌고 들어갔다.

탁.

'이게 뭐지?'

닫힌 문 앞에 아까와 비슷한 자세로 갇히게 되자 지유는 마른침을 삼켰다. 서국은 이번엔 놓치지 않겠다는 듯 한 손으로 문을 지탱하고 그녀를 내려다보고 있었다.

"왜 도망칩니까?"

서국이 단도직입적으로 물어 오는 말에 지유가 슬쩍 시선을 피했다.

"제가 언제 도망을……."

"지금도 도망칠 생각 하고 있는 것 같은데, 내 말이 부담스러웠습니까?"

말만이 아니라 키스도 했거든요?

항변하고 싶었지만 얼굴이 화르륵 붉어져 버려 지유는 입술을 꾹 다물었다. 그런 그녀를 내려다보는 서국의 눈빛이 짙어졌다.

"……키스라면."

지유의 턱을 지그시 잡은 그가 자신 쪽으로 향하게 했다. 순간 짙어진 그의 눈동자가 강렬하게 타올랐다.

"당신이 먼저 했잖아."

"그, 그건……."

뺨이 화르륵 달아오르는 게 느껴졌지만 지유는 서국에게 얼굴이 잡혀 있는 상황이라 꼼짝할 수가 없었다. 눈동자만 데굴데굴 굴리던 지유가 말했다.

"죄송해요. 주무시는 줄 알고 그만."

"그때 왜 나에게 키스한 겁니까?"

곧바로 이어지는 난감한 질문에 지유는 입안이 바짝 말라 왔다. 서국의 매혹적인 눈동자가 그녀에게 더 가까워지고 있었다.

"말해 봐요. 정지유 씨."

대답을 강요하는 그는 마치 잡아먹을 것처럼 강렬한 눈빛으로 쏘아보고 있었다.

'그 무심한 눈빛의 이서국은 대체 어디로 간 거야?'

지금 그의 모습은 세상에 이런 옴므파탈이 없다 싶을 정도로 뇌쇄적이고 위험했다.

"저는……."

지유가 저도 모르게 홀려 버리려는데 그녀의 등 뒤에서 똑똑, 노크 소리가 들렸다.

"정 실장. 안에 있어?"

"아, 네!"

정훈의 목소리에 깜짝 놀란 지유가 퍼뜩 대답하며 몸을 돌렸다. 문을 열자 정훈이 앞에 서 있었다. 그가 지유와 서국을 흘깃 쳐다봤다.

"서국이도 있었네. 여기서 대기하지 말고 옷 갈아입고 나오랬는데, 혹시 못 들었어?"

"그래요? 지금 바로 갈아입고 올게요!"

지유가 도망치듯 열린 문 사이로 그 자리를 빠져나가 버렸다.

"……."

서국이 열기가 남은 눈빛으로 지유의 뒷모습을 보고 있었다.

"그럼 먼저 간다. 너도 옷 갈아입고 이사실 직원들 기다리는 데로 가야지."

정훈이 볼일 끝났다는 듯 돌아서는데 서국의 목소리가 따라붙었다.

"정지유 씨, 이제 돌려주지 그래."

우뚝.

걸음을 멈춘 정훈이 그를 쳐다봤다. 열기가 사라진 서국의 서늘한 시선이 정훈에게 닿아 있었다.

"그만하면 상무실도 자리 잡힌 것 같은데, 이제 그만 제자리로 돌려놓으라고."

정훈이 입술 끝을 휘어 올렸다.

"보낸 건 너야. 이서국."

웃음기 섞인 목소리에 서국의 눈썹이 미세하게 꿈틀거렸다.

"그렇게 필요한 사람이면 처음부터 안 된다고 했어야지. 미련 없이 보내 놓고 이제 와서 그러면 쓰나."

"……."

"그리고 월권 아닌가? 선택권은 네가 아니라 정 실장에게 있을 텐데?"

정훈이 입가에 미소를 띤 채 어깨를 으쓱였다. 그에게선 가진 자의 여유가 느껴졌다. 자신만만한 정훈의 얼굴을 똑바로 보던 서국이 입을 열었다.

"정지유 씨 자리는 처음부터 내 옆이었어. 지난 8년간도 그랬고, 앞으로도 마찬가지야."

낮게 말한 서국이 몸을 돌리며 덧붙였다.

"탐내지 말란 소리야."

서늘한 시선을 거둔 서국이 복도를 걸어갔다. 그의 뒷모습을 말없이 보고 있던 정훈이 픽 웃음을 흘렸다.

"탐나게 한 게 누군데."

혼잣말처럼 내뱉은 정훈이 입술 끝을 말아 올린 채 돌아섰다.

뒤풀이 장소는 본사 건물 최상층 스카이라운지와 루프탑, 두 층에 나뉘어 마련되어 있었다. 탁 트인 도시 전경을 배경으로 뷔페 음식과 샴페인, 위스키 등이 펼쳐진 것을 보자 다들 환호했다.

"와, 메뉴 다양한 거 봐요!"

"저희 회사지만 이런 데 돈을 아끼지 않는 건 참 좋네요. 실장님."

상무실 비서인 영혜와 수지가 음식을 둘러보며 흐뭇한 얼굴로 말했다. 하지만 옆에 있는 지유에게선 대답이 없었다. 영혜가 쳐다보니 지유는 다른 생각에 빠져 있는 듯 멍한 표정이었다.

"실장님?"

"네? 아, 그렇죠."

지유가 갑자기 정신을 차린 듯 대답했다. 그 모습을 살피던 수지가 조심스럽게 말했다.

"오늘 많이 피곤하셨나 봐요."

"그런가 봐요. 아무래도 긴장도 많이 했고……."

긴장한 이유는 다른 이유 때문이었지만 지유는 겸연쩍은 얼굴로 그렇게 둘러댔다.

"그래도 우승하셨잖아요. 고생한 보람이 있으시겠어요!"

"우선 드세요. 열량을 채우면 힘이 날 거예요."

영혜가 접시를 건네며 비장하게 말했다.

"그럴게요. 고마워요."

미소를 지으며 접시를 받아 든 지유는 앞장서서 뷔페 음식으로 돌진하는 비서들을 따라갔다. 맛있는 음식들이 가득했지만 흐린 눈으로 보며 기계적으로 접시에 담기만 했다. 지금 지유의 머릿속은 이서국에 대한 생각으로 가득했다.

'이사님이 어떻게 된 거지?'

뭐 못 먹을 음식이라도 드셨나?

갑자기 딴 사람이라도 된 듯 변한 서국이 이상했다. 매의 눈으로 음식들을 살피는 비서들을 두고 먼저 자리로 돌아오며 지유가 중얼거렸다.

"사람이 갑자기 변하면 큰일 난다던데……."

"뭐가 변했는데?"

정훈이 그녀 옆자리에 앉으며 하는 말에 지유가 깜짝 놀랐다.

"상무님, 오셨어요?"

임원들은 잠시 모여서 회동을 한 뒤 뒤풀이 장소로 온다고 해서 먼저 와 있던 참이었다. 그때 영혜와 수지도 접시에 한가득 음식을 가져왔다. 그 모습을 본 지유가 몸을 일으켰다.

"손이 불편해서 접시 들기 어려우실 텐데 제가 가져다 드릴게요. 어떤 거로……."

제 접시는 두고 자리에서 일어서는 지유의 어깨를 부드럽게 잡은 정훈이 다시 앉혔다.

"이런 것쯤은 혼자서도 해요. 앉아 있어요."

지유를 자리에 앉힌 정훈이 요리들이 놓인 곳으로 걸어갔다.

'우리만 먼저 먹고 있어도 되나?'

그런 생각을 하며 정훈의 모습을 보고 있는데 앞에 앉은 수지가 속닥거리듯 말했다.

"실장님. 우리 상무님이요. 너무 자상하지 않아요?"

"네?"

지유가 돌아보자 수지가 덧붙였다.

"처음에 저 후계자 될 분 아래로 발령 난다고 해서 솔직히 걱정 많이 했거든요. 인성 파탄자일 것 같아서. 왜 방송에도 재벌

갑질 이야기 많이 나오잖아요. 근데 사람이 너무 좋아서 깜짝 놀랐어요."

"아, 그럴 수 있겠네요."

지유가 고개를 끄덕거렸다. 자신은 익숙했지만, 정훈이 다정한 성정인 걸 수지는 처음엔 몰랐을 거였다. 영혜도 옆에서 끼어들었다.

"저도 그랬어요. 처음만 그렇겠지 했는데 계속 잘해 주시고."

"실장님은 예전에 미국에서도 같이 일했다고 하셨죠? 그때도 상무님 성격이 지금 같았어요?"

"똑같았어요. 한결같이 잘 대해 주시고."

"아아, 원래 다정하신 성격이시구나. 근데 상무님이 특히 실장님 배려를 엄청 해 주세요."

"저를요?"

포크를 입에 가져가던 지유가 의아스럽게 바라보자 영혜가 웃으며 말했다.

"실장님 일 너무 많아지면 힘들다고 얼마나 걱정하시는데요."

"맞아요. 겨우 데려왔는데 혹시 다시 간다고 하실까 봐 맨날 전전긍긍하세요."

"그럴 때 귀여우시지."

"맞아요."

소리 낮춰 웃는 비서들을 지유가 가만히 바라봤다.

'몰랐는데……. 상무님이 그런 생각을 하고 있었구나.'

평소 정훈의 성격상 무슨 일이든 쉽게 쉽게 하길래 제안도 그렇게 쿨하게 한 줄 알았다.

'의외네.'

입안에 고기 조각을 넣고 햄스터처럼 오물오물 씹으며 지유가 생각에 잠겨 있었다. 잠시 뒤 영혜의 목소리가 다시 들렸다.

"근데 실장님, 정말 4개월만 하시는 거예요?"

"아, 그건……."

지유가 살짝 난처한 표정을 짓자 수지가 간절한 눈빛을 보였다.

"저희 팀에 계속 있으면 안 돼요? 합도 이제 잘 맞고……."

"그건 곤란한데요."

갑자기 끼어든 낮은 목소리에 세 사람의 시선이 그쪽으로 향했다. 키가 큰 남자를 앉은 채 올려다보려니 시선이 한참 올라가야 했다.

"이사님?"

서국이 지유를 내려다보고 있었다.

"이 사람, 저에게 꼭 필요한 사람이라."

그녀에게 시선을 박고 하는 말에 당황한 표정으로 있던 영혜와 수지가 얼른 일어섰다.

"안녕하세요. 이사님."

짧게 고개를 숙여 보인 서국이 따라 일어선 지유에게 말했다.

"나와 얘기 좀 하죠."

"아, 네. 저 잠시 자리 좀 비울게요."

비서들에게 말한 지유가 긴장한 얼굴로 서국을 따라갔다.

그들이 시야에서 멀어지자 영혜와 수지가 한숨을 내쉬며 자리에 앉았다.

"깜짝이야. 무슨 남자가 볼 때마다 깜짝깜짝 놀라게 생겼대요?"

"그러게요……. 상무님도 잘생긴 얼굴인데 이사님은 완전 조각 그 자체라서."

"조각 이사라는 별명이 괜히 붙은 게 아니긴 해요. 정말."

영혜가 고개를 절레절레 젓는데 수지가 슬쩍 상체를 낮추며 말했다.

"근데 방금 저 좀 심쿵 했는데. 꼭 자기 여자 뺏긴 남자 같은 얼굴 아니었어요? 하는 말도 그렇고."

"실은 저도……."

영혜가 대답하는데 보란 듯이 접시를 산더미처럼 채워 온 정훈이 싱글거리며 등장했다.

"어? 정 실장은 어디 갔어요?"

음식이 남겨진 접시와 빈자리를 보며 정훈이 물었다.

"방금 이서국 이사님 오셔서 잠깐 자리 비우셨어요."

"……이 이사가?"

정훈이 접시를 테이블에 놓으며 주변을 둘러봤다.

루프탑은 해가 저물고 있었다. 한여름의 석양이 붉게 비춰 드는 야외 데크 쪽으로 서국이 걸어갔다. 이쪽은 행사장과 거리가 있는 곳이라 사람들이 있는 곳에서 멀리 떨어져 있었다. 그의 뒤를 지유가 긴장한 얼굴로 따라갔다.

'아까 이야기를 마저 하려고 하는 걸까?'

서국이 왜 키스한 거냐고 다시 다그치면 뭐라고 해야 할지 고민하고 있는데 그가 멈춰 섰다.

"정지유 씨."

서국이 그녀 쪽으로 돌아섰다. 노을이 그의 얼굴을 은은한 황금색으로 물들이고 있었다. 노을빛이 짙은 눈동자에 어려 감탄이 나올 정도였지만 지유의 표정엔 긴장이 가득했다. 키스 이야기를 할까 봐 바짝 긴장한 채 서 있는데 그가 말했다.

"나에게 돌아와요."

"……네?"

예상과 다른 말에 지유가 놀란 듯 바라봤다. 서국은 진지한 얼굴로 그녀를 마주 보고 있었다.

"그만 이사실로 돌아오란 말입니다."

"……."

지유가 대답 없이 보고 있자 서국이 그녀 앞으로 한 발 더 다가왔다.

"당신이 있을 곳은 내 옆이었을 텐데. 이정훈 옆이 아니라."

서국의 강렬한 눈을 지유가 올려다봤다.

그의 눈빛에 일렁이는 것이 뭔지 지유의 눈에도 똑똑히 보였다.

'질투……?'

지금 이사님이 나한테 질투하시는 거라고?

지유의 눈이 작게 흔들렸다. 믿기 어려웠지만, 그건 분명 질투였다.

숨도 못 쉬고 마주 보고 있던 지유가 천천히 막힌 숨을 뱉어냈다. 다른 사람 같을 정도로 무척 낯선데도, 저 강렬한 시선에 가슴이 세차게 뛰고 있는 것이 느껴졌다. 자신을 원하는 그의 타오르는 눈빛에 다리 힘이 풀릴 것 같았다. 하지만…….

"죄송하지만 그건 어렵습니다."

지유가 작지만 명료한 목소리로 말하자 서국의 미간이 좁혀 들었다.

"왜입니까?"

그가 이해할 수 없다는 눈으로 보는 이유를 지유는 알 수 있었다. 이미 키스도 들켜 놓고, 그게 들켰다면 제 마음도 분명 들켰겠지. 빠르게 뛰는 심장박동을 억누르려 노력하며 지유가 그의 시선을 똑바로 맞받았다. 그녀가 입을 열었다.

"그때 이사님은 분명 저에게 원한다면 상무실에 계속 남아도 된다고 하셨어요. 그게 제 커리어에도 더 도움이 될 거라고."

"……."

서국의 얼굴이 굳어지는 걸 보며 지유가 단호한 얼굴로 말을 이었다.

"아직 상무님과 약속한 기간도 다 안 되었고, 어떤 선택을 할지는 제가 결정할 문제입니다. 이사님."

◆ ◇ ◆

내가 미쳤나? 왜 그런 말을 했지?

"왜 갑자기 어울리지도 않게 도도한 척을 해? 이사님이 키스해 줬다고 아주 간이 배 밖으로 튀어나…… 꺄악! 키스라니!!"

제가 뱉은 키스라는 말에 혼자 얼굴이 빨개져서 잠시 소파 위에서 뒹굴던 지유가 숨을 가다듬었다. 양 볼에 홍조를 띤 지유가 손가락을 제 아랫입술 위에 가져다 댔다.

"사실 그건 키스라기보단…… 마치 입술을 물어뜯는 행위 같았는……데."

지그시 깨물 듯 물었다가 놔준 순간을 떠올리자 저도 모르게 입술이 살짝 벌어졌다.

"근데 그게 더 야한가? 맞아. 꼭 삼킬 듯이 입술을 막…… 아! 정말! 뭘 되새기고 있는 거야?"

지유가 파드득 고개를 저으며 몸을 일으켰다. 그녀의 시선이 일렬종대로 늘어선 핸드크림에 향했다.

"그렇게나 붙잡아 주길 바랄 땐 안 잡아 주더니……."

서운함이야 있었지만 그때의 복수로 그런 말을 한 건 아니었다. 어쨌든 정훈과 한 약속도 지유에겐 중요했다. 처음보다 자리가 많이 잡히긴 했지만 아직 자신이 맡고 있는 일의 전권을 넘기기엔 우려되는 부분이 있었으니까. 적어도 영혜 씨에게 인수인계를 확실히 할 수 있는 상황이 될 정도로 비서팀이 안정되고 신입 비서도 뽑아야 가능한 일이었다.

"……게다가 항상 옆에 있을 땐 당연하게 생각해 놓고 다른 사람에게 간 뒤에야 소중함을 아는 건 너무하잖아."

습관적으로 핸드크림을 꺼내 소중히 겉면을 닦던 지유가 한숨을 포옥 내쉬었다. 그 뒤에 나눴던 대화가 머릿속에 떠올랐다.

'이사님은 저를 상무실에 뺏긴 기분이 드셔서 저를 돌려놓고 싶

으실 뿐이에요.'

'내가 말입니까?'

'네. 이렇게 돌아오라 요구하실 일이었다면 처음부터 물건 빌려주듯 쉽게 보내지 말았어야죠.'

'…….'

'팀원들이 기다리고 있어서 이만 가 보겠습니다.'

"아무리 그래도 상사인데, 말이 너무 심했나……."

말없이 쳐다보던 서국의 시선이 떠오르자 지유가 걱정스레 제 입술을 잘근거렸다.

'쌓아 뒀던 서운함이 왜 그럴 때 터져 나와선.'

그날 무대에서의 서국의 행동에 충격을 받은 상태다 보니 감정 조절이 전혀 되지 않았던 모양이다.

그런데 사람 마음이 이기적이라고, 한편으로는 또 기분 좋은 건 뭘까. 첫눈에 반한 뒤 8년간 그 무심한 남자에게 무수히 상처받으면서도 익숙해졌다고 생각했었는데 아니었던 걸까?

"내 안에 작은 악마가 있었네. 복수했다고 좋아하고 있다니. 이사님인데……."

작게 내뱉은 지유의 표정이 우울해졌다.

"사적인 감정을 섞은 건 네가 잘못한 거야. 정지유."

핸드크림이 저인 양 근엄하게 야단친 지유가 반들반들 윤이 나는 그것을 다시 세워 뒀다. 쪼르륵 늘어서 있는 핸드크림을 보는 그녀의 마음이 심란했다.

그 시간 서국은 바에서 말없이 위스키를 마시고 있었다. 눈에 띄는 신장을 가진 남자가 근사한 슈트 차림으로 혼자 술을 마시고 있으니 은근한 시선이 그에게 닿고 있었다. 게다가 얼굴은 무슨 배우 뺨 치게 잘생긴 조각 미남이니 위아래로 훑어보는 시선들이 수도 없었다.

하지만 그에게는 남들이 쉽사리 다가서지 못하게 하는 분위기가 있었다. 그 묘한 분위기가 더욱 시선을 끄는 것이었다. 서국은 그 사실을 전혀 의식하지 못한 채 위스키 잔을 매만지며 골똘히 생각에 잠겨 있었다.

'그렇게 필요한 사람이면 처음부터 안 된다고 했어야지. 미련 없이 보내 놓고 이제 와서 그러면 쓰나.'

'이렇게 돌아오라 요구하실 일이었다면 처음부터 물건 빌려주듯 쉽게 보내지 말았어야죠.'

물건 빌려주듯 쉽게.

정훈과 지유가 한 말을 연달아 떠올린 그의 짙은 눈썹이 꿈틀거렸다. 그런 의도는 아니었다고 항변하고 싶었지만, 그때는 정말 대수롭지 않게 생각한 게 사실이었다.

특히 지유의 말은 그에게 여러 가지 생각을 하게 만들었다. 그가 이사실로 돌아오라고 하면 그녀는 두말하지 않고 당연히 그렇게 할 거라고 생각했다.

'네, 이사님.'

그렇게 대답할 거라고……. 언제나의 그 미소를 머금고서.

지금까지 그의 머릿속에서 그녀의 이미지는 늘 그랬으니까. 어떤 말을 하든 그녀는 항상 미소 지으며 그렇게 대답했으니까.

그랬는데 오늘 그녀의 거절을 듣고서야 떠올랐다.

'만약 제가 상무실에 남게 돼도 괜찮으시겠어요?'

'이정훈 상무는 알다시피 차기 후계자입니다. 남는다면 정 실장도 승진을 하는 거니 커리어에 훨씬 도움 될 겁니다.'

'……조언 감사합니다, 이사님. 말씀 기억하겠습니다.'

그 말을 할 때의 그녀 입가에 맺혀 있던 미소가 떠올랐다. 그건 그가 알고 있는 '네, 이사님.'의 미소인 동시에, 어떤 자조적인 감정이 섞인 포기의 미소였다.

한번 떠오른 기억은 다른 기억들도 연쇄적으로 끄집어냈다.

4년 전엔가 같이 베이징 출장을 갔을 때 비행기에서 업무를 보다 잠이 든 적이 있었다.

사락.

뭔가 몸 위에 걸쳐지는 기분에 눈을 떴다.

'아.'

담요를 덮어 주던 그녀가 눈이 마주치고는 살짝 난처하게 웃었다.

'추우실까 봐 덮어 드리려던 건데 제가 깨웠나 봐요.'
'이건 필요 없습니다.'

그대로 담요를 건네자 그녀의 얼굴에 순간적인 동요가 흘렀다.

'아…… 죄송합니다.'

그때 그녀의 얼굴에 떠올라 있던 미소.

또 다른 어떤 날이었다. 그날은 눈이 펑펑 내리는 추운 겨울날이었고, 그녀가 실장으로 승진한 지 얼마 되지 않은 시기였다. 퇴근 뒤 거래처와의 술자리가 꽤 길어져 늦은 시간에 나와 보니 차 앞에서 그녀가 기다리고 있었다. 한참을 서 있었는지, 쳐다보는 그녀의 코끝이 빨갛게 물들어 있었다.

'아직 안 들어갔습니까?'
'들어가란 말씀이 없으셔서…….'
'앞으론 기다릴 필요 없으니 늦어지면 알아서 퇴근하시면 됩니다.'
'……네. 이사님.'

그때 그녀의 얼굴에도 걸려 있던 미소.

그리고 최근, 그녀가 상무실로 이동한 뒤 이정훈이 그녀와 첫 회식을 한다는 말을 듣게 되었다. 그 말을 듣고서야 이사실은 회식을 한 번도 하지 않았던 걸 깨달았다.

'최 비서. 회식이라는 거, 꼭 해야 합니까? 팀 회식 말입니다.'
'이사님은 회식 안 좋아하지 않으세요? 아, 저희끼리는 실장님께서 맛있는 거 사 주셔서 자주 먹었습니다.'
'……그랬군요.'
'이사님이 바쁘시고 술도 안 좋아하셔서 그런 거니까 저희는 다 이해합니다. 실장님께서 늘 그렇게 저희에게 말씀하셨거든요. 서운해하지 말라고.'

최 비서의 말을 듣고 과거의 어떤 장면이 머릿속을 스쳤다.

'이사님. 신입 비서들도 확정됐는데 회식 날짜 언제로 잡을까요?'
'그게 꼭 필요한 일입니까?'
'꼭 필요하진 않더라도 하는 것이…….'
'꼭 필요한 일만 보고하는 게 정 실장의 일입니다.'
'알겠습니다. 이사님.'

그때도, 그 미소를 지었었다. 정지유는.

"제길."

서국이 낮게 내뱉으며 커다란 손으로 얼굴을 쓸었다. 그 미소에 담겨 있는 의미를 왜 여태 몰랐을까. 그건 그녀가 자신에게 상처받은 걸 숨기는 미소였는데.

담요를 덮어 줄 때도 추울까 염려해 줘 고맙다는 말쯤은 할 수 있었다. 눈 내리던 그날도 추위로 발갛게 물든 작은 코와 눈이 하얗게 쌓인 그녀의 코트를 봤으면, 대기하느라 고생했다는 말쯤 했어야 했다.

팀에서 필요하다면 회식쯤이야 언제든 날짜 잡으라 말할 수 있었던 건데…… 하지 않았다. 그 어떤 말도.

"……그 말이 맞았군. 사람 질리게 무심하다는 거."

서국이 쓰게 내뱉으며 얼굴에서 손을 떼어 냈다. 그의 회색빛이 짙은 두 눈에 후회가 가득 일렁였다. 누구에게도 향하지 않던 자신의 마음이 움직인 것을 깨닫자마자 자신이 얼마나 쓰레기인지도 깨닫게 되다니…….

서국이 테이블 위의 위스키 잔을 조용히 응시하는데 누군가가 그에게 다가왔다.

"이야, 살다 보니 이런 황송한 일이 다 생기네. 이서국이 먼저 날 불러 주다니? 어? 너 벌써 이만큼 마신 거야?"

민호가 반쯤 남은 위스키 병을 흔들어 보다가 서국을 내려다봤다.

"어어? 얼굴은 왜 이리 괴로워 보이고?"

"일단 앉아."

서국이 한숨을 내쉬며 거칠게 머리칼을 쓸어 넘겼다. 그 모습을 민호가 유심히 바라봤다.

"근데 너 흐트러지니까 겁나 섹시하다?"

"최민호."

"알았어, 앉을게. 앉으면 되잖아. 됐지?"

서국이 인상을 쓰는 순간 민호가 잽싸게 그의 옆에 앉으며 제 잔에 술을 따랐다.

"그런데 뭔 일이기에 그래? 이서국을 이렇게 힘들게 하는 용자가 누군데."

서국의 잔에도 위스키를 부어 주며 민호가 말했다. 서국이 그에게 시선을 옮겼다.

"……."

민호를 보는 서국의 눈동자에 의외감이 담겨 있었다.

"내가 사람 때문에 이러는 건 어떻게 알고?"

그 말에 민호가 싱겁다는 듯 웃었다.

"네가 일 때문에 이럴 리는 없잖아. 이럴 시간에 해결할 방도를 만들겠지. 근데 네 맘대로 해결 안 되는 일은 딱 하나 아니냐?"

"……."

서국이 그를 가만히 바라보자 민호가 우쭐거렸다.

"왜? 이제 네 친구가 좀 달라 보이냐?"

민호가 씩 웃으며 잔을 들어 올렸다. 서국이 조용히 제 잔을 부딪혔다.

챙.

대답 없이 위스키를 입에 털어 넣는 서국의 모습에 확신을 한 듯 민호가 그에게 몸을 돌렸다.

"일단 말해 봐. 누가 널 이렇게 혼자 취하게 만든 건데. 혹시 여자냐?"

"……."

"어어? 진짜가 보네?"

서국이 말이 없자 민호의 눈에 호기심이 가득 어렸다.

"하긴 너 그때부터 이상하긴 했어."

"그때?"

서국이 한쪽 눈썹을 치켜 올리며 민호를 쳐다봤다.

"그, 박태희가 귀국하고 처음 모임에 참석한 날. 그날도 네 상태가 영 이상하더라고."

"……."

서국이 생각에 잠긴 눈으로 제 잔을 응시했다.

"내가 너한테 무슨 일 있냐고 물어봤었는데. 기억 안 나냐?"

"기억나."

그날은 지유가 그의 입술에 몰래 키스한 직후였다. 내내 그녀 생각에 빠져 있었으니 그때도 제 상태가 이상했다면 정지유 때문이 맞았다. 잔에만 시선을 둔 서국을 유심히 보던 민호가 입꼬리를 올렸다.

"여자구만, 역시."

확신에 찬 표정을 지은 민호가 서국 쪽으로 몸을 가까이 기울였다.

"대체 누군데? 평생 여자고 친구고 돌덩이로 보던 이서국 마음을 녹인 사람이."

잔을 들어 올린 서국이 제 입술로 가져갔다. 탁. 쭉 들이키고 내려놓은 뒤 그가 말했다.
"내가 보내면 안 됐던 여자."
"보내? 어딜?"
민호가 되묻는데 서국의 눈빛이 짙어졌다.
"보낸 걸 이제 와서 이렇게…… 후회하게 하는 여자."
"이서국 네 인생에 후회가 어딨다고?"
민호가 인상을 찡그리고는 투덜거렸다.
"알 수 없는 소리만 하지 말고 제대로 말 좀 해 봐. 내가 죽어라 노력해도 친구 자리 겨우 차지할까 말까인데, 그 여잔 어떻게 한 방에 이서국을 후회씩이나 하게 만든 건지. 누구야? 대체."
민호가 얼굴을 바짝 들이대며 대답을 요구했다. 서국이 나른하게 눈을 내리깔았다.
"정지유."
원하던 대답에 민호의 눈이 번쩍 떠졌다.
"정지유? 그게 누군데? 못 들어 본 이름인데 재계는 아닌 것 같고, 뭐 하는 집 딸이야? 정치 쪽이야? 법관 쪽?"
"내 비서실장이야."
"뭐? 비서실……."
민호의 눈이 더 커졌다. 짙은 속눈썹을 늘어뜨렸던 서국이 시선을 올렸다. 그의 눈빛이 조금 전과 달리 서늘하게 가라앉아 있었다.
"지금은 이정훈 비서실장이고."

놀란 듯 보고 있던 민호가 머리를 빠르게 굴렸다.

"잠깐, 그럼 보내면 안 됐다고 말한 게, 네 형한테 보내면 안 됐다는 거야?"

서국이 눈썹을 일그러뜨리고 흐트러진 머리칼을 커다란 손으로 쓸어 넘겼다.

"……그래."

민호는 신기한 듯 서국을 쳐다봤다.

"하, 정말 살다 보니 별일이 다 있어. 이서국과 이정훈. 형제가 한 여자한테 꽂혀서 이러고 있다니?"

흥분이 진정되지 않는 듯 민호가 제 잔에 술을 따라 단숨에 마시고는 손등으로 입술을 닦았다.

"게다가 그 상대가 박태희도 아니고 비서실장? 이게 말이 되는 상황이야, 지금?"

"왜 말이 안 되는데."

서국이 불쾌감을 드러내며 서늘하게 쳐다보자 흥분에 차 있던 민호가 움찔거렸다.

"아, 아니 뭐…… 꼭 그렇게 이상하다는 건 아니고."

말을 돌리며 눈치껏 서국의 빈 잔에 위스키를 채워 준 민호가 제 잔에도 따르며 말했다.

"어쨌든 이 나라 재계 구조가 그렇다 보니 좀 뭐랄까, 아, 그래! 특이! 특이한 상황이라는 거지. 하하."

수습하듯 빠르게 말을 내뱉은 민호가 얼른 주제를 바꿨다.

"그래서 그 여자에게 차인 거야? 아니면 다시 뺏어 오려다 실패한 거야?"

민호가 묻는 말에 서국이 잠시 생각하다 입을 열었다.

"후자."

"아아…… 그렇단 말이지."

고개를 주억거린 민호가 제 가슴 위에서 팔짱을 꼈다. 그러고는 잠시 생각에 잠겼다가 혀를 쯧쯧, 찼다.

그 소리에 서국의 좁혀 든 시선이 민호에게 꽂혔다. 그 시선에도 아랑곳없이 민호가 답답하다는 얼굴로 말했다.

"안 봐도 뻔하다. 옆에 있을 때 소중함을 모르고 무심함 그 자체로 대했겠지. 상처도 많이 주고."

"……."

서국의 얼굴이 굳어졌다. 그 얼굴을 확인한 민호가 입술 끝을 휘어 올렸다.

"정답이지?"

씨익 웃은 민호가 높은 스툴 위에서 꼰 다리를 느긋하게 까딱거리며 말을 이었다.

"그런데 그녀가 어쩌다 형의 비서실로 가게 됐고, 그때부터 질투가 솟구쳐 뒤늦게 그녀의 소중함을 알게 되었다, 이거네?"

"……."

서국이 대답 없이 술만 들이켰다. 민호가 다시 혀를 끌끌 찼다.

"답답한 녀석. 뭐 어쨌든 거기까지 깨달았으면 앞으로는 너한테 달린 거네. 계속 갈지 말지 결정하는 건 이서국 너니까."

달칵. 잔을 내려놓고 테이블 위를 응시하는 서국의 표정이 진지했다. 생각에 잠겨 있는 서국의 얼굴을 잠시 보던 민호가 제 잔을 그의 잔에 가볍게 부딪혔다.

챙.

그 소리에 정신을 차린 듯 서국이 민호를 쳐다봤다.

"어쨌든."

민호는 잔을 들고 싱글싱글 웃으며 말했다.

"결과가 어떻게 되든 친구로서 이서국의 첫사랑을 축하한다."

……첫사랑이라.

묘한 어감을 주는 말에 서국이 방금 민호가 부딪힌 제 잔을 응시했다.

"네가 로봇이 아니라 인간이고 남자라는 게 이로써 밝혀진 거니까."

서국이 말없이 잔을 제 입술로 가져갔다.

그래서 몰랐던 걸까. 그 모든 게 처음이라, 그 모든 감정이 처음이라서. 놓친 다음에야 깨닫게 되는 첫사랑인 줄 몰라서.

서국은 입안으로 흘러 들어가는 위스키가 유독 쓰게 느껴졌다.

◆ ◇ ◆

화려한 샹들리에가 달린 우아한 공간 안에는 와인을 마시는 여자들이 있었다. 프라이빗 룸이 제공되는 최고급 와인 바답게 와인도 프리미엄 등급으로만 테이블 위에 올려져 있었다.

"미안. 내가 늦었지?"

그 공간 안으로 태희가 들어섰다. 웨이브 진 긴 머리칼을 찰랑거리며 들어온 그녀를 여자들의 시선이 빠르게 훑어 내렸다.

"오랜만이네. 박태희."

"잘 지냈어?"

순간적으로 날카롭게 스캔하던 눈에 환한 미소를 담은 여자들이 반갑게 인사했다. 그 안에는 우경건설 둘째 딸인 채은하도 있었다. 은하 역시 미소는 짓고 있었지만 태희를 향한 눈빛이 심상치 않았다.

'왜 다시 나타난 거야? 해외나 나돌아 다닐 것이지.'

은하는 아버지를 조르고 졸라 몇 달 전, 그리도 원하던 이서국과 맞선을 볼 수 있었다. 그 뒤로 영 진도를 나갈 수 없었지만 그래도 집안끼리의 친분을 유지해 어떻게든 이서국과 결혼하고자 하는 마음이 있었다.

하지만 우경건설은 비교도 될 수 없을 정도로 큰 회사인 호영그룹의 딸 박태희가 그 자리를 넘본다는 소문이 있었다. 예전부터 태림그룹과 친분도 깊은 호영의 박태희가 이씨 집안 형제들과 사이가 좋다는 건 유명했다. 그 집 남자들이 워낙 외모도 출중하고 재력도 좋아 인기가 많았기 때문에 박태희는 이 바닥에서도 질투의 대상이었다.

그런 그녀가 몇 년간 해외에 나가 있어서 나름 안심하고 있었는데, 갑자기 얼마 전 한국에 돌아온 것이다. 그것도 그 형제 중 한 명과 결혼한다는 소문을 뿌리며.

"오랜만인데 다들 건배하자."

자리에 앉은 태희가 제 와인 잔을 높이 들어 보이자 다들 잔을 들었다. 챙, 여러 개의 잔이 부딪치고 미소와 함께 묘한 기운이 담긴 시선도 허공에서 부딪혔다.

태희를 질투하는 건 은하만이 아니었다. 이 자리에 있는 재벌가 여자들 전부가 그녀의 외모와 재력, 그리고 태림과의 친분을 질투했다.

여전히 아름다운 이목구비와 더 여성스러워진 그녀의 몸매를 힐긋거리는 시선들엔 그런 감정이 묻어났다.

그 시선들을 즐기듯 입꼬리를 휘어 올린 태희가 우아하게 잔을 내려놓고는 입을 열었다.

"다들 어떻게 지냈어? 영지 네가 맡은 거 요즘 잘나간다고 들었는데. 좋겠다."

태희가 영지를 바라보며 말하자 영지가 잔을 든 손가락을 가볍게 들어 올렸다.

"인도 쪽 투자가 잘돼서 잠깐 돈 좀 만진 거지. 별건 아니야."

"그래도 난 이제 한국 들어와서 자리 잡으려고 준비 중인데. 넌 벌써 그만큼 성과를 낸 거잖아. 부러운데?"

"부럽긴."

표정 관리는 하고 있었지만 태희의 말이 싫지 않은지 영지의 입꼬리가 슬며시 올라가 있었다.

"앞서서 잘나가고 있으니 나 좀 도와줘야 돼?"

"그래. 어려운 것도 아니고."

영지가 미소 지으며 말했다. 태희에게는 이런 스킬이 있었다. 다들 저를 부럽게 만들면서도 막상 그 관계를 저에게 유리하게 만드는 사교력.

'여우 같아. 진짜.'

은하가 그걸 못마땅하게 쳐다보며 와인 잔을 입술로 가져가는데 이번엔 태희의 시선이 그녀에게 향했다.

"그런데 은하 너, 얼마 전에 서국이랑 선봤다며?"

"이제 알았어? 정보가 꽤 늦구나. 너."

은하가 입가에 웃음을 띠고 말하자 태희도 눈을 곱게 접으며 말했다.

"서국이가 영 불편하다고 하길래."

"뭐?"

은하가 멈칫거렸다. 당황하는 사이 주변 여자들이 킥킥거리자 은하의 얼굴이 순식간에 붉어졌다. 태희는 화사하게 웃는 얼굴로 다정히 말했다.

"그 자리 엄청 불편했다고 하더라고. 좀 더 신경 쓰지 그랬어. 너 평소대로 했으면 잘했을 텐데."

위로하듯 놀리는 말에 은하의 얼굴이 표정 관리에 실패하며 형편없이 구겨졌다. 그 얼굴에 여자들의 웃음소리가 커져 갔다.

"아하하. 채은하 얼굴 좀 봐."

……저게 진짜.

은하가 잔을 움켜쥐고 제 입술을 짓씹었다. 여자들은 그 얼굴도 고소하다는 듯 보고 있었다. 안 그래도 이서국과 선본 걸 얄미울 정도로 자랑해 댄 채은하가 마음에 안 들던 차에 태희가 좋은 건수를 준 거였다. 태희는 그제서야 순진하게 눈을 깜빡였다.

"어머, 미안. 너 생각해서 말한 건데 혹시 기분 나빴니?"

벌떡!

시뻘게진 얼굴을 한 채 몸을 일으킨 은하가 태희를 노려봤다.

"말 재수 없게 하는 버릇은 나이 먹어도 똑같네. 박태희."

"기분 많이 상했나 보네. 미안해."

사과하면서도 생글생글 웃고 있는 태희의 얼굴이 은하는 구역질이 날 것 같았다.

"다음부턴 얘 있는 자리에 나 부르지 마."

클러치백을 움켜쥔 은하가 싸늘하게 말하고 그대로 몸을 돌렸다. 은하가 가는 걸 아무도 잡지 않았다. 그게 우경건설과 호영그룹의 힘의 차이였다. 은하가 나가는 모습을 미소 띤 얼굴로 보고 있던 태희가 잔을 들어 올렸다.

"나 때문에 분위기 이상해졌지. 미안, 다시 건배하자."

태희가 사근사근한 목소리로 말하자 다들 그녀의 말에 따랐다.

◆ ◇ ◆

지유는 주말 내내 심란한 마음이었다. 집 안을 서성거리며 손톱을 이로 잘근거리고는 초조한 표정을 지었다.

"회사에서 이사님 얼굴을 어떻게 보지? 곧 하와이도 같이 갈 텐데……."

말이 너무 심했다고 사과할까? 하지만 이미 질러 놓고 그러는 건 너무 무책임해 보이잖아. 우발적으로 말한 거 티 내는 것도 아니고…….

"어휴, 어떡하면 좋아?"

내내 같은 생각을 머릿속에서 뱅글뱅글 돌리고 있자니 답답했다. 지난 8년간에 대한 보상심리로 질러 버린 말에 통쾌함을 느낀 것도 잠시, 그가 또 전처럼 저를 본체만체하고 무관심으로 일관할 걸 생각하니 초조해졌다.

"이럴 거면 왜 센 척했냐고. 그치만 자기 물건 뺏기면 느끼는 잠시 잠깐의 질투일 수도 있잖아? 아, 모르겠어! 청소나 하자!"

청소기를 비장하게 움켜쥔 지유가 집 안을 뒤엎으며 청소하기 시작했다.

"끝!"

청소를 끝낸 지유가 땀이 송골송골 맺힌 이마를 손등으로 닦아 냈다. 몇 시간 동안 청소에 열중했더니 시간도 금방 가고 집 안도 깨끗하고 기분도 한결 나아진 것 같았다.

"좋아. 이제 이 기분 이대로 치킨에 맥주나 한 캔 하고 자면 딱 좋겠……."

Rrrr. Rrrr.

갑자기 울린 전화벨 소리에 지유가 고개를 돌렸다.

'주말인데 이 시간에 누구지?'

청소하는 동안 소파 위에 던져 놨던 휴대폰을 집어 든 그녀가 액정을 확인했다.

[이서국 이사님]

"……!"

난데없이 떠 있는 이름에 지유의 눈동자가 크게 흔들렸다.

이사님이 전화를?!

서국이 저에게 개인적인 전화를 하는 건 처음 있는 일이었다. 잠시 돌덩이처럼 굳어 있던 지유가 정신을 차리고 얼른 전화를 받았다.

"네. 이사님."

다행히 평소와 같은 목소리 톤으로 받을 수 있었다.

– 바쁩니까? 통화가 안 되던데.

듣기 좋은 중저음 목소리에 겨우 진정시킨 심장이 다시 뛰기 시작했다. 업무 관련 통화는 많이 해 봤지만 이건 또 다른 느낌이었다.

"아, 청소 중이라 몰랐나 봐요. 전화하셨어요?"

– 지금 집이면 잠깐 내려올 수 있습니까?

"내려오라니 어딜……."

– 지유 씨 아파트 단지 앞 공원에 있습니다.

지유의 입술이 절로 벌어졌다.

"네? 이사님이 지금 거기 계신다고요?"

– 와 줬으면 하는데.

두근!

당황스러운 와중에도 서국의 낮은 목소리에 심장이 크게 반응했다.

"조금만 기다려 주세요. 곧 내려갈게요."

전화를 끊은 지유는 청소하는 동안 헝클어진 머리를 급히 다시 만지고 재빨리 옷을 갈아입었다.

티셔츠와 청바지 차림으로 안경을 낀 채 후다닥 나와 보니 어둠이 깔린 공원에 커다란 남자가 앉아 있는 게 보였다.

'이사님?'

멀리서 봐도 알 수 있었다. 공원 벤치에 앉아 있는 저 남자는 이서국이라고.

지유가 떨리는 가슴을 진정시키며 그에게 다가갔다. 어느 정도 시야가 확보될 정도로 다가서자 그도 아까부터 자신을 보고 있었다는 걸 알 수 있었다.

흔들림 없이 저에게 박혀 있는 시선에 숨을 삼킨 지유가 그의 앞으로 걸어갔다.

"언제…… 오셨어요?"

조심스럽게 물으며 살펴보니 올려다보는 그의 얼굴이 이틀 새 수척해진 느낌이었다.

'어두워서 그런가?'

공원에 조명은 켜져 있었지만 밤이라 표정이 잘 보이진 않았다.

"조금 됐습니다."

낮게 말하고 그녀를 가만히 올려다보는 시선에 지유는 괜히 긴장되어 손가락을 꼼질거렸다.

'기회가 왔으니 말해야 해.'

마음을 정한 지유가 입을 열었다.

"이사님. 제가 그때 한 말은……."

"이틀 동안 생각해 봤습니다."

사과할 생각에 말을 꺼내던 지유는 동시에 흘러나오는 서국의 목소리에 입을 다물었다.

"지유 씨가 왜 그런 말을 했는지에 대해."

그러고 보니 그의 호칭이 정 실장에서 '지유 씨'로 변해 있었다. 이사실에 있을 땐 한 번도 들어 본 적 없는 제 이름에도 심장이 간질거리는 기분이었다.

조용히 시선을 맞추고 있는데 서국이 몸을 일으켰다. 훤칠한 신장 때문에 시야가 역전되어 지유가 그를 올려다보는 입장이 됐다. 그녀에게 닿은 그의 눈동자가 평소보다 짙어져 있다는 생각이 들었다.

"생각해 본 결과 당신 말이 맞았습니다. 나에겐 당신에게 돌아오라 말할 권리도, 자격도 없는 사람이었습니다."

"이사님, 그때 그 말은……."

"오랜 시간 당신을 보지 않고 있던 게 사실이니까."

"……."

지유가 조금 불안해진 눈빛으로 서국을 올려다봤다. 진지한 그의 얼굴은 이미 마음을 정한 상태로 보였다. 자신의 말로 그는 마음을 굳힌 것이다.

'역시 하지 말았어야 했어.'

지유가 입술을 지그시 깨무는데 서국이 말했다.

"그건 모두 내 잘못입니다."

깔끔하게 인정한다는 듯 담담한 목소리였다.

"이제 와 내놓으라고 억지 부리지 않겠습니다. 지유 씨 선택을 존중하죠."

설마 포기한다는 뜻인가? 안 돼!!

마음이 다급해진 지유가 얼른 입을 열었다.

"하지만 전,"

말을 번복하는 사람이 될지라도 일단 잡고 보자는 생각으로 지유가 말을 꺼내는데 서국이 손을 뻗었다.

"!"

그의 남성적인 커다란 손이 다가와 가만히 뺨을 감싸자 지유가 멈칫거렸다. 방금 전의 무심함이 사라지고 강렬한 소유욕으로 물든 그의 눈빛이 똑바로 내리박혔다.

"지유 씨는 거기 있어요. 지금 그 자리에."

뺨에 닿은 손의 온기와 서국의 강한 눈빛이 지유를 꼼짝도 할 수 없게 만들었다.

"이젠 내가 당신에게 다가갈 거니까."

"그, 그 말은……."

지유가 떨리는 목소리를 내자 그의 손이 보드라운 뺨을 천천히 어루만졌다. 이어서 낮지만 단호한 음성이 흘러나왔다.

"지금 당신이 서 있는 자리까지, 지난 8년의 시간을 거슬러 내가 따라갈 겁니다."

"……."

바로 앞에서 시선이 강렬하게 얽혀 들었다. 지유는 그 눈에 포박된 채 숨도 쉴 수가 없었다.

"단숨에 따라가서 잡을 거라고. 당신."

이때까진 몰랐다.

이서국이라는 남자가 한번 뜨거워지면…….

"그땐 도망치지 말고 나에게 와."

어느 정도 뜨거워질 수 있는 남자인지를. 사람을 얼마나 숨

막히게 만들 수 있는 남자인지를…….

"내가 그렇게 만들 거니까."

어둠 속에서 타오르는 그의 눈을 보며 그의 손이 닿아 있는 지유의 얼굴이 발갛게 물들었다.

◆ ◇ ◆

당연하게도 지유는 밤새 한숨도 자지 못했다. 꼴딱 밤을 새우고 회사로 출근하는데 약간 몽롱하면서도 심장이 두근거리는 묘한 상태였다.

'어제 일의 데미지가 너무 커.'

잠 못 드는 시간 동안 내내 지유는 서국의 말을 떠올렸다. 그의 말 한 마디 한 마디가 떠오를 때마다 침대 위에서 몸을 펄떡 펄떡 뒤집으며 소리 없는 비명을 질러 대다가 결국 밤을 새운 거였다.

"안녕하세요."

"실장님. 오셨어요?"

평정을 가장하며 상무실로 들어온 다음에도 지유의 머릿속은 오로지 서국의 생각뿐이었다.

'그 말은 무슨 뜻이었을까? 그건 정말 다른 뜻으로 생각할 여지 없는 거 맞지?'

자신이 오버하는 게 아닌지 몇 번이나 검열해 봤지만 아무리 생각해도 다른 해석은 불가능했다.

'그, 그렇다는 건 이사님이 정말로 날…….'

지유가 뛰는 가슴 부여잡고 혼자 홍당무가 되어 있는데 마침 정훈이 출근했다.

"좋은 아침."

"좋은 아침입니다. 상무님."

정훈을 보자마자 지유는 재깍 몸을 일으켜 단정하게 인사했다. 집무실로 들어가는 정훈을 보며 지유는 다시 자리에 앉았다. 자신의 프로페셔널 한 모습에 감탄할 정도였다.

지유는 브리핑할 것을 챙기다가 시계를 힐긋 쳐다봤다.

'이사님도 출근하셨을까?'

서국을 떠올리자 또 얼굴에 열이 확 몰렸다.

'안 돼. 근무 중이잖아! 평정!'

빠르게 고개를 흔든 지유가 서류와 태블릿피시를 들고 자리에서 일어섰다.

집무실로 들어서자 정훈이 책상 앞에 앉고 있었다. 다가가서 지유가 오늘 일정 브리핑을 시작했다.

"……오늘 일정은 여기까지입니다."

"수고했어요. 그리고 정 실장. 이사실에서 진행하고 있는 프로젝트들 정리해서 보고 부탁해요."

"네? 이사실에서 하는 건 무슨 일로요?"

지유가 의아한 표정으로 묻자 정훈이 싱긋 웃었다.

"무슨 일을 진행하고 있는지는 저도 알아야 하지 않겠습니까."

후계자로서 당연히 알아야 하지 않느냐는 투에 지유가 고개를 끄덕였다.

"알겠습니다. 보고서 만들어서 올릴게요. 그럼 전 이만 나가보겠습니다."

지유가 몸을 돌려 상무실을 나갔다.

06

그 일이 있고, 사흘이 지났다. 점심 식사를 마친 지유는 1층에 있는 카페에서 커피를 주문하며 심각한 표정을 지었다.

'……내가 너무 오버 했던 거였나?'

초긴장 상태로 사흘을 보냈는데 서국에게선 연락은커녕 모습조차 보이지도 않았다.

'이상하네. 분명 착각은 아니었는데.'

속으로 중얼거리며 커피를 들고 나오는데 익숙한 목소리가 들렸다.

"실장님!"

"아, 은주 씨."

지유가 쳐다보니 은주가 밝게 웃으며 다가오고 있었다. 볼살이 좀 빠진 것 같은 은주의 모습에 지유가 고개를 살짝 기울였다.

"잘 지냈어요? 살이 좀 빠진 것 같은데."

"어휴, 말도 마세요."

은주가 이마를 찌푸리며 손을 내젓자 지유의 표정에 더 의문이 어렸다.

"왜요?"

"갑작스러운 하와이 여행 때문에 지금 일정 최대한 미루고 못 미루는 건 급히 처리하느라 저희 팀 난리도 아니에요."

"아, 그래요?"

"이사님도 중요한 회의 아니면 내내 외근 중이시고……."

한숨을 포옥 내쉰 은주가 표정을 바꿔 지유를 바라봤다.

"그래도 하와이를 위해 이 정도쯤 못 참겠어요? 감당할 만은 해요. 상무실도 지금 많이 바쁘죠?"

하와이를 두 팀 다 가게 됐으니 비슷할 거라 여긴 은주가 물었다.

"우리도 바쁘긴 한데 그 정도까진 아니에요."

"아아, 상무님은 이사님만큼 일중독은 아니시겠죠. 아시잖아요, 우리 이사님. 게다가 실장님도 없으니 이건 뭐……."

은주의 얼굴이 다시 우울해지자 지유가 위로의 말을 건넸다.

"힘들겠어요. 내가 거기에 일거리를 더 늘려 줘서 어쩌죠?"

"그 정도는 간단한 거라 괜찮아요. 진행하고 있는 게 워낙 많아서 문제지."

"일이 많아도 건강 잘 챙기면서 해요. 아프면 하와이 가서 제대로 놀지도 못하잖아요."

하와이라는 말이 그나마 은주의 기력을 되찾게 해 줬는지 그녀의 눈이 빛났다.

"네. 실장님도 파이팅 하시고, 같이 하와이에서 놀아요!"

"그래요. 아, 저 엘리베이터 타야 해서요. 다음에 봐요."

마침 도착한 엘리베이터로 향하며 지유가 인사했다. 닫힘 버튼을 누른 지유가 눈을 굴렸다.

"그래서 요즘 안 보인 거구나……."

회사엔 거의 안 계신 거였어.

하긴 은주 말대로 평소 이서국의 업무 스타일을 보면 급작스러운 해외 스케줄이 잡히면 한동안은 부서 전체가 난리가 날 정도로 바빠지곤 했다. 그는 늘 일정이 빽빽하게 차 있으니 그걸 배분하는 것도 늘 지유의 일이었기에 잘 알고 있었다.

'회사에 없는 것도 모르고 괜히 혼자 맘 졸이고 있던 거였나?'

생각해 보니 잠도 못 자고 난리를 피웠던 게 민망하게 느껴졌다. 지유가 바닥을 보며 작게 숨을 내쉬는데 엘리베이터 문이 열리는 소리가 들렸다.

지잉-

그 소리에 지유가 고개를 들었다.

'어?'

열린 문 앞에는 슈트 차림의 서국이 서 있었다. 그도 지유를 잠시 놀란 눈으로 보고 있다가 곧 안으로 들어왔다.

탁.

문이 닫히고 나서야 멍하니 보고 있던 지유가 정신을 차렸다.

"안녕하……."

"잘됐네요."

"네?"

인사하려고 고개를 숙이던 지유가 위에서 내려오는 낮은 목소리에 다시 고개를 들어 올려다보았다. 그녀의 눈에 며칠 만에 보는 근사한 얼굴이 들어왔다.

"정지유 씨 보러 가던 길이었는데 수고를 덜게 되어서 잘됐다는 말입니다."

아…….

지유의 입술이 작게 벌어졌다. 시선을 맞추고 있는 서국의 수려한 얼굴에 미소가 어렸다.

"한동안 못 봐서 꽤나 힘들었거든요. 난."

"!"

순간 지유는 숨이 턱 막히는 기분이었다.

'이, 이 남자가 저런 위험한 미소를 지을 줄 아는 남자였다고?'

자신이 아는 이서국과 요즘의 이서국은 달라도 너무 달랐다. 그 무미건조한 남자는 어디로 가고 이렇게 눈빛 하나로 치명적인 분위기를 내는 섹시한 남자가 눈앞에…….

지유가 혼란스러운 얼굴로 쳐다보고 있는데 다시 엘리베이터가 멈추는 소리가 들렸다.

딩-

청아한 알림음과 함께 다른 비서실 직원이 올라탔다.

"안녕하세요."

고개를 숙이며 인사한 지유가 뒤쪽으로 붙어 서자 서국의 옆에 나란히 서게 됐다.

'얼굴이 너무 뜨거워.'

안 봐도 제 얼굴이 붉어져 있는 것이 느껴질 정도였다. 이 상황에서 마주 보고 있지 않은 것이 다행이라고 지유는 생각했다. 이런 얼굴을 들키는 건 창피하니까.

순간 시선을 들던 지유는 엘리베이터 문에 비친 서국과 눈이 마주쳤다.

'아!'

흔들림 없는 강렬한 시선으로 자신을 응시하고 있는 그와 시선이 부딪히자 뺨이 화르륵 붉어졌다. 그대로 어찌할 바 모를 뻔했는데 다행히 상무실이 있는 층에 도착했다.

"다음에 뵙겠습니다."

지유가 얼굴도 못 보고 고개를 숙여 재빨리 인사하고 발을 내디뎠다.

그 순간, 서국의 커다란 손이 지유의 손을 잡았다.

'……!'

지유가 놀란 눈으로 돌아보는 순간 그의 소유욕 어린 뜨거운 눈동자와 마주쳤다.

두근!

심장이 세차게 요동치는데 서국이 곧바로 손을 놔줬다. 스르륵 손이 풀려나자마자 지유는 그대로 몸을 돌려 엘리베이터를 빠져나왔다.

탁.

"……하아."

지유는 뒤의 문이 닫히자마자 숨을 터트리며 비틀거렸다. 벽을 짚고 선 그녀의 심장이 불규칙적으로 빠르게 뛰고 있었다.

"정말 심장이 남아나지 않겠어."

지유가 중얼거리며 방금 잡힌 손을 쳐다봤다. 같이 타고 있던 직원이 눈치채지 못할 정도로 찰나의 순간이었다. 그 짧은 시간 동안 잡힌 손의 감각이 잊히지 않을 정도로 강렬했다. 그리고 그 눈빛. 웃음기 없이 똑바로 저를 보던 그 강렬한 시선을 떠올리자 다리에 힘이 풀릴 것 같았다.

그때 정훈의 목소리가 들렸다.

"정 실장 뭐 하고 있어?"

"아, 상무님."

흠칫 놀란 지유가 얼른 몸을 바로 세웠다. 눈앞엔 정훈이 걱정 어린 시선으로 그녀를 보고 있었다.

"왜 벽에 기대고 있는데. 어디 안 좋은 거야? 어지럽다거나."

"아니에요. 그냥 가끔 살짝 빈혈이 있어서……."

지유가 둘러대는 말에 정훈의 눈빛이 더 심각해졌다.

"빈혈이 있었어? 그런 거 쉽게 보면 안 돼. 나중에 큰일 될 수 있어."

"네. 조심하겠습니다."

지유가 생긋 웃어 보였음에도 정훈이 걱정이 가시지 않는 눈으로 그녀의 얼굴을 훑어봤다.

"요즘 야근이 많아서 무리해서 그런 건가 보네. 하와이 때문에 일이 당겨져서 힘들지?"

"괜찮아요. 이 정도는 충분히 할 만해요."

"그래도 너무 무리하진 말고. 난 회장실 잠깐 들렀다 올게."

"네. 다녀오세요."

엘리베이터 버튼을 누르는 정훈에게 인사한 지유가 비서실로 들어왔다. 그녀를 본 영혜가 물었다.

"실장님 감기 기운 있으세요?"

"아닌데, 왜요?"

지유가 눈을 깜빡이자 영혜도 정훈처럼 그녀의 얼굴을 유심히 살폈다.

"얼굴이 붉으신데요? 열 있는 거 아니에요?"

"아……. 괜찮아요. 걱정해 줘서 고마워요. 영혜 씨."

얼른 웃어 보인 지유가 자리로 돌아왔다.

'열감이 가라앉질 않네. 난감하게.'

책상 앞에 앉은 지유는 남몰래 얼굴에 손부채질 하며 마음을 진정시키려 애썼다. 하지만 좀처럼 진정되지 않았다.

수시로 홍당무로 변하는 얼굴 때문에 업무 시간 내내 고충을 겪었던 지유가 지친 얼굴로 퇴근했다.

'이대로 가면 하와이 가기도 전에 쓰러지겠어.'

맞다, 하와이.

하와이를 생각하니 괜히 가슴이 또 떨렸다. 상무실과 이사실 비서팀 전체가 움직이는 거라 별다른 일이 있을까 싶긴 하지만 그래도 왠지 떨리는 건 어쩔 수 없었다.

'이사님도 가시니까…….'

지유의 심장박동이 빨라졌다. 일주일간 서국과 같은 비행기를 타고 같은 공간에 있을 생각을 하니 몹시 위험하다는 생각이 들었다. 특히 요즘 상태에선 더욱 위험한…….

"지유 씨."

흠칫.

낮은 음성에 지유가 고개를 돌렸다. 집 앞 골목에 세워 둔 고급 세단에서 서국이 내리는 모습이 보였다.

"이사님?"

자신에게 똑바로 다가오는 서국을 지유가 놀란 얼굴로 보고 있었다. 밤인데도 어디서 모델이 걸어오나 싶을 정도로 근사한 슈트 차림의 그가 그녀 앞에 섰다.

"여긴 어쩐 일로 오셨어요?"

"기다렸습니다. 아까 본 걸로는 채워지지 않아서."

뭘…… 채운다는……?

자신에게 향하는 짙은 눈동자에 지유가 침을 꿀꺽 삼켰다.

"보게 해 줄 수 있습니까?"

"지, 지금 보고 계시잖아요."

흔들리는 시선을 휘어 감는 강렬한 눈빛에 지유가 슬쩍 눈을 옆으로 굴렸다.

"지금부터 보게 해 주겠냐는 말입니다."

"네?"

지유의 동그란 눈이 다시 그에게 향했다. 서국이 입술 끝을 말아 올렸다.

"시간 내 달라는 뜻인데."

위험해.

이건 정말 위험하다고 지유는 이 순간 느꼈다. 정확히는 몰라도 지금 이서국의 저 매혹적인 미소는 몹시 위험천만하다고.

"지금요? 시간이 많이 늦은 것 같은데……."

저 얼굴로 시간을 내 달라는 말이 어떤 뜻인지 알 수 없어 지유는 입안이 바짝 말랐다.

'차에서 얘기하잔 뜻이겠지?'

그녀의 시선이 힐긋 서국의 차로 향했다.

'지금 저 차에 이 남자와 단둘이 있는 건 너무 위험해.'

얼마 전 키스 비슷한 일도 있었고, 아까 회사에선 그런 일이 있었는데 저런 어두운 차 안에 같이 있다간 어쩌면 더한 일도……!

"싫습니까?"

"아니, 싫진 않아요."

머릿속의 생각과 다른 말이 지유의 입 밖으로 튀어나왔다.

'나 지금 뭐라고 한 거야?'

제 말에 지유가 스스로 놀라고 있는데 서국의 입술이 비스듬히 기울어졌다.

"그럼 좀 걷죠."

"네? 아, 네."

앞서 걸음을 옮기는 그를 따라 지유가 얼른 몸을 돌렸다.

'산책하자는 뜻이었구나…….'

괜히 저 혼자 망상질을 한 것 같아 지유가 멋쩍은 얼굴로 입맛을 다셨다.

밤 산책을 하기 좋은 날이었다. 한여름의 열기를 식혀 주는 기분 좋은 바람이 산들산들 불어왔다. 지유의 아파트 단지 뒤쪽의 산책로로 천천히 들어서며 그녀가 서국을 힐끔 올려다봤다.

말없이 걷는 그의 얼굴은 생각에 잠긴 듯 우수 어렸다. 베일 듯 높은 콧날을 홀린 듯 잠시 보고 있는데 서국이 입을 열었다.

"이름, 정지유."

"네?"

무슨 말인가 싶어 지유가 의문 어린 표정을 지었다. 서국이 그녀를 보지 않고 걸음을 이어 가며 말했다.

"나이는 33세. 키 164cm. 대원대학교 행정학과 졸업. 태림그룹에 입사하여 3년간 미국 지사에서 근무."

"……?"

담담한 목소리로 그녀의 이력을 읊는 서국을 지유가 의아하게 쳐다봤다.

"그 뒤 한국 본사로 발령. 이사실 직속 비서팀으로 합류."

말을 마친 서국이 걸음을 멈추고 지유에게 시선을 내렸다. 그녀의 얼굴엔 여전히 의문이 맺혀 있었다.

'왜 내 이력을 줄줄 읊으시는 걸까?'

보름달처럼 둥글게 뜬 지유의 눈을 가만히 보며 그가 말했다.

"생각해 보니 당신에 대한 정보는 전부 머릿속에 있었습니다."

그녀의 눈이 더 커졌다.

"그걸 다 외우고 있던 거예요?"

"그저 기억에 남아 있었습니다. 8년간 당신의 행동과 말들도."

조용히 휘어 감는 시선에 지유는 가슴이 뛰기 시작했다.
"그런데, 정지유 당신을 잘 모른다는 생각이 듭니다."
"……."
그녀의 얼굴을 응시하며 서국이 고개를 비스듬히 기울였다. 가까워진 거리에 지유가 숨을 삼켰다.
"당신을 알고 싶은데…… 어떻게 하면 될까?"
"이, 이사님."
수려한 얼굴이 바짝 다가서자 지유는 시선을 어디에 둬야 할지 알 수가 없었다. 그는 뜨거운 눈빛으로 그녀를 응시하며 더 고개를 기울였다.
컹! 컹컹!
"꺄악!"
갑자기 큰 개가 달려오자 지유가 비명을 내질렀다. 그 순간 서국이 그녀의 몸을 끌어당겨 보호하듯 커다란 품으로 감쌌다.
"!"
그의 넓은 가슴에 안기게 된 지유의 눈이 흔들렸다.
아, 안겼어? 이사님께??
상황을 인식하는 데 버퍼링이 걸린 듯 그녀가 굳어 있는데 목줄을 쥔 어떤 남자가 헐레벌떡 뛰어왔다.
"어이구, 똘아! 사람들 놀란다니까! 죄송합니다, 죄송합니다!"
급히 사과를 날린 남자는 근육질 개에 비해서 지나치게 허약해 보이는 몸집이었다.
컹! 컹!

신이 나서 다른 쪽으로 내달리는 개에게 맥없이 끌려가며 남자가 소리쳤다.

“똘아! 그만 집에 가자니까! 어휴! 이놈이 지치지를 않아, 아주.”

헉헉대며 멀어지는 남자에게 두 사람의 시선이 닿아 있었다. 그때 퍼뜩 지유가 자신의 상황을 깨달았다. 탄탄한 가슴에 매미처럼 붙어 있는 저의 모습을.

‘나 좀 봐, 안겨서 뭐 하는 거야?’

지유의 얼굴이 화르륵 붉어졌다.

“아, 죄송해요. 작은 개는 괜찮은데 어릴 때 큰 개에게 놀란 적이 있어서…….”

정신을 차린 지유가 얼른 서국의 품에서 빠져나오려 하는데 허리를 둘렀던 팔의 힘이 더 강해졌다.

‘어?’

지유가 그에게서 벗어나지 못하고 시선을 들자 강렬한 눈빛과 마주쳤다. 순간 심장이 쿵, 크게 울렸다.

“이 입술의 감촉도 알고.”

서국의 타오를 듯한 시선이 입술로 내려오자 지유의 입매에 힘이 들어갔다. 다시 눈으로 훑어 올라온 그의 눈동자가 한층 더 어두워져 있었다.

“감춰진 피부색도 압니다.”

본의 아니게 제 알몸을 보였던 일이 떠오르자 지유의 얼굴이 홍시처럼 붉어졌다.

“무, 무슨 말씀 하시는…….”

창피함에 고개를 숙이는데 그가 그녀의 턱을 지그시 잡아 올려 다시 시선을 휘어 감았다.

"그 사실이 날 상당히 괴롭게 만드는데, 당신은 모르는 것 같아서."

두근, 두근!

지유는 시끄럽게 울리는 제 심장 소리 때문에 머릿속이 어지러웠다. 두 사람의 거리가 점점 더 가까워지고 있었다. 뜨겁게 이글거리는 눈동자가 바로 앞에서 그녀의 시선을 포박했다.

"이사……."

지유가 입술을 열었다. 그때,

컹! 커엉!

흠칫 놀라 쳐다보니 조금 전의 그 개가 다시 두 사람에게 돌진하고 있었다.

"꺅!"

지유가 펄쩍 뛰며 뒤로 물러나자 그 사이로 개가 쌩하니 지나갔다.

"죄송합니다! 죄송합니다! 이 녀석, 똘아!!"

연달아 지나가며 남자가 다급히 사과를 날렸다.

두 사람의 사이를 벌려 놓고 개와 남자가 멀어졌다. 갑자기 멀어진 거리만큼 지유는 마시지도 않은 술이 확 깨는 듯 뺨이 붉어졌다.

"아…… 그……."

지유가 민망한 얼굴로 머리칼을 귀 뒤로 넘겼다. 서국이 성큼 걸어왔다. 동시에 그녀의 허리를 휘어 감아 바짝 끌어당겼다.

“!”

코끝이 닿을 듯 순식간에 얼굴이 다시 가까워졌다. 순식간에 숨결이 느껴질 만큼 거리가 좁혀들자 지유의 눈이 커다랗게 흔들렸다.

“난 이제 당신이 나와의 거리를 벌리는 걸 용납하지 않아.”

서국의 눈이 타오르는 욕망으로 어둡게 일렁였다.

그대로 고개를 옆으로 기울이자 지유가 눈을 질끈 감았다.

‘키……키스하는……!’

바짝 긴장한 채 지유가 그대로 굳어 있는데 정적이 흘렀다.

“…….”

어? 뭐지?

지유가 슬쩍 실눈을 뜨자 가느다란 시야로 자신을 보고 있는 서국의 얼굴이 보였다. 여전히 뜨거운 열기가 맺힌 깊은 눈과 마주친 순간, 지유가 숨을 들이켰다. 서국이 그녀를 놔주며 말했다.

“앞으로는 지유 씨가 벌린 거리만큼 따라잡을 겁니다.”

“…….”

아무 말 못 하고 보고 있는 지유에게 서국이 매혹적인 미소를 지었다.

“기억해 둬요.”

◆ ◇ ◆

다음 날, 지유는 살짝 멍한 얼굴로 출근했다.

'요즘 이사님 때문에 정신 차리기가 너무 힘드네.'

또 잠을 설친 탓인지 더 정신이 몽롱한 것 같았다. 하지만 어제 그런 일이 있었는데 어떻게 제정신을 유지할 수 있을까.

'어떤 여자라도 그건 불가능하지, 암.'

이서국이 그런 얼굴로 보면서 그런 말을 하는데 세상 어떤 여자가 평정을 유지할 수 있겠냐고.

지유가 그런 생각을 하며 엘리베이터에서 내리는데 비서실 앞에서 정훈과 마주쳤다.

"안녕하세요. 상무님."

인사하던 지유가 정훈의 팔을 쳐다봤다.

"아, 깁스는 이제 푸셨네요?"

한동안 그의 팔에 있던 깁스가 사라진 것을 보고 지유가 말하자 정훈이 들고 있던 것을 건넸다.

"지유 씨. 이거."

정훈이 그녀에게 쇼핑백을 건넸다.

"이게 뭔가요?"

받아 든 쇼핑백을 쳐다보며 지유가 물었다. 마주 본 정훈이 싱긋 웃었다.

"빈혈에 좋다는 약이야. 어제 보고 좀 걱정돼서 정 실장 주려고 샀어."

지유가 생각 못 한 얼굴로 놀란 표정을 지었다.

"정말요? 괜찮은데……."

"부담 갖지 말고 설명서대로 잘 챙겨 먹도록 해. 나한텐 정 실장이 정말 소중한 사람이니까 건강 관리 잘 하고."

"감사합니다. 상무님."

어제 비틀거린 이유가 이서국 때문이라는 말을 차마 하지 못한 지유가 단정히 고개를 숙였다.

'챙겨 주신 만큼 더 정신 똑바로 차리고 일해야겠어.'

지유가 멍한 기운이 남아 있던 얼굴을 푸르르 흔들고는 비서실로 들어갔다.

◆ ◇ ◆

그 뒤로 서국과 더 마주치는 일 없이 하와이로 떠나는 날이 되었다. 전날 내내 캐리어를 쌌다 풀었다 하며 마음을 진정시키지 못한 지유는 정작 공항에 서국이 나타나지 않은 걸 보고 두리번거렸다.

"이사님은요? 안 보이시는데."

지유의 질문에 하와이안 스타일로 한껏 꾸민 은주가 대답했다.

"이사님은 아직 처리하실 게 남아서 이따 저녁 비행기로 오신대요."

"……아, 그래요?"

대답하는 지유의 미소에 슬쩍 기운이 빠졌다.

'괜한 걱정을 했네.'

안도하는 마음과 동시에 서운함도 함께 느끼는데 캐주얼한 차림의 정훈이 말했다.

"그럼 올 사람은 다 온 것 같은데 출국심사 받으러 갑시다."

"네."

정훈이 앞장서자 상무실과 이사실의 비서들이 기대에 부푼 얼굴로 뒤따랐다. 지유는 살짝 김빠진 얼굴로 뒤를 힐금 돌아보다가 놓칠세라 일행들을 얼른 따라갔다.

하와이에 도착한 뒤 시차 적응으로 인해 첫날은 각자의 숙소에서 쉬기로 했다. 몇 가지 단체 일정 말고는 대부분의 시간은 개인적으로 보내도 된다고 공지한 터라 부담이 덜했다. 다음 날 늦은 오전 즈음에 호텔 앞 해변으로 비서들이 삼삼오오 모여들었다.

"모든 비용은 회사에서 지불한다니, 이거 진짜 꿀맛 휴가네요."

"이사실은 전체 비용을 다 이사님이 지불하신다는 게 사실이에요?"

상무실의 수지가 슬쩍 묻는 말에 선희가 자랑스러움을 숨기지 않는 얼굴로 대답했다.

"당연하죠."

"우와! 이런 면에선 참 배포가 크시다니까요. 형제라 그런가?"

"상무님도 그러세요?"

"네. 저희 개인 비용은 다 추가로 상무님이 지불하신다고 하셨어요."

생글거리는 수지를 이사실 비서들이 동시에 쳐다봤다. 안경을 추켜 올린 선희가 싱긋 웃으며 말했다.

"그래도 저희 이사님만 할까요? 아까 봤죠? 비즈니스석. 상무실 항공권은 다 회사에서 나온 건데 저희는 다 이사님 개인 지갑에서 나온 거거든요."

순간 상무실팀과 이사실팀 사이에 묘한 기운이 흘렀다. 그때 지유가 귀여운 돌고래 튜브를 들고 총총거리며 등장했다.

"다들 일찍 왔네요?"

여기 오기 전에 수영복을 단체로 구매했는데 하와이엔 비키니라고 은주가 과감하게 지르는 바람에 다들 비키니를 샀다. 하지만 비키니만 입고 있는 건 은주밖에 없었고 나머지는 비키니 위에 티셔츠라든가 래시가드를 따로 걸치고 있었다.

지유 역시 커다란 박스티를 입고 팔과 다리만 내놓은 채였다. 화장기 없는 얼굴로 머리까지 똥머리로 틀어 올리자 동안 얼굴이 역력하게 드러났다. 비서들이 지유를 위아래로 훑어봤다.

"실장님 이렇게 보니 굉장히 어려 보이시네요?"

"꼭 고딩 같아요. 중딩이라고 해도 믿을 것 같은데."

"그보다, 남식 씨는요?"

민망한 말들이 나오자 지유가 잽싸게 말을 돌렸다.

"오자마자 배탈 나서 화장실에 있대요. 하와이 물속을 오염시킬 순 없다며 오늘은 수영 쉰다더라구요."

"저런. 괜찮을까요?"

지유가 걱정스러운 표정을 짓자 은주가 한쪽 입술을 비죽이며 웃었다.

"공짜 여행이라고 기내에서부터 얼마나 먹어 대던지, 아플 줄 알았어요. 자업자득이니 놔둬도 돼요."

"아아……."

"우리끼리라도 재밌게 놀아야죠. 자, 이제 바다로 가죠!"

스노클링 장비를 갖춘 은주가 앞장서서 푸른 빛깔 물로 들어가려는데 영혜와 수지가 갑자기 술렁거렸다.

"자, 잠깐만요! 저 사람 이사님 아니에요?"

수지의 다급한 목소리와 함께 다들 고개를 돌렸다. 멀리서 서핑 보드를 든 조각남이 해변으로 걸어오고 있었다. 선글라스를 끼고 블랙 보드쇼츠를 입은 동양 남성은 이 해변의 그 누구보다 눈에 띄는 넓은 어깨와 완벽한 복근을 지니고 있었다.

주변의 여자들이 모두 그를 주시하고 있는 것과 마찬가지로 비서팀 직원들도 다들 홀린 듯이 서국을 쳐다봤다.

"와…… 저 몸 진짜……."

꿀꺽 침을 삼키며 감탄 어린 말을 꺼낸 건 뜻밖에도 평소 보수성과 참한 성정을 지닌 영혜였다.

"저대로 화보 찍어서 회사 광고로 내보내도 되겠는데요……?"

"국보급이다, 국보급이야."

혀를 내두르며 칭찬하던 효린이 지유를 바라봤다. 지유 역시 다른 사람들의 시선을 의식하지 못할 정도로 넋을 잃고 서국을 쳐다보고 있었다.

"이사님 몸 저렇게 좋은 거 실장님은 알고 계셨어요?"

"아뇨. 저도 몰랐……."

순간 머릿속으로 태풍 치던 날 부산에서의 그 젖은 셔츠 위로 보인 탄력 넘치는 등 근육과 바스가운 안으로 슬쩍 드러났던 단단한 가슴근육이 떠올라서 지유는 말을 흐렸다.

"아니 일이 그렇게 많으신데 운동은 대체 언제 하신대요?"

"그쵸? 저건 그냥 타고나기만 한 몸이 아니죠?"

"저 정도 되려면 진짜 매일같이 꾸준히 헬스장 가서 펌핑시키고 그래야 될 텐데."

침이 마르도록 칭찬하면서도 서핑 준비를 하는 서국에게 시선을 떼지 않는 비서들 사이에서 지유도 놀란 표정을 지었다.

'이사님 운동 루틴은 알고 있었지만 저 정도일 줄이야.'

그때 서국이 이쪽으로 시선을 향했다. 그의 시선에 훔쳐보던 여자들이 흠칫거렸다.

"저, 저희는 그럼 스노클링 존에 갔다 올게요!"

"네. 다녀와요."

황급히 스노클링 장비를 착용하며 비서들이 멀어지는데 선희가 물었다.

"실장님은 스노클링 안 하세요?"

지유가 작게 웃었다.

"전 물이 무서워서 수영을 못해요. 나는 신경 쓰지 말고 재밌게 보고 와요."

생명줄처럼 튜브를 꼭 잡고 있는 지유를 본 선희가 납득한 듯 고개를 끄덕였다.

"그럼 다녀올게요."

"네."

혼자 남은 지유는 튜브를 끼고 몸을 동동 띄운 채 주변을 슬쩍 두리번거렸다.

'이사님이 어디로 가셨지?'

하와이 와서 서국을 처음 보는 거기도 하지만 그날 밤 공원 산책 이후로도 처음이었다. 오랜만에 만난 데다 그의 놀라운 피지컬을 처음 봤기 때문인지 살짝 붉어진 얼굴로 주변을 살피는데 그가 보이지 않았다.

'서핑 하는 사람들 사이에 있나?'

저쪽에서 서핑 하는 남자들을 지유가 유심히 보고 있는데 갑자기 뒤에서 목소리가 들렸다.

"수영 못합니까?"

이 목소리는!

서국의 중저음 목소리를 단번에 알아챈 지유가 퍼뜩 놀라 고개를 돌렸다.

"아, 이사님?"

선글라스를 벗은 서국이 물에 젖은 머리칼을 관능적으로 쓸어 넘기며 그녀를 쳐다보고 있었다. 멍하니 그 모습을 보던 지유는 그의 질문을 퍼뜩 떠올렸다.

"네. 수영은 못해요."

대답한 지유가 시선을 떨어뜨렸다. 물 안에 들어와 있어도 그리 깊은 곳은 아니라서 서국의 남성적인 상체 근육이 적나라하게 드러났다. 그래서 시선을 둘 곳이 마땅치 않았다.

"그런데 상무님은요? 아직 안 나오셨는데."

뭔가 말을 해야 될 거 같아서 지유가 그를 보지 않은 채 물었다.

"내가 눈앞에 있는데 이정훈 생각이 납니까?"

불쾌감이 어린 목소리에 지유가 고개를 들었다. 서국의 표정이 서늘하게 가라앉아 있었다.

"전 단지 상무님이 안 보이셔서……."

아니 내가 왜 움츠러드는 거람?

또 뱀 앞의 햄스터처럼 움츠러들던 어깨를 슬쩍 펴며 지유가 물었다.

"그런데 서핑 하러 나오신 거 아니에요? 아까 보드 들고 계신 것 같던데."

그녀의 말에 서국이 눈을 가늘였다.

"날 봤습니까?"

"아, 네. 좀 전에 비서들과 있을 때 해변 들어오시는 거 봤어요."

대화를 하면서도 서국의 차가운 시선이 거둬지지 않자 지유는 긴장이 됐다.

'아니 델 것처럼 뜨거운 눈으로 볼 땐 언제고 무슨 이중인격처럼 이래?'

아무리 포상휴가라지만 상무실 비서실장으로서 당연한 질문을 한 건데 이런 날카로운 눈빛을 받아야 하는 것에 지유는 내심 억울한 마음이 들었다.

"봤는데 왜 모른 척합니까?"

"네?"

지유가 영문 모를 표정으로 되물었다. 서국이 그녀에게 직선으로 시선을 박으며 말했다.

"난 당신만 보고 있었는데, 당신은 날 보고 있지 않던데."

아…….

자신만 보고 있었단 말에 지유의 뺨이 붉어졌다. 똑바로 보며 저런 말을 하면, 정말 어쩔 줄 모르겠잖아.

"그건…… 그러니까 조금 민망해서……."

"뭐 좋습니다."

지유가 둘러대는 말을 자른 서국이 그녀를 내려다봤다.

"우선 수영 가르쳐 줄게요."

"수영요?"

"네."

지유의 눈이 커졌다. 서국은 속을 알 수 없는 얼굴로 대답했다.

"전 이거 있어서 괜찮아요."

지유가 자신의 돌고래 튜브를 당당히 들어 보이자 서국의 미간이 좁혀 들었다.

"튜브가 있어도 바다는 위험합니다. 하루 만에 수영을 마스터할 수는 없어도 뜨는 것까진 배울 수 있어요. 이쪽으로 와요."

서국이 지유의 튜브를 잡고 물이 더 깊은 곳으로 걸어갔다. 꿈틀거리는 그의 등 근육과 팔근육을 지유가 당혹스러운 표정으로 쳐다봤다.

'그 몸이 더 위험한 거 아니냐고요?'

게다가 수영을 배우면 피치 못하게 몸이 닿게 될 텐데, 저 단단한 몸에 닿으면 기분은 좋겠……지만이 아니라, 정신 차리자. 정지유!

"이쯤에서 시작하죠."

지유가 내적갈등에 빠져 있는 사이 수심이 좀 더 깊은 곳으로 이동한 서국이 멈춰 섰다. 그가 그녀 쪽으로 몸을 돌리고 말했다.

"우선 튜브를 빼요."

"네."

지유는 비장한 얼굴로 생명줄처럼 부여잡고 있던 튜브를 뺐다. 허리 정도에서 수면이 찰랑이는 곳이라 발은 바닥에 닿았지만 바닷물은 좀 무서웠다. 지유가 살짝 굳은 얼굴로 튜브를 손에서 놓자 서국이 흘러가지 않도록 한 손으로 잡았다.

"그리고……."

설명하려던 서국이 말을 멈추고 잠시 지유를 바라봤다.

'응?'

긴장 상태로 있던 지유는 갑자기 심각한 표정으로 그가 자신을 보고 있자 덩달아 미간을 좁혔다. 어딘가 불만이 있는 사람처럼 그녀를 보던 서국이 고개를 숙이며 말했다.

"……여기서 힘을 빼고 뒤로 누워 봐요. 전신에 힘을 빼는 게 중요합니다. 숨을 크게 들이켜고 가슴에 산소를 저장한다는 생각으로."

순간 지유가 뜨악한 표정을 지었다.

"네? 뒤로 누우라고요?"

"내가 받쳐 줄 테니까 겁먹지 말고 해 봐요."

"머, 머리가 잠기지 않을까요?"

불신의 눈으로 쳐다보는 지유를 가만히 보고 있던 서국이 잡고 있던 튜브를 그녀에게 건넸다.

"어떤 건지 보여 주죠."

짧게 말한 그가 곧바로 뒤로 몸을 던졌다.

첨벙!

고개를 뒤로 한껏 젖힌 그의 남성적인 목울대와 커다란 가슴이 수면 위로 떠올랐다. 물에 젖은 탄탄한 남자의 몸에 햇빛이 쏟아져 번들거리는 광경이 침이 삼켜질 만큼 섹시했다. 손발을 천천히 움직여 조금 앞으로 나아가던 그가 몸을 세웠다.

촤악-

서국이 젖은 머리칼을 커다란 손으로 쓸어 넘기며 지유를 바라봤다.

"힘을 빼면 이렇게 머리가 떠오르고, 힘을 주면 가라앉습니다. 무슨 말인지 알겠어요?"

"아아, 네……."

그의 젖은 머리칼이 관능적으로 이마 위로 흐트러져 내려오는 것을 저도 모르게 홀린 듯 보던 지유가 붉어진 얼굴로 고개를 끄덕였다.

"처음부터 쉽게 되진 않아도 시도하다 보면 어떤 느낌인지 알게 될 겁니다. 해 봐요."

"네. 해 볼게요."

에라, 모르겠다!

무섭지만 눈을 질끈 감은 지유가 방금 전 서국이 했던 것처럼 몸을 뒤로 눕혔다. 하지만 곧바로 물을 먹고는 다급히 몸을 일으켰다.

콜록, 콜록!

"그렇게 하면 온몸에 힘이 들어가서 당황하게 됩니다. 괜찮습니까?"

"아…… 괜찮……아요."

지유는 갑자기 물을 먹어서 눈물이 핑 돌았지만 걱정스럽게 저를 응시하는 시선에 겨우 대답했다. 게다가 남성적인 팔이 자신의 몸을 감싸고 있어 기분이 이상했다.

"다, 다시 해 볼게요."

재빨리 말한 지유가 숨을 크게 들이켜고 다시 뒤로 누웠다. 이번엔 진짜 긴장하지 말고 힘을 빼려고 노력해서 그런지 몸이 좀 떠오르는 느낌이었다.

'어? 된다?'

신기한 기분에 감고 있던 눈을 반짝 뜨자 눈앞에 물이 들이쳤다.

좌악!

공포를 느낀 지유가 다시 벌떡 일어났다.

"방금보다 잘했어요. 눈이 잠기고 코와 입만 떠오른 상태가 맞는 겁니다. 겁먹지 말고 다시 해 봐요."

"네. 이사님."

"숨 크게 들이켜고."

용기를 얻은 지유가 다시 시도했다. 몸이 떠오르는 느낌과 함께 등에 서국의 손이 닿는 것이 느껴졌다.

"잘하고 있어요. 짧게 숨을 뱉어요."

서국의 낮은 목소리가 들려왔다. 그의 설명에 따라 손과 발을 물속에서 천천히 움직여 보니 몸이 점점 앞으로 가는 것이 느껴졌다.

"가슴에 숨을 계속 채워요."

물 안에 귀가 잠기자 가까이 있는 서국 목소리만 들리고 주변 소리가 멀어졌다. 그래서 세상에 그와 자신, 오로지 둘만 있는 듯한 착각이 들었다.

"하아!"

지유가 물 안에서 빠져나왔다. 숨을 몰아쉬며 보니 서국이 근사한 미소를 짓고 있었다.

"잘하는데요. 아까 거리에서 꽤 멀리 왔습니다."

"아…… 그, 그래요? 다행이다."

가뜩이나 숨이 딸리는데 그의 아찔한 미소에 지유는 호흡 곤란이 올 지경이었다.

"좀 알 것 같아요. 감사합니다."

고개를 기울여 인사한 지유가 다시 서국을 올려다봤다.

"……."

그가 말없이 자신을 응시하고 있었다.

'왜 그러시지?'

지유가 젖은 머리칼을 정리하며 자신에게 박힌 서국의 눈을 마주 봤다.

그가 굳은 얼굴로 낮게 말했다.

"……역시 안 되겠군요."

"네?"

위압적으로 흘러나오는 목소리에 지유가 되물었다.

"따라와요."

서국이 그녀의 팔을 잡고 해변으로 이끌었다. 지유가 영문 모를 표정으로 서국을 따랐다. 해변에 도착하자 그의 보드와 선글라스가 놓인 파라솔에서 서국이 커다란 비치 타월을 집어 들었다.

사락. 지유의 어깨 위에 덮어 주며 그가 똑바로 시선을 맞췄다.

"티셔츠는 좀 더 진한 색으로 입는 게 좋겠습니다."

"티셔츠요?"

지유가 고개를 숙여 제가 입고 있는 티셔츠를 바라봤다. 짙은 다홍색이라 속이 비치진 않지만 젖어서 비키니 수영복의 윤곽이 드러나 있었다. 잠시 제 옷을 보던 지유가 해변 쪽으로 고개를 돌렸다.

"저 사람들은 다 비키니만 입고 다니는데요? 이 정도는 괜찮을 것 같은데."

지유가 손바닥만 한 비키니를 입은 채 헐벗듯 해변을 활보하고 있는 서양 여성들을 가리켰다. 서국의 미간이 바짝 좁혀 들었다.

"내가 괜찮지 않습니다."

"이사님이요?"

놀라 둥그레진 지유의 눈을 강한 시선으로 휘어 감으며 서국이 말했다.

"당신 몸에 다른 남자 시선 닿는 게 싫다고."

"……!"

저에게 박혀 드는 강렬한 시선에 지유의 얼굴이 화끈 달아올랐다.

'나, 나보다 자기 몸에 닿는 시선이 훨씬 많은데…….'

저렇게 완벽한 조각 몸매를 하고 있으니 여기 있는 모든 여자들의 시선이 인종 불문하고 서국에게 쏟아지고 있었다. 같이 있는 지유까지 그 시선에 뒤통수가 따끔따끔할 정도니까.

그런데도 저에게 저런 말을 하는 서국은 저 시선들은 전혀 모르는 듯 자신만 쳐다보고 있었다. 마치 그녀만 신경 쓰인다는 듯.

"이거 걸치고 들어가서 다른 걸로 갈아입고 나와요. 진한 색으로. 부탁합니다."

"……."

지유가 시선을 내려뜨리고 망설이는 표정을 짓자 서국의 짙은 눈썹이 찌푸려졌다.

"내가 돌 것 같아서 그래."

탁하게 잠긴 목소리에 지유가 입술을 달싹였다.

"……그럴게요."

지유는 더는 항변할 수 없어 비치 타월을 몸에 두른 채 돌아섰다. 호텔 객실로 들어온 지유는 거울 앞에 섰다.

"이게 그렇게 야해 보이나?"

젖어서 좀 그래 보이기도 하나……?

거울 속으로 요리조리 쳐다보던 지유가 눈썹을 모았다.

"아무리 그래도 사람을 그렇게 이글이글한 눈으로 보면 어떡하라고."

그렇게 소유욕 어린 얼굴로.

"아아!"

지유가 얼굴을 찌푸리며 아직도 뜨끈뜨끈한 제 얼굴을 두 손으로 가렸다.

"어떻게 이 자리에 있으란 거야. 벌써 넘어갔는데, 난."

그 몸과 목소리, 눈빛을 떠올리면 저절로 몸이 뜨거워졌다. 난감한 얼굴로 지그시 입술을 깨문 지유가 캐리어를 둔 방으로 향했다.

잠시 뒤, 옷을 갈아입은 지유가 엘리베이터를 타고 1층으로 내려갔다.

'검은색 티셔츠를 챙겨 와서 다행이네.'

그렇게 생각하며 내리는데 로비에 서 있는 서국이 보였다.

'이사님?'

그는 해변의 차림과 달리 가벼운 소재의 윈드 브레이커를 걸치고 있었다. 하지만 탄력적인 가슴 근육과 복근은 여전히 드러낸 채였다. 서국은 그녀를 기다리고 있던 듯 지유를 보고 똑바로 걸어왔다. 그 모습에 지유는 심장이 콩콩 뛰었다.

"지……."

"서국아."

다가온 그가 지유를 부르는 소리보다 누군가가 그를 부르는 소리가 먼저 들렸다. 지유가 목소리가 들린 쪽으로 고개를 돌렸다. 세련된 정장을 입은 낯익은 여자가 서 있었다. 전에 파티에서 봤던 여자였다.

'박태희 씨?'

갑자기 나타난 태희를 지유가 의아한 시선으로 바라봤다. 친근하게 서국을 부르며 다가오던 태희 역시 그 앞에 서 있는 지유를 의아하게 쳐다봤다. 짧게 시선을 두고 있던 태희가 눈을 살짝 가늘이며 물었다.

"지금 상무실에 있다고 하지 않았어요? 두 사람이 하와이로 같이 출장 올 일이……."

"포상 휴가야. 상무실도 같이."

서국이 대답하자 태희의 눈이 그에게 향했다.

"그랬구나. 난 출장인데, 부럽다."

아, 그래서 여기서 마주친 거구나.

나긋하게 웃는 태희를 보며 지유는 이곳이 호영그룹의 체인 호텔이란 사실을 떠올렸다.

"서국이 너한테 마침 할 말이 있었는데."

태희가 지유를 다시 힐금 쳐다봤다.

"미안한데 업무적인 얘기라, 자리 좀 비켜 주겠어요?"

"알겠습니다."

지유가 곧바로 자리를 피해 주려는데 서국이 그녀의 팔을 잡았다.

"……?"

급작스러운 그의 행동에 지유와 태희의 시선이 동시에 지유를 잡고 있는 서국의 손으로 향했다. 잠시 내려다본 그가 지유에게 말했다.

"그럴 거 없습니다. 곧 이사실로 복귀할 거니 업무적인 거라면 정 실장도 같이 들어요."

“…….”

태희가 잠시 서국과 지유를 번갈아 보다가 생긋 미소 지었다.

“그럼 저쪽에 앉아서 얘기할까?”

로비에 비치된 테이블로 태희가 먼저 걸어갔다. 지유가 잡힌 팔을 슬쩍 빼내려 했다. 그런데 팔을 잡는 그의 힘이 더 강해졌다.

‘어?’

지유가 놀란 눈으로 쳐다보는데 서국이 그녀를 짙은 눈빛으로 응시했다. 해변에서처럼 강렬하게 와 박히는 시선에 순간 지유가 숨을 들이켰다. 서국이 곧 잡고 있던 팔을 놔줬다.

“가죠.”

“아, 네. 이사님.”

그가 팔을 놔주고 몸을 돌렸다. 지유도 잠시 놀란 마음을 진정시키며 그를 따라 걸어갔다. 테이블에 세 사람이 마주 앉자 태희가 말을 시작했다.

“이번에 호텔 새 브랜드 런칭을 맡게 됐어. VVIP 고객을 상대로 하는, 최고급 호텔을 구상 중이야.”

태희의 입술 위로 아름다운 미소가 걸렸다.

“언론의 주목도도 꽤 높아.”

“들었어.”

서국이 무감하게 말하는 모습을 옆에 앉은 지유가 힐끔 쳐다봤다.

‘이게 이서국의 평소의 모습……이지.’

자신도 익히 알고 있는 무심함 그 자체랄까. 조금 전 저에게 보였던 표정이나 눈빛과는 전혀 다르다는 게 새삼 실감이 났다.

"이 브랜드 사업을 태림건설과 조인해 볼 생각이야. 이미 회장님께는 보고드렸어."

그 말에 서국의 한쪽 눈썹이 치켜 올라갔다.

"나에게 먼저 말하는 게 순서 아닌가."

"얼마 전에 회장님과 같이 식사할 일이 있었는데 마음이 급해서 먼저 말씀드리게 됐어. 기분 나빴다면 미안해."

태희가 밉지 않은 미소를 지으며 사과하는 모습을 보고 지유는 알았다. 그녀가 처세술에 꽤나 능한 사람이라는 걸. 보좌 일을 하면서 길러진 능력이 있다면, 표정이나 말투, 대처 방식을 보고 상대를 어느 정도 파악하게 되었다는 것이다.

"사과할 문제는 아니야."

서국은 다시 건조한 표정으로 돌아와 있었다.

태희는 그 얼굴을 앞에 두고도 익숙한 듯 애교 있게 웃어 보였다.

"회장님께 네가 만든 SU 브랜드와 잘 맞을 것 같다고 같이 해 보고 싶다고 말씀드리니까 흔쾌히 승낙하시던데."

SU는 서국이 몇 년 전 만든 건설 브랜드 이름이었다. 아파트와 주상복합, 그리고 백화점과 태림타워까지 감각적인 디자인과 품격 있는 이미지로 연달아 성공시키며 업계 선호도 1위를 달리는 중이었다.

"실은……."

말을 꺼낸 태희가 지유를 짧게 쳐다봤다가 다시 서국에게 시선을 돌렸다.

"회장님께선 이 사업, 정훈 오빠와 하길 원하셨어. 요즘 정훈 오빠 들어간 뒤로 될 만한 사업은 다 그쪽에 밀어주는 분위기던데?"

속삭이듯 말한 태희가 지유에게 웃어 보였다.

"미안해요. 이런 얘기로 불편해질까 봐 그런 건데."

"괜찮습니다."

지유가 사무적인 미소로 태희의 미소를 맞받았다. 전혀 표정에 변화가 없는 지유를 보자 태희의 눈이 드러나지 않게 차가워졌다.

"하긴 공사 구분 못 하는 사람이면 이서국이 여기 앉혀 두지 않겠죠."

묘한 뉘앙스가 담긴 말을 남긴 태희가 서국을 바라봤다.

"어쨌든 SU는 네 실적이고 너와 함께하고 싶다고 회장님께 말씀드렸어."

"이정훈과 해도 돼."

"응?"

태희가 눈을 깜빡이자 서국이 드라이하게 말했다.

"SU로 이정훈과 함께해도 상관없다고. 무리해서 나와 함께할 필요는 없어."

높낮이 없는 말투와 표정을 보면 정말 그는 그래도 상관없다는 듯이 보였다.

"……넌 여전히 욕심이 없구나."

태희가 살짝 허탈한 미소를 짓고는 말을 이었다.

"아깝지 않니? 공들여 쌓은 사업 형에게 빼앗겨도?"

"내 프로젝트의 성공을 개인의 실적으로 생각하지 않아. 회사의 이익을 보고 일할 뿐이니."

태희는 답답한 표정이었지만 지유는 서국의 말을 이해했다.

'원래 그런 사람이긴 하지.'

이서국은 출세욕이 거의 없는 사람이었다. 엄청난 워커홀릭이면서도 그 성과를 차지하기 위해 애쓰는 모습을 한 번도 보지 못했다. 다만 회사의 이익 창출을 위해서 모든 노력을 쏟아붓는 성향이었다.

저렇게 열심히 하고 큰 성공을 이루면서도 그 열매에 전혀 욕심이 없다는 건 지유도 종종 이상함을 느꼈던 부분이긴 했다.

"다만."

서국의 말에 생각에 잠겼던 지유가 다시 그에게 시선을 향했다. 그러자 그와 눈이 마주쳤다. 지유와 시선을 맞춘 채 서국이 말했다.

"단 하나는 빼앗길 생각 없지만. 그게 이정훈이든, 다른 그 누구든."

아…….

뜨거운 눈동자에 지유의 입술이 저도 모르게 벌어졌다.

"……."

그런 두 사람을 보는 태희의 하얀 이마에 균열이 일었다. 태희가 몸을 일으키며 말했다.

"어쨌든 난 이서국 너와 하고 싶어. 조만간 말씀 있으실 거니 너도 미리 알아 둬."

빠르게 말한 태희가 우아한 미소를 지었다.

“그럼 난 일정이 있어서 먼저 갈게.”

미소를 머금은 태희가 지유를 힐긋 쳐다봤다.

“또 봐요.”

“안녕히 가세요.”

지유의 인사를 뒤로한 태희가 비서가 있는 곳으로 향했다.

그때 그녀의 앞에 누군가 멈춰 섰다.

“여긴 어떻게…….”

정훈이 놀란 얼굴로 서 있었다. 그를 본 태희는 태연하게 웃으며 말했다.

“여기가 누구 호텔인지 잊은 거야?”

“아…… 그랬군.”

정훈은 그제야 알았다는 듯 손바닥으로 얼굴을 쓸었다.

“출장 왔는데 아는 얼굴들이 보이니 반갑네. 그럼 또 봐.”

“…….”

태희가 멀어지자 정훈이 심각한 표정으로 그녀의 뒷모습을 보고 있었다.

“상무님. 지금 나오셨어요?”

지유의 목소리에 정훈이 그제야 정신을 차리고 시선을 돌렸다.

“아, 정 실장.”

흔들리던 정훈의 시선이 난처함을 숨기듯 어색한 웃음을 지었다.

“시차 적응이 너무 안 돼서 지금까지 자고 있었지 뭐야? 하하.”

정훈이 머리를 긁적이는데 서국이 지유의 옆으로 와서 섰다. 정훈이 멈칫거렸다가 서국에게 말했다.

"너도 있었어? 방금 태희와 같이 있던 거야?"

"로비에서 마주쳤어."

담담한 목소리에 정훈이 고개를 끄덕였다.

"그랬구나. 아는 얼굴들을 봤다더니……. 넌 서핑은 좀 했어?"

"아직."

"그럼 같이 나가자. 정 실장도 해변 나갈 거지?"

"네."

지유가 대답하자 정훈이 앞장섰다.

"그럼 다 같이 갑시다."

앞서 걸어가는 정훈과 서국을 지유가 뒤따랐다.

"정말 멋졌다니까요? 이사님 혼자 있을 때도 시선을 막 끌었는데 상무님도 나오셔서 같이 파도 타는 모습이 와……."

"그렇게 멋졌어요?"

배탈로 하루 종일 객실에 갇혀 있다가 저녁에서야 비서들의 술자리에 합류한 남식이 물었다.

"그럼요! 우월한 피지컬이 둘씩이나 눈 호강 시켜 주며 파도를 가르는데 난리도 아니었어요!"

가장 흥분한 사람은 상무실의 수지였다. 얼굴을 붉게 물들이고 찬사를 늘어놓는 그녀는 당장 사내 팬클럽이라도 결성할 기세였다.

"특히 이사님 바디는 너무 퍼펙트하죠?"

"그런 몸이 소위 말하는 안기고 싶은 몸 아닌가요? 어깨 넓고 근육 쫀쫀하고 막."

"서핑 실력도 장난 아니더라. 프로급이었어."

"말해 뭐 해요?"

영혜가 고개를 절레절레 저으며 말하자 효린이 단호하게 맥주잔을 부딪쳤다.

"난 그때 안 나가길 잘했네요. 그 두 사람 가운데서 쭈그러질 뻔했네."

남식이 한숨을 내쉬었다.

"타고난 게 다른걸요. 자, 이거나 먹어요."

옆에 있던 은주가 그의 앞접시 위에 오징어를 한 조각 놔 주며 위로의 표정을 지었다.

"고오맙네요."

남식이 불퉁한 얼굴로 오징어를 씹는 동안 지유는 조용히 생각에 잠겨 있었다.

"……."

말없이 맥주만 마시고 있는 지유에게 옆자리의 효린이 슬쩍 물었다.

"실장님. 오늘 하루 종일 혼자 노셔서 재미없었죠? 저희가 스노클링에 너무 빠져 있는 바람에……."

"네? 아, 전혀 아닌데. 나 혼자서도 재밌게 잘 놀았어요."

그녀의 어두운 표정을 오해한 효린의 말에 지유가 얼른 해명했다.

"그러고 보니 실장님 생각을 못 했네."

"그러니까요. 실장님은 수영도 못하시는데…… 죄송해요. 예쁜 물고기가 너무 많아서 구경하느라요."

의기소침해지는 비서들을 본 지유가 빠르게 손을 내저었다.

"난 정말 재밌었다니까요? 덕분에……."

"덕분에요?"

"아."

지유의 머릿속에 아까 바다에서 서국에게 개인 교습을 받으며 비서들이 말한 그 탄탄한 가슴팍에 안기다시피 했던 일이 떠올랐다.

"……아주, 알찬 휴식 시간을 보냈어요."

지유가 생긋 웃으며 급히 잔을 들어 올렸다.

"자! 남은 휴가 기간 동안 하와이에서 재밌게 놀고 쉬어 봅시다!"

"나도 내일부터는 진짜 열심히 놀 겁니다!"

챙! 채앵!

남식의 호응에 힘입어 잔들이 거세게 부딪쳤다. 그제야 지유는 난감한 주제에서 겨우 벗어날 수 있었다.

몇 시간 후. 시푸드 레스토랑에서 휴가 첫날의 성대한 만찬을 마친 그들은 기분 좋게 호텔로 향했다. 일행들의 끝에서 영혜와 함께 입구로 향하던 지유의 어깨를 누군가가 톡톡 두드렸다.

"어? 상무님."

돌아본 지유의 눈앞에는 정훈이 서 있었다. 그가 영혜에게 싱긋 웃으며 양해를 구했다.

"정 실장이랑 얘기할 게 좀 있어서. 식사 끝났으면 잠시 내가 빌려 가도 될까요?"

"저희도 객실로 돌아가는 길이라서요. 대화 나누세요."

영혜가 고개를 숙이고는 자리를 피해 주려는 듯 로비 입구로 향했다. 그 모습을 보던 지유가 정훈에게 시선을 옮겼다.

"무슨 말씀이신데요?"

휴가지에서 얘기할 정도면 업무적으로 무슨 커다란 문제가 생겼나 싶어 지유가 진지한 표정을 지었다. 정훈이 그답지 않게 머뭇거렸다.

"음, 그게…… 여기 서서 말하긴 그렇고. 저쪽 벤치에 잠깐 앉을까?"

호텔 외부에 조경 공간으로 만들어 놓은 곳에 벤치가 있었다. 정훈이 그곳을 가리키자 지유가 고개를 끄덕였다.

"네. 그래요."

분위기 있고 소담한 정원엔 작은 조명이 켜 있었다. 두 사람은 기다란 벤치에 조금 간격을 두고 앉았다.

"내가 정 실장을 부른 건…… 으음."

정훈은 평소와 다르게 신중하게 말을 고르는 듯 보였다. 고민스러운 얼굴로 손깍지를 꼈다가 가볍게 펴 보인 그가 가볍게 한숨을 내쉬었다.

"좀 답답해서."

"어떤 문제로요?"

지유는 머릿속으로 최근 상무실에서 진행하는 일들을 떠올리며 물었다. 정훈이 생각에 잠긴 얼굴로 말했다.

"실은…… 내가 미국에 있을 때."

미국? 일 관련이 아닌가?

지유가 살짝 고개를 기울이는데 그가 바닥을 보며 힘없이 웃어 보였다.

"그때 만나던 여자가 태희였어."

"아, 태희라면…… 아까 로비에서 마주쳤던 박태희 씨요?"

"그래."

가벼운 연애를 즐기던 정훈이 어느 날부턴가 한 여자한테 정착한 건 지유도 알고 있었다. 지유가 한국 본사로 넘어올 무렵이 정훈의 연애가 1년이 훌쩍 넘은 상태였으니 아마 그 뒤에도 만남이 지속되었을 거였다.

그 사람이 박태희 씨였구나.

"상무님의 사적인 부분이라 전혀 몰랐어요."

"그랬지. 정 실장은 내 개인적 영역엔 전혀 참견하지 않았으니."

정훈이 흐린 미소를 지었다. 지유는 듣고 보니 전에 기념식에서 서국과 함께 있는 태희를 처음 봤을 때 정훈의 태도가 이상했던 게 기억났다. 그리고 아까 로비에서 태희를 본 정훈의 표정이 이상했던 것도.

"그럼 지금은 헤어지신 건가요?"

"좀 됐어. 3년도 지났으니까."

"그래도 마주치기가 조금 불편하시겠어요."

"……아무래도 그렇지."

씁쓸한 얼굴로 작게 대답하는 정훈을 보자 지유의 표정에 걱정이 어렸다.

'큰일이네.'

앞으로 서국과 일도 같이한다고 들었는데 그렇게 되면 회사에서 마주칠 일이 생길지도 모른다. 상무실에 속해 있는 지금은 정훈의 리스크를 최소화하는 게 제 일이었다. 그런데 태희와 마주칠 때마다 평소와 다른 모습이 되는 정훈을 봤기 때문에 걱정이 되는 게 사실이었다.

곰곰이 생각하던 지유가 입을 열었다.

"상무님의 감정까진 어떻게 해 드리지 못해도, 일하시는 데 신경 쓰이지 않도록 제가 노력해 볼게요."

지유가 실장으로서 최대한의 해법을 찾아 말하자 정훈이 그제야 그녀 쪽으로 고개를 돌렸다.

"업무적으로 정 실장에게 어떻게 해 달라는 뜻으로 얘기한 건 아니야."

"그럼……."

지유가 의아한 얼굴로 보자 정훈이 옅은 미소를 지었다.

"그저, 답답해서."

정훈이 잠시 말을 끊었다가 침묵 후 말을 이었다. 그의 눈빛이 가라앉아 있었다.

"답답한 마음에 누군가가 들어 줬으면 한 거야. 혼자만 앓고 있다가 사고 칠 것 같기도 하고."

"사고요?"

지유가 눈을 토끼처럼 둥글게 뜨자 정훈이 픽 웃었다.

"너무 자기감정도 못 이기는 사춘기 남자애처럼 말했나. 그렇게 걱정하는 눈으로 볼 건 없고."

"물론 전 상무님이 제가 걱정을 할 만한 사고는 일으키지 않을 거라고 믿어요."

지유가 확신에 찬 어조로 말했다. 정훈이 그녀를 빤히 바라봤다.

"그렇게 생각해?"

"제가 봐 온 상무님은 그래요."

단호한 지유의 말에 정훈은 잠시 놀란 눈빛을 했다가 부드럽게 웃었다.

"고마워. 지금 그 말, 무척 힘이 되네. 정말로."

평소처럼 다정한 얼굴이 되자 지유도 안심하고 마주 웃었다. 상사의 개인적인 일까지 참견할 필요는 없었지만, 이 정도의 위로가 힘이 되어 줄 수 있다면 어려운 일은 아닐 거였다.

"그만 들어갈까?"

"네. 상무님."

두 사람이 일어서는데 앞에 누군가가 다가와 우뚝 섰다.

"이서국."

서국이 냉기를 풍기며 앞에 서 있었다.

"일 얘기 하기엔 꽤 늦은 시간 같은데."

서국이 차가운 얼굴로 지유에게 시선을 꽂자 정훈이 옆에서 말했다.

"그냥 잠시 내 개인적인 일 상담해 준 것뿐이야. 고마웠어, 정 실장. 어서 들어가 봐요."

정훈이 지유를 배려하듯 부드럽게 말하자 서국의 얼굴이 더 싸늘해졌다.

"정지유 씨, 대답 안 합니까?"

"이서국."

정훈이 말리는데 지유가 멈춰 서서 서국에게 말했다.

"제가 지금 이사님께 잘못한 게 있나요?"

자신이 죄지은 것도 아닌데 지금 서국이 몰아세우는 모습에 솔직히 좀 억울한 심정이 되었다. 그녀가 똑바로 올려다보자 서국이 내려다봤다.

"내가 화가 난 걸로 보입니까?"

"네."

지유가 낮은 목소리에도 지지 않고 시선을 맞받았다. 정훈이 그들 사이로 끼어들었다.

"넌 분위기 심각하게 왜 그러냐? 그냥 들어가라니까. 정 실장."

정훈이 웃으며 지유의 팔을 잡으며 등을 밀었다.

"그 손 치워."

섬뜩함이 느껴질 정도로 냉기 어린 목소리에 정훈과 지유가 멈칫했다.

"너 이서국 맞냐? 왜 그래? 요즘."

정훈이 눈썹을 찡그리고 서국을 쳐다봤다.

"……."

서국의 위압적인 눈빛이 정훈에게 박혀 들었다.

두 사람의 심각한 얼굴을 지유가 빠르게 번갈아 봤다.

'잠깐, 분위기가 너무…….'

두 사람의 분위기가 급속히 냉각되자 지유는 자신이 있으면 더 상황이 안 좋아질 것 같았다.

"저 먼저 들어가 보겠습니다."

얼른 몸을 돌린 지유는 그 자리를 벗어나 입구로 향했다. 돌아보지 않고 잰걸음으로 입구로 온 지유가 자동문으로 들어가기 전에야 힐금 쳐다봤다. 두 사람은 여전히 대치 상태로 서 있는 중이었다.

'두 사람 사이에 내가 모르는 무슨 일이 있나?'

방금 서국이 저에게 화가 난 것 같았는데, 정훈을 보는 얼굴을 보니 그게 아닌 것 같기도 했다. 어쩌면 자신이 아니라 정훈에게 화가 난 걸지도 몰랐다. 대기업의 형제간 싸움이 흔한 일이라지만 서국에게나 정훈에게나 어울리는 일이 아니었다.

'훔쳐보는 것도 예의가 아니지.'

걱정스레 쳐다보던 지유는 고개를 저으며 로비로 들어섰다.

벤치 앞에서 침묵 속에 시선만 향하고 있던 정훈이 입을 열었다.

"너 정 실장한테 마음 있냐?"

"……."

"마음 있어서 지금 이러는 거지?"

추궁하는 말에도 서국은 표정 변화 없이 냉기 어린 시선만 꽂고 있었다.
정훈이 답답한 표정을 지었다.
"정신 차려. 이서국. 비서실장을 그런 상대로 보는 게 맞는 것 같아?"
질책하는 투로 정훈이 말하자 서국의 낮은 목소리가 흘러나왔다.
"그러는 이정훈 넌."
"나? 내가 뭘."
미간을 찌푸리는 정훈에게 서국이 한 걸음 다가갔다.
"넌 지금 양쪽에 발 담그고 있는 상황 아닌가?"
"……!"
정훈의 표정이 놀란 듯 굳어졌다. 그 얼굴에 시선을 박은 서국이 낮게 말했다.
"태희에 대한 감정도 추스르지 못하고, 그 감정으로 지유 씨에게 동정도 받고 싶고."
서국의 눈이 위협적으로 빛났다.
"그런 상황 아니냐고. 지금."
"너, 너……."
정훈의 얼굴이 당황으로 물들었다.

다음 날 아침 지유는 조식을 먹기 위해 레스토랑으로 내려가며 고민에 잠겼다.
'이사님 와 계시려나?'
긴장과 두려움이 그녀의 얼굴에 교차했다.

'어제 괜히 그런 말 해선.'

정훈도 있는데 서국에게 삐딱하게 말한 것이 마음에 걸렸다. 지유가 심란한 표정으로 레스토랑으로 들어섰다. 둘러보니 이사팀 비서들과 상무팀 비서들이 벌써 나와 앉아 있었다. 서국과 정훈은 보이지 않아 지유가 다가가며 물었다.

"다들 일찍 나왔네요? 이사님과 상무님은 아직 안 나오셨어요?"

지유의 질문에 인사하던 효린의 표정이 갑자기 우울해졌다.

"이사님은 갑자기 일이 생겨서 먼저 돌아가셨어요."

"아…… 그래요?"

지유는 순간 당황했지만 표정에 드러내진 않았다.

"제 실수예요. 여기 오느라 급하게 스케줄 변경을 하다 보니 미처 챙기지 못한 부분이 있어서……."

효린의 말을 듣고 보니 시무룩한 얼굴이 이해가 됐다. 지유가 부드럽게 말했다.

"효린 씨 잘못이라 생각 안 하실 거예요. 너무 속상해하지 말아요."

"그치만 너무 죄송해서요. 고작 하루밖에 못 계셨는데 이사님은 일하러 가시고 우리만 남아서 놀자니 마음이 무거워요."

"우리도 같이 돌아가려고 했는데 이사님이 그러지 말라고 하셨거든요."

"이사님 덕분에 오게 된 건데……."

급속히 침체되는 이사실 비서팀의 분위기에 지유가 일부러 밝게 말했다.

"벌어진 일은 어쩔 수 없으니 너무 마음 쓰지 말고 휴가를 즐겨요. 이사님도 그러길 바라셔서 혼자 귀국하신 걸 테니까요."

"그래요. 그렇게 해요."

옆에 있던 영혜도 슬쩍 끼어들어 위로에 동참했다.

그러자 우울한 얼굴로 접시를 쳐다보고 있던 효린이 고개를 들었다.

"영혜 씨 어제 그렇게 극찬하던 이사님의 그레이트 바디 못 봐서 어떡해요……?"

"그건 사실 너무나 아쉽…… 아, 아니 전 괜찮아요! 정말로요!"

다급히 말하는 영혜 옆에서 지유가 가볍게 박수를 쳤다.

"자자, 우선 조식 맛있게 먹어요. 우리!"

"네. 실장님."

지유의 말에 그제야 비서들은 빈 접시를 들고 음식을 가지러 하나둘 일어섰다.

그들 뒤에서 자신도 접시를 들고 따르며 지유는 조용히 한숨을 내쉬었다.

'사과하려고 했는데…….'

밤새 후회했는데 서국에게 사과도 못 하게 되어 마음이 무거웠다. 입맛이 사라진 지유는 간단히 빵 몇 조각과 버터를 담아 자리로 돌아왔다.

"상무님 나오셨어요?"

"안녕하세요."

정훈이 나타나자 식사하던 비서들이 인사하려 몸을 일으키려고 했다.

"괜찮으니 식사해요."

가볍게 저지한 정훈이 둘러보다가 말했다.

"이 이사는?"

"일이 생겨서 먼저 돌아가셨대요."

맞은편에 앉아 있던 영혜가 대답하자 정훈이 묘한 표정을 지었다.

"아…… 그래요?"

생각에 잠긴 그를 지유가 쳐다보다 눈이 마주쳤다. 그러자 정훈이 어색하게 웃었다.

"일단 나도 좀 담아 와야겠다. 배고프네."

정훈이 빠르게 접시를 채워 와 지유 옆에 앉았다.

호텔 직원이 정훈의 잔에 커피를 따라 주는 사이 지유가 작게 물었다.

"어젠 대화 잘 나누셨어요?"

"어? 아, 형제끼린 다 그렇지 뭐."

"……?"

정훈이 모호한 말을 흘리며 커피 잔을 입으로 가져갔다. 지유가 의아한 얼굴로 보고 있는데 정훈이 빙그레 웃으며 비서들을 바라봤다.

"그럼 오늘부터는 이 이사가 없으니까 모든 인기는 내 차지가 되는 건가?"

"저도 있습니다. 상무님."

당당히 존재감을 어필하는 남식의 말에 정훈이 고개를 끄덕였다.

"이 이사에 비하면 너무 쉬운 상대인데. 뭐, 좋아요. 선의의 경쟁을 해 보죠."

평소처럼 농담을 하는 정훈을 유심히 보던 지유가 제 접시로 고개를 돌렸다.

'조금 전에 이상한 기분을 느낀 건 착각이었나 봐.'

그렇게 생각한 지유가 빵을 뜯어 입에 넣고 오물오물 씹었다. 가뜩이나 입맛이 없었는데 빵에선 아무 맛도 느껴지지 않았다. 서국이 없어서일까? 왠지 기운이 쭉 빠지는 느낌이었다.

어제 곧바로 사과할걸.

때늦은 후회를 하며 지유는 주스만 마시고 식사를 끝냈다.

07

하와이에서의 휴가도 이틀 뒤면 끝이 났다.

해변으로 나서려 엘리베이터를 내려온 정훈은 로비에서 멈춰 섰다. 로비에서 태희가 누군가와 마주 앉아 있었다. 업무 미팅 중인 듯 깔끔한 정장 차림의 남성이 태희에게 자료를 보여 주며 무언가를 설명하고 있었다.

"……."

정훈은 한쪽으로 머리칼을 우아하게 넘긴 채 남자의 말에 귀 기울이는 태희를 바라봤다.

창으로 들어온 햇살이 그녀의 얼굴에 쏟아져 흰 피부가 눈부시게 빛났다. 검고 또렷한 눈동자를 상대방을 향한 채 체리처럼 붉은 입술이 벌어질 때마다 남자는 미팅 중인 것도 잊은 것처럼 바보 같은 미소를 지었다.

꽈악.

그걸 본 정훈의 손아귀에 단단히 힘이 들어갔다. 대화가 마무리된 듯 일어선 남자와 태희가 함께 로비를 나섰다. 호텔 앞에서 악수를 나눈 태희가 정원 쪽으로 걸어갔다. 정훈이 빠르게 걸음을 옮겨 그녀를 뒤따랐다.

"박태희."

예쁘게 조성된 정원의 돌길을 걷던 태희가 돌아봤다.

표정을 굳힌 정훈을 보자 그녀가 멈춰 섰다.

"정훈 오빠."

태희가 얌전히 서자 정훈이 그녀 쪽으로 더 걸어갔다.

"넌 정말 아무렇지도 않아?"

붉게 충혈된 정훈의 눈을 태희가 말간 눈으로 마주 봤다. 잠시 생각하던 그녀가 이내 부드러운 미소를 지었다.

"그때 일 말하는 거야? 시간도 많이 지났잖아."

"너에겐 그렇겠지."

정훈의 목소리가 탁하게 흘러나왔다.

"……오빠."

태희가 미소를 머금은 채 달래듯 말했다.

"오빤 나에게 소중한 사람이야. 어릴 때부터…… 알지?"

속살거리듯 흘러나오는 목소리는 설탕처럼 달콤했다.

"하지만 오빠가 이런 식으로 과거에서 벗어나지 못하면 그건 날 괴롭히는 거야. 우린 이미 예전에 끝났잖아."

나긋한 목소리로 잔인한 말을 늘어놓는 중에도 태희는 어여쁜 미소를 짓고 있었다.

저 미소가 어떻게 사람을 죽이는지 알 만큼 안다고 생각했는데도 정훈은 또다시 상처를 받았다. 그 상처를 고스란히 표정에 드러낸 정훈을 그녀가 가만히 올려다봤다.

"지난 과거는 지우고 날 예전의 박태희로 대해 줘. 난 오빠가 그래 줬으면 좋겠어."

그녀의 말에 그의 입술이 자조적으로 비틀렸다.

"……쉽게도 말한다."

"오빠에게도 쉬운 일이 될 거야."

그녀의 아름다운 미소를 상처받은 눈으로 보던 정훈이 돌아섰다. 그대로 성큼성큼 멀어지는 그의 뒷모습을 태희가 조용히 보고 있었다.

그날 저녁, 상무팀의 단체 회식이 있었다.

"휴가가 하루밖에 안 남았다니. 시간이 너무 빨리 가는 것 같아요."

"정말요. 한 일주일만 더 있었으면 좋겠어요."

영혜와 수지가 아쉬움을 토로하는 동안 지유는 가만히 미소만 짓고 있었다.

"실장님은 안 그래요?"

"저도 아쉽죠."

"표정이 안 그래 보이는데……. 여기 별로 안 맞으세요?"

"정말인데. 아주 재밌었어요."

지유가 얼른 말하고는 칵테일 잔을 입술로 가져갔다.

'분명 재밌었는데…….'

아름다운 섬에서 황금 같은 휴식을 보냈지만 첫째 날 이후로 시간이 마냥 느리게 흐르는 기분이었다. 빨리 한국으로 돌아가고 싶은 마음이 들 정도였다.

'이사님이 안 계셔서?'

자신의 이런 지루함은 서국이 먼저 떠난 이후에 시작됐다는 걸 지유도 알고 있었다. 첫날의 찜찜한 기분도 있기 때문에 빨리 한국으로 돌아가 서국에게 제대로 사과하고 풀고 싶은 마음도 컸다. 그러다 문득 정훈이 한참 말이 없다는 걸 깨달았다.

'어?'

언제 다 마신 건지 정훈 앞의 양주병이 거의 비워져 있었다. 게다가 지금도 위스키 잔을 그대로 입으로 털어 넣는 모습을 본 지유가 경악했다.

"상무님. 무슨 일 있으세요?"

자연스럽게 남은 위스키 병을 옆으로 물리며 지유가 물었다.

"……."

"상무님?"

정훈이 대답 없이 테이블만 응시하고 있자 지유가 다시 물었다. 그는 손으로 얼굴을 문지르며 취한 목소리로 말했다.

"무슨 일? 아아……. 있지, 아주 쉬운 일은 있지."

"네?"

"……아니, 쉬웠어야 되는 일인가. 나한테만 쉽지 않은 일……인가. 곧 쉬워진다니까, 그러겠지."

횡설수설하는 정훈을 지유가 심각한 얼굴로 바라봤다.

'큰일이네. 많이 취하셨는데?'

평소 정훈이 이렇게 취하는 일이 별로 없었기 때문에 지유는 내심 당황했다. 특히 직원들 있는 자리에서는 술자리에서도 늘 유쾌한 모습을 보이던 그였는데 지금은 표정도 어둡게 가라앉아 있었다.

"무슨 말씀이신진 모르겠지만 우선 그만 드시는 게 좋겠어요. 너무 많이 드셨어요."

"괜찮아요, 괜찮아. 다 내가 감당할 일이니까."

손을 휘저은 정훈이 비틀거리며 자리에서 일어났다. 지유가 정훈의 휴대폰을 챙기며 재빨리 따라 일어섰다. 그 모습을 본 영혜와 수지가 걱정스레 말했다.

"상무님 괜찮으실까요? 저렇게 취하신 건 처음 보는데."

"괜찮을 거예요. 잘 들어가시는지 확인 좀 하고 올 테니 마시고 있어요."

"저희도 같이 갈까요?"

아무래도 걱정된다는 듯 묻자 지유가 미소를 지었다.

"술버릇 없으신 분이니 괜찮아요. 다녀올게요."

웃어 보인 지유가 의자에 걸쳐진 정훈의 겉옷까지 챙겨 비틀거리는 그를 따라갔다. 예상과 달리 정훈은 생각보다 더 취한 상태였다. 비틀거리는 그를 호텔까지 데려오는 데만도 상당히 고생한 지유는 엘리베이터에 정훈을 밀어 넣었다.

"휴우."

정훈은 반쯤 자고 있었다. 엘리베이터 벽에 기대 눈을 감고 있는 그를 보며 지유가 한숨을 내쉬었다. 제대로 걷지도 못해서 부축하듯 끌고 온 통에 이마에 땀이 송골송골 맺혀 있었다. 그걸 손등으로 닦으며 지유는 바뀌는 숫자를 응시했다.

"그래도 이제 거의 다 왔네."

이제 객실에만 그를 밀어 넣고 나오면 될 터였다. 그래도 이런 모습까지 다른 비서들에게 보이진 않아서 다행이라 해야 할지. 마냥 사람 좋아 보여도 은근히 주변 사람들에게 약점을 보이길 꺼리는 정훈이었다. 그런 성격의 정훈인지라 지유는 오늘 일이 더더욱 이해가 되지 않았다.

'혹시?'

정훈이 태희에 대해 했던 말이 번뜩 머릿속에 떠올랐다.

'박태희 씨와 무슨 일이 있었나?'

정훈이 갑자기 이렇게 취할 이유는 박태희밖에 없을 거라는 생각이 들었다. 그때 엘리베이터 문이 열렸다. 생각에서 깨어난 지유가 다시 정훈을 부축하듯 잡고 이끌었다.

"상무님. 정신 좀 차리시라고요. 어휴, 무거워."

거의 업다시피 해서 정훈이 묵는 방 앞에 다다른 지유가 헥헥거렸다.

"상무님. 카드키 어디 있어요?"

"……어떻게 나한테 그러냐."

"네? 뭐라고 하셨어요?"

"어떻게 네가…… 후우."

한숨과 함께 중얼거리는 말을 듣고 있던 지유가 인상을 썼다.

"어떡하지? 아! 혹시 여기 있나?"

지유가 정훈을 우선 벽에 기대 서 있게 한 뒤 들고 있던 그의 겉옷 주머니를 뒤적거렸다.

찾았다!

눈을 반짝 뜬 지유가 문을 열고 정훈의 무거운 몸을 다시 이끌었다.

"상무님. 이제 방에 들어가서 쉬세……."

지유가 정훈을 방으로 밀어 넣으려는데 갑자기 그가 지유를 와락 껴안았다.

"!"

지유가 눈을 동그랗게 뜨는데 귓가에 정훈의 취한 목소리가 들렸다.

"……태희, 태희야."

아아, 역시 그 사람 때문이었구나.

자신의 예상이 맞은 걸 확인하자 지유는 정훈이 불쌍한 기분도 들었다. 그래도 불쌍한 건 불쌍한 거고 일단 이 상대를 잘못 찾은 무거운 몸을 떼어 내는 게 급선무였다.

"상무님, 전……."

저는 박태희가 아니에요, 라고 말하며 정훈을 밀어내려는데 지유가 힘도 주기 전에 커다란 몸이 떨어져 나갔다.

"어?"

순식간에 떨어져 나간 몸이 어떤 남자의 힘에 의해 객실 안으로 던져졌다.

쿠웅!

곧바로 문이 닫히고 정훈을 거칠게 그녀에게서 떼어 낸 남자가 지유 앞에 서 있었다.

"이사님?"

굳은 얼굴로 그녀를 응시하는 서국을 지유가 놀란 눈으로 쳐다봤다.

"여긴 어떻게…… 먼저 귀국하신 거 아니었어요?"

당황한 얼굴로 묻는 지유의 팔을 서국이 움켜잡았다.

"앗, 이사님?!"

그가 지유를 옆방으로 밀어 넣었다.

탁!

문을 세게 닫은 서국이 자신과 문 사이에 지유를 가뒀다.

어둡게 일렁이는 눈으로 노려보며 그가 바짝 고개를 숙였다.

"나 돌게 하고 싶어서 작정한 겁니까."

"……네?"

서국의 이글거리는 눈이 지유의 흔들리는 눈동자를 강하게 포박했다.

"말해 봐. 정지유."

낮은 목소리에 지유가 숨을 삼켰다.

'혹시 방금 그 모습을 보고?'

그가 본 장면이 분명 오해를 불러일으킬 수 있겠다는 생각이 퍼뜩 들자 지유가 빠르게 말했다.

"방금, 방금 일은 오해하신 거예요."

"오해 말입니까? 어떤?"

서국이 탁하게 낮아진 목소리로 물었다.

"그건……."

말하려던 지유가 당혹감 어린 얼굴로 입을 꾸욱 다물었다. 정훈이 자신을 태희로 착각했다는 말은 그의 사적인 부분이라 말하면 안 될 것 같았다.

"죄송하지만 말할 수 없어요."

"……하."

서국의 눈빛에 분노가 어렸다.

"내 옆방에서 이정훈과 무슨 짓을 벌일 생각이었는데."

사납게 으르는 말에 지유가 눈을 크게 떴다.

"무슨 짓이라뇨?"

서국의 시선이 차갑게 그녀에게 박혀 들었다.

"그대로 안고 들어갔더라면 지금쯤 이정훈의 침대 위에 있을 거잖아."

서국이 고개를 바짝 기울이고 낮게 말하자 지유가 표정을 굳혔다.

"이사님. 지금 절 그렇게 보시는 거예요?"

"그게 아니라면 대체 뭔데."

"……."

지유가 입을 꾹 다물고 서국의 시선을 맞받았다. 서로를 노려보는 시선이 가까운 곳에서 팽팽하게 부딪혔다. 그가 분노로 억눌린 목소리를 내뱉었다.

"어서 말하는 게 좋을 겁니다. 내가 이성을 잃어 무슨 일을 저지르기 전에."

"8년을 함께했는데도 날 믿어 주지 않는 사람이라면, 내 쪽에서 사절이에요."

지유가 그대로 몸을 돌리려 하자 서국이 그녀의 어깨를 거칠게 잡았다.

"믿어 주지 않는다고?"

그가 가까운 곳에서 불꽃 튀길 듯한 눈으로 쳐다봤다. 지유가 물러서지 않고 그 시선을 맞받았다.

"지금 저를 믿지 못하니까 이러시는 거잖아요."

오해받는 것도 서러운데 차가운 말까지 듣자 눈물이 나올 것 같아 지유는 눈에 힘을 줬다.

안 울어.

자존심 상하게 지금 울고 싶지 않았다. 그녀가 아래에 늘어뜨린 주먹을 세게 쥐고 쳐다보는데 서국의 단단한 턱에 힘이 들어가는 게 보였다. 분노로 붉게 달아오른 남자의 눈동자가 그녀에게 똑바로 박혀 들었다.

"이정훈과 같이 있는 모습만 봐도 질투로 온몸이 뜨거워지는데."

그가 딱딱하게 굳은 얼굴로 말하자 지유의 눈동자가 흔들렸다.

"내 눈앞에서 두 사람이 안고 있는 모습을 보이면, 내가 어떨 것 같아?"

서국이 그녀의 작은 턱을 들어 올리고 잡아 먹을 듯 강렬하게 응시했다.

"이사……님."

지유는 심장이 빠르게 뛰었다. 지독히도 위험한 서국의 분위기가 한편으론 두려우면서도 다른 한편으로는 심장 떨리게 만들었다. 관능 어린 소유욕으로 일렁이는 눈동자에 지유가 숨을 삼켰다.

"날 질투로 미치게 만든 건 너야."

분노 어린 음성을 낮게 내뱉은 서국이 지유의 입술을 사납게 삼켰다.

"흡……!"

저돌적으로 입술을 벌리고 들어온 혀가 지유를 숨 막히도록 휘저었다. 말캉한 혀를 휘어 감고서 강하게 빨아들이는 감각에 다리에 힘이 훅 풀릴 것 같았다.

"아, 아읍."

거칠게 퍼부어지는 키스에 지유가 아찔함을 느끼며 서국의 팔을 잡았다. 그러자 그의 팔근육이 꿈틀거리며 더 단단해지는 것이 셔츠 위로도 느껴졌다.

쿵!

지유를 문에 몰아붙이며 서국이 진하게 키스했다. 지유는 입술이 아릿하도록 빨리며 모든 숨결을 빼앗겼다. 연한 점막을 훑고 촉촉한 혀를 얽어 대며 그가 사납게 몰아붙였다. 타액으로 물든 입술이 질척한 소리를 내며 떨어졌다. 바로 앞에서 달아오른 눈빛이 엉켜들었다.

하아, 하아.

그가 거친 숨결이 색색 흘러나오는 지유의 입술을 뜨거운 눈빛으로 응시했다가 다시 눈으로 시선을 올렸다.

"……왜 밀어내지 않지?"

서국의 탁한 목소리에 발갛게 물든 지유의 얼굴이 더욱 붉게 달아올랐다.

"어떻게, 밀어내요."

민망한 듯 시선을 살짝 내리깐 지유가 제 입술을 잘근거리며 말했다.

"내가 좋아하는 사람인데……."

지유가 떨리는 속눈썹을 내리깔고 작게 말하자 서국의 눈빛이 더욱 강렬하게 타올랐다.

"이사님도 알고 있잖…… 으음."

고개를 숙인 서국이 지유의 턱을 올리며 다시 입술을 베어 물었다. 동그란 턱을 더 높이 들어 올려 엄지로 누르자 입술이 크게 벌어졌다. 그 사이로 깊숙이 혀를 밀어 넣은 그가 그녀의 혀를 강렬하게 휘어 감았다.

짜릿!

순간 아찔하게 터져 나오는 감각에 지유가 눈을 질끈 감았다. 축축한 타액이 얽혀 들수록 온몸이 심장이 된 것처럼 전신이 쿵쿵 울리고 발가락 끝까지 전기가 올랐다.

"하아…… 이사님……."

지유가 두 팔로 서국의 목을 끌어안았다. 그가 진하게 키스하며 그녀의 허리를 안아 제 쪽으로 강하게 당겼다.

"!"

순간 지유의 눈이 떠졌다.

앗, 이건!

맞닿은 하체에 느껴지는 절대 모를 수가 없는 단단한 힘에 지유는 깜짝 놀랐다. 체격이 좋아서 남다를 거라 예상은 했지만 이 정도일 줄은 몰랐기 때문에 지유는 다리 힘이 풀릴 정도였다.

'아, 그래도…… 상관없어. 어떻게 되든.'

서국이 자신에게 흥분해서 이런 상태가 됐다는 사실이 지유를 묘하게 흥분시켰다. 젖은 입술이 부풀어 오르도록 빨아 대는 감각에 취해 있는 사이 서국이 그녀를 안아 올렸다.

"앗."

가볍게 지유를 안아 든 서국이 타오르는 눈빛을 그녀에게 향한 채 걸어갔다. 지유는 흐릿해진 눈으로 서국을 쳐다봤다. 옆의 커다란 소파에 지유를 눕힌 서국이 그 위에 올라탔다.

"입술 벌려 봐."

고개를 기울이며 낮게 속삭이는 목소리에 지유가 눈을 감고 그의 말대로 했다. 아까의 거친 키스가 아닌 달콤하게 얽혀 드는 키스에 지유는 배꼽 부근이 간질거리는 기분이었다.

감미롭게 입술을 빨며 그가 지유의 셔츠 안으로 커다란 손을 집어넣었다.

"흐읏."

브래지어를 파고 든 남자의 손가락 감촉에 지유의 허리가 소파 위에서 달싹거렸다. 그 움직임에 두 사람의 몸이 더욱 밀착되며 단단한 손아귀에 말캉한 젖가슴이 잡혔다. 둥글고 보드라운 살결의 감촉에 서국의 입술에서 낮은 신음이 흘러나왔다.

"후, 지유."

세상에, 목소리가 너무……!

허스키하게 잠긴 섹시한 목소리에 지유는 다리 사이가 뜨겁게 조여 드는 것을 느꼈다.

"앗, 이, 이사님."

욕망을 숨기지 않는 남자다운 손이 젖가슴을 크게 주물렀다. 마디가 굵은 손가락 사이에 끼인 젖꼭지가 도로록 곤두섰다. 그러자 지유의 입술이 벌어지며 가쁜 숨을 몰아쉬었다.

"아읍."

그 입술을 거칠게 삼킨 서국이 키스를 퍼부으며 헐떡였다.

"이 입술이 매 순간 날 미치게 했어."

탁하게 잠긴 목소리와 함께 팽팽하게 곤두선 유두를 그가 엄지로 비벼 대자 지유가 야릇한 신음을 터뜨렸다.

"하, 으응!"

"누군가의 입술을 삼키고 부어 오를 때까지 빨고 싶다는 욕망을 느낀 건 처음이었어."

뜨거워진 체온과 낮게 속삭이는 목소리, 그리고 피부를 자극하는 손아귀의 힘과 몸에 닿는 탄탄한 근육질 육체가 지유를 조급하게 만들었다.

오랫동안 좋아한 남자였다. 그 남자에게 안기고 싶다는 생각을 해 보지 않은 건 아니었다. 서국이 등장하는 야한 꿈을 꾼 적도 있었고, 넓은 등을 보며 혼자 음란한 생각을 떠올리다 깜짝 놀라 고개를 흔든 적도 있었다.

그럼에도 내심 은밀히 바라 왔었다. 서국이 자신을 이렇게 안아 주기를. 상황은 급작스러웠지만 지유는 그 오랜 바람을 이루고자 하는 마음이 더 컸다.

지유의 목덜미로 고개를 숙인 서국이 예민한 피부를 빨자 그녀의 어깨가 흠칫거렸다.

"아웃."

“당신의 이 달콤한 향도 날 어지럽게 만들었어.”

지유의 목덜미에 코를 박고 낮게 속삭인 서국이 고개를 들었다.

두근, 두근.

가까이에서 시선이 부딪히며 그가 그녀의 셔츠 단추에 손을 가져갔다.

툭.

제일 위의 단추가 풀어지자 그의 목울대가 크게 꿈틀거리는 것이 보였다. 새하얀 쇄골이 드러나자 서국의 눈이 어둡게 타올랐다. 지유가 침을 꿀꺽 삼키는 사이 그의 손이 그 아래 단추로 향했다.

멈칫.

“…….”

단추를 잡은 서국의 손이 움직임을 멈췄다.

‘어?’

두 번째 단추를 노려본 채 그가 움직이지 않자 지유가 의아하게 물었다.

“이사……님?”

“후우.”

미간을 일그러뜨린 서국이 길게 숨을 뱉어 냈다. 힘겹게 일그러뜨린 그의 얼굴은 고통스러워 보일 정도라 지유가 걱정스레 바라봤다.

“왜 그러세요? 괜찮…….”

“지금 끝까지 가면 후회할 것 같아.”

짓눌린 듯 흘러나오는 음성에 지유가 눈을 크게 떴다.

"네? 왜요?"

서국이 이를 악물고 지유의 가장 윗단추를 다시 잠가 줬다.

"질투로 미쳐서 당신을 안고 싶진 않아."

거칠어진 숨결과 욕망이 번들거리는 눈동자를 숨기지도 못한 채 하는 말에 지유는 커다란 아쉬움을 느꼈다.

'이미 눈으론 안고 있는데…….'

섹시하게 일그러뜨린 얼굴을 더 감상할 새도 없이 서국이 몸을 일으켜 세웠다. 그러고는 지유의 몸도 부드럽게 일으켜 줬다.

"미안합니다. 그 자리에서 기다리라고 해 놓고 어린애 같은 모습 보여서."

"……이건 어린애가 하는 행동은 아닌데."

지유도 숨을 진정시키며 말하자 서국이 헝클어진 제 머리칼을 쓸어 넘겼다.

"나도 내가 이렇게 질투가 많은 남자인지 몰랐습니다. 그래서 요즘 나 자신에게 당황할 때가 많고."

시선을 내리고 낮게 말한 그가 다시 지유를 바라봤다. 발갛게 물들어 있는 그녀의 얼굴을 보며 그가 말했다.

"아까 오해라는 지유 씨 말, 믿을게요."

"……네."

지유가 복숭앗빛 뺨을 하고는 천천히 고개를 끄덕였다.

"그리고 다음엔."

그녀의 뺨을 손으로 감싼 서국이 똑바로 시선을 맞췄다. 아직

가시지 않은 욕망이 뚜렷하게 맺혀 있는 까만 눈동자로 그가 말했다.

"당신이 울면서 그만하라고 해도 멈추지 않을 겁니다."

아…….

마치 지금 격렬한 행위를 하는 듯한 착각이 느껴지는 관능 어린 눈동자에 지유의 입술이 절로 벌어졌다. 그 입술로 서국이 비스듬히 고개를 기울였다.

"몇 번이고 안을 거야. 지쳐 쓰러질 때까지."

입술이 살짝 닿은 상태에서 그가 말했다. 뜨거운 입술과 숨결이 고스란히 느껴졌다.

"아니, 지쳐 쓰러진다 해도 절대 놔주지 않을 거야. 각오해 둬."

"울면서 그만하라고 해도 안 멈출 거라고……?"

잠에서 덜 깬 지유가 몽롱한 얼굴로 침대 위에서 중얼거리고는 푹신한 베개에 얼굴을 묻었다.

'꺄악! 어떡해!'

소리 없는 비명이 터져 나오며 침대 위에서 발만 동동 굴렀다.

잠에서 깨자마자 어젯밤 일을 되새기다니…….

대체 그 남자는 그런 짐승 같은 매력을 어디에 숨겨 놓고 있던 거지? 저돌적으로 막 몰아붙이는데 그럴 상황이 아닌데도 휩쓸려 버렸잖아.

"하아, 어쩔 수 없었다고. 오랫동안 원해 온 게 사실이니."

지유가 베개를 가슴에 끌어안고 한숨을 포옥 내쉬었다. 이대로 짝사랑으로 끝날 줄 알았는데. 요즘은 그 무심하던 남자가 짐승남이 되어선 다른 쪽으로 정신을 못 차리게 만들고 있었다.

"저러는데 어떻게 내가 제정신이겠……. 아아! 그래도 그 상황에서 그래선 안 됐는데 미쳤나 봐!"

지유가 새빨개진 제 얼굴을 두 손으로 감쌌다. 만약 서국이 안 멈췄으면 정말 끝까지 갈 기세였다. 아무리 좋아하는 사람이라고 해도, 아무리 술김이라고 해도 분위기에 휩쓸려 쉽게 일을 저질러선 안 되는 건데……. 게다가 같이 일을 하는 입장에선 더욱 신중해야 했다.

"이사님이 멈춰 주셔서 그나마 다행이네."

아직 열기가 남은 뜨끈뜨끈한 얼굴로 지유가 중얼거렸다.

내 안에 그런 대담한 면모가 있을 줄이야. 한편으로는 좀 놀랍기도 한…….

"아차! 조식 먹으러 가야지!"

직원들이 전부 내려와 있을 시간이라는 걸 퍼뜩 깨달은 지유가 얼른 몸을 일으켰다. 서둘러 씻고 나온 그녀는 하나로 묶은 머리에 발목까지 내려오는 비치원피스를 입고 객실을 나왔다. 엘리베이터에 올라탄 지유는 안의 거울로 다시 한 번 머리칼을 정리했다.

'이사님도 내려오셨으려나?'

어젯밤 그런 일이 있었는데 어떤 얼굴로 마주해야 좋을까? 평상시대로 하는 게 제일이겠지?

적어도 공과 사는 제대로 구분할 줄 아는 사람이니 평소처럼 대하면 될 거였다. 지유가 그렇게 마음먹고 혼자 고개를 주억거리고 있는데 엘리베이터 문이 열렸다.

징—

"!"

지유의 눈이 커졌다. 짙은 청색 셔츠와 댄디한 스타일의 치노 팬츠를 입고 있는 서국이 열린 문 앞에 서 있었다.

'여기서 마주치다니.'

지유가 숨을 삼키는데 서국이 그녀를 보고 잠시 멈칫거렸다. 그러더니 갑자기 눈을 의심할 정도로 매혹적인 미소를 지으며 엘리베이터 안으로 성큼 들어섰다.

"엇……."

그가 바짝 다가서자 지유가 한 발짝 뒤로 물러섰다. 그의 어깨 너머로 문이 닫히는 게 보였다.

탁.

둘만 남은 공간 안에서 서국이 한쪽 손으로 벽을 짚고 지유를 가둔 채 내려다봤다.

"인사 안 합니까?"

"아…… 그게…… 놀라서요."

이 위험한 남자, 대체 누구?

뜻하지 않게 야릇한 포즈가 되자 지유는 저도 모르게 눈을 옆으로 굴렸다. 그 모습이 귀엽다는 듯 내려다보며 서국이 입술 끝을 말아 올렸다.

"날 본 게 그렇게 놀랄 일인가."

낮게 말하며 고개를 가까이 기울이는 그는 아침부터 너무나 섹시했다. 이 남자는 왜 이른 아침부터 부기 하나 없는 조각 같은 얼굴로 사람을 시험에 들게 하는 것인가?

"제, 제 말은 그런 뜻이 아니라……."

"나 좀 봐요."

지유가 가까이 다가온 그의 수려한 얼굴을 보지 못하고 있는데 서국이 말했다.

"네?"

지유가 슬쩍 다시 시선을 들었다. 순간 서국의 짙은 눈동자와 마주쳤다.

"보내 놓고 밤새 후회했으니까. 얼굴이라도 보게."

두근!

지유의 심장이 크게 반응하는 순간, 엘리베이터가 멈췄다.

지잉-

문이 열리고 라틴계 두 여성이 올라탔다.

"하이."

"하, 하이."

반갑게 인사하며 타는 사람들에게 빨갛게 익은 얼굴로 인사한 지유는 속으로 심호흡을 했다.

'깜짝이야…….'

힐긋 보니 서국은 문 쪽을 향한 채 그녀의 옆에 자연스럽게 서 있었다.

'이사님, 생각보다 연기력이 좋으신데?'

언제 자신을 가뒀냐는 듯 태연하게 서 있는 그를 보니 지유는 그런 생각이 들었다. 그녀가 미심쩍은 시선으로 서국을 힐끔거리는데 문득 커다란 손이 자신의 손을 감싸는 것이 느껴졌다.
'어?'
지유가 잡힌 손을 내려다본 뒤 다시 시선을 올렸다.
"……."
말없이 내려다보는 서국의 뜨거운 눈빛과 마주치자 그녀의 얼굴이 더 붉어졌다.
로비에서 엘리베이터가 멈추고 앞에 선 여자들이 내렸다. 그러자 서국이 살짝 손을 놓고 자연스럽게 먼저 내렸다. 그 뒤를 따라 내리며 지유는 얼굴의 열기를 가라앉히기 위해 재빨리 손부채질을 했다.
"이사님? 언제 다시 오셨어요?"
레스토랑에서 서국을 본 비서들이 일제히 몸을 일으켰다.
"어젯밤 늦게 도착했습니다. 마지막 날은 함께할 수 있을 것 같아서."
"다행이에요! 저희만 놀기 죄송했는데."
효린이 밝은 얼굴로 반가워했다. 자신의 실수로 상사를 먼저 보낸 것에 마음 한편이 무거웠던 터라 진심으로 서국을 반기는 모습이었다. 다른 비서들도 친밀하게 서국을 반기는 사이 지유도 테이블에 그와 마주 앉았다. 그러자 옆자리의 영혜가 지유에게 슬쩍 소리 낮춰 물었다.
"상무님은 괜찮으실까요? 어제 완전히 취하셔서 실장님이 고생하셨던 것 같은데."
"아, 어제요?"
정훈을 데려다주러 간 지유가 한참 후에 온 것을 그렇게 생각한 모양이었다. 늦게 온 이유는 그것 때문이 아니지만 지유는 자연스럽게 웃어 보였다.

"과음하셔서 아마 숙취로 늦게 일어나실 것 같아요. 출발하기 전에 식사는 따로 챙겨 드려야겠네요."

"아, 네. 그래야겠네요."

대답하는 영혜에게 지유가 슬쩍 제 입술에 손가락을 길게 세워서 가져다 댔다.

"다만 어제 일 기억 못 하실 가능성이 크니 모르는 척해 주세요."

"그렇게 할게요."

영혜가 고개를 끄덕였다.

서국의 재등장으로 화기애애한 식사 시간이 이어지는 듯했으나, 지유는 전혀 그러지 못했다.

'……체하겠어.'

다른 사람들은 눈치채지 못했겠지만, 맞은편에 앉은 서국의 그녀를 보는 눈빛이 무척 뜨거웠기 때문이다. 그 시선을 느낄 때마다 뺨에 다시 열기가 몰릴 것 같아 지유는 차가운 주스를 들이켜야 했다. 그렇게 식사가 마무리되어 갈 때쯤 은주가 지유에게 물었다.

"실장님. 오늘 거기 가려면 몇 시까지 나와야 해요?"

"지금 들어가서 조금 쉬다가 준비하고 2시간 뒤에 로비에서 모이면 될 것 같아요."

지유가 손목시계를 보며 대답하자 서국이 지그시 바라봤다.

"어디 가기로 했습니까?"

"아, 오늘 다 같이 다이아몬드 헤드 가 보기로 했거든요."
비서들과 상의해서 잡아 둔 마지막 날 일정이었다.
"다이아몬드 헤드라……."
서국이 잠시 생각하는 표정을 지었다가 말했다.
"나도 함께 가도 됩니까?"
"이사님도요?"
지유가 눈을 둥글게 뜨자 서국이 그녀를 똑바로 바라봤다.
"네. 불편하지 않다면 함께하고 싶은데."
"저희야 환영이죠! 같이 가요! 이사님."
옆에 있던 효린이 손을 번쩍 들며 환영의 뜻을 밝혔다. 그러자 영혜도 빛보다 빠르게 덧붙였다.
"저희도 찬성이요."
서국이 옅은 미소를 짓고 지유를 다시 바라봤다.
"그럼 나도 2시간 뒤 로비로 나오면 되겠군요."
"아…… 네. 그러시면 돼요."
지유가 따라서 미소를 지어 보이며 대답했다.
지금 그의 미소가 무척 위험하게 느껴지는 건 왜일까……?
그래도 서국이 함께 간다는 사실에 속절없이 기대가 차올랐다. 입가를 끌어 올린 지유는 남몰래 기분 좋은 설렘을 느꼈다.

다이아몬드 헤드 입구에 도착하자 물감을 풀어 놓은 듯한 새파란 하늘과 솜사탕을 뜯어 놓은 듯한 하얀 구름이 그들을 반겼다.
"오늘 날씨 진짜 최고네요!"

지금까지 하와이에서 머무른 날 중 오늘이 최고로 좋은 날씨였다.

"이런 날씨에 저 사람은 왜 우산을 들고 있을까요?"

커다란 우산을 들고 오르막을 올라가는 사람을 보고 효린이 물었다. 그 말에 선희가 힐긋 바라봤다.

"양산이겠지."

"아아, 양산."

확실히 햇볕이 뜨겁긴 했다. 그늘도 거의 없어 보이는 기다란 길을 보니 지유는 약간 후회가 됐다.

'챙이 큰 모자를 챙겨 올걸.'

앞서서 신나게 걸어 나가는 비서들은 준비성 좋게 전부 모자를 쓰고 있었다. 평소 살 타는 것을 극도로 싫어하는 영혜는 양산도 쓰고 있었다. 저만 멋 부린다고 선글라스만 챙겨 온 호기로움을 혼자 탓하고 있는데 이마 위로 갑자기 그늘이 생겼다.

'어?'

시선을 들자 서국이 손바닥으로 이마 위로 그늘을 만들어 주고 있었다. 그가 이지적인 눈을 내리깔고 그녀와 시선을 맞추고 말했다.

"모자라도 챙겨 오지 그랬습니까. 다들 쓰고 있는데."

"그러게요. 제가 생각이 짧았네요."

지유가 민망한 웃음을 짓는데 서국의 미간은 좁혀 들어 있었다.

그럼에도 찬란한 태양 아래 보이는 서국의 얼굴은 청량함 그 자체였다. 특히 하늘과 비슷한 색감의 청셔츠 때문인지 더 시원한 분위기를 냈다. 아니면 그냥 잘생긴 얼굴 때문이든가.

"괜찮겠습니까?"

서국이 커다란 손으로 그늘을 만들어 주며 걱정스러운 표정을 지었다.

"걱정하지 마세요. 저 햇빛 좋아하거든요."

얼른 대답한 지유가 앞질러 간 비서들을 향해 걸었다.

비서들과 합류한 그녀의 뒤를 서국은 조금 거리를 두고 따라 걸어갔다. 그 모습을 흘깃거린 영혜가 지유에게 속닥거렸다.

"날이 이렇게 쨍한데 이사님은 보기만 해도 눈이 시원해지는 것 같지 않아요? 어쩜 저리 옷빨이 잘 받으신대요?"

사람 눈은 다 똑같구나.

조금 전 자신이 했던 생각을 영혜가 말하자 지유가 속으로 생각했다.

"체격이 워낙 좋으셔서 그런가?"

영혜의 감탄 어린 말에 지유가 가볍게 웃었다.

"그렇겠죠?"

"원래 이사님 좋아하는 사람들 엄청 많았는데요."

그들의 대화에 수지도 심각한 얼굴로 슬쩍 끼어들었다.

"아무리 들이대도 본 척도 안 하고, 업무 관련 상대 외엔 이름도 기억 못 한다고 소문나서 포기한 여직원 많았다고 하잖아요."

"맞아. 그런 소문 있었지. 이사님 정말 그래요? 그 정도 같아 보이진 않는데."

"음……."

지유가 어떻게 말할까 잠시 고민했다. 최근의 이서국은 분명 아니지만, 그 전까지의 그는 그런 사람이긴 했다. 특별히 여자라 기억 못 하는 게 아니라 남자 여자 관계없이 타인에겐 전부 관심이 없었지만.

"그런 무심한 부분은 분명 있긴 하세요. 소문만큼은 아니지만요."

지유가 간단히 정리하자 수지가 고개를 끄덕였다.

"그렇겠죠? 그래도 저런 무심남이 한번 집착하면 또 장난 아니라잖아요."

"맞아. 밤에 정력도 세댔어."

"정말요?"

수지는 눈을 빛내며 영혜를 쳐다봤지만 어젯밤 그의 짐승 같은 모습을 본 지유는 침을 꿀꺽 삼켰다.

쨍한 태양이 내리쬐는 길과 계단을 한참 걸어 나가자 어두운 터널을 지나 정상에 도착했다.

"와아, 정말 멋져요!"

정상에 도착하자마자 여기저기서 감탄사가 터져 나왔다. 푸른 하늘과 맞닿은 드넓은 바다와 해안선의 모습까지 가슴이 탁 트일 만큼 시원한 광경이었다. 열심히 인증샷과 셀카를 찍는 사람들 사이에서 지유도 멋진 풍경을 찍었다. 그때 그녀의 이마 위로 다시 작은 그늘이 드리워졌다.

"이사님."

지유가 고개를 들자 서국이 손그늘을 만든 채 그녀를 내려다봤다.

“안 덥습니까?”

낮게 물어 오는 목소리에 지유가 생긋 웃어 보였다.

“괜찮아요. 좀 덥긴 하지만 이 풍경을 보니까 더운 것도 싹 날아가는 것 같은데요?”

“…….”

환한 미소를 지어 보이는 지유의 얼굴에 서국의 시선이 말없이 닿아 있었다.

“이사님! 실장님! 사진 같이 찍어요!”

“아, 네!”

저쪽에서 부르는 목소리에 지유가 얼른 몸을 돌렸다. 잰걸음으로 기다리고 있는 비서들 사이에 들어가 서는 지유의 뒷모습에 서국의 시선이 닿아 있었다.

“이사님! 어서요!”

“네.”

재촉하는 목소리에 서국도 그들이 있는 곳으로 성큼거리며 걸어갔다.

오랜 시간을 투자해 잔뜩 사진을 찍고 다시 왔던 길을 돌아오는데 순식간에 먹구름이 끼었다.

“어? 날씨가 갑자기 왜 이래?”

남식이 하늘을 의아하게 쳐다보며 손을 뻗는 순간, 굵은 빗방울이 쏟아지기 시작했다.

투둑, 투둑!

쏴아아—

"으앗! 쏟아진다!"

"뛰어!"

그늘 하나 없는 곳에서 갑자기 비를 만나자 다들 냅다 내달리기 시작했다.

"어떡해! 다 젖겠어!"

경치 감상을 하며 느긋하게 내려오던 지유도 허둥지둥 뒤따라 달렸다. 갑자기 퍼붓는 세찬 빗줄기에 시야도 흐려질 정도였다. 앞에 달리는 사람들을 따라 달리던 지유가 문득 멈춰 섰다.

'아차, 이사님은 뒤에 계신데?'

지유가 돌아보는 순간 그녀의 머리 위로 청색 셔츠가 지붕처럼 펼쳐졌다.

"어어?"

서국이 검은색 반팔 차림으로 자신과 지유의 머리 위에 청셔츠를 우산처럼 받치고 있었다. 영화처럼 비를 막아 주며 나타난 서국의 모습을 지유가 잠시 홀린 듯 멍한 얼굴로 쳐다봤다.

"멈추지 말고 달려요."

"아, 네."

서국의 말에 정신을 차린 지유가 다시 달렸다. 이렇게 둘이 빗속을 달리다 보니 기시감이 들었다.

"이사님, 그때 부산 생각나지 않아요?"

지유가 달리느라 가빠진 숨을 헐떡이며 말했다.

"그렇군요."

"그날 저 정말 놀랐……."

그녀의 눈앞으로 푸른색 셔츠 자락이 기울어지며 시야를 막았다. 동시에 한 팔로 셔츠를 잡고 다른 한 손으로 그녀의 턱을 잡아 올린 서국이 고개를 숙였다.

추읍.

"!"

찰나의 순간 지유의 입술을 빨고 놔준 그가 그녀의 눈앞에서 관능 어린 미소를 지었다.

"더 빨고 싶지만 참기로 하죠. 지금은."

욕망이 짙게 물들어 있는 낮은 목소리와 함께 가려졌던 셔츠가 지유의 시야 앞에서 올라갔다. 그러고는 그가 다시 그녀를 이끌어 달리기 시작했다.

'시, 심장이 터질 것 같아!'

달려서 터질 것 같은 건지, 입술이 빨려서 터질 것 같은 건지 모르겠는 상태로 지유는 정신없이 뛰었다.

"이사님! 정 실장님! 여기요!"

다행히 입구와 그리 멀지 않은 거리라 조금만 더 뛰면 아래에 비를 피할 수 있는 곳이 있었다. 먼저 내려와 비에 젖은 옷을 털고 있는 비서들이 있는 곳으로 서국과 지유도 도착했다.

"휴. 무슨 비가 이렇게 갑자기 내린대?"

"아까 그 우산 든 사람이 선견지명이 있었네요. 현지인인가?"

"이럴 줄 알았으면 우산도 되는 양산 가져올 걸 그랬어요."

양산의 레이스 아래로 쏟아진 비에 쫄딱 젖은 영혜가 못마땅하단 듯 중얼거리며 말을 이었다.

"하와이 날씨가 생각보다 오락가락하네요? 아, 이사님도 다

젖으셨겠……."

고개를 들던 영혜가 멈칫거리며 말을 멈췄다. 그녀의 시선에 따라 다른 비서들의 시선도 서국에게 고정됐다.

완전히 젖은 검은 티셔츠가 넓은 어깨와 단단한 상체 근육에 달라붙어 있었다. 단정했던 머리칼이 젖은 채 살짝 흐트러져 있어 숨 막히는 섹시함을 자아냈다.

"뜻밖의 날씨도 나름의 추억이 되지 않겠습니까."

젖은 머리칼을 이마 뒤로 근사하게 넘기며 서국이 말하자 남성적인 팔의 근육이 꿈틀거렸다.

……꿀꺽.

그 움직임을 본 그들 사이에서 누군가 침 삼키는 소리를 냈다.

"아…… 추억…… 그러네요."

"정말 멋진, 너무나 멋진 추억 같아요."

"몹시 훌륭한 추억……이죠."

감탄하듯 흘러나오는 목소리 사이에서 혼자 자신의 셔츠 물기를 짜내고 있던 남식의 목소리가 들렸다.

"어? 비 그쳤나 봐요. 무지개다!"

"아아, 정말이네요?"

남식의 손가락에 따라 다들 아쉽게 고개를 돌렸다. 해맑게 무지개를 보는 남식과 달리 하와이에 있는 동안 지겹게 무지개를 본 비서들은 여전히 여운에 취한 얼굴로 방금 본 모습을 머릿속에 박제하고 있었다.

그런 여자들 사이에서 지유는 서국의 몸을 가리고 싶은 충동을 억누르며 억지 미소를 지은 채 중얼거렸다.

"예쁘네요. ……정말."

사람 속도 모르고.

◆ ◇ ◆

운치 있는 야외 가든에서 이천호 회장과 박대철 회장 부부가 나란히 앉아 있었다. 차를 마시며 담소를 나누는 그들에게 태희가 뛰어왔다.

"늦어서 죄송해요."

그녀가 숨을 급히 몰아쉬며 천호와 명진에게 예의 바르게 고개를 숙였다.

"늦을 수도 있는 거지, 뭘. 요즘 많이 바쁠 텐데."

"네. 서국이와 함께하는 신규 브랜드 건으로 조금 정신이 없네요."

태희가 애교 있는 미소를 지으며 자리에 앉았다.

"신규 브랜드 건? 그게 뭐니?"

영주가 처음 듣는 소리라는 듯 쳐다보자 태희가 대수롭지 않은 표정으로 말했다.

"서국이와 브랜드 콜라보 하기로 했거든."

"이 이사와?"

영주가 당황한 얼굴로 이 회장 내외를 빠르게 번갈아 봤다. 그러고는 태희에게 얼른 미소를 지었다.

"이왕이면 정훈이와 하는 게 낫지 않겠니? 너 정훈이랑도 친하고 이런 건 훨씬 더……."

"이건 서국이와 하고 싶어. 내 새로운 호텔 브랜드에 서국이가 만든 SU의 명품 이미지가 필요해."

나긋하지만 단호한 어조로 말한 태희가 가만히 바라보자 영주가 난처한 시선으로 주위를 살폈다.

"그래도 정훈이와 하는 게……."

"태림건설의 SU 브랜드, 이서국이 성공시킨 거 업계 사람 다 아는데 정훈 오빠와 하는 것도 이상하잖아."

영주가 태희만 보도록 짧게 못마땅한 표정으로 눈치를 줬는데도 태희가 웃는 얼굴로 말을 이었다.

"내 첫 사업인데 꼭 성공시키고 싶어. 그러기 위해선 이서국의 SU 브랜드가 꼭 필요해. 엄마."

영주가 입술만 달싹이자 천호가 나섰다.

"태희가 새로 시작하는 일에 어려움이 없도록 이 이사에게 많이 도와주라고 일러 둬."

"그래야겠네요."

대답하는 명진의 모습을 보며 태희가 조용히 입술 끝을 휘어 올렸다.

"……."

천호까지 나선 이상 영주도 더는 아무 말도 하지 못했다.

"너 엄마한테 상의도 안 하고 그런 걸 결정하면 어떡하니?"

영주는 집에 오자마자 현관 앞에서 태희에게 분통을 터뜨렸다. 얼굴이 붉으락푸르락해져 있는 영주를 태희가 이상하다는 듯 쳐다봤다.

"상의? 어떤 거? 아, 브랜드 콜라보 건 말하는 거야?"

"아무리 이 이사 브랜드가 필요하다고 해도 그렇지, 그걸 맘대로 결정해 버리고 통보하면 어떡해. 정훈이가 오해할 수도 있는 거고."

영주의 흥분한 목소리에 태희가 해사하게 웃었다.

"이미 이 회장님도 다 아는 사실인데 뭐."

영주가 멈칫거렸다.

"아시다니? 언제?"

"진작 말씀드렸어. 이 회장님이 먼저 허락하셔야지 추진할 수 있을 것 같아서."

"너 진짜……."

할 말을 잊은 듯 보고 있는 영주를 태희가 이상하다는 듯 바라봤다.

"그런데 정훈 오빠가 뭘 오해한다는 거야?"

태희가 빤히 쳐다보자 영주가 당연하다는 듯 언성을 높였다.

"오해할 수 있지! 명색이 첫 사업이라며? 그 중요한 일을 결혼할 자신이 아니라 동생과 진행한다고 하면 누구라도……."

영주의 말을 태희의 담담한 목소리가 끊었다.

"나 정훈 오빠와 결혼할 생각 없어."

"뭐?"

영주의 눈이 휘둥그레졌다. 잠시 할 말을 잊은 듯 보고 있던 영주가 창백해진 얼굴로 말했다.

"너 예전엔 분명……."

"엄마도 참, 언제 적 얘길 하는 거야?"

태희가 눈을 찡그리고는 소리 내서 웃었다. 그러고는 나긋하게 말을 이었다.

"그땐 어려서 그랬지. 여자는 나이 들면서 사고방식도 변하고 남자 보는 눈도 완전히 바뀌는 거 몰라?"

그것도 모르냐는 듯 핀잔주는 소리에 영주는 기가 찬 표정을 지었다.

"그, 그래도 너……."

"어쨌든 난 정훈 오빠와 결혼할 일 없고, 그럼 이번 사업에 문제없는 거잖아. 그렇지? 난 피곤해서 먼저 들어갈게."

영주를 남겨 둔 태희가 정말 피곤하다는 듯 하품을 하며 문을 열고 집 안으로 들어갔다.

"재가 진짜……."

뒤에 남은 영주가 황당한 얼굴로 닫히는 문을 바라보고 있었다.

◆ ◇ ◆

태림그룹 회장실로 서국이 들어섰다.

키가 훤칠한 그가 들어서자 회장실의 비서들이 몸을 일으켜 인사했다. 서국도 정중히 고개를 숙이며 집무실로 향했다.

달칵.

문을 열고 들어서니 천호와 태희가 가죽 소파에 앉아 있었다.

"부르셨습니까."

이 회장에게 인사한 서국은 그 옆에 천호의 비서실장인 유흥민이 서 있었는 것을 보고 짧게 묵례했다.

"오랜만이군요."

사람 좋게 생긴 유 실장이 서국의 인사를 받으며 싱긋 웃었다.

날카로운 성정의 이천호 회장의 심복인 유 실장은 겉으로는 유하고 사람 좋아 보였다. 하지만 속은 이 회장과 동류였다. 특히 사람에 대한 판단력이 좋고 촉이 좋은 걸로 유명했다. 평사원으로 입사해 지금의 자리까지 오르게 한 건 그 능력 덕분이었다.

"앉아라."

천호의 말에 서국이 태희의 맞은편에 앉았다. 상석에 앉아 있는 천호가 곧바로 입을 열었다.

"태희에게 먼저 들어서 알고 있다고 하니 긴말 필요 없겠지."

운을 띄운 천호가 서국을 쳐다봤다.

"서국이 너에게도 좋은 기회가 될 테니 태희 도와서 성과를 내 봐."

"알겠습니다."

"계약서 초안은 태희가 만들어 왔다니까 오늘 검토해 보고 진행하도록 하고."

"네."

건조하게 대답하는 서국의 얼굴에 천호의 날카로운 시선이 향했다.

"이 일, 처음엔 이 상무에게 주려고 했던 일이다. 태희가 고집스럽게 너와 하겠다고 나와서 그냥 둔 거야."

"……."

서국이 표정 없이 천호를 응시했다.

"상무실에 넘어갈 뻔한 일이니 더 의욕을 보이란 말이다."

자신의 심리를 꿰뚫어 보려는 듯한 이 회장의 눈빛을 담담히 맞받으며 서국이 말했다.

"회장님께서 원하신다면 상무실에서 추진하셔도 됩니다."

그의 말에 천호의 눈썹이 치켜 올라갔다.

"뭐야?"

서국을 긁어서 의욕을 끌어내려던 천호는 도리어 본인의 심기가 상해 언성을 높였다. 서국은 무감하게 그를 마주 보며 말했다.

"그걸 원하신다고 말씀하셨지 않습니까."

그런 배려에 비굴하게 감사하다고 말할 생각 없다는 듯 서국이 잘라 말했다. 태연한 그의 얼굴에 천호의 표정이 더 불쾌해졌다.

"그만 둘 다 나가 봐라."

천호가 인상을 굳히고 말했다. 곧 서국과 태희가 자리에서 일어섰다. 태희가 먼저 다소곳하게 고개를 숙였다.

"많은 도움 주셔서 감사합니다. 회장님."

"그래. 열심히 해 봐."

"기대에 부응하도록 노력할게요."

살갑게 천호에게 웃어 보인 태희가 유 실장에게도 인사하고 서국을 따라 집무실을 나갔다.

탁.

문이 닫히자마자 천호가 노기 어린 음성을 흘렸다.

"나이를 먹어도 저리 욕심이 없어서야 원."

을 보고 있던 유 실장이 그에게 고개를 돌렸다.

"이 이사님 말씀입니까?"

"그럼 누굴 말하겠나."

불편한 기색을 보이는 천호에게 유 실장이 빙긋 웃어 보였다.

"업무 능력은 누구보다 탁월하다고 호평이 자자합니다."

"잘하기만 하면 뭐 해. 큰 사업에 달려들 줄은 모르고 제 앞에 주어진 것만 하는데."

"그것만큼 좋은 게 있겠습니까. 자기 욕망을 주체 못 해서 스스로 파멸의 길로 가는 사람들 많이 봤지 않습니까."

"주주들이 바라는 건 대범한 결단력과 추진력이야. 그래야 회사가 발전한다고 생각하니까."

이천호 회장 본인이 그 능력으로 성공해서 회사를 이만큼 키워 냈다. 부친에게 물려받았을 땐 그다지 유명하지 않았던 기업을 이 나라 최상위의 반열에 올려놓은 건 회장 본인의 능력이 가장 컸다. 그건 누구도 부인하지 못하는 사실이었고, 그래서 그는 더욱 자신 같은 대범한 리더십을 선호했다.

'그런데 그 녀석은.'

천호의 고집스러운 눈매가 못마땅하게 가늘어졌다.

첫째인 정훈은 서글서글하고 진취적인 성향이라 그의 마음에 들었다. 그런데 둘째 서국은 어릴 때 몸이 약해서 그런지 모든 일에 아무런 욕심이 없어 보여 볼 때마다 그의 심기를 건드렸다. 방금처럼.

“이 이사님의 업무 스타일이 정확히 방금 회장님께서 말씀하신 그대로 같은데요.”

“뭐야?”

유 실장의 말에 천호가 되도 않는다는 듯 언성을 높였다.

“좀 전에도 못 봤어? 남에게 가도 상관없다고 나오는 거.”

“그건 이 사업 자체를 그리 메리트 있게 보지 않기 때문일 겁니다.”

회장이 삐뚜름한 시선으로 싱글거리는 유 실장을 쳐다봤다.

“자네 사람 보는 눈도 다 갔군.”

“글쎄요. 시간이 알려 주겠죠.”

“나보다 내 아들을 자네가 어떻게 더 잘 안다고!”

한마디도 지지 않고 맞받아치는 말에 천호가 역정을 냈다. 화를 내면 주위 사람들을 완전히 얼게 만드는 사나운 음성에도 유 실장은 넉살 좋은 웃음을 짓고 있었다.

“이사님이 일하는 모습이 어떤지 많이 들어서요.”

멈칫한 천호가 눈을 가늘였다.

“그러고 보니 자네 아내가…….”

천호가 생각에 잠긴 채 제 턱을 손가락으로 쓸었다.

유 실장의 말이 이어졌다.

“이 이사님이 회장님께서 생각하시는 만큼 욕심 없는 사람은 아닐 겁니다. 분명 언젠가 드러날 시기가 있을 테니 기다려 보십시오.”

“그런 기대 없네. 난 평생 봐 왔어.”

천호는 유 실장의 말을 귀담아듣지 않고 무시하듯 말했다.

똑똑.

그때 노크 소리와 함께 집무실 문이 열렸다.

"회장님, 김 전무님 오셨습니다."

비서 뒤에서 김 전무가 집무실로 들어섰다. 창립멤버인 김 전무는 천호와 개인적인 친분도 깊은 사람이었다.

"안녕하십니까."

"오, 그래."

유 실장이 예의 있게 인사하자 김 전무가 웃으며 받았다.

"방금 이 이사 왔었나? 들어오다가 만났는데."

김 전무가 싱글벙글한 얼굴로 소파에 앉으며 말했다.

"요즘 이 이사 잘한다고 칭찬이 아주 자자해. 우리 회사의 보배 아닌가."

"보배는 무슨."

천호가 삐뚜름한 시선으로 김 전무를 쳐다봤다. 안 그래도 조금 전 유 실장과의 실갱이로 기분이 언짢았는데 김 전무가 더 그 심기를 거슬렀다. 김 전무가 너털웃음을 터뜨렸다.

"자네는 유독 이 이사에게 불만이 많아. 저렇게 잘하는데."

"수동적 인간이 잘해 봐야 얼마나 잘하겠나."

"쯧쯧. 자네도 생각이 구식이구만."

"뭐야?"

천호가 인상을 구겼지만 그의 오랜 친구인 김 전무는 눈 하나 깜짝 않고 말했다.

"요즘은 예전처럼 불도저식으로 밀어붙이는 리더를 추구하지 않는 시대라는 거 모르나? 철저히 계산적이고 겉으론 수를 숨길 줄 아는 이 이사 같은 리더를 선호하지."

천호가 코웃음 쳤다.

"허! 열정도 없는 리더를 누가? 이 상무가 곧 성과를 보일 거네."

"이 상무도 그럴 수 있겠지. 그래도 이미 만든 실적과 기대 심리만 있는 건 전혀 다른 문제 아닌가. 임원들은 당장 눈에 보이는 성과를 원하는데."

"기다려 봐. 지금이야 본사 들어온 지 얼마 안 돼서 그렇지만, 곧 이 이사를 능가하는 성과를 보일 테니."

자신만만하게 말하는 천호를 보던 김 전무가 어깨를 으쓱이며 유 실장을 쳐다봤다.

'자식 문제에선 말이 안 통하는군.'

김 전무의 생각을 알아챈 유 실장이 그저 빙긋이 웃었다. 유 실장의 미소와는 달리 김 전무의 얼굴에는 우려가 어렸다.

회장실에서 나온 태희는 서국과 마주 섰다.

"계약서는 네 집무실에서 확인해야겠지?"

"내가 확인해 볼게."

계약서를 달라는 듯 서국이 손을 내밀자 태희가 그 손을 가만히 바라봤다.

"……하긴. 네가 더 잘 알겠지. 열심히 만든 만큼 너랑 얘기할 생각에 괜히 나만 들떴네."

태희가 씁쓸한 미소를 지으며 말하자 서국이 서늘한 시선으로 그녀를 내려다봤다.

"사업을 어린 시절 소꿉장난처럼 생각하면 곤란해."

"그렇게 생각하는 거 아니……."

반박하려던 태희가 멈칫했다. 엘리베이터에서 마침 지유가 내리고 있었다. 그녀를 본 태희가 눈을 빛냈다.

"알았어. 줄게."

태희가 제 가방을 열었다. 서류 봉투를 꺼내며 그에게 한 걸음 다가갔다.

"여기, 앗……!"

높은 굽을 신은 채로 발을 헛디딘 태희가 비틀거렸다. 순간 그녀의 몸이 서국 쪽으로 쏠렸다. 서국의 가슴에 안기듯 매달린 순간, 그들을 보고 있는 지유와 태희의 눈이 마주쳤다.

"!"

두 사람의 모습에 잠시 멈칫한 지유가 곧 회장실로 들어갔다.

'……훗.'

태희가 입술을 비틀어 올리고는 웃음을 삼켰다. 다음 순간 태희가 빠르게 몸을 일으켰다.

"미안. 오늘 구두가 처음 신은 거라 길이 안 들었나 봐. 서류 여기."

웃으며 변명한 태희가 서류를 서국에게 넘겼다. 건네받은 그가 습관적으로 시계를 보며 말했다.

"확인하고 연락 줄게."

"응. 연락 줘."

"그럼."

몸을 돌려 엘리베이터로 향하는 서국에게 손을 흔든 태희가 회장실 문을 힐금 쳐다봤다.

"……."

여우 같은 시선으로 표독스럽게 쳐다본 그녀가 입술을 휘어 올리곤 몸을 돌렸다.

그 시간, 지유는 회장실 안의 비서팀에 있었다.

"이정훈 상무님 결재 요청 서류입니다. 여기에 두면 될까요?"

지유가 빈 책상에 두며 말하자 책상 주인이 탕비실 쪽에서 걸어왔다.

"네. 거기에 두시면 돼요. 언제까지 드리면 되나요?"

"다음 주까지 해 주시면 돼요."

"알겠습니다. 그럼 수고하세요."

인사한 지유가 회장실을 나왔다. 나와 보니 서국도, 태희도 보이지 않았다.

"그때 말한 일 때문인가?"

지유가 하와이에서 태희를 만났을 때 들었던 일을 떠올렸다. 같이 진행하는 사업이 있으니 회사 내에서 두 사람이 함께 있는 모습을 보는 건 이상한 일이 아니지만…….

"아깐 나 보라고 일부러 그런 것 같은데."

지유의 눈에 의심이 어렸다. 본 장면 자체도 찜찜하지만 순간적으로 시선이 마주쳤을 때의 박태희 표정이 더 찜찜했다.

'박태희가 나에게 그럴 이유는 없잖아.'

문이 열린 엘리베이터에 탄 지유가 슬쩍 눈썹을 휘어 올렸다.

"이사님이 의도하진 않았겠지만…… 그래도 기분 나쁘네. 역시."

지유의 입술이 삐죽 나왔다.

오후가 되었지만 지유는 일에 집중할 수 없었다. 태평양 같은 서국의 넓은 가슴에 태희가 안기듯 기댄 장면이 머릿속에 계속 맴돌고 있기 때문이었다.

'잊자, 잊어.'

누가 봐도 넘어지는 장면이었고 서국 쪽에선 태희를 조금도 터치하지 않았으니까.

그런데도 왜 이리 화가 뽀롱뽀롱…… 에잇, 그만하자니까?

머리를 푸르르 흔든 지유가 일에 집중하려고 애쓰다가 퍼뜩 정신이 들었다.

'아! 임원회의!'

신경이 다른 데 쏠려 하마터면 임원회의를 잊을 뻔하다니!

시간을 체크한 지유는 서둘러 회의 준비를 시작했다. 다행히 늦지 않게 제정신이 든 덕분에 완벽하게 준비를 끝내고 회의실로 향할 수 있었다.

"잘해야 하는데."

정훈이 엘리베이터에서 중얼거리는 목소리에 지유가 그를 쳐다봤다.

"긴장되세요?"

"응. 조금."

정훈이 머쓱한 듯 웃었다. 사실 오늘 있는 회의는 꽤 중요했다. 정훈이 최근 공들인 신규 사업에 대한 구상도를 어느 정도 내보여야 하기 때문이다.

"준비 많이 하셨잖아요. 그대로만 하시면 돼요."

"준비야 비서팀에서 해 준 거고…… 정 실장이 이렇게 애써서 다 만들어 줬는데 내가 못할까 봐 그렇지."

"잘하실 거예요."

지유가 생긋 웃어 보이자 정훈이 그 얼굴을 보고 기운을 차린 듯 웃었다.

"그래. 고마워. 정 실장."

우려와 달리 정훈은 지유의 기대보다 PPT를 훨씬 잘 해냈다. 중간중간 실수를 할 뻔하긴 했지만, 지유의 적절한 대응으로 남들이 눈치채기 전에 넘어갈 수 있었다. 다만 그걸 눈치챈 사람은 한 명 있었다.

"……."

다정하게 정훈을 챙겨 주는 지유의 모습에 서국의 날카로운 시선이 박혀 있었다.

그는 알고 있었다.

정확하게 정훈이 어디에서 실수했는지. 지유가 어디에서 어떤 도움을 줬는지. 서국 자신은 실수가 없는 사람이라 한 번도 겪어 본 적 없는 일이지만, 막상 눈앞에서 그녀가 정훈의 실수를 돕는 모습을 보니 심기가 뒤틀렸다. 정지유의 능력을 이런 식으로 아는 것을 바라지 않았다.

서국이 서늘한 얼굴로 지유를 응시했다.

"휴우, 무사히 끝났네. 고마워. 정 실장."

"아닙니다. 잘하셨어요. 상무님."

지유도 아찔한 위험의 순간이 몇 번 있었지만 차분한 얼굴로 정훈을 향해 웃어 보였다. 마주 웃은 정훈이 그녀에게 말했다.

"김 상무님과 회장실에 좀 들렀다 갈게."

"네."

정훈이 김 상무와 함께 멀어지고 난 뒤 지유는 자료들을 정리했다. 그사이 사람들이 회의실을 빠져나갔다. 마지막으로 자료를 들고 회의실을 빠져나오려던 지유가 멈춰 섰다.

"어?"

서국이 문 앞에 우뚝 서 있었다. 슈트 바지 주머니에 손을 찔러 넣은 채 미간을 좁힌 그를 보자 지유가 눈을 동그랗게 떴다.

"이사……."

문 앞에 서 있던 서국이 긴 다리를 뻗어 안으로 한 걸음 들어섰다. 그가 성큼 들어오자 지유는 저절로 한 걸음 뒤로 물러서게 됐다.

탁.

그녀를 회의실 안으로 밀어 넣은 서국이 문을 닫았다.

"……."

심상치 않은 얼굴을 한 그가 쏘아보자 지유는 본능적으로 괜히 움츠러들 것만 같았다.

"같이 온 선희 씨는……."

"먼저 보냈습니다. 내가 볼일이 남아서."

그는 지금 화가 난 것이 분명했다. 낮게 깔리는 목소리로 말한 서국이 한 걸음 더 다가오자 지유도 재빨리 한 걸음 뒤로 물러섰다.

'위, 위험해.'

지유의 시선이 빠르게 주변을 훑었지만 이 커다란 남자에게서 도망칠 구석은 요만큼도 없었다. 대치 상태로 그의 얼굴을 살피며 지유가 침을 꿀꺽 삼켰다.

지금 이서국은 또 위험천만한 상태다. 저 집요하게 박히는 시선도 그렇고, 팽팽하게 긴장시키는 분위기도 그렇고…….

"무슨…… 볼일이실까요?"

지유가 애써 웃으며 긴장한 얼굴로 뒷걸음질 쳤다.

"이제 그만 애태웠으면 좋겠는데."

"네? ……엇."

끼익.

뒤로 물러서던 지유의 엉덩이가 회의용 테이블에 닿았다. 그러자 바로 앞까지 다가온 서국이 두 팔을 뻗어 그녀의 양옆을 짚었다.

갇혔…….

순식간에 커다란 몸에 갇힌 지유는 서국과 바로 앞에서 시선을 맞추게 되었다. 그의 진한 눈빛이 그녀를 똑바로 응시했다.

"언제 돌아올 겁니까?"

서국이 본론을 치고 들어오자 지유가 빠르게 입을 열었다.

"기다려 주신다고 하셨잖아요."

"……."

노려보는 시선에 지유는 순간 움찔했지만 가까스로 표정을 유지했다.

"질문을 바꾸죠."

그가 낮게 말했다.

"당신이 이정훈에게 웃어 주는 모습을 보는 걸 언제까지 견뎌야 합니까?"

앗!

서국이 고개를 기울이자 더 가까이 다가온 얼굴에 지유가 목을 뒤로 뺐다. 그래도 지나치게 가까웠다.

'여, 여긴 회산데…….'

게다가 방금 회의가 있던 임원회의실이건만 이 남자는 지금 그건 안중에도 없는 듯 보였다.

"그게…… 적어도 인수인계까지는 기다리셔야……."

"못 기다릴 것 같은데요. 하루도."

잠긴 목소리와 함께 그가 입술이 닿을 듯 다가왔다.

"앗, 잠깐만요. 여기선…… 하읍."

서국의 망설임 없이 그녀의 입술을 삼켰다. 작은 입술을 벌리고 들어간 그가 그녀의 말캉한 혀를 욕망 어린 움직임으로 휘감아 빨아들였다.

혀와 혀가 얽혀들며 야하게 젖은 소리가 빈 회의실에 울렸다. 숨도 쉴 수 없을 만큼 진하게 키스하자 지유는 머릿속이 아찔해졌다.

"하아!"

입술이 풀려나자마자 가쁜 숨결이 터져 나왔다. 지유의 눈앞엔 열기로 물든 서국의 짙은 눈동자가 있었다.

"난 질투로 미쳐서 아무것도 안 들려. 아무것도 안 보이고."

욕망으로 가라앉은 목소리가 야릇하게 그의 젖은 입술에서 흘러나왔다.

"오직 정지유 당신만 보인단 말입니다."

"……."

"이기적인 생각이란 거 알지만, 이정훈과 같이 있는 모습을 볼 때마다 억지로 끌고 와서 내 옆에 두고 싶어집니다."

서국이 한 마디 한 마디 낮게 토해 낼 때마다 지유는 숨도 쉴 수가 없었다. 강렬한 시선에 꼼짝도 못 한 채 감겨들어 있던 지유가 입을 열었다.

"……이사님 곁으로 가면……."

"가면?"

"……."

"말해."

지유가 입을 다물고 쳐다 보는 시선에 서국이 초조함을 숨기지 못하고 드러냈다.

그녀는 발갛게 물든 얼굴로 망설이다가 시선을 살짝 올려 눈을 맞췄다.

"지금처럼 이러실 거예요?"

"……더할 것도 같은데."

귀엽게 올려다보는 시선에 서국이 참을 수 없다는 듯 그녀의 입술을 살짝 머금어 빨아들였다.

"읏."

아랫입술에 느껴지는 야릇한 감각에 지유가 신음을 흘렸다. 그 목소리에 더 흥분한 듯 그가 깨물 듯 잘근거리며 낮게 속삭였다.

“지금까지 참아 와서 나도 어떨지 모르겠어.”

“그, 그럼 전 못 가요.”

지유가 뒤로 고개를 살짝 빼며 말하자 서국의 얼굴이 굳었다. 지유가 발갛게 물든 얼굴로 난감하게 말했다.

“이렇게 짐승처럼 나오시면 제가 업무를 어떻게 보겠어요?”

“그럼 앞에 두고 키스도 하지 말란 말입니까.”

미간을 일그러뜨리고 하는 말에 지유가 펄쩍 뛰듯 말했다.

“회사에선 그럼 안 되죠!”

그녀의 말에 서국의 눈빛이 묘하게 빛났다.

“그럼 다른 데선 허락하는 겁니까?”

“네? 그, 그거야…….”

지유가 더 붉어진 뺨으로 말끝을 흐렸다. 사실 이렇게 물고 빨고 한 마당에 내숭 떨기도 어려운 일이었다. 그때 서국이 손을 뻗어 지유의 통통하게 보풀아 오른 입술을 가볍게 쓸었다.

“알겠습니다.”

엄지로 입술을 느릿하게 쓸며 그가 내려다봤다.

“회사에선 손가락 하나 건들지 않죠. 그럼 됩니까?”

그런 야한 얼굴로 하는 말을 믿으라고요……?

지유는 고민스러웠지만 이미 머릿속에 산소가 부족해진 모양인지 생각을 깊게 하기 힘들었다.

“알았어요. 최대한 인수인계를 앞당겨 볼 테니 조금만 기다려 주세요.”

오늘 발표까지가 지유 자신도 정해 놓은 목적이었다. 이제 상무실 비서팀의 체계도 잡아 뒀고 슬슬 이동을 준비하려던 참이었다. 처음부터 돌아갈 것을 염두에 두고 일했기 때문에 매뉴얼도 만들어져 있어 더 수월할 거였다.

'하지만 그런 말을 하면 당장 오라고 할 거 같으니 그건 말하지 말자.'

조금만 방심하면 비서실장으로서의 본분을 잊고 서국이 하자는 대로 다 할 것 같아서 조심할 필요는 있었다. 지유가 속으로 그런 생각을 하고 있는데 그가 진지한 눈으로 그녀를 바라봤다.

"하루하루 피가 마르니까, 최대한 빨리 부탁합니다. 정 실장님."

"네. 이사님."

지유가 곧장 대답하자 서국이 의심의 눈초리를 가늘였다.

"대답만 하는 거 아닙니까?"

"아니에요. 그런 거."

지유가 생긋 웃었다. 솔직히 기분은 좋았다. 이서국이 자신에게 이렇게 안달하는 모습이 싫을 리가 없으니까.

잠시 생각하던 그녀가 말했다.

"……혹시 오늘 저녁에 시간 괜찮으세요?"

지유의 말에 서국이 곧장 대답했다.

"괜찮습니다."

"그럼 저랑 술 한잔 하실래요?"

그녀의 제안에 서국의 눈이 조금 의외의 빛을 띠었다가 이내 진중해졌다.

"좋습니다. 퇴근 후 보죠."

"네. 그때 봬요."
지유가 해사하게 웃으며 그의 앞에서 빠져 나왔다.
"이제 그만 사무실로 돌아가야……."
몸을 돌리던 지유가 문득 생각난 듯 서국을 바라봤다.
"저, 이사님. 그런데 아까……."
"아까?"
"……."
서국이 되묻는 말에 지유가 잠시 생각하다가 얼른 웃어 보였다.
"아니에요. 누가 올 수도 있으니 우선 나가요. 우리."
미소로 무마한 지유가 문 쪽으로 앞서 걸어갔다.
'역시 그건 안 물어보는 게 좋겠지.'
머릿속에 떠올린 아까 태희와 함께 있던 그의 모습을 지우며, 지유가 문손잡이를 잡았다. 그때 서국이 그녀의 손 위를 가만히 덮었다.
'어?'
지유의 뒤에 바짝 다가선 그가 느껴지고 낮은 목소리가 귓가에 내려왔다.
"저녁이 되기까지 꽤 지루할 것 같군요."
"……."
"기다리겠습니다."
서국이 속삭이듯 은밀히 말하며 문을 열었다.
달칵.
열린 문으로 한 걸음 나간 지유가 돌아보자 그가 진지한 눈빛으로 그녀를 보고 있었다. 먼저 가라는 듯 응시하고 있는 시선에 지유가 숨을 삼키며 돌아섰다. 뺨에 열기가 맺힌 지유가 두근대는 가슴으로 엘리베이터로 향했다.

08

회장 집무실에선 이천호 회장과 정훈, 그리고 김 상무가 함께 앉아 있었다. 그리고 언제나처럼 유 실장이 회장 뒤쪽에 단정히 서 있었다.

"내용 잘 들었으니 김 상무는 먼저 나가 보게."

"네. 회장님."

천호의 말에 김 상무는 자리에서 일어나 깍듯이 인사하고 돌아섰다. 김 상무가 방을 나가자 천호는 정훈에게 시선을 향했다.

"일은 잘 진행되고 있는 게야?"

"최선을 다하고 있습니다."

정훈이 곧장 대답했다.

천호는 미소 짓고 있는 정훈의 얼굴을 가느스름한 눈으로 쳐다봤다.

"주변의 평은 나쁘지 않지만, 그렇다고 썩 좋지도 않아. 모든 실적은 이 이사와 비교된다는 건 알고 있지?"

"알고 있습니다."

자신만만하게 말했지만 정훈의 얼굴에 보이지 않는 긴장의 빛이 어렸다.

"앞으로 어떻게 할 생각인지 말해 봐라."

"아직 본사 온 지 얼마 되지 않았으니 더 열심히 해서 모두에게 인정받을 수 있도록 노력하겠습니다."

진지하게 말하는 정훈을 천호가 유심히 바라봤다.

"자신은 있고?"

"머지않아 반드시 인정받을 자신이 있습니다."

날카로웠던 천호의 얼굴에 유한 웃음이 걸렸다.

"패기는 좋군."

만족스럽게 고개를 끄덕인 천호가 이어 말했다.

"열심히 해 봐. 언제 그 성과가 이뤄지는지 지켜볼 테니."

"최선을 다하겠습니다."

"아, 그리고."

몸을 일으키려던 정훈이 천호의 말에 움직임을 멈췄다. 천호가 그를 쳐다보며 말했다.

"이번에 태희 첫 사업을 이 이사와 함께한다던데. 알고 있던 일이야?"

정훈의 눈이 미세하게 흔들렸다.

"태희가…… 말입니까?"

“몰랐던 게군. 태희가 새 호텔 브랜드를 맡게 되었는데 이 이사의 SU 브랜드와 잘 맞는다고 함께해 본다고 하더만.”

천호의 설명에 정훈의 표정이 굳어 갔다. 그 얼굴을 힐긋 쳐다본 천호가 조언하듯 말했다.

“정훈이 너에게도 그런 게 필요해. 누가 봐도 이건 이정훈 실적이다, 할 수 있을 정도의 성과를 보이란 말이다.”

“네. 노력하겠습니다.”

대답한 정훈이 고개를 숙이고 집무실을 나섰다.

“저도 나가 보겠습니다.”

유 실장도 밖으로 나왔다. 그와 함께 비서실로 향하던 정훈이 조금 가라앉은 목소리로 말했다.

“주변에서 서국이와 비교하는 말이 많이 나오는 모양이죠? 저렇게 말씀하시는 걸 보면.”

유 실장이 정훈에게 시선을 돌렸다. 정훈은 착잡한 미소를 짓고 있었다. 정훈의 표정을 보던 유 실장이 서글서글하게 웃으며 대답했다.

“그보다는 상무님께서 빨리 자리 잡길 바라시는 마음에 당부하시는 걸 겁니다.”

“그런 마음도 있으시겠지만…… 후, 진짜 더 열심히 해야겠네요.”

정훈이 어두운 얼굴로 한숨을 내쉬었다. 유 실장이 위로하듯 말했다.

“후계자의 자리는 언제나 고충이 따르게 되어 있습니다. 그러니 힘내십시오.”

"그래야겠죠. 가 보겠습니다."

기운 없는 웃음으로 인사한 정훈이 회장실을 나섰다.

"……."

멀어지는 정훈의 뒷모습을 유 실장이 가만히 지켜보고 있었다.

◆ ◇ ◆

MG 백화점은 국내 최고의 매출을 올리는 강남 노른자 땅에 위치해 있었다. 몇 년 전 SU건설이 새롭게 리모델링 하며 세련된 외관으로 더욱 큰 화제가 된 이 백화점은 이천호 회장의 부인 최명진 사장이 근무하는 곳이었다.

탁!

집무실 책상 위에 결재 서류가 소리 나게 떨어졌다. 그 소리에 움찔 놀란 본부장이 당혹스러운 얼굴로 앞에 앉은 오너를 바라봤다.

명진은 'CEO 최명진'이라고 새겨진 명패가 놓인 널찍한 책상 앞에 앉아 있었다. 그녀는 세련된 커트 머리에 품위 있고 우아한 슈트를 입고 있었다. 날카롭게 각이 진 안경이 더욱 빈틈없고 차가운 인상을 줬다. 명진에겐 표정 없이 응시하기만 해도 온몸의 피를 얼어붙게 만들 정도의 카리스마가 있었다.

"다시 작성해서 올려요."

"죄송합니다! 다시 하겠습니다."

서늘한 목소리에 빠르게 결재 서류를 집어 든 본부장이 고개를 숙이고 허둥지둥 나갔다. 잔뜩 주눅이 든 남자의 뒷모습을 차가운 시선으로 응시하던 명진이 안경을 벗어 내려놨다.

툭, 던지듯 안경을 내려놓은 명진이 손가락으로 미간을 누르며 짜증을 눌렀다. 그때 노크 소리가 들렸다.

똑똑.

명진의 시선이 문 쪽으로 옮겨 갔다. 곧 문이 열리더니 박애경 비서실장이 모습을 드러냈다.

"무슨 일이지?"

명진의 물음과 함께 박 실장 앞으로 태희가 고개를 빼꼼 내밀었다.

"사장님."

"태희니?"

애교 있는 웃음을 지으며 태희가 나타나자 명진이 의아스러운 표정을 지었다.

태희가 문 앞에 선 채 말했다.

"차 한 잔 얻어 마실 수 있을까 해서 왔는데 바쁘세요?"

긴 머리칼을 귀 뒤로 넘기며 태희가 조심스럽게 하는 말에 명진이 눈짓했다.

"괜찮으니 들어와."

"여기가 아니라……."

살짝 민망한 듯 웃은 태희가 말을 이었다.

"여기 본점 스카이라운지 케이크가 정말 맛있다던데 괜찮으시면 거기서 마셔도 될까요?"

"그럼 그렇게 해."

명진이 선뜻 몸을 일으키며 대답했다.

여심을 저격할 만한 고급스러운 인테리어에 탁 트인 경관을 자랑하는 부티크 카페에 명진과 태희가 들어섰다.

"사장님? 어머, 안녕하세요."

급작스러운 오너의 방문에 카페 점장이 당황한 얼굴로 인사하며 다가왔다.

"그냥 차 마시러 온 거니까 신경 쓰지 말고 일 봐요."

"아, 그럼 편하신 자리에 앉으세요."

"저쪽 자리에 앉아요. 우리."

태희가 가장 바깥 경치가 잘 보일 만한 자리로 앞서 걸어갔다. 명진과 태희가 테이블로 가는 사이 뒤에 서 있던 박 실장의 팔을 점장이 잡아끌었다.

"오실 거면 미리 말씀 좀 해 주시지 그랬어요."

난처하게 속닥거리는 소리에 박 실장이 태희 쪽을 시선으로 가리켰다.

"갑자기 오신 손님이 가자고 하신 거라서요."

"그래도……."

"긴장하실 거 없으니 평소대로 하세요."

점장은 입술을 달싹이다가 한숨을 쉬고 멀어졌다. 그 모습을 힐긋 바라본 박 실장은 명진과 태희가 앉아 있는 테이블로 시선을 돌렸다.

최명진이 긴장하지 않을 수 없는 상대라는 걸 박 실장 역시 잘 알고 있었다. 지나치게 그녀를 어려워하는 사람들이 많았기 때문에 이젠 그러려니 하는 부분이었다.

"어머, 진짜 소문날 만하네요. 크림이 너무 부드럽다. 달지도 않고 맛있어요."

먹기 아까울 정도로 예쁜 모양의 케이크를 한 입 먹은 태희가 감탄 어린 표정을 지었다.

"다행이네."

명진이 대답하며 찻잔에 담긴 블랙티를 우아한 동작으로 입술로 가져갔다.

"사장님도 여기서 케이크 드셔 본 적 있으세요?"

"아니. 처음이야."

명진의 말에 태희가 눈을 크게 떴다가 곱게 접으며 웃었다.

"영광이네요. 저와 처음 드신다니."

"……."

대답 대신 희미한 미소를 지은 명진이 차를 한 모금 더 마셨다.

탁.

"그런데, 케이크만 먹자고 온 건 아닐 것 같은데."

잔을 내려놓으며 명진이 태희를 쳐다봤다.

"나한테 할 말이 있어서 온 거 아니니?"

"아……."

살짝 눈을 굴린 태희가 밉지 않게 웃어 보였다.

"아니에요. 진짜 그냥 같이 차 마시고 싶어서 온 거예요."

"그래?"

"실은 제가 미국 가 있는 동안 오래 인사도 못 드리고……."

포크를 내려놓은 태희가 망설이듯 찻잔을 매만졌다. 찻잔으로 고개를 숙이자 인형 같은 작고 하얀 얼굴에 결 좋은 머리칼이 흘러내렸다.

"한국 온 다음에 따로 인사드리려고 했는데 여러 가지로 바빠서 가족 모임 때만 뵌 것 같아서요."

"그게 마음에 걸렸어?"

가족 모임만으로 충분하지 않나는 눈빛으로 명진이 쳐다보자 태희가 얼른 입을 열었다.

"전 사장님 같은 오너가 되고 싶어요. 늘 동경했거든요."

명진의 한쪽 눈썹이 살짝 치켜 올라갔다. 태희가 말을 이었다.

"이번에 제대로 회사 일 시작하면서 생각해 봤는데, 제가 꿈꾸는 이상적인 모습이 바로 사장님이셨어요."

"글쎄, 겉으로 보기와는 좀 다를 텐데."

명진이 가볍게 웃으며 찻잔을 들어 올렸다.

"많은 가르침을 주세요. 저희, 앞으로는 더 가깝게 지내게 될 거잖아요."

태희가 의미심장한 미소를 지으며 하는 말에 명진이 고개를 끄덕였다.

"그래. 내가 도움이 될 수 있다면 얼마든지."

"와아, 말씀만으로도 너무 감사합니다. 사장님."

태희가 두 손을 모아 진심으로 기쁜 표정을 지었다.

명진은 은은한 미소를 지은 채 차를 마셨다.

◆ ◇ ◆

퇴근 뒤, 서국과 지유는 모던한 분위기의 와인 바에 마주 앉아 있었다. 스윙재즈가 흐르는 와인 바 창가석에 앉아 지유 취향의 달콤한 스파클링 와인으로 건배했다. 가볍게 한 모금 마신 서국이 그녀를 바라봤다. 주시하는 시선에 지유가 의미심장한 얼굴로 마주 봤다.

"제가 왜 이 자리를 만들었는지 이유가 궁금하죠?"

테이블 위에서 느른히 턱을 괸 서국의 눈빛이 더 짙어졌다.

"분명 그랬는데, 아무래도 상관없다는 생각이 드는군요. 그저 이렇게 마주 보는 시간을 갖는 게 좋아서."

……또 돌발 발언을.

예상외의 답변에 지유는 괜히 얼굴이 붉어져버려 헛기침을 큼큼하고는 와인을 마셨다.

'어떻게 말을 꺼내야 하지?'

오늘 술을 마시자고 한 건 이쯤에서 한번 정리를 하고 넘어가야 될 것 같은 생각에서였다. 두 사람의 관계가 위험수위에서 찰랑거리다가 선을 넘고 있는 중이고, 더 늦기 전에 진지한 대화를 나눠 보는 시간이 필요할 것 같았다.

'문제는, 그 생각을 아까 급작스럽게 했다는 건데…….'

미리 생각을 정리할 시간이 있었다면 좋았을 테지만 아까 서국과 있을 때 갑자기 떠올라서 말한 거였다. 오늘 하필 일이 많아 회사에서도 제대로 정리를 못했다. 게다가 눈앞의 이서국은 너무나 매혹적인 눈빛으로 자신을 바라보고 있어서 더 머릿속이 혼미해지고 있었다.

"이사님."

침을 삼킨 지유가 결심한 듯 입을 열었다. 고민하듯 눈을 굴리던 그녀가 입을 열자 서국의 표정이 한층 진지해졌다.

"일단 좀 마실게요."

잔을 덥석 잡은 지유가 와인을 쭈욱 들이켰다.

"과음은 몸에 좋지 않습니다."

서국이 미간을 모으며 지유를 저지하려 했지만 그녀는 이미 잔을 말끔히 비운 상태였다.

"저 그 정도로 술을 못 마시진 않아요. 한 잔 더 주세요."

지유가 빈 잔을 내밀며 당당히 요구했다. 서국이 고민하는 표정을 지었다.

"천천히 마셔요."

결국 그가 지유의 잔에 와인을 따라 줬다. 그때 서국의 휴대폰에서 진동이 울렸다. 액정을 확인한 그가 지유를 바라봤다.

"받으셔도 돼요."

서국이 일어서며 말했다.

"중요한 전화라 우선 통화하고 오겠습니다. 나 올 때까지 그 잔은 마시지 말아요. 금방 올 테니."

당부하듯 말한 서국이 휴대폰을 들고 자리를 비웠다. 잠시 뒤, 통화를 마치고 자리로 돌아오던 서국이 멈칫했다. 멀찍이서 봐도 지유는 원샷을 하고 있었다.

"정지유 씨."

빠르게 테이블로 온 서국이 걱정으로 얼굴이 굳어 드는데 지유가 빈 잔을 테이블 위로 내려놨다.

탁.

"후아, 딱 좋네요."

홍조로 발그스름해진 얼굴로 지유가 제 뺨에 가볍게 손등을 가져다 댔다. 서국이 와인 병을 쳐다봤다. 이미 절반 이상 비워진 병을 본 그가 미간을 바짝 좁히는데 지유가 서국에게 말했다.

"우선 앉아요."

"……."

서국이 지유의 상태를 살피며 자리에 앉았다.

"괜찮은 겁니까?"

"네. 취기에 의지하고 싶진 않지만 이사님과 이런 이야기를 하는 건 처음이라, 약간의 용기가 필요하니 이해해 주세요."

다행히 지유의 상태를 보니 크게 취하진 않아 보여 서국은 우선 걱정을 눌러뒀다. 그가 지유의 귀엽게 물든 뺨과 촉촉해진 눈을 응시했다. 그 얼굴로 진지한 표정을 지으니 오히려 귀여움이 상승했다.

서국의 눈동자가 짙어지는데 지유는 그 사실을 전혀 인지하지 못하는 듯 테이블 위로 다소곳하게 두 손을 모으고 서국을 향해 게슴츠레한 눈을 떴다.

"이사님."

살짝 혀도 꼬였지만 표정만은 무척 진지했다.

"말해요."

서국이 부드러운 음성으로 말했다.

"저 실은요, 아까 질투 났어요."

"나한테 말입니까?"

의아하다는 듯한 서국의 눈을 지유가 게슴츠레하게 보며 말했다.

"네. 아까 회장실 아페서여."

술기운이 더 도는지 혀가 본격적으로 꼬이기 시작했다. 급하게 마신 술이 그녀의 몸에 빠르게 번져 가며 취기를 오르게 하고 있었다.

"태히 씨랑 이사님이랑, 막 껴안고여."

"내가 말입니까?"

서국의 미간이 좁혀 들자 지유가 강아지처럼 서운한 눈망울로 했다.

"아니 이건 사실 아닌데에…… 태히 씨가 이사님한테 안겼어여. 그걸 보고 만 거예여, 제가."

그때 생각을 하니 또 속이 상한 모양인지 지유가 풀이 죽은 얼굴로 중얼거렸다.

"회장실 앞에서라면, 오해입니다. 넘어질 뻔했을 뿐 그런 일은 없었습니다."

"어쨌뜬여."

고개를 들어 올린 지유가 더 눈을 가늘이고는 서국을 쳐다봤다.

"이사님도 그러시자나여. 내가 아무리 오해라고 해도 이사님이 날 막 의심하고……."

"……."

"서운해여. 무척. 내 마음 다 아는 사람이."

지유의 커다란 눈에 눈물이 그렁그렁 맺혔다.

"내가 좋아할 땐 봐 주지도 않던 사람이, 치사하게 왜 이래여? 나만 못살게 굴고."

"내가 지유 씨를 못살게 굴었습니까?"

서국이 진지한 얼굴로 물었다. 그러자 지유가 당연하다는 듯 고개를 끄덕였다.

"당연하져. 너무 화가 나는데, 이사님 지금도 너무 좋아해서, 너무너무 좋아해서, 더 애타게 하지도 못하게 만들자나여."

"……."

서국이 말없이 그녀를 보고 있었다.

지유의 눈에서 닭똥 같은 눈물이 뚝 떨어졌다.

"……미워여. 정말로."

코를 훌쩍인 지유가 처연하게 말을 이었다.

"그동안 그렇게…… 하아, 오랫동안 사람을…… 시선 한 번 안 줘 놓고……."

"미안합니다."

고개를 푹 숙이던 지유가 서국의 사과에 다시 얼굴을 들었다. 그가 아프게 지유를 바라보고 있었다.

"지유 씨 마음 몰라준 것, 오랫동안 서운하게 한 것, 이제 와서 당신에게 이러는 것 전부. 미안합니다."

"……."

지유가 훌쩍거리며 서국을 바라봤다.

"그때 잡지 않은 것도."

"……."

"이렇게 힘들 줄 알았더라면, 절대 보내지 않았을 겁니다."

서국이 무겁게 가라앉은 음성으로 말했다.

자신의 무심함으로 지유를 상처 주고 있던 것을 직접 들으니 미안함과 죄책감으로 가슴에 통증이 일었다. 이런 통증은 정지유에게만 한한 거였다. 질투도, 분노도, 어찌할 바 모르는 답답함과 미안함까지 모두 그녀가 알게 했다. 그녀만이 느끼게 만든 감정들이었다.

서국이 지유를 똑바로 바라보며 손을 뻗었다.

"제대로 설명해야 했는데."

손끝으로 지유의 뺨에 눈물을 닦아 낸 그가 낮게 말했다.

"당신에게 이런 말을 먼저 꺼내게 한 것도 미안합니다."

"……아니에요."

귀엽게 코를 훌쩍인 지유가 조금 민망한 듯한 표정을 지었다. 순식간에 오른 취기가 감정을 터뜨리고 나니 순식간에 깨 버리는 느낌이었다. 아직 머리가 어지럽긴 했지만 이성이 조금씩 돌아오고 있어 방금 전 말한 것들이 살짝 부끄럽게 느껴졌다.

"이게 울면서 말할 일까진 아니었는데…… 술기운에 괜히 의지했나 봐요."

지유가 고개를 살짝 숙이자 서국이 곧장 말했다.

"아닙니다. 나에게 반드시 필요한 말이었습니다."

"……."

지유가 젖은 속눈썹을 들어 시선을 맞추자 그가 깊은 눈으로 응시했다.

"말해 줘서 고마워요. 진심으로."

아직 붉은 그녀의 뺨을 매만지며 서국이 뜨거운 시선을 맞췄다.

"당신 말대로 기다리겠습니다."

"……."

"그리고 앞으론 절대, 당신을 서운하게 하는 일, 없을 겁니다."

진심 어린 음성으로 말한 서국이 지유의 투명한 눈동자를 하나하나 응시했다.

"나에게 기회를 줘요. 당신에게 똑바로 다가설 수 있는 기회를."

깊은 목소리의 울림에 지유의 심장이 울렸다.

"……그럴게요."

지유가 작게 미소 지었다. 속에 있는 모든 걸 표현했기 때문인지 마음이 한결 가벼워져 있었다. 그래서 서국의 진심이 더 제대로 느껴졌다. 믿을 수 있을 것 같았다. 지금 그의 눈빛을.

"……그리고요."

지유가 조심스럽게 말을 꺼내자 서국이 대답했다.

"네. 지유 씨."

"궁금한 게 있는데…… 물어봐도 돼요?"

지유가 힐끔 보면서 하는 말에 서국이 고개를 끄덕였다.

"말해요."

"이사님은 왜…… 제가 있을 땐 스테이크 하우스 안 가고 제가 상무실로 가니까 간 거예여?"

서국이 지유의 질문에 뜨끔한 것도 잠시, 술이 덜 깬 건지 그녀의 눈에 다시 억울한 눈물이 차오르자 그가 당황했다.

"너무해여! 내가 얼마나 스테이크를 좋아하는데에……."

그친 줄 알았던 닭똥 같은 눈물이 다시 뚝뚝 떨어졌다. 서국이 당혹감에 어린 얼굴로 지유를 바라봤다.

"나도 스테이크 하우스 자주 데려가 줘여!"

"미안합니다. 자주 데려가 줄게요."

서국이 달래듯 말하자 지유가 턱을 귀엽게 삐죽거리며 훌쩍였다.

"……정말이져?"

"약속할게요."

그의 말에 안심한 듯 지유가 방긋 웃었다.

고기 좋아하는 지유. 사실 고급 아뜨리체보다 스테이크 하우스가 부담이 덜 되고 좋았던 것이다. 그런 그녀가 삼키고 싶을 만큼 귀여워 서국의 긴장했던 얼굴에 옅은 미소가 맺혔다.

◆ ◇ ◆

팡! 파앙!

공을 쫓는 두 남자의 몸이 빠르게 움직였다. 라켓을 쥔 손을 번갈아 휘두를 때마다 민호에게서 거친 숨결이 터져 나오고 있었다.

"허억. 헉."

공을 치는 횟수가 늘어 갈수록 민호의 숨이 급격히 차올랐다.

그에 비해 서국은 훨씬 여유 있는 움직임이었다. 스피드나 힘은 누가 봐도 서국이 뛰어났지만 움직임에 비해 호흡이 안정적이었다. 공을 세게 칠 때면 남성적인 근육이 두껍게 쩍 갈라졌다.

"에라이!"

탁!

라켓을 바닥에 내던진 민호가 털썩 주저앉았다.

"저 짐승 같은 놈! 어떻게 한 번을 못 이기냐."

민호가 성마르게 머리칼을 쓸어 넘기며 투덜거렸다.

"알고 보면 진짜 승부욕의 화신이라니…… 뭐야? 왜 그렇게 미심쩍게 웃고 있어?"

이마의 땀을 닦으면서 뭔가 떠올린 듯 입술 끝을 말아 올리는 서국을 민호가 의심스럽게 쳐다봤다.

"짐승 같다고 말한 사람이 떠올라서."

'이렇게 짐승처럼 나오시면 제가 업무를 어떻게 보겠어요?'

어제 회의실에서 얼굴이 복숭앗빛으로 발개져선 그렇게 말하던 지유가 떠오르자 서국의 입가에 맺힌 미소가 짙어졌다.

"뭐? 짐……! 이서국 너 이 자식, 벌써 거기까지 진도가 나갔어?"

민호가 벌떡 몸을 일으키며 눈을 휘둥그레 떴다.

"이야, 생각보다 아주 문란한 녀석이네, 이거. 뭘 떠올리고 뿌듯하게 웃고 있는 거야?"

놀라운 표정을 짓고 있는 민호를 지나친 서국이 운동 가방에

라켓을 넣었다.

"그만하고 씻으러 가자. 늦겠어."

"어? 계속 웃고 있는데? 뭘 떠올리고 있는 거야? 뭔데? 어??"

민호가 서국을 종종 뒤따르며 쉴 새 없이 질문을 퍼부었지만 서국은 무시하고 샤워실로 향했다.

잠시 뒤, 두 사람은 늘 가는 호텔 내 한식당에 앉아 있었다.

"하긴, 말이 안 되지. 역사적인 일이 있었으면 아침마다 운동 나오는 게 말이 돼? 다른 데서 다른 운동 하고 있었겠지."

민호는 밥을 먹으면서도 추리를 이어 나가고 있었다. 눈을 가늘게 뜬 민호가 맞은편에 앉아 말없이 식사만 하고 있는 서국을 응시했다.

"근데."

민호가 테이블 위로 고개를 쭉 내밀자 서국이 시선을 들어 쳐다봤다. 민호가 자못 심각한 표정으로 말했다.

"진짜 궁금해서 그러는데, 그 짐승 같다는 말은 언제 어디서 어떤 상황에서 나온……."

"최민호."

서국이 표정 없이 이름을 부르자 민호가 어깨를 으쓱이며 다시 고개를 제자리에 가져다 놨다.

"알았다, 알았어. 그만할게. 밥 먹는다고."

민호가 밥을 크게 떠 입안에 밀어 넣었다.

"자기가 먼저 사람 궁금하게 해 놓고 뭘 묻지도 못하게 하냐.

나 참.”

우물우물 씹으면서도 투덜거림을 멈추지 않자 서국이 피식 웃었다. 그 모습을 힐금 쳐다본 민호가 표정을 바꿔 말했다.

“너 요즘 진짜 많이 변한 건 아냐?”

“내가?”

서국이 정갈하게 젓가락을 움직이며 물었다.

“그렇게 같이 운동하자고 졸라도 맨날 혼자 하더니, 요즘은 아침마다 나랑 하는 것도 그렇고. 순간순간 웃는 것도 그렇고.”

민호가 가슴 위에서 팔짱을 끼고는 서국을 예리한 시선으로 쳐다봤다.

“전에 술 마시자고 부른 날 이후로 많이 변했어. 아니 정확히는 그즈음부터.”

“…….”

서국이 별다른 표정 변화 없이 민호를 마주 보고 있었다.

“그 여자 때문이지? 그날 널 취하게 했던 여자.”

민호가 확신을 담은 눈으로 서국을 쳐다보며 말했다.

“네 짐승 같은 모습이 나오게 만드는 건 그 여자밖에 없잖아. 맞지?”

“맞아.”

서국이 담담하게 대답했다. 일순 민호의 얼굴이 허탈해졌다.

“그렇게 깔끔하게 인정해 버리면…….”

“난 잘 모르겠지만, 네 말대로 내가 변했다면 그 여자로 인해서겠지.”

서국이 냅킨으로 입가를 닦으며 말을 이었다.

"하루 종일 그 여자 생각만 하니까."

웃음기 없는 드라이한 얼굴로 말하는 서국을 민호가 믿기 어렵다는 듯 쳐다봤다.

"이 자식 이거 진짜 이서국 탈 쓴 다른 놈 아니야? 이런 간질거리는 말을 눈 하나 깜짝 안 하고 하다니?"

"사실이니까."

수려한 얼굴로 웃음 한 조각 없이 말하는 서국은 누가 봐도 진심이었다. 그 얼굴을 보던 민호가 물을 벌컥거리며 들이켰다.

"놀랍다, 놀라워. 그럼 그 여자는 다시 데려왔어?"

"……아직."

서국의 표정이 가라앉았다. 민호의 눈이 의외라는 듯 커졌다.

"지금도 상무실에 있는 거야?"

"어."

"돌아오라고는 했어?"

"계속하고 있어."

이서국이 여자를 잡는다고?

민호가 잠깐 떠올리려 했지만 서국이 여자를 잡는 모습은 도무지 상상이 되질 않았다.

"그 여자도 참 대단한 여자네. 이서국이 잡는데 안 돌아오고 버티고 있다니."

"곧 돌아올 거야. 아직 인수인계가 마무리되지 않아서 그런 거니까."

민호가 다시 눈을 크게 떴다.

"그럼 넌 인수인계도 안 됐는데 데리고 오려고 한 거야?"

서국이 시선을 내리고 말했다.
"기다리기 힘들어서."
테이블을 응시하는 서국의 내리깐 눈을 민호가 한동안 쳐다보고 있었다. 그러다가 고개를 절레절레 저었다.
"……정말 내가 아는 이서국이 맞나 싶다."
"나 역시 그래."
서국이 자조적인 미소를 지었다.
고작 인수인계 기간조차 못 기다리는 형편없는 인내심에, 업무상 같이 있는 모습에도 질투로 어쩔 줄 모르는 게 정말 제 모습이 맞는지 의심이 될 정도였다.
"그런데 이게 내가 맞더라고."
서국의 짙은 눈동자가 차분해졌다.
"다른 사람이 아니라 내가 맞아. 원래 그런 사람이었는데 내가 인지하지 못했을 뿐."
"하긴 그렇겠지. 갑자기 없던 자아가 생겨난 건 아닐 테니까. 어쨌든 난 지금 이서국이 훨씬 좋아. 걸어 다니는 얼음덩이 같은 모습보다는 사람 같잖아."
"……."
서국이 말없이 민호를 바라봤다. 민호는 이제 놀라움은 지운 듯 평소처럼 싱글거리는 얼굴이었다.
"조르고 조르지 않아도 같이 운동도 하고."
민호가 씩 웃었다. 그를 보던 서국이 손목시계로 시선을 향했다.
"그만 가야 해."

서국이 몸을 일으키자 민호가 의아하게 쳐다봤다.
"벌써? 아직 출근까진 시간 있잖아."
"갈 데가 있어."
"이 시간에? 어딜?"
자리를 나서는 서국을 민호가 허둥지둥 일어나 따라갔다.

◆ ◇ ◆

지유가 종종걸음으로 아파트 입구를 나섰다.
"시간이 아슬아슬하네."
지유가 휴대폰 시간을 확인하며 걸음을 재촉했다. 어제 서국이 집으로 바래다주는 동안 술이 완전히 깨 버려서 상당히 창피했었다.
'나도 참, 술을 괜히 마셨어.'
서국과 이런 진지한 대화는 처음 하는 건데 술김에 꼬장 아닌 꼬장을 부린 것 같아 민망했다.
"그래도 속은 후련하긴 한…… 어?"
아파트 앞 골목에 세워진 고급 차량에서 서국이 내리고 있었다.
"이사님?"
눈을 동그랗게 뜨는 지유 앞에 슬림핏의 세련된 슈트 차림의 서국이 섰다. 그가 조수석 문을 열었다.
"타요. 태워 줄 테니."
"아, 감사합니다."

서국이 열어 준 문 안으로 지유가 올라탔다.

탁.

문을 닫아 준 서국이 보닛을 돌아 운전석으로 향했다. 그가 운전석에 오르자 지유가 물었다.

“요즘 차 비서님이 안 보이시네요?”

차 비서는 서국의 운전비서였다. 이사실에선 늘 스케줄에 동행했던 차 비서가 최근 보이지 않았다. 어제 술을 마시고 들어갈 때도 서국은 대리기사를 불렀다.

서국이 시동을 걸며 담담히 대답했다.

“지유 씨와 함께 있을 때는 둘만 있는 게 좋습니다.”

아…… 그래서?

운전하는 게 피곤할 텐데도 굳이 차 비서를 부르지 않은 이유가 그거였다니.

서국의 뜻을 이제야 알게 된 지유가 살짝 붉어진 얼굴로 그를 슬쩍 바라봤다.

“그런데 이 시간엔 어쩐 일이세요?”

“출근 같이 하려고 기다렸습니다.”

“정말요?”

담백한 대답에 지유는 눈을 동그랗게 떴다. 서국이 저와 출근하기 위해 아침부터 기다리고 있었다니. 지유의 입술 끄트머리가 슬금슬금 올라갔다.

흠, 흠.

대놓고 웃음이 나오려는 걸 헛기침을 하며 지유가 참고 있는데 서국이 시선을 그녀에게 향했다.

"아침부터 찾아와서 불편합니까?"

"네? 아뇨! 조금 놀랐을 뿐이에요."

지유가 얼른 고개를 저었다. 그의 얼굴에 부드러운 미소가 지어졌다.

"다행이군요. 걱정했는데."

"이사님이 그런 걱정을 다 하세요?"

지유가 눈을 깜빡거리며 물었다. 그 말에 전방을 보며 운전하던 그의 시선이 다시 그녀에게 향했다.

"내가 어떤 사람으로 보입니까?"

"음……. 이사님은 그런 걱정을 하는 쪽은 아니라고 생각했죠. 다른 사람 생각은 크게 신경 쓰지 않을 거라고……?"

지유가 눈을 굴리며 대답하자 서국의 낮은 목소리가 흘러나왔다.

"나도 낯설긴 하군요. 밤새 누군가가 보고 싶어서 아침부터 기다린 적은 처음이니."

지유가 멈칫해선 그를 바라봤다. 서국의 잘생긴 옆모습을 보던 그녀가 작게 물었다.

"……저, 보고 싶으셨어요?"

서국의 시선이 잠시 그녀에게 닿았다.

"그럼 내가 왜 왔겠습니까."

당연하다는 듯 하는 말에 지유는 심장이 간질간질해졌다.

"그런……가."

지유가 혀를 살짝 내밀었다가 넣고는 동그란 눈을 옆으로 굴렸다. 입술 새로 자꾸만 웃음이 비어져 나올 것 같아 표정 관리를 하고 있는데 신호에 차가 멈춰 섰다. 그때 서국의 손이 뻗어 와 그녀의 손을 가만히 잡았다.

'어?'

지유의 손을 잡은 그가 자신의 입술 쪽으로 가져갔다. 단정한 입매에 손끝을 가져다 댄 서국이 똑바로 시선을 맞췄다.

"어제 한 말 기억합니까?"

"무슨 말이요?"

혹시 술주정?

지유가 흠칫거리는데 그가 강렬하고 매혹적인 눈빛으로 그녀를 응시했다.

"회사 밖에선 짐승스러워도 괜찮다는 말."

서국의 말에 지유의 얼굴이 빨개지고 동그란 눈이 더 커졌다.

"지, 지금 그러시게요?"

서국이 그녀의 손등에 입을 맞춘 채 입술을 말아 올렸다. 신호가 다시 바뀌자 그가 지유의 손을 입술에서 떼어 내고 아래로 내렸다.

"잊지 말고 있어요. 그 말."

"……네."

지유의 손을 기어 위에 올린 채 그 위를 제 손으로 덮은 서국이 천천히 차를 출발시켰다.

잡힌 손에 바짝 신경을 집중시킨 지유가 침을 꼴깍 삼켰다.

어휴, 놀래라. 진짜 키스할 것 같은 눈빛으로 봐서 아침부터 심장마비가 올 뻔했네.

"오늘 저녁에 약속 있습니까?"

"없어요."

지유가 얼른 대답했다. 서국의 조각 같은 얼굴이 지유에게 향했다. 열기가 일렁이는 눈을 보니 진정시키던 심장이 다시 뛰어댔다.

"그럼 오늘 저녁 시간 비워 둬요."

……짐승 되시게요?

차마 그리 묻지 못한 지유가 제 혀로 마른 입술을 축였다.

"네."

작게 대답한 그녀가 발개진 얼굴로 잡힌 손을 조용히 내려다봤다.

◆ ◇ ◆

한남동 고급 주택가에 값비싼 차량들이 줄줄이 들어섰다. 일반 주택에서 주기적으로 열리는 프라이빗 사교 모임이었다. 넓은 정원을 갖춘 2층 저택 안에는 젊은 재벌 3세들과 신흥갑부의 자제들이 끼리끼리 모여 있었다. 저택 안으로 정훈이 들어섰다.

"왔어?"

입구를 지나치며 만난 아는 얼굴에 정훈도 인사했다.

"다들 어디 있어?"

"2층에 있을걸?"

"올라가 볼게."

정훈은 2층으로 이어진 계단으로 향하며 몇몇 아는 사람들을 만나 인사를 나누었다. 2층으로 올라온 그가 소규모로 모여 있는 사람들을 둘러봤다. 그때 어떤 목소리가 그의 귀로 날아와 박혔다.

"이정훈 말하는 거지?"

멈칫.

자신 이름이 들리자 정훈이 걸음을 멈춰 돌아봤다.

"들어와서 열심히는 하는 모양인데 이서국이 워낙 출중하잖아. 비교되는 건 당연하지."

파티션처럼 나뉜 불투명한 유리 벽 너머에서 소리가 들려왔다. 그곳에서 대화 나누는 사람들의 모습은 보이지 않지만 목소리는 선명하게 들렸다. 정훈이 찾고 있는 사람들의 목소리였다.

"회사 안에서도 말이 꽤 나온다며. 이서국만 한 그릇이 안 되는데 왜 이정훈이냐고."

대화를 들을수록 정훈의 표정이 딱딱하게 굳어 갔다.

"이서국은 후계 욕심 없대? 그 정도면 노려 볼 만하지 않나."

"아직 본격적으로 뛰어들진 않아서 그렇지 이서국이 한번 시작하면 이정훈 정도는 가볍게 뭉갤걸."

"하긴 이서국도 사람인데 후계 욕심 없을 리도 없고, 그쪽도 형제 싸움 시작하면 피바람 제대로 불겠구만."

"……."

대화를 듣던 정훈의 표정이 딱딱하게 굳었다. 그대로 몸을 돌린 그가 다시 1층으로 내려갔다.

"어? 너 왜 그냥 가냐? 이정훈?"

들어올 때 마주쳤던 이가 하는 말도 무시한 정훈이 그대로 입구를 빠져나갔다.

◆ ◇ ◆

지유는 퇴근 뒤 서국의 차를 타고 서울 외곽으로 나왔다. 도착한 곳은 훌륭한 경치를 자랑하는 두부 전문 요릿집이었다.

'여기 언젠가 온 적이 있는 것 같은데……?'

지유는 왠지 낯익은 인테리어를 눈으로 훑으며 서국을 따라 들어와 테이블에 앉았다. 익숙한 듯 주문을 마친 그가 지유를 가만히 바라봤다.

"여기 기억납니까?"

"기억이 날 듯 말 듯 해요. 분명 온 것 같긴 한데……."

지유가 기억을 쥐어짜 내듯 눈썹을 시옷 자로 만들고 몰두하는데 서국이 말했다.

"우리가 처음으로 함께 밖에서 식사한 곳이죠."

"네? 처음으로……?"

그 말에 퍼뜩 생각난 지유가 놀란 눈으로 박수를 짝, 쳤다.

"맞다! 생각났어요! 박 실장님과 천안 공장 다녀오던 길에!"

서국이 부드럽게 미소 지었다.

"맞습니다. 박 실장님이 오자고 했던 곳이었죠."

"와, 신기해라……. 그때가 박 실장님 계실 때니까 8년 전쯤이네요. 그걸 기억하고 계셨어요?"

지유가 새록새록 떠오르는 기억에 눈을 반짝이며 다시 주변을 한번 훑었다. 서국은 정갈한 자세로 찻잔에 담긴 차를 한 모금 마셨다. 전통 문양이 들어간 동양식 찻잔을 쥔 크고 기다란 손가락에 지유의 시선이 닿았다.

'남자치고는 참 손이 예쁘시단 말이지.'

처음 보고서를 넘길 때였던가?

저도 모르게 저 손을 홀린 듯 한참 보고 있던 기억이 떠올랐다. 지금처럼. 지유가 예전 기억을 떠올리고 있는데 조용히 차를 삼킨 서국이 말했다.

"그 뒤로 종종 왔습니다."

그의 말에 손가락에 향해 있던 지유의 눈이 다시 서국의 수려한 얼굴로 향했다.

"그러셨어요? 개인 일정이어서 전 몰랐나 봐요. 여기 음식이 입맛에 맞으셨구나."

"맛있는지 아닌지는 잘 모릅니다. 음식 맛에 둔한 편이라."

"그런데 왜 여길……."

지유가 의아한 얼굴로 고개를 갸웃거렸다. 서국이 그녀를 가만히 보며 말했다.

"이곳을 자주 오게 되는 이유를 최근까지도 몰랐는데, 얼마 전에 알게 됐습니다."

"뭔데요?"

호기심을 품은 눈으로 지유가 서국을 마주 봤다.

그의 말은 사실 지유에게 하나도 허투루 들을 수 없는 말이었다. 워낙 말이 없는 사람이라 몇 마디 말로 좋아하는 사람에 대해 파악하려 노력하던 시간들이 준 훈련 같은 거였다.

서국이 그윽한 시선으로 지유를 보며 말했다.
“여긴 당신과 처음 온 곳이라 기억에 남았던 모양입니다.”
“……네?”
귀를 활짝 열고 집중해서 듣고 있던 지유가 순간 멍한 표정을 지었다. 잠시 보고 있던 그녀가 주저하다 말했다.
“이사님은 그땐 저에게 관심이 없으셨잖아요.”
“관심이 없다면 이런 걸 기억하고 있을 리 없겠죠. 우리가 여기서 처음 식사한 건 지유 씨도 잊고 있던 거 아닙니까?”
그건…… 그러네?
심각한 얼굴로 서국의 말을 되새기던 지유가 입을 열었다.
“그땐 박 실장님도 계시고 업무라 생각해서 그랬나 봐요. 초기 때라 좀 긴장한 상태기도 했고요.”
조금 변명같이 들릴 것 같긴 했지만 지유는 그때를 떠올리며 솔직히 말했다.
“긴장한 모습으로 보이긴 했습니다. 그 무렵엔.”
“박 실장님께 한창 배울 때라 군기가 바짝 들어 있었거든요.”
“…….”
서국이 그녀의 말에 집중했다. 지유는 입가를 끌어 올리고 말을 이었다.
“엄한 큰언니 같은 분이셨어요. 겉으론 무섭고 엄격하시지만 속은 따뜻하셔서 뒤로는 많이 챙겨 주셨거든요.”
지유는 조곤조곤하게 말하며 본사 입사 초기를 떠올렸다. 당시 이사실 실장이던 박 실장에게 인수인계를 받았다. 미국에서 정훈 아래 있을 때의 자유로운 분위기가 아직 남아 있던 지유에게 박 실장은 초반부터 혹독하게 가르쳤다.

'지유 씨처럼 동안에다 실제 나이까지 어린 사람은 미국에서는 어떨지 몰라도 이곳에선 무시당하기 딱 좋은 타깃이 돼.'

처음 그 말을 들었을 땐 눈물이 찔끔 날 정도로 속상했다. 어려 보이는 외모와 일하는 것이 무슨 상관이 있냐며.

하지만 박 실장 말대로 몇 차례 억울한 일을 겪고 나서는 조언대로 무채색 계열의 정장을 입고, 머리는 단정하게 묶었다. 그리고 다소 딱딱한 이미지의 안경을 착용했더니 자신을 대하는 주변인들의 태도가 실제 달라졌다.

나중에야 알게 됐다. 그게 이사실 실장으로서 지유가 괜한 무시나 불이익을 당하지 않게 하려는 박 실장의 배려였다는 것을.

과거를 떠올리던 지유가 문득 서국을 바라봤다.

"그런데 이사님은 그때 제가 긴장하고 있던 것도 기억이 나세요?"

신기하다는 듯한 지유의 질문에 그가 담담하게 대답했다.

"떠오른 기억이 거의 다 지유 씨였습니다. 맞은편에 앉아 시선도 잘 못 맞추던 기억이 납니다."

"그랬구나……."

지유가 천천히 고개를 끄덕였다. 저도 잊고 있던 일을 서국이 기억하고 있는 것이 왠지 놀랍게 느껴졌다.

"우선 식사부터 하죠."

"네."

그사이 한 상 가득 차려진 음식으로 지유의 시선이 향했다.

식사를 마친 뒤 두 사람은 주차장 바로 뒤에 작은 호수를 두고 운치 있게 뻗은 길로 향했다.
"이 길도 그때 걸었는데, 기억합니까?"
"여긴 기억해요. 그때 식사 마치고 박 실장님이 이 길 예쁘다고 잠깐 소화시키고 가자고 하셨죠."
아까 떠오른 기억으로 이곳을 산책하던 일도 생각난 터라 지유가 자신 있게 말했다. 그녀의 얼굴을 서국이 은은한 미소를 지으며 내려다봤다.
"맞습니다."
"그런데 생각해 보니 박 실장님은 이사님을 어렵지 않게 대하신 기억이네요. 상무님 외엔 그런 분이 안 계신 것 같은데…… 원래 박 실장님과 친분이 있다고 하셨죠?"
"어머니와 친분이 있습니다. 그래서 꽤 오래전부터 봤었죠."
"아, 그렇구나."
지유가 고개를 끄덕거리며 풍경을 바라봤다. 저녁이지만 분위기 있는 전구가 매달려 있어 걷는 길을 예쁘게 밝혀 주고 있었다. 주변 사람들에겐 꽤 알려진 산책로인지 드문드문 산책하는 사람들이 지나갔다. 길지 않은 길을 한 바퀴 돌아오며 대화를 나누다가 지유가 서국에게 질문했다.
"이사님, 혹시 우리가 처음 만난 순간 기억하세요?"
지유가 회심의 미소를 지으며 서국을 올려다봤다.
서국이 그녀를 조용히 응시하다 말했다.

"지유 씨 입사한 날 말하는 겁니까?"

"네."

당연히 이사실에서 소개받을 때라고 말할 줄 알고 기대에 찬 눈으로 지유가 그를 보고 있었다. 그런데 뜻밖의 말이 흘러나왔다.

"그날 출근길에 엘리베이터에서 만났죠."

"……네?"

지유의 걸음이 우뚝 멈췄다. 동그란 눈이 당황으로 흔들리는데 서국이 그녀를 가만히 내려다봤다.

"그날 당신은 단발 정도의 머리를 절반으로 묶고 연한 그린 컬러 블라우스에 다소 화려한 스카프를 하고 있었고."

"말도 안 돼……. 그걸 기억한다고요?"

"같은 층에서 내려서, 내가 먼저 이사실로 오고 당신이 뒤따라왔습니다. 조금 뒤에 미국 지사에서 본사로 발령받은 새 비서라고 박 실장에게 정식으로 소개받았죠."

혼자만의 기억이라고 생각하고 있었는데…….

지유가 놀란 눈으로 서국을 올려다봤다.

"이렇게 기억을 잘하시는 분이신 줄은 몰랐어요. 정말 제가 아는 이사님, 맞죠?"

지유의 의심스러운 말투에 서국이 피식 웃었다.

"……."

잠시 정적이 머무는가 싶더니 지유를 응시하는 서국의 표정은 어느새 진지하게 바뀌어 있었다.

"지금부터 조금 진지한 말을 할 건데, 바람이 차니 우선 타요."

차 앞에 선 서국이 조수석 문을 열어 줬다.

'진지한 말이라니 뭘까? 조금 전에도 놀랐는데.'

지유가 다소 긴장한 얼굴로 조수석에 앉아 있는데 서국이 운전석에 올라탔다. 호수 쪽을 향해 차를 세워 놔서 노란빛을 밝히는 전구들이 화려하게 매달린 아름다운 풍경이 시야를 채우고 있었다. 그 빛을 가만히 응시하며 서국이 입을 열었다.

"나는 어릴 때 큰 병이 있었습니다."

"큰 병이요?"

예상하지 못한 말이라 지유가 서국을 쳐다봤다. 서국은 여전히 전방에 시선을 둔 채였다.

"심장 쪽의 병이었습니다."

심장…….

지유는 제 심장이 덜컥 내려앉았다.

서국은 담담한 목소리로 말을 이었다.

"지금은 완치했지만, 당시엔 수술을 하더라도 열 살을 넘기지 못할 거라는 게 대부분의 의사들의 진단이었습니다. 그 정도로 예후가 안 좋은 병이었어요."

커다래진 눈으로 서국을 보던 지유가 입술을 달싹였다.

"그럼 수술하신 거예요?"

"수술하지 않으면 여덟 살을 넘기기 힘들다고 했습니다."

"……전혀 몰랐어요. 너무 건강하셔서요."

지유가 난처하게 시선을 떨구며 무릎 위에서 주먹을 살짝 쥐었다. 체력이 누구보다 뛰어나다고 생각했기 때문에 그에게 이런 과거가 있는 줄은 전혀 생각조차 못 했다.

"지금도 어린 시절은 그리 좋은 기억이 아닙니다."

창밖을 응시한 채 말하는 서국의 목소리는 무감했다.

"끊임없이 고통스러운 치료의 기억뿐이니까. 늘 여덟 살 전에 죽는다는 말을 들어서인지 삶에 대한 애착이 전혀 없었어요."

"……."

그 정도로 힘든 어린 시절을 보냈구나…….

지유는 어떤 느낌인지 상상할 수가 없어 말문이 막혔다.

"그때 든 습관입니다. 어떤 것에도 기대하지 않는 것, 의미를 두지 않는 것."

서국이 잠시 말을 멈췄다. 뭔가 생각하듯 미간을 잠시 좁힌 그가 말을 이었다.

"……그렇게 하지 않으면 내가 삶에 집착할 것 같아서, 그 고통의 시간을 스스로 늘릴 것 같아서 어린 시절부터 하던 습관입니다."

"……."

"그게, 기적적으로 성공한 수술과 모든 후유증을 이겨 낸 지금까지도 나에게 남아 있습니다."

그의 목소리는 고저 없이 차분했는데 지유는 그래서 왠지 더 슬펐다.

"그런 일이……."

지유가 눈물을 글썽거렸다. 그저 무심하다고만 생각하고 서운해했는데, 그런 서국의 이면에 이런 이유가 있을 거라고는 상상도 못 했다. 삶의 집착을 그 어린 나이에 억지로 끊어 내려 무던히 노력했을 서국을 떠올리니 너무 불쌍해서 눈물이 핑 돌았다.

"난 그렇게 살아왔습니다. 성과에 의미를 두고 일에만 몰두하니 살아가는 게 어렵진 않았습니다. 다만……."

서국이 다시 말을 멈췄다.

생각을 알 수 없는 눈이 잔잔한 호수에 향해 있었다. 무감한 얼굴이었지만 지유는 지금 그가 안쓰러웠다.

"누군가와 관계를 맺고 사는 것이 불편했습니다."

서국의 표정이 가라앉았다. 업무적인 걸 제외하면 어떤 정보도 머릿속에 입력되지 않았다. 타인의 말도 귀에 들어오지 않고 중요하게 생각되지 않았다. 다 부질없게 느껴졌다.

부모는 어릴 때 자신이 생사의 위험에 놓였던 순간에도 본인들의 사업을 더 중시했던 사람들이었다. 어쩌면 처음부터 병을 가지고 태어났고, 형이라는 존재가 있고, 그리고 오래 살지 못한다는 이유 때문에 그들에게 기대가 없었을 수도 있었을 것이다.

하지만 결과적으로 그 모든 일들이 지금 자신의 인격을 만들었다. 기대하지도, 바라지도 않는.

"……그런데."

전방을 향해 있던 서국의 시선이 지유에게 천천히 향했다. 그녀를 눈에 담자 무감했던 그의 눈동자에 뚜렷한 감정이 담겼다.

"당신에게만은 그게 안 되더라고."

"……."

투명한 눈물이 맺혀 있는 지유의 눈을 서국이 강렬하게 응시했다.

"분명 의식적으로 지웠을 텐데, 알고 보니 당신에 대한 것은 어떤 것도 머릿속에서 지워지지 않았어. 나중에는 어떤 짓을 해도 당신에 대한 건 지워지지 않을 거란 걸 깨달았지."

천천히 손을 들어 올린 서국이 지유의 뺨을 어루만졌다.

"불편했어. 이런 식의 휘둘림에 나는 익숙하지 않으니까."

진지하게 빛나는 그의 눈을 지유가 가만히 마주 보다가 물었다.

"그럼…… 일부러 저한테 무심하게 대하신 거예요?"

"아니, 우습게도 내가 날 속이는 데 성공했어."

짧게 헛웃음을 흘린 서국의 눈빛이 깊어졌다.

"당신이 상무실로 가기 전까진."

"……."

"붙잡지도 않았으면서 당신이 내 옆에 있어 줄 거라고 기대했어."

그의 나지막한 목소리가 잠긴 듯 흘러나왔다.

"늘 그래 왔으니까…… 항상 내 옆에 있었으니까."

일렁이는 그의 눈을 보던 지유가 시선을 내리깔았다.

"……그래도 잡아 주길 바랐어요."

"알아. 그랬어야 했어."

지유의 뺨을 쓸던 그의 손가락이 그녀의 속눈썹에 맺힌 눈물을 털어 냈다.

"나는 그 뒤의 고통을 몰랐으니까."

"……."

"하지만 덕분에 깨달았어. 내가 누군가에게 이렇게까지 집착할 수도 있다는 걸."

지유가 젖은 속눈썹을 천천히 들어 올렸다. 서국의 강렬한 눈동자가 그녀의 시선을 휘어 감았다.

"이렇게 뜨겁게 원하는 사람이 있다는 걸…… 그 사람이 바로 옆에 있었다는 걸. 이제야 알게 된 거야."

미간을 일그러뜨린 서국이 낮게 한숨을 토해 냈다.

"좀 더 빨리 깨닫지 못해서 미안해."

지유가 고개를 저었다.

"괜찮아요. 이젠."

작게 훌쩍인 그녀가 발개진 코로 배시시 웃었다.

"솔직히 서운하기도 하고 상처도 많았는데, 요즘 이사님이 보여 준 모습도 그렇고…… 오늘 해 준 이야기 들으니까 이사님을 어느 정도는 이해할 수 있게 됐어요."

"……."

서국이 지유의 얼굴을 말없이 들여다봤다. 그녀가 조심스럽게 팔을 뻗어 두 손으로 그의 얼굴을 감쌌다. 그러고는 똑바로 시선을 마주쳤다.

"나에게 용기 내 줘서 고마워요. 그리고…… 오늘 이야기해 준 것도 고마워요."

지유가 작게 속삭이는 말에 서국의 눈빛이 순식간에 어둡게 일렁였다.

"이름 불러 봐."

서국이 고개를 기울이며 낮게 하는 말에 지유가 눈을 깜빡였다.

"이사님…… 이름이요?"

"그래."

키스할 듯 높은 콧날이 가까이 다가오자 지유가 데굴데굴 눈을 굴렸다.

"하, 한 번도 불러 본 적 없는데……."

지유가 머뭇거리자 서국이 욕망 어린 목소리로 말했다.

"침대 위에서도 이사님이라고 부를 건가?"

"네? 침……!"

적나라한 표현에 지유의 얼굴이 순식간에 홍당무가 됐다.

"이서국이라고 해 봐."

"……."

"어서."

허스키한 음성으로 재촉해 오자 지유가 발개진 얼굴로 입술을 달싹였다.

"서……서국…… 씨."

그녀가 그의 이름을 부르는 순간 서국의 눈동자가 뜨겁게 이글거렸다.

"한 번 더 불러 봐."

바짝 다가온 서국이 바로 앞에서 말하자 지유가 눈을 데구루루 굴리고는 침을 삼켰다.

"서국…… 씨."

숨을 들이켠 그가 곧바로 지유의 입술을 거칠게 삼켰다.

"하읍!"

작은 턱을 잡아 내리며 입술을 벌린 그가 깊이 혀를 밀어 넣었다. 소유욕 어린 움직임으로 젖은 혀를 휘감아 빨아들이자 지유가 더운 숨을 할딱거렸다. 촉촉한 혀가 서로에게 얽혀 들며 비벼질 때마다 야릇한 쾌감이 아찔하게 터졌다.

"아읍, 아……."

입술을 더 크게 벌리며 그가 지유의 물컹한 혀를 휘어 감았다. 입술이 타액에 젖어 들고 뜨거운 숨이 서로의 입안을 바쁘게 오갔다. 가쁜 숨결까지 삼켜 낸 서국이 입술을 놔줬다. 얼굴을 감싸고 타오르는 눈을 부딪힌 그가 말했다.

"오늘 내내 참았어. 아니, 내 감정을 깨달은 뒤로 난 네 말대로 짐승 상태야."

탁한 숨결을 흘린 서국이 젖은 그녀의 입술을 잘근거렸다.

"이젠 못 참을 것 같아."

"하아, 하아. 근데 이사……."

"서국."

서국이 곧바로 정정해 주자 지유가 입술이 빨리는 간질간질한 느낌에 달짝지근한 신음을 흘렸다.

"아읏. 서국, 씨. 근데 저요…… 이사실로 돌아가는 거 맞죠?"

"당연하잖아. 내 옆에 있어."

소유욕 어린 눈빛으로 응시하며 서국이 말했다. 그러자 지유가 살짝 뒤로 고개를 물렸다.

"……?"

서국이 곧장 미간을 좁히는데 지유가 숨을 진정시키며 말했다.

"저…… 그럼 오늘은 여기서 더 진도가 나가면 안 될 것 같아요."

서국의 미간이 더 일그러졌다.
"왜지?"
"마, 만약 지금 끝까지 가면…… 제가 일을 제대로 못 할 것 같아요. 마음의 준비가 좀…… 필요하거든요."
더듬더듬 설명하던 지유의 얼굴이 화르륵 타올랐다.
"죄송해요! 하와이에선 더 대담하게 나와 놓고 내숭이라 생각하실 수도 있는데 그땐 솔직히 술김도 있었고요. 그, 그리고 실은 제가 처음이라……!"
"나도 처음인데."
"네?!"
곧바로 나온 말에 지유의 눈이 휘둥그레졌다.
"이사님도요?"
놀란 얼굴로 묻자 서국이 그녀를 가만히 바라봤다.
"이상한가?"
"그런…… 것 같은데 생각해 보니…… 그럴 수도 있겠네요."
사실 이서국 같은 남자가 지금껏 경험이 없다고 하면 거짓말이라고 생각할 거였다. 저 얼굴에 저 피지컬. 게다가 태림그룹 이사인 그의 능력을 보면 어디 하나 빠지는 게 없으니까. 하지만 오늘 서국에게서 들은 말을 생각해 보면 납득이 되지 않는 건 아니었다.
"전 8년을 한 명에게 빠져 있다 보니 그럴 겨를이 없었어요. 그래서 나이에 맞지 않는 소리라고 생각하실 수도 있겠지만…… 조금만 마음의 준비를 할 시간을 주세요."
"……."

촉촉하게 젖어 있는 입술로 말하고는 시선을 살짝 피하는 지유의 얼굴을 서국이 진한 시선으로 응시했다.

"잔인한데."

그가 탁한 목소리로 내뱉으며 지유의 통통하게 부푼 입술을 살살 빨았다.

"이렇게 심장 뜨겁게 만드는 말을 하면서, 참으라고?"

"하, 하아…… 참으라는 게 아니고 조금만 천천히 나가자는…… 으응."

젖은 입술이 빨리는 자극적인 소리가 조용한 차내에 울렸다. 지유가 한숨인 듯 신음인 듯 달콤한 목소리를 흘리자 서국이 탁한 숨을 뱉어 냈다. 입술을 놔준 그가 흐릿하게 물든 지유의 눈을 바라봤다.

"노력해 줄 건가?"

지유가 천천히 눈을 깜빡였다.

"……네. 노력할게요."

"그럼 기다릴게."

"고마워요. 이사……."

"서국."

"……서국 씨."

아차, 한 얼굴로 얼른 말을 정정한 지유가 배시시 웃었다. 그 웃음을 보는 서국의 눈은 여전히 뜨거운 불길로 일렁이고 있었다. 타오르는 불길을 참아 내며 서국이 지유를 놔주고 물러났다.

"우선 이것부터 노력하는 것으로 하죠. 회사 밖에선 이름 부르는 거."

"네. 해 볼게요."

지유가 열심히 고개를 끄덕였다.

"그리고."

멀어졌던 서국이 순식간에 다시 다가왔다.

"앗……아, 아음."

그가 지유의 뒷머리를 고정하고 야릇하게 입술을 빨았다. 발가락 끝까지 오므라들 정도로 간질간질하게 키스한 서국이 입술을 놔줬다.

촉.

젖은 소리를 내며 입술이 떨어지자 그가 욕망이 가득 담긴 눈으로 응시했다.

"여기에도 익숙해지도록 노력하세요."

"그럴……게요."

서국이 그녀의 아랫 입술을 살짝 깨물었다.

"흣."

"되도록 빨리 나에게 익숙해져요. 마음의 준비가 필요 없을 정도로."

"네, 네."

지유는 머릿속이 어질어질해서 홀린 듯 대답했다. 서국이 입술을 말아 올리고 고개를 올려 지유의 귓가에 속삭였다.

"그런데 그거 압니까?"

"흣, 뭐, 뭘요?"

낮은 음성과 함께 귓속으로 훅 끼쳐 드는 숨결에 지유가 어깨를 움츠리며 물었다.

"당신이 내 이름을 부를 때마다, 아니 내 이름만 불러도 흥분합니다. 난."

"……!"

지유의 눈이 커지며 침을 꼴깍 삼켰다.

그, 그럼 이사님 지금……!

서국의 육체적 변화를 떠올린 지유가 당황한 표정을 지었다. 관능 어린 미소를 지은 서국이 운전석 쪽으로 몸을 옮겨 가며 말했다.

"나도 적응이 좀 필요하겠습니다."

"그러……시겠어요."

지유가 창 쪽으로 고개를 돌리고는 제 얼굴에 손부채질을 했다. 시선도 마주치지 못한 채 얼굴의 열기를 식히는 지유에게 서국의 짙은 눈빛이 닿아 있었다.

09

서국의 집무실에서 태희와 회의가 진행되고 있었다. 화사한 레드 컬러의 투피스를 입은 태희는 긴 머리칼을 한쪽으로 늘어뜨리고 다리를 꼰 채 소파에 앉아 설명했다.

"철거는 아직 안 됐지만 부지 확보는 된 상태야. 언제든 공사 들어갈 수 있게 준비해 놓을게."

태희의 말에 맞은편에 앉아 있는 서국이 무감한 표정으로 서류를 바라봤다.

"런칭 날짜는 계약서에 맞추면 되는 건가."

"맞춰 주면 좋지만 조금 차이나도 상관없고."

서국이 보던 서류를 내려놓고 태희에게 시선을 옮겼다.

"최종 시안이 확정되면 보낼 테니 결정되면 알려 줘. 건설팀에서 런칭 날짜에 맞추려면 타이트하게 진행해야 한다고 하니 최대한 빨리."

"그럴게."

태희가 미소 지으며 대답했다.

"그럼 여기까지 하지."

서국이 손목시계를 확인하며 몸을 일으켰다. 책상 쪽으로 향하는 그의 뒷모습을 보며 태희도 일어섰다.

"같이 저녁 먹을 생각이었는데 약속 있니?"

"오늘 할 얘긴 다 끝난 것 같은데."

서국의 건조한 표정에 태희가 살짝 눈을 흘겼다.

"이서국. 나도 엄연한 사업 파트너야. 여기까지 회의하러 온 건데 저녁도 안 먹이고 보낼 거야?"

"……."

그의 한쪽 눈썹이 미세하게 휘어 올라갔다. 잠시 생각하던 서국이 책상 위에 놔둔 휴대폰을 집으며 말했다.

"그럼 원하는 걸로 정해."

◆ ◇ ◆

[업무상 식사 자리가 생겨 오늘 저녁 같이 못 하게 됐습니다.]

"어……?"

급히 퇴근 준비하던 지유는 서국의 메시지를 확인하고 김빠진 표정을 지었다.

[전 괜찮아요. 신경 쓰지 마세요.]

"일인데 할 수 없지."

지유가 작게 중얼거렸다. 신이 나서 퇴근을 준비하던 그녀의 손이 느려졌다.

요즘 저녁마다 서국과 데이트하는 재미에 푹 빠져 지내던 참이었다. 하루 정도야 그냥 넘어갈 수도 있지만 그래도 서운한 건 어쩔 수 없었다.

그때 상무실로부터 인터폰이 울렸다.

"네. 상무님."

– 정 실장 잠깐 들어오겠어?

"그럴게요."

바로 대답한 지유가 몸을 일으켜 집무실로 향했다. 노크를 하고 들어서자 퇴근 준비를 마친 정훈이 책상에 기대 서 있었다.

"부르셨어요?"

지유가 다가가서 얌전히 섰다. 정훈이 가볍게 미소를 띤 얼굴로 말했다.

"정 실장 오늘 시간 돼?"

"오늘요?"

"저녁 같이 먹을까 해서. 할 얘기도 있고."

지유는 내심 놀랐다.

신기하네. 약속 취소된 걸 상무님이 아실 리도 없는데.

"시간 괜찮겠어?"

"네. 괜찮아요."

다시 묻는 정훈의 말에 지유가 웃는 얼굴로 대답했다.

퇴근 준비를 마저 한 지유는 정훈과 함께 상무실을 나섰다. 엘리베이터에 오르자 정훈이 그녀를 내려다봤다.

"메뉴는 정 실장이 좋아하는 거로 해."

"전 아무거나 괜찮아요."

"그럼 역시 육즙 가득한 고기로 해야겠군. 스테이크?"

"굳이 고기가 아니더라도……."

딩-

지유가 대답하는데 엘리베이터 문이 열렸다.

"!"

정훈과 지유가 동시에 멈칫거렸다. 문 앞에는 서국과 태희가 서 있었다.

"정훈 오빠. 잘 지냈어?"

태희가 먼저 엘리베이터에 올라타며 화사한 미소로 정훈에게 인사했다. 정훈이 억지로 웃음을 지어 보였다.

"오랜만이네."

"응. 회의하러 왔다가 서국이랑 저녁 같이 하려고."

생긋 웃은 태희가 정훈 앞에 섰다.

"……."

서늘한 시선으로 정훈과 지유 두 사람을 번갈아 보던 서국이 안으로 들어섰다.

"안녕하세요."

지유가 고개를 숙여 서국에게 인사하고는 한 걸음 뒤로 물러났다. 빠르게 내려가는 엘리베이터 안은 묘한 분위기가 흘렀다.
"그런데."
엘리베이터 버튼을 노려보고 있던 서국이 말했다.
"두 사람은 왜 주차장으로 같이 내려갑니까?"
낮은 목소리로 말한 서국의 시선이 정훈에게 박혔다.
"우리도 식사할 일 있어서."
정훈이 싱긋 웃으며 대답하는데 지하주차장에 도착했다. 문이 열리고 다들 밖으로 나오자 정훈이 서국과 태희를 향해 말했다.
"그럼 다음에 보자."
"다음에 뵐게요."
옆에서 고개를 살짝 숙여 인사한 지유가 몸을 돌려 정훈을 따라갔다. 지유의 뒷모습에 서국의 날카로운 시선이 꽂혀 있었다. 그 모습을 가만히 보던 태희가 서국의 팔을 가볍게 두드렸다.
"우리도 가자."
"……."
태희의 말은 들리지 않는다는 듯 서국의 시선은 지유에게만 박혀 있었다. 정훈의 차에 올라타는 지유의 모습을 보자 그의 굵은 눈썹이 꿈틀거렸다.
"이서국, 안 가?"
태희가 다시 재촉하며 그의 팔을 잡아끌었다.
"갈게."
태희의 손을 치워 낸 서국의 차갑게 굳은 얼굴로 출발하는 정훈의 차를 쳐다봤다.

◆ ◇ ◆

서국은 격식 있는 스페인 레스토랑에서 태희와 마주 앉아 있었다. 식사를 마친 그녀가 와인 잔을 들고 부드러운 목소리로 그에게 말했다.

"기억나? 그때 스페인으로 가족 여행 갔을 때 마을 축제 한다고 따라갔다가 길 잃어서 우리 둘이 한참 헤맸던 거."

"……."

서국은 대답 없이 생각에 잠긴 듯 테이블 위를 응시하고 있었다.

"우리 찾던 정훈 오빠랑 나중에 만나서 겨우 돌아갈 수 있었는데…… 가끔 그때 생각이 나더라."

태희는 추억에 젖은 듯 아련한 눈으로 미소 지었다.

"난 막 무섭다고 우는데 넌 울지도 않고 조용히 길만 찾고 있었어. 그 모습이 왠지 기억에 남더라고."

기분 좋은 얼굴로 말하던 태희가 서국을 쳐다봤다. 그는 여전히 굳은 얼굴로 테이블 위에만 시선을 두고 있었다.

"서국아. 내 말 듣고 있는 거야?"

"그만 가 봐야겠어."

서국이 곧장 몸을 일으키자 태희가 눈을 크게 떴다.

"벌써?"

"계산은 내가 할게. 다음에 봐."

차가운 얼굴로 말한 서국이 빠르게 자리를 빠져나갔다.

"진짜 가는 거야? 잠깐…… 이서국!"

서국의 등 뒤로 당황한 태희의 목소리가 쏟아졌다.

◆ ◇ ◆

지유는 정훈과 캐주얼한 분위기의 다이닝바에서 식사를 마치고 디저트를 먹고 있었다.

"음식은 입에 맞았어?"

"네. 맛있었어요. 잘 먹었습니다."

지유가 감사 인사를 전하자 정훈이 부드럽게 웃었다.

"다행이네."

작은 은빛 디저트 스푼을 입에 물고 있던 지유가 정훈을 보다가 조심스럽게 물었다.

"그런데 하실 말씀이 있으시다고……."

정훈이 표정에서 미소를 거두고 지유를 바라봤다.

"이번 달까지 인수인계 끝내고 이사실로 돌아간다고?"

"네. 이제 제가 할 일도 다 끝났으니 마무리만 하고 돌아갈 생각이에요."

지유가 설명하자 정훈이 시선을 잠시 떨어뜨렸다가 그녀에게 다시 고정했다.

"……더 있어 줄 생각은 없어? 난 정 실장이 날 좀 더 도와줬으면 좋겠는데."

진지하게 쳐다보는 시선에 지유가 옅게 미소 지었다.

"제 역할은 여기까지예요. 상무님."

그녀의 미소를 보던 정훈이 씁쓸한 웃음을 머금었다.

“정 실장 얼굴 보니 더 졸라 볼 수도 없겠네.”

“지금 비서팀도 자리를 잡았고 신입 비서도 뽑았으니 걱정 안 하셔도 돼요. 영혜 씨나 수지 씨, 둘 다 능력 있는 사람들이라 잘할 거예요.”

지유의 말에 정훈이 가볍게 한숨을 내쉬었다. 그러고는 포기한 듯 미소를 머금고 그녀를 바라봤다.

“……그래. 고마워. 그동안 애써 줘서 큰 힘이 됐어.”

“저도 감사했습니다.”

지유도 미소로 대답했다.

다이닝바를 나오며 정훈이 지유에게 말했다.

“바래다줄게.”

“괜찮아요. 혼자 갈 수 있어요.”

“식사하겠다고 먼 곳까지 데려왔는데 그냥 보내면 내가 마음이 불편해서 그래. 시간도 늦었고.”

“그래도 괜찮…….”

“이 정도는 하게 해 줘.”

정훈이 거절하지 말라는 듯 완곡하게 말하자 잠시 고민하던 지유가 고개를 끄덕였다.

“그럼 집 근처까지만 부탁드릴게요.”

“그래.”

정훈이 안심한 얼굴로 지유와 함께 차로 향했다. 그의 차에 오르며 지유는 서국과 태희가 신경 쓰였다.

‘그 두 사람도 식사 끝났을까?’

아까 태희와 함께 있는 서국의 모습을 보고 솔직히 질투가 났다. 같이 일하는 관계니 그 메시지가 틀린 말도 아닌데 자신과의 약속을 깨고 태희와 식사하러 간다는 것도 기분이 상했다.

'……참 예쁜 사람이긴 하지.'

아까 봤을 때도 그렇고, 전부터 볼 때마다 느꼈지만 인형처럼 예쁜 사람이었다. 그래서 더 질투가 나는 것도 같았다.

'사람 마음이란 어쩔 수 없는 건가?'

지유가 심각한 얼굴로 고민하고 있는데 문득 정훈의 목소리가 들려왔다.

"미국에 있었을 때."

아차, 내 정신!

정훈이 태워다 주는 길인데 자신만의 생각에 빠져 있었다는 걸 깨달은 지유가 퍼뜩 정신을 차렸다.

"네."

정훈을 보며 지유가 대답하자 그가 입술 끝을 휘어 올리고 말을 이었다.

"내가 정 실장 마음에 둔 적 있던 거, 알아?"

"네? 상무님이요……?"

이게 무슨 소린가 싶어 눈을 깜빡이던 지유가 다시 물었다.

"상무님은 항상 만나시는 분이 있으셨잖아요."

정훈은 미국에서 여자를 수시로 바꿔 가며 만나는 편이었다. 지유가 알기로 태희를 가장 길게 만난 거였다.

"태희 말고는 가볍게 만나는 거였지. 태희 만나기 전에 잠깐 그런 적 있었어. 지금에야 말하는 거지만."

"전 전혀 몰랐어요."

"몰랐을 거야. 숨겼으니까."

정훈이 전방을 보며 힘없는 웃음을 지었다.

"알면 도망칠 거 같아서 두려웠거든."

"……."

지유는 뭐라 말해야 할지 몰라 입을 다물고 있었다. 갑작스러운 말에 머리가 복잡하긴 하지만 상황은 이해가 될 것도 같았다.

'이제 상무실을 떠나는 상황이니 과거를 털어놓는 건가?'

털어놓음으로써 편해지는 일들이 있긴 하니까. 이미 오래전 일이고.

끼익.

지유가 머릿속으로 그런 생각을 하고 있는데 정훈이 집 근처 갓길에 차를 세웠다.

"이쯤에서 세워 달랬지?"

"아, 네. 감사합니다. 월요일에 뵐게요."

지유가 얼른 인사하고 차에서 내렸다.

"정 실장."

부르는 소리에 지유가 돌아봤다. 뒤따라 내린 정훈이 그녀에게 다가오고 있었다. 방금 전과 다른 진지한 표정으로 지유 앞에 선 그가 말했다.

"그때 용기 있게 고백하지 못한 걸 계속 후회했어. 그런데, 지금도 그러고 있었던 것 같아."

"지금도요?"

지유가 정훈을 의아하게 쳐다봤다. 그가 눈썹을 모으고 한숨을 내쉬었다.

"고백할 용기도 없이 그저 실장으로라도 내 옆에 두려고 했던 게."

지유가 정훈을 가만히 올려다봤다.

"전 이사님을 좋아해요."

"알고 있어. 오래전부터 서국이 좋아한 거."

"그럼 왜……."

지유가 더 이해가 안 된다는 듯 쳐다보자 정훈이 표정에서 미소를 지웠다. 그가 심각한 표정을 짓자 마치 처음 보는 사람처럼 아예 다른 사람 같았다. 낯선 느낌에 지유가 멈칫거리는데 그가 말했다.

"만약 미국에서 그때 내가 고백했더라면 정 실장이 날 좋아했을 수도 있지 않았을까?"

"네?"

정훈이 그녀 앞으로 한 걸음 더 다가왔다.

"내가 먼저 정 실장을 알았으니까. 서국이보다 먼저. 그러니까 그때 내가 고백했더라면……."

"그럴 일은 없어."

두 사람 사이에 다른 목소리가 끼어들었다.

"!"

갑작스러운 서국의 등장에 정훈과 지유의 시선이 그쪽으로 향했다.

"이사님."

지유가 놀란 눈으로 쳐다보는데 서국이 싸늘한 얼굴로 정훈을 응시했다.

"정지유는 그래도 날 좋아할 테니까."

"……이서국."

정훈이 화가 난 표정으로 서국을 쳐다봤다.

서국이 냉기 어린 시선으로 정훈을 보며 말했다.

"늦게 만났든 빨리 만났든 정지유가 좋아하는 사람은 나야."

정훈의 눈썹이 꿈틀거렸다. 그를 노려보며 서국이 말을 이었다.

"그러니까 남의 여자에게 고백 같은 건 하지 마. 거슬리니까."

"……."

주먹을 꾹 움켜쥐고 서국을 노려보던 정훈이 휙 몸을 돌렸다. 차로 빠르게 걸어가는 정훈을 쳐다본 서국이 곧장 지유의 손을 잡았다.

"따라와요."

"엇……."

서국이 자신이 세워 둔 차로 지유를 데려가 뒷좌석에 태웠다.

탁!

그녀 옆자리로 올라탄 서국이 문을 닫았다. 무시무시한 분위기를 풍기는 서국에게 기가 눌린 지유가 반대편 문 쪽으로 바짝 붙었다.

"왜 다른 남자에게 고백 같은 걸 듣고 있는 건데."

그가 쏘아보자 지유가 슬쩍 눈을 굴렸다.

"제가 의도한 건……."

"그것도 이정훈에게."

무섭게 낮아진 목소리에 지유가 침을 꿀꺽 삼켰다.

'이 남자, 지금 화가 머리끝까지 났나 봐.'

서국의 표정이 그의 분노를 가늠하게 했다. 문 쪽으로 바짝 밀어붙이고 있는 서국에게 꼼짝없이 포박된 지유가 슬쩍 눈을 내려떴다.

"전 이사님 좋아한다고 했어요. 들으셨잖아요."

힐끔 서국을 쳐다본 지유가 말을 덧붙였다.

"……아니, 서국 씨 좋아한다고."

"……."

서국이 눈을 가늘게 뜨자 지유가 항변하듯 말했다.

"그리고 서국 씨도 저랑 했던 약속 취소하고 다른 여자랑 식사했잖아요."

"업무적인 자리라고 했을 텐데."

"저도 시작은 업무적인 자리였어요."

지유가 지지 않고 하는 말에 서국의 눈이 더 가늘어졌다. 지유가 항변하듯 말했다.

"방금 서국 씨도 말했잖아요. 난 누가 고백하든 서국 씨만 좋아한다고…… 그걸 알면서 왜 날 몰아붙여요?"

자신이 생각해도 꽤나 논리적이었다. 지유가 자신감을 되찾고 서국을 똑바로 쳐다봤다.

"……."

말없이 응시하는 시선에 지유의 자신감 넘치던 눈이 조금씩 갈피를 잃어 갔다.

안…… 통하려나?

"알고 있어. 그건."

서국이 옆으로 슬쩍 돌려진 지유의 얼굴을 다시 자신 쪽으로 향하게 했다.

"당신이 잘못한 게 아니라는 것도 알고."

그가 단정한 이마를 찡그렸다.

"그런데도 화가 나. 질투 때문에 아무 생각도 할 수 없을 만큼."

괴로운 얼굴로 낮게 토해 내는 목소리에 지유가 서국을 가만히 바라봤다.

"……."

그를 잠시 보고 있던 지유가 고개를 살짝 내밀었다.

촉.

서국의 입술에 부드럽게 입을 맞추자 그가 멈칫거렸다.

"난 당신을 8년간 좋아했어요."

지유가 흔들림 없는 눈동자로 그를 바라봤다.

"내 감정, 쉽게 생각하지 말아요. 그렇게 흔들릴 감정이었으면 그 긴 시간을 어떻게 유지했겠어요?"

"……."

지유가 입술을 부드럽게 끌어 올렸다.

"내 눈엔 이서국 당신 외엔 누구도 안 들어와요. 그러니까, 날 믿어요. 서국 씨."

단호한 그녀의 음성에 그의 미간이 일그러졌다.

"……정말 사람을, 못 견디게 만드는군."

짓눌린 목소리로 내뱉은 서국이 지유의 입술을 사납게 삼켰다.
"아, 음……."
작은 입술을 벌려 거칠게 키스를 퍼붓자 지유의 뒷머리가 문에 바짝 붙었다. 도망칠 수 없도록 몰아세운 그가 턱을 들어 올리며 각도를 바꿔 혀를 뒤섞었다. 난잡하게 섞여 드는 혀에 한껏 들린 지유의 턱에 타액이 길게 흘러 내렸다.
"……하아!"
입술이 풀려나자 지유의 입술에서 막힌 숨이 터져 나왔다. 흐릿해진 그녀의 눈을 가까이에서 포박한 서국이 말했다.
"죽을힘으로 참고 있는 사람을 이렇게 자극하면 어쩌라는 거야."
"무슨 자극……을……아읏."
윤기 나는 아랫입술을 살짝 잘근거리자 지유가 더운 숨을 흘렸다.
"날 미치게 만들잖아. 당신이."
서국이 탁한 숨결을 내뱉으며 지유의 목덜미로 입술을 옮겨 갔다.
"으응."
보얀 목덜미에 뜨거운 숨결이 닿자 지유의 몸이 흠칫거렸다. 그가 점차 입술을 아래로 내리며 지유의 셔츠 단추를 풀었다.
투둑, 툭.
몇 개의 단추가 풀리고 셔츠가 벌어지자 그녀의 보드라운 젖가슴이 드러났다.
"하아, 잠깐……만……앗!"

브래지어 위로 드러난 하얗고 말캉한 살로 서국이 입술을 가져갔다.

“아앗!”

더운 숨결이 새어 나오는 그의 입술이 맨살에 닿자 지유가 저도 모르게 허리를 달싹였다. 푸딩처럼 말캉한 젖가슴을 삼키며 서국이 브래지어를 아래로 거칠게 끌어 내렸다.

“읏, 아……!”

흔들리는 젖꼭지를 그가 신음을 흘리며 한 입에 삼켰다. 뜨거운 입술 안에서 강하게 빨리는 감각에 지유의 입술이 절로 벌어졌다.

‘머릿속이 어지러워…….’

온몸이 뜨거워진 채 그의 입술에 빨리는 살덩이에서 전기가 오르는 것만 같았다. 그런데 싫지가 않았다. 당연히 싫을 리는 없었다. 좋아하는 사람이니까.

‘아, 안 돼. 아직 마음의 준비가…….’

마음과는 반대로 몸은 서국이 이끄는 대로 착실하게 반응하고 있었다.

“흐응, 응, 앗…….”

신음을 흘리며 시선을 내리니 어두운 공간에서 드러난 허연 가슴이 타액으로 번들거리고 있었다. 한쪽 가슴을 빨고 있는 서국의 모습이 눈에 들어오자 숨을 삼켰다. 단정한 이마 아래 높은 콧날이 보이고 고개를 기울여 가며 음란하게 유두를 삼키는 광경은 너무나 야했다.

‘세상에!’

야하기 짝이 없는 모습에 반대쪽 젖꼭지도 발딱 곤두서는 게 보였다. 그 모습을 당혹스럽게 지유가 쳐다보고 있는데 서국이 그녀의 땡땡해진 유두를 빨며 스커트 안으로 손을 집어넣었다.

"앗, 서국……!"

그가 커다란 손으로 스타킹을 신은 다리의 말랑한 허벅지를 거머쥐었다. 지유가 숨을 삼키는 사이 그의 기다란 손가락 끝이 엉덩이와 이어진 곳까지 순식간에 훑어 올라왔다.

"아, 앗."

탄력 있는 엉덩이를 꽉 쥐자 지유의 몸이 흠칫거렸다. 커다란 손으로 거머쥔 그가 지유의 봉긋한 가슴으로 고개를 숙였다. 그가 뜨거운 숨결을 흘리며 그의 타액으로 젖은 포도알처럼 부푼 유두를 다시 입술로 삼켰다.

"하읏!"

순간 짜릿한 쾌감이 지유의 등허리를 타고 올랐다.

'자극이 너무 강해……!'

지유는 정신이 하나도 없었다. 서국의 입술의 움직임에만 온 신경이 집중됐다. 쭈웁, 츱. 색정적인 소리가 흘러나오고 서국의 더운 숨결이 맨피부에 고스란히 느껴졌다.

"하, 하아!"

아찔한 감각에 지유가 몸을 떠는데 허스키하게 잠긴 목소리가 들렸다.

"……이런."

그 목소리와 함께 서국의 움직임이 멈췄다.

'어?'

고개를 든 그의 얼굴이 굳어진 것을 보자 지유가 숨을 몰아쉬며 의아하게 바라봤다. 미간을 잔뜩 일그러뜨린 서국이 지유의 어깨에 고개를 떨어뜨렸다.

……후우, 훅.

진정되지 않는 거친 숨결이 그녀의 어깨와 목덜미에 느껴졌다. 조용한 차내에 달뜬 숨소리와 거친 심장 울림만 가득 찼다. 관능 어린 숨소리를 듣고 있던 지유가 침을 삼켰다.

"서국……."

"잠시만."

꽉 잠긴 목소리가 흘러나왔다.

"잠시만 이러고 있어 줘."

"……."

달싹이던 입을 다문 지유가 그의 말대로 가만히 있었다. 한동안 숨을 고르고 있던 서국이 천천히 고개를 들었다.

'아……'

욕망으로 어둡게 잠긴 눈동자와 마주치자 지유의 몸에 열기가 훅 번졌다.

"……저지를 뻔했군."

낮게 한숨을 내쉰 서국이 열기를 숨기지 못한 눈으로 지유를 바라봤다.

"왜 매번 참기 힘든 걸까. 당신을 보면."

탁한 목소리를 내뱉은 그가 그녀의 입술에 입을 맞췄다. 부드럽게 입술을 빨고 놔준 서국이 지유의 옷을 정리해 주기 시작했다.

"미안합니다. 내 인내심이 이렇게 형편없을 줄은 정말 몰랐습니다."

미간을 찌푸리고 하는 말에 지유가 작게 말했다.

"……아니에요. 나도 참기 어려웠는걸요."

솔직한 그녀의 말에 단추를 잠가 주던 서국이 지유를 바라봤다. 아직 열기가 감도는 지유의 얼굴을 보며 서국이 말했다.

"당신 감정 쉽게 생각한 적 없습니다."

진지한 목소리에 지유가 말없이 시선을 맞췄다.

"8년간 나를 향해 준 마음에도 고맙게 생각하고 있고."

"……."

"내가 누군가를 이렇게 사랑하게 될 줄은 몰랐습니다."

"……네?"

갑작스러운 고백에 지유의 눈이 커졌다. 흔들리는 그녀의 눈을 휘어 감은 서국이 진지한 얼굴로 말했다.

"당신을 사랑합니다."

뜨거운 눈동자가 지유의 시선을 꼼짝 못 하게 포박했다.

"서국 씨……."

두근, 두근.

지유의 심장박동이 세차게 울리고 있었다.

"진심입니다."

뜨겁게 울리는 그의 진심이 지유의 심장에 곧장 와닿았다. 너무나 벅차, 지유는 아무 말도 하지 못하고 투명한 눈물이 번진 눈으로 그를 보고만 있었다.

◆ ◇ ◆

탁!

정훈이 술잔을 테이블 위로 세게 내려놨다.

"……빌어먹을."

욕설을 뇌까린 그가 크게 숨을 들이켰다. 떠올리고 싶지 않은 말들이 머릿속을 떠다니고 있었다.

'넌 뭘 하든 서국이한테 안 되겠다.'

'벌써 저만큼 따라잡았잖아. 정신 똑바로 차려.'

'서국이는 일주일 만에 한 걸 넌 몇 달째 잡고 있는 거야? 머리가 안 돌아가?'

"……!"

붉어진 눈에 힘을 준 정훈이 이를 악물고 위스키병을 움켜잡았다. 병째 입술로 가져간 그가 황금빛 액체를 벌컥벌컥 들이켰다.

◆ ◇ ◆

다음 날 아침, 지유는 집에서 나와 서국이 차를 세워 둔 곳으로 달려갔다.

'벌써 와 있네?'

그의 차가 보이자 지유가 그 자리에 멈춰 섰다. 발갛게 홍조

띤 얼굴로 얼른 다른 차 사이드미러에 제 모습을 비춰 봤다. 급히 내려오는 동안 살짝 흐트러진 머리칼을 정돈하는데 뒤에서 목소리가 들렸다.

"안 그래도 예쁜데."

"앗!"

서국의 목소리에 깜짝 놀란 지유가 돌아봤다. 그는 테이크아웃 커피를 들고 서 있었다.

"매일 말을 해 줘야겠군요. 모르는 모양이니."

아침부터 완벽한 슈트 차림에 흐트러짐 하나 없는 서국이 말했다. 그 말에 지유가 살짝 민망한 얼굴로 웃었다.

"커피…… 사 오셨어요?"

"마셔요."

그가 그녀의 커피를 건네줬다.

"잘 마실게요."

미소 지으며 받은 지유가 그와 함께 차로 향했다. 최근 특별한 일이 있을 때 외에는 아침마다 서국의 차로 함께 출근하고 있었다. 오늘도 지유는 기분 좋은 상쾌한 향이 은은하게 감도는 그의 차에서 달콤한 커피를 마시며 아침 햇살을 만끽했다. 요즘 하루 일과에서 그녀가 가장 좋아하는 시간 중 하나가 이 시간이었다.

마침 아침과 잘 어울리는 경쾌한 재즈곡이 흘러나와 고개를 까딱거리고 있는데 서국의 목소리가 들렸다.

"독일 출장을 가게 됐습니다."

"독일이요?"

창밖의 경치를 감상하던 지유가 서국에게 시선을 향했다. 그는 운전하며 전방을 응시하고 있었다.

"갑작스럽게 정해져서 오늘 밤에 출발합니다. 스페인 거쳐서 일주일 뒤에 돌아올 것 같습니다."

오늘……?

잠시 놀란 눈으로 보던 지유가 고개를 내리고 커피 잔을 만지작거렸다.

"정말 급작스럽긴 하네요. 종종 있는 일이긴 하지만요."

하긴 최근 출장이 없긴 했지.

원래는 훨씬 출장이 잦았다. 서국과 오래 함께 일했으니 지유도 잘 알고 있는 거였다.

'독일이면 BX 건 때문일까?'

지유는 작년부터 협약 제안을 해 온 독일 기업을 떠올렸다. 중요한 건이니 당연히 가야 하긴 할 텐데. 그래도 일주일이나 못 만난다고 생각하니 기분이 좀…….

표정이 시무룩해지던 지유가 퍼뜩 정신을 차렸다.

'아니, 이렇게 생각하면 안 되지! 이건 당연한 업무고 넌 곧 실장으로 복귀할 사람인데 이런 개인적인 감정에 휘둘리면 어떡하려고?'

게다가 BX는 지유도 정식 협약에 성공하길 간절히 바라던 일이었다.

'그래. 잘된 일이야.'

지유가 마음을 다잡는데 서국이 그녀를 힐긋 바라봤다.

"서운합니까?"

"네? 그럴 리가요. 일인데요."

지유가 얼른 고개를 저었다.
“전 아무렇지도 않으니 걱정 말고 다녀오세요.”
“…….”
그녀가 업무적인 미소를 지어 보이자 서국의 표정이 가라앉았다.
“난 많이 서운한데 지유 씨는 아닌 모양이군요.”
전방으로 시선을 향한 그가 차가워진 목소리로 말했다.
“아, 전 그게 아니라…….”
“아무렇지 않다니 전혀 걱정할 필요 없겠습니다. 내가 쓸데없는 걱정을 한 모양입니다.”
서국이 냉랭한 얼굴로 불쾌한 기색을 내비쳤다. 지유의 얼굴에 당혹감이 흘렀다.
‘그게 아닌데.’
난감한 얼굴로 뭐라 해명하려 입술을 달싹이던 지유가 입을 다물었다.

그 뒤로 회사까지 오는 길이 내내 가시방석이었다.
“어떡해. 말실수를 해 버렸어.”
지유가 엘리베이터 안에서 속상한 표정을 지었다.
“기분 많이 상하신 것 같은데…….”
난 왜 그렇게까지 말한 걸까? 아무렇지 않은 게 아닌데. 하지만 그 순간에 감정적으로 서운함을 내비쳐도 되는지 판단이 서지 않았다.
“휴, 어쩌지?”

한숨을 포옥 내쉰 지유가 상무실로 향했다. 심란한 얼굴로 들어서는데 영혜가 다가와 말했다.

"실장님. 상무님 연락 왔는데 오늘 몸이 안 좋아서 출근 못 하신대요."

"아, 그래요? 알았어요."

고개를 끄덕인 지유가 자신의 자리로 향했다.

'어제 그런 일이 있었는데 상무님을 완전히 잊고 있었다니.'

상무실에 들어오면서도 서국에 대한 걱정만 하고 있던 자신을 떠올리니 정훈에게 조금 미안한 마음도 들었다.

몸이 많이 안 좋으신가? 혹시 어제 일 때문은…….

'우선 일부터 하자.'

고개를 저은 지유가 노트북을 켰다. 자신이 연락하는 게 정훈에게 헛된 기대를 품게 하는 것일 수도 있었다. 그 기대에 부응해 줄 수 없다면 오히려 선을 더 확실히 긋는 게 나았다.

그렇게 마음먹은 지유는 생각을 끊고 일에 집중하기 시작했다. 하지만 집중 모드는 오래가지 못했다. 곧 서국에 대한 생각들이 머릿속에 뭉게뭉게 차오르고 있었다.

힐긋.

아까부터 틈나는 대로 보고 있던 탁상시계에 지유의 시선이 다시 향했다.

'오늘 밤에 출발하신다고 했지?'

이대로 보내면 일주일 동안 더 서먹해질 것 같다는 생각에 마음이 조급해졌다.

'가기 전에 사과해야 하는데…….'

초조하게 입술을 잘근거리던 지유가 결국 점심시간이 되기 전에 몸을 일으켰다.

"잠시 자리 좀 비울게요."

빠르게 말한 그녀가 서둘러 상무실을 나섰다. 그리고 곧 지유가 이사실 안으로 조심스럽게 들어섰다.

"저……."

"실장님! 오셨어요?"

효린이 눈을 반짝이며 부리나케 달려왔다.

"실장님? 정 실장님 왔어?"

뒤를 이어 선희와 복사기 앞에 서 있던 은주도 달려 나왔다.

"다들 잘 지냈어요?"

지유가 미소를 지으며 물었다.

"저희는 실장님 돌아오시는 날만 기다리고 있죠. 처음에 말씀하신 대로 이번 달까지만 하시는 거 맞죠?"

"갑자기 일정이 더 늦어졌다느니 그런 말 하러 오신 건 아니죠?"

"저 그럼 울 거예요."

지유를 둘러싼 그들이 부담스러울 정도로 채근해 대자 지유가 미소를 유지한 채 슬쩍 한 발 물러섰다.

"예정대로 이번 달에 인수인계 마치고 돌아올 거예요."

"와! 드디어!"

"저, 그런데 이사님은 안에 계시죠? 드릴 말씀이 있는데."

환희에 젖은 은주를 뒤로한 지유가 집무실 쪽을 힐끔거리며 물었다. 그러자 선희가 대답했다.

"이사님이요? 이사님 오늘 출근 안 하셨어요."

"네?"

지유가 당혹스러운 눈길로 물었다. 아침에 분명 같이 출근했는데 이게 무슨 소리지?

"오늘 저녁에 해외 출장 있으셔서 회사엔 들르지 않고 바로 출발하시거든요."

"일주일 뒤에나 오실 텐데, 급한 일이시면 전화해 보시는 게 어때요? 아직 출국 전일 테니."

"아…… 그럼 그냥 돌아오시면 그때 말씀드릴게요."

지유가 어색한 미소를 지은 채 몸을 돌렸다.

"실장님 복귀하시기 전에 회식 한번 해요, 우리!"

"네, 네. 그래요."

영혼 없이 대답하며 이사실을 나온 지유의 얼굴이 더 어두워졌다.

"이상하네. 아침에 회사 근처까지 같이 왔는데……."

같이 출근하는 모습을 회사 사람들에게 보이면 안 되어서 근처에 지유가 먼저 내리곤 했다.

오늘도 냉랭한 분위기에서 겨우 인사만 하고 내렸는데 서국이 출근하지 않았다는 건…….

"혹시 날 회사까지 데려다주러 굳이 왔던 건가?"

그렇게 생각하니 마음이 찡해지며 더 미안해졌다. 급작스러운 출장에 얼굴이라도 보려고 온 사람에게 대체 뭐라고 한 건지.

'많이 서운했을 텐데.'

죄책감으로 심장이 콕콕 찔리는 느낌이었다. 상무실로 돌아온 지유가 휴대폰을 꺼냈다.

[죄송해요. 아깐 제가 말을 너무 심]

'아니야. 문자메시지로 사과하는 건 예의가 아니지.'

지유는 쓰던 내용을 얼른 삭제했다. 심각한 얼굴로 액정을 노려보며 고민에 빠졌다.

'언제 출발하냐고 물어봐서 퇴근 뒤에 아예 공항으로 갈까? 아니, 아마 선희 씨나 남식 씨가 같이 있을 텐데 그건 좀…….'

지유가 이러지도 저러지도 못하고 고민만 하는 사이 어느덧 퇴근 시간이 되었다.

'……결국 이대로 일주일을 보내야 하는 건가?'

그녀가 침울한 얼굴로 버스정류장을 향해 걷고 있었다. 그때 뒤에서 익숙한 목소리가 들렸다.

"지유 씨."

어?

걸음을 멈춰 선 지유가 돌아봤다. 근사한 슈트 위에 트렌치코트를 걸친 서국이 차 뒷좌석에서 내리고 있었다.

"서……."

아차, 여긴 회사 근처지?

지유가 이름을 불러야 하는지 이사님이라고 불러야 하는지 고민하는 사이 그가 그녀 앞에 성큼 다가와 섰다. 표정을 알 수 없는 잘생긴 얼굴을 올려다보며 지유가 조심스럽게 물었다.

"공항은 아직 안 가셨어요?"

"지금 가는 길입니다."

아, 다행이다.

지유는 사과할 타이밍이 늦지 않았음을 깨닫고 얼른 입을 열었다.

"저, 아침엔……."

"가기 전에 지유 씨 얼굴 보려고 왔습니다."

진지한 목소리에 지유가 말을 멈추고 그를 올려다봤다. 서국이 짙은 눈빛으로 그녀를 응시하고 있었다.

"당신은 괜찮은지 몰라도 일주일이라는 시간을 내가 못 견딜 것 같아서."

"아……."

작게 흔들리는 지유의 시선을 그가 단단히 옭아맸다.

"나는 하루도 힘들어, 이젠."

짙은 열기가 감도는 눈동자에 지유가 아무 말 못 하고 올려다봤다. 잠시 그녀의 얼굴을 그윽하게 응시하던 그가 손목시계를 확인했다.

"그럼 다녀와서 보죠."

담백하게 말한 서국이 몸을 돌렸다.

"잠깐, 서국 씨."

지유가 급히 부르자 그가 다시 돌아봤다.

빨리 말해야 해.

그녀가 긴장한 얼굴로 주먹을 꼭 쥐고 말했다.

"아침엔 미안했어요. 사실 그거 진심 아닌데…… 나도 갑작스러운 출장에 서운했는데, 실장 노릇 제대로 못 할 것 같다는 두려움 때문에 아닌 척한 거예요."

빨리 말해야 한다는 생각에 횡설수설하듯 말을 꺼내 놓은 지유가 입술을 지그시 물었다.

"나도…… 힘들 거라고요. 일주일 동안."

"……."

그녀를 보던 서국이 완전히 몸을 돌려 성큼 다가왔다. 순식간에 거리를 좁힌 그가 두 손으로 지유의 뺨을 감쌌다. 순간 그녀의 눈이 당황으로 커졌다.

"앗, 여긴 회사 근처……!"

그녀의 말이 끝나기도 전에 고개를 기울인 서국이 지유의 입술을 삼켰다. 겹쳐진 입술에서 뜨거운 숨결이 느껴졌다. 부드럽게 그녀의 입술을 빨아들인 그가 천천히 놔줬다.

"……후."

낮게 숨을 토해 낸 서국이 가까이에서 뜨겁게 일렁이는 눈빛으로 내려다봤다.

"기다려. 다녀오면 그땐 당신 안을 거니까."

"!"

열기 어린 낮은 목소리에 지유의 얼굴이 화르륵 붉어졌다.

"이젠 못 기다려."

강렬한 시선을 맞춘 서국이 그대로 몸을 돌렸다. 차로 향하는 그의 뒷모습을 지유가 꼼짝도 못 하고 보고 있었다.

"누구 본 사람은 없겠지……?"

화끈거리는 얼굴에 팩을 올리며 지유가 중얼거렸다. 다행히 주변에 사람은 별로 없었지만 그래도 회사 근처라 방심할 수는 없었다.

"서국 씨도 참, 이사라는 사람이 앞뒤 안 가리고 그렇게 막…… 섹시하게 말이야."

부끄러운 듯 중얼거리는 지유의 얼굴이 복숭앗빛으로 물들었다. 무슨 남자가 가면 갈수록 섹시해지냐고. 안 그래도 조각남인데 관능미까지 더해지면 대체 어쩌겠다는 건지.

"하아…… 정말 큰일이야."

심각한 얼굴로 한숨을 내뱉던 지유가 문득 자기 다리를 쳐다봤다.

"어? 잠깐. 방금 열심히 각질 제거하고 오일 마사지까지 했는데도 왜 피부에 윤기가 없지? 이거 일주일 안에 효과 있어야 하는데?"

매의 눈으로 제 피부를 살피던 지유의 표정이 순간 멍해졌다.

'이젠 못 기다려.'

서국의 욕망 어린 눈동자가 떠오르자 심장이 쿵쿵 뛰어 댔다.

일주일 뒤에 그가 돌아오면 이번엔 정말…….

'이젠 진짜 마음의 준비를 해야 해.'

점점 더 커지는 심장의 울림을 느끼며 지유가 비장한 표정을 지었다.

더 이상 서국을 기다리게 할 수는 없었다.

'그깟 용기, 낼 수 있어!'

고개를 주억거린 지유가 결연한 얼굴로 팩을 떼어 냈다.

다음 날 지유가 출근하니 집무실에 정훈이 먼저 와 있었다.

"상무님 일찍 나오셨네요?"

아직 아무도 출근하지 않은 시간에 와 있는 정훈을 의아하게 보며 지유가 물었다.

"응. 할 일이 있어서."

미소를 짓는 그의 얼굴이 며칠 새 까칠해져 있었다. 상한 얼굴을 보던 지유가 잠시 망설이다가 입을 열었다.

"……저, 상무님."

"괜찮아. 정 실장 마음 알고 있었는데…… 내가 욕심이 컸던 거지."

지유가 하려는 말을 알아챈 정훈이 흐린 미소를 지으며 말했다. 그 얼굴을 보니 살짝 마음이 약해질 뻔했지만, 지유는 가만히 마주 보고만 있었다. 어차피 정훈에게 자신이 해 줄 수 있는 일은 없었다. 그런 지유의 태도를 보며 정훈이 입술 끝을 억지로 올렸다.

"난 신경 쓰지 말고 남은 기간 동안 인수인계 잘 부탁해. 어디에서 일하든 난 언제나 정 실장 편인 거 잊지 말고."

"네. 인수인계 최대한 차질 없이 마무리 짓겠습니다. 그럼, 나가 볼게요."

단정히 인사한 지유가 집무실을 나갔다.

"……."

그녀가 나가자 억지로 짓고 있던 미소가 정훈의 얼굴에서 거

뒤졌다. 차가운 얼굴로 문을 잠시 응시하던 정훈이 휴대폰을 꺼냈다.

"이정훈입니다."

◆ ◇ ◆

"차가 덜 막혀서 생각보다 일찍 도착하겠는데요."

박 실장이 시간을 확인하며 뒷좌석의 명진에게 말했다.

"그래?"

"좀 천천히 갈까요?"

두 사람의 대화를 들은 운전 비서가 눈치 있게 물었다.

"빨리 가서 좋을 것도 없지. 느긋하게 가요."

"네. 사장님."

운전 비서가 속도를 늦추는데 창밖을 보던 박 실장이 안경을 추켜 올렸다.

"어머, 저 사람…… 지유 씬가?"

박 실장의 반가운 목소리에 명진의 시선도 힐긋 창밖으로 향했다. 퇴근하는 중으로 보이는 젊은 여성을 두고 하는 말 같았다.

"박 실장 아는 사람?"

명진이 묻자 박 실장이 웃는 얼굴로 창밖을 보며 대답했다.

"네. 태림에서 제 밑에 있던 사람이에요. 지금은 이사실 실장으로 있고."

"이사실에?"

명진의 눈이 살짝 가늘어졌다.
“네. 제 후임으로 온 거라.”
“친했던 모양이지? 박 실장이 그렇게 반가워하는 모습은 처음 보는데.”
명진이 의아한 눈빛으로 보자 박 실장이 미소 지었다.
“제가 좀 미안한 것도 있거든요.”
미소가 어린 얼굴로 창밖을 보던 박 실장이 명진에게 말했다.
“사장님. 잠깐 인사만 하고 와도 될까요?”
“나쁠 거 없지. 어차피 시간도 많은데.”
“감사합니다. 김 비서님. 이쪽에 세워 봐요.”
“네.”
끼이익.
차가 갓길로 가 멈추자 박 실장이 문을 열고 나왔다.
“지유 씨!”
총총 걸어가던 지유를 따라가며 박 실장이 불렀다.
“어?”
제 이름을 부르는 소리에 지유가 돌아봤다.
“박 실장님?”
박 실장을 본 지유의 눈이 동그래졌다.
“지나가다 지유 씨 보고 반가워서 인사나 하려고 내렸어. 잘 지내지?”
“어머, 그럼요. 너무 반갑네요. 실장님.”
오랜만에 만난 반가운 얼굴에 지유의 얼굴에도 함박웃음이 피어났다. 박 실장도 그녀답지 않은 환한 웃음을 지으며 지유를 바라봤다.

"작년엔가 비서실 들렀을 때 본 게 마지막이었나?"

"네. 맞아요."

"연락한다고 해 놓고 한참 못 해서 미안해. 많이 바빴거든."

"괜찮아요. 저도 바빴는데요. 어디 가시던 길이셨어요?"

"실은 지금 업무 중이라……."

박 실장이 말하는데 누군가가 옆에 와서 섰다.

"사장님?"

명진인 걸 본 박 실장이 의외라는 눈으로 보며 말했다.

지유 역시 놀란 얼굴이었다.

'최명진 사장님?'

서국의 모친이자 태림 총수의 아내인 최명진은 업계에서 유명한 사람이었다.

'이렇게 가까이선 처음 봐.'

창립기념식이나 회사의 큰 행사 때 종종 멀찍이서 볼 때는 있었지만 이렇게 가까이서 명진을 본 건 처음이었다. 차가운 카리스마로 여성 리더십 성공 신화를 이끈 주역이라는 평가가 자자했기에 볼 때마다 멋지다는 생각이 들었다.

명진이 지유에게 시선을 두고 말했다.

"이 이사 비서실장이라면서요."

"네. 정지유라고 합니다."

지유가 긴장을 누르며 단정히 서서 명진에게 인사했다. 다시 똑바로 허리를 세우는 지유의 얼굴에 명진의 시선이 박혀 들었다. 과연 차가운 카리스마라고 불리울 만큼 사람을 긴장시키는 시선에 지유가 남몰래 침을 삼켰다.

'서국 씨와 닮은 것 같기도 한데…….'

찬찬히 박혀 드는 시선에 지유가 그런 생각을 하고 있는데 명진이 말했다.

"박 실장이 좋아하는 사람 흔치 않은데, 정지유 씨 보고 차까지 세우고 나가길래 궁금해서 인사나 해 두려고."

"그러셨어요?"

박 실장이 놀란 눈치로 쳐다보자 명진이 힐긋 보고는 다시 지유를 바라봤다.

"그럼 이사실에 있다니 또 볼 일이 있겠죠. 다음에 봐요."

"네. 안녕히 가세요."

돌아서는 명진을 향해 지유가 다시 고개를 숙였다.

"지유 씨, 내가 이번엔 꼭 전화할게. 한번 만나서 밥 먹자."

박 실장이 빠르게 말하고는 지유에게 손을 흔들었다.

"네. 실장님. 연락 주세요."

미소 지으며 대답한 지유가 세워 둔 차로 다가가는 두 사람을 바라봤다. 운전비서가 열어 주는 문으로 명진이 들어서는 모습을 보고서야 지유의 어깨에서 긴장이 탁 풀렸다.

"하아, 놀랐네."

예상치 않게 박 실장을 만나더니, 거기에 최명진 사장까지. 눈빛만으로 사람을 긴장시키는 부분은 어딘가 서국과 닮아 있었다. 서국보다 명진이 더 냉정한 이미지가 있지만.

그들의 차가 멀어지는 걸 본 지유가 그제야 몸을 돌렸다.

'찔려서 그런가.'

혼자 서국을 짝사랑할 때였다면 몰라도 지금은 그와 진행형 모드다 보니 명진을 보고 더 긴장한 것 같기도 했다.

"그러고 보면 저 집안 사람들은 상무님 외엔 전부 존재감이 범상치 않은 사람들이구나."

이천호 회장이나 최명진 사장, 그리고 서국도 그런데 정훈만 그런 날카로움이 없는 것도 신기한 부분이었다.

"아, 팩 해야 되는데! 빨리 들어가야지."

정신을 차린 지유가 걸음을 바삐했다.

다시 출발한 차 안에서 명진이 생각에 잠겼다가 박 실장에게 물었다.

"방금 그 실장, 이름이 지유라고 했나?"

명진의 질문에 박 실장이 대답했다.

"네. 정지유라고, 제가 지유 씨에게 인수인계하고 이사실 나왔거든요."

"아아…… 그때."

혼잣말처럼 중얼거린 명진이 고개를 비스듬히 기울였다. 박 실장이 말을 이었다.

"어리고 귀여운 사람인데 제가 좀 엄하게 굴었어요. 당시 이 이사님이 어린 나이에 초고속 승진한 시기라 무척 중요한 상황이었거든요. 그런데 그때 제가 사장님께 오게 됐잖아요."

"그랬지."

명진이 고개를 끄덕였다. 그때 박 실장을 부른 건 명진이었다.

박 실장이 서국을 도와주러 간 뒤 그 자리를 맡았던 실장이 해외로 나가게 되는 바람에 새로운 실장이 필요했다. 그땐 명진에게도 중요한 시기였다. MG 백화점 내의 임원 비리가 크게 터져 한동안 언론에도 시끄럽게 등장한 일이 있었는데, 그걸 감지했던 시점이었다.

그런 중요한 때 믿고 맡길 만한 사람이 아무리 생각해도 박 실장밖에 없기에 예정된 시기보다 빨리 그녀를 부른 거였다.

"……."

명진이 창밖을 보며 그때를 떠올리고 있는데 박 실장의 말이 잔잔하게 이어졌다.

"그래서 더 혹독하게 가르쳤어요. 짧은 시간 안에 남들이 무시할 수 없도록 이사실을 탄탄하게 만들어 놓고 나와야 했기 때문에…… 그래도 군말 없이 잘 따라 줘서 고맙죠. 미안하고."

명진이 룸미러로 박 실장을 쳐다봤다.

"박 실장을 이렇게 길게 말하게 하다니, 그 아가씨가 능력은 있네."

느른한 목소리로 명진이 말하자 박 실장이 미소 지었다.

"네. 어리지만 꼼꼼하게 일 처리를 잘했어요. 그래서 믿고 맡길 수 있었죠."

"할 수 있나. 내가 부르면 와야지."

"그럼요."

박 실장의 대답에 명진이 픽 웃었다. 그녀의 입술 끝이 살짝 올라가 있었다.

◆ ◇ ◆

집에 들어온 지유는 공들여 얼굴에 팩을 올렸다.

"이틀밖에 안 됐는데 인간적으로 너무 보고 싶네……."

일렬종대의 핸드크림을 보며 중얼거리던 지유가 멈칫거렸다.

"아, 난 왜 아직도 애네한테 말하고 있지? 당사자한테 말할 수 있는데."

짝사랑을 길게 하면 이런 게 문제라니까. 뭐든 습관이 되어버리니, 원.

지유가 혀를 차며 휴대폰을 들어 올렸다.

"그런데 독일이면 지금…… 한창 일하실 땐가?"

전화를 해야 하나 말아야 하나 고민하는데 갑자기 휴대폰이 울렸다.

"어? 서국 씨잖아?"

어떡해, 통했나 봐!

지유가 놀란 얼굴로 숨을 진정시키며 전화를 받으려 했다.

"잠깐……! 영상 통화네?!"

지유가 당혹스럽게 소리쳤다. 얼굴에 팩을 붙인 몰골로는 차마 영상통화를 할 수 없었다.

"지, 지금 영상 통화 못 하는데, 어쩌지?"

안절부절못하는 사이 전화가 뚝 끊겼다. 그러자 지유가 잽싸게 일반 통화로 다시 걸었다.

"아…… 통화 중이네."

그사이 통화 중이라니.

지유가 맥 빠진 얼굴로 액정을 쳐다봤다.

그 시간, 서국은 거래처와 통화를 마치고 휴대폰을 쳐다봤다.

"이사님, 회의 들어가실 시간입니다."

남식이 나타나서 말하자 서국이 고개를 돌렸다.

"가죠."

휴대폰을 주머니에 넣으며 서국이 걸어갔다.

지유는 팩을 다 떼고 얼굴에 비비크림까지 바른 채 대기 중이었다.

"입술도 살짝 발랐는데 티는 별로 안 나겠지?"

거울로 제 얼굴을 확인하던 지유가 침대에 엎드려 휴대폰을 노려봤다.

"이젠 언제 받아도 오케이인데, 왜 아직 안 오지?"

울리지 않는 휴대폰을 한참 노려보고 있던 그녀는 깜빡 잠이 들고 말았다.

"……어!"

한참 뒤 움찔 놀라서 깬 지유가 벌떡 몸을 일으켰다.

"나 잠들었었네? 아차! 전화……는 아직 안 왔구나."

얼른 액정을 확인한 지유가 시무룩한 표정을 지었다.

"많이 바쁘신가 봐."

그녀의 입술에서 작은 한숨이 새어 나왔다. 못 봐서 서운할 줄은 알았지만 일주일이라는 시간을 생각보다 만만하게 본 모양이었다.

"……하루가 뭐 이렇게 재미없고 길어."

기운 없는 목소리로 지유가 중얼거렸다.

하긴, 생각해 보면 요즘 꿈같은 나날이었긴 했지. 나 좀 봐 달라고 매년 핸드크림 닦으며 하소연하던 게 엊그제 같은데.

"……."

서국을 떠올리자 지유의 뺨에 열기가 맺혔다. 연애 모드의 이서국은 생각과 무척 달랐다. 그래서 당황도 많이 했지만 솔직히 매일 설레었다. 뒤늦게나마 자신의 감정을 깨닫고 한 여자에게 똑바로 직진하는 그의 진심은 어떤 여자도 거부하지 못할 거였다. 8년을 봐 왔던 저 역시 매번 심장이 두근거리니까.

'기다려. 다녀오면 당신 안을 거니까.'

"……!"

그의 뜨거운 눈빛과 낮은 목소리를 떠올린 지유가 몸을 내던져 베개에 얼굴을 파묻었다.

꺄악, 꺄……!

소리 없는 비명을 지르던 지유가 순간 멈칫했다.

"아차! 비비랑 입술 발랐는데!"

지유가 당황한 표정으로 베개에서 얼굴을 떼어 냈다. 하지만 이미 늦어 있었다.

"나도 참."

민망한 얼굴로 베개 커버를 벗겨 낸 지유가 세탁 바구니에 던져 넣었다. 그러는 동안에도 혹시 전화가 올지 몰라 휴대폰은

주머니에 고이 넣어 둔 상태였다.

◆ ◇ ◆

서국은 많이 바쁜 모양이었다. 며칠째 연락이 제대로 되지 않고 통화는 엇갈리기 일쑤라 문자메시지만 오갔다.

[출근 잘했습니까.]
[네. 지금 막 도착했어요.]
[좋은 하루 보내요.]
[서국 씨도 식사 잘 챙기고 일하세요.]

대수롭지 않은 내용의 메시지가 오가는 동안 지유는 괜히 입술이 벌어지고 실실 웃음이 새어 나왔다.
'아차.'
그러다 회사라는 걸 알아차리고 얼른 표정 정비를 하곤 했다. 멀리 있어서일까? 길지 않은 문자메시지에도 이렇게 떨리는 걸 보면.
'그리고 한편으로는 더 애틋해지고…….'
일주일이 뭐 이리 길지? 나날이 더 길어지는 기분이야.
띠링. 그때 메시지 수신음이 울렸다.
'서국 씨?'
지유가 눈을 빛내며 액정을 쳐다보는데 서국이 아닌 선희였다.
'아……니네.'

기대에 찼던 지유의 얼굴에 순식간에 아쉬움이 맺혔다. 실망을 삼킨 지유가 잠금장치를 풀고 문자메시지 함으로 들어갔다.

[실장님. 오늘 점심 식사 하신 다음에 시간 괜찮으세요? 드릴 말씀이 있어서요.]

메시지를 본 지유가 고개를 갸웃거렸다.
'선희 씨가 이런 개인적인 메시지를 하는 일은 거의 없는데?'
지금은 이사실에 있지 않은 상태라 더 의문스러웠다. 그래도 뭔가 가벼운 일은 아닐 거라는 짐작은 됐다.

[그럼 12시 30분에 1층 카페에서 만나요.]

답장을 보낸 지유가 시간을 확인하고 일에 집중했다. 점심 시간 전까지 끝낼 일들이 상당히 남은 상태여서 속도를 내야 할 것 같았다.

"선희 씨."
지유가 카페로 들어서자 먼저 와 있던 선희가 반겼다.
"실장님 것도 제가 시켜 놨어요."
"어머, 고마워요."
"아니에요. 앉으세요."
선희의 맞은편에 지유가 앉았다.
"무슨 일인데요?"

지유가 곧장 본론으로 들어가자 선희의 얼굴에 망설이는 기색이 보였다.

"음, 그게……."

"말하기 곤란한 것 같은데, 심각한 문제예요?"

서국이 없는 사이 이사실에 뭔가 문제가 생긴 것 같아 지유가 진지한 얼굴로 물었다. 망설이던 선희가 마음을 정한 듯 입을 열었다.

"실은 이번 주에 이사님이 진행하시려던 계약 두 건이 상대 업체에 의해 취소됐어요."

지유가 멈칫거렸다.

"일방적으로요?"

"네."

선희가 대답하자 지유 얼굴이 더 심각해졌다.

"이사님이 진행하시는 거면 큰 사업들인데 그게 하나도 아니고 두 건이나 갑자기 그렇게 됐다는 거예요?"

"비교적 최근에 진행하신 것들이긴 한데…… 그런데 문제는 그중 한 군데에서 따로 연락해 왔거든요."

선희가 조심스럽게 목소리를 낮춰 말했다. 주변을 살피는 선희를 본 지유가 상체를 살짝 앞으로 기울였다.

"뭐라는데요?"

지유가 덩달아 목소리를 낮춰 물었다. 선희가 주변 눈치를 보며 말했다.

"자기들이 취소하려는 마음은 없는데 이정훈 상무님이 재계약을 빌미로 협박을 했다는 거예요."

지유가 멈칫했다 되물었다.

"상무님이요?"

"네. 그래서 생계가 달린 일이라 어쩔 수 없던 거니 이해 좀 해 달라고……."

"……."

선희가 선뜻 말을 꺼내기 어려워한 이유를 알게 되자 지유가 입을 다물고 잠시 생각에 잠겼다.

"알았어요. 내가 알아볼게요."

지유가 곧장 몸을 일으켰다. 선희가 따라 일어서며 지유에게 말했다.

"불편한 말씀 드려서 죄송해요."

"아니에요. 너무 걱정 말고 있어요. 알아본 다음에 연락 줄 테니까. 다른 데 소문 안 새어 나가게 우선 조심하고."

"네. 실장님."

걱정하지 말라는 의미로 미소 지어 준 지유가 몸을 돌렸다. 돌아서자마자 지유의 표정이 진지해졌다. 선희가 대충 알아보고 이런 말을 할 사람은 아니었다.

'분명 뭔가 오해가 있는 걸 테지만…….'

지유는 갑자기 머릿속이 복잡해졌다. 자신이 전혀 모르는 일인 걸 보니 아마도 최근 발생한 일 같았다.

'하지만 상무님이 무슨 이유로?'

이미 후계자는 자신이고 서국과 후계 다툼을 벌이는 상황도 아니었다. 엘리베이터 버튼을 누르던 지유가 멈칫거렸다.

'설마, 얼마 전의 일 때문은 아니겠지?'

자신을 좋아한다던 정훈과 그때 나타났던 서국, 그리고 그날 돌아가던 정훈의 모습이 하나하나 머릿속에 떠올랐다. 만약 그 일로 앙심을 품고……?

'아니야. 상무님이 그러실 리가 없어.'

지유가 단호하게 고개를 저었다. 하루 이틀 안 관계도 아니고, 자신이 알고 있는 이정훈 상무는 절대 그런 사람이 아니었다. 뭔가 오해가 있을 거였다. 우선 왜 이런 상황이 됐는지 알아보는 게 급선무였다.

지유는 빠르게 상무실로 들어섰다. 아직 점심시간이 끝나지 않은 시간이지만 정훈은 식사하러 나가지 않았으니 집무실에 있을 거였다. 집무실로 걸어가 노크를 하려는데 문이 살짝 열려 있었다.

"지금 내 말 안 들리냐고!"

흠칫.

안에서 들려오는 고함 소리에 지유가 움직임을 멈췄다.

'무슨 일이지?'

정훈답지 않은 흥분한 목소리가 심상치 않아 살짝 열린 문의 고리를 잡고 조심스럽게 더 밀었다.

끼익-

열린 문 사이로 뒤돌아선 채 통화하는 정훈의 모습이 보였다. 정훈은 화를 주체하지 못하는 사람처럼 서성거리며 분노를 쏟아 내고 있었다.

"이 회사 후계자는 이서국이 아니라 이정훈인 거 몰라서 하는 소립니까!"

"!"

지유의 얼굴이 하얗게 굳었다.

'정말로 상무님이……?'

직접 듣고 있으면서도 지유는 믿기지 않았다. 저렇게 이성을 잃고 소리치고 있는 사람이 이정훈이라는 걸.

"그딴 소리 들으려고 내가 전화한 줄 압니까! 이 세계에 순서가 어디 있다고 내 앞에서 입바른 소리를 지껄여요?"

정훈은 성마르게 머리칼을 쓸어 올리며 언성을 높였다.

"됐으니까 내 말 똑바로 들어요. 이서국이 하던 건 내가 다 맡기로 했으니까, 딴말 말고 하라는 대로 하라고. 안 그랬다간……!"

몸을 돌리던 정훈이 지유를 보고 흠칫했다.

"!"

흔들리는 시선이 마주치자 그가 휴대폰에 대고 빠르게 말했다.

"……다시 전화하죠."

당황한 표정으로 전화를 끊은 정훈의 얼굴이 창백해져 있었다.

"정 실장."

"……."

굳은 얼굴로 보고 있는 그에게 지유가 말없이 다가갔다.

우뚝.

조금 거리를 두고 선 그녀가 웃음기 없는 얼굴로 말했다.

"상무님. 방금 통화 내용…… 일부러 이사님이 진행하시는 것만 뺏으시려는 거예요?"

10

지유의 투명한 눈동자가 똑바로 박히자 정훈이 괴로운 듯한 표정을 지었다.

"정 실장, 그게 아니라……."

정훈이 제 머리칼을 엉망으로 흩트리며 말끝을 흐렸다. 그 모습을 보며 지유가 표정 없이 되물었다.

"저도 그래서 데려오신 거예요? 이사실에서 뺏어 오려고?"

"그건 오해야, 정 실장! 난 그런 게……!"

"인수인계 거의 마무리된 상황이니 이번 주까지 끝내고 전 이사실로 돌아가겠습니다. 상무님."

차가워진 눈으로 보며 지유가 몸을 돌리려 하자 정훈이 얼른 잡았다.

"정말 오해야! 난 그런 의도로 정 실장을 부른 게 아니었어."

"……."

다급한 정훈의 말을 표정 없이 듣던 지유가 입을 열었다.

"저도 그랬으면 좋겠어요. 제가 알던 이정훈 상무님은 그 정도로 형편없는 분은 아니니까요."

"……!"

그의 눈이 크게 흔들렸다.

"하지만 지금 제가 보고 들은 게 없던 일이 되진 않잖아요."

정훈이 당황한 눈으로 지유를 내려다봤다. 그 눈을 잠시 보던 지유가 몸을 돌려 집무실을 빠져나갔다.

탁.

닫힌 문을 쳐다보는 정훈의 얼굴이 핏기 없이 창백해져 있었다.

◆ ◇ ◆

"너 미쳤니? 이정훈이 아니라 이서국과 혼사를 추진해 달라니!"

영주가 태희에게 소리쳤다.

태희는 아랑곳없이 화장대 앞에서 립스틱을 바르며 말했다.

"마음 정한 지 오래됐어. 내 말대로 해 줘."

"그걸 어떻게 네 말대로 해? 그 집안 후계자가……!"

"이서국이 될걸?"

태희의 차분한 목소리에 영주가 눈을 크게 뜨고 쳐다봤다.

"……뭐? 이서국이라고?"

"이정훈은 안 돼. 아니, 못 될 거야. 분명."

우아한 동작으로 립스틱을 바르며 단조롭게 말하는 태희를 영주가 눈을 가늘이고 쳐다봤다.

"너…… 뭔가 알고 있니?"

달칵, 립스틱 케이스를 닫아 화장대 위에 내려놓은 태희가 그제야 영주에게 시선을 들었다.

"이서국으로 진행해. 엄마."

"……."

영주가 당혹 어린 눈으로 태희를 응시했다.

'뭔가 알고 있는 게 분명한데……'

제 딸이지만 분명 이유 없이 이런 말을 할 애는 아니라는 걸 영주도 알고 있었다. 그래도 선불리 결정하진 못하는 눈으로 영주가 쳐다보고 있자 태희가 아름다운 미소를 지었다.

"나 어릴 때부터 최고 아니면 갖지 않았어. 몰라?"

그 말에 확신을 가진 영주가 숨을 들이켰다.

"……회장님과 자리를 먼저 만들어 봐야겠네. 이 이사와 추진하려면."

화장을 마친 태희가 긴 머리칼을 뒤로 넘기며 일어섰다.

"빠를 수록 좋을 거야."

금장 장식이 달린 크림색 클러치백을 들며 태희가 말했다. 표정을 바꾼 영주가 초조한 눈빛으로 방을 나섰다.

퇴근 뒤, 지유는 힘없는 얼굴로 걷고 있었다. 회사에서도 무슨 정신으로 일을 마쳤는지 모를 정도로 정훈의 일은 충격이었다. 버스를 타고 동네로 오는 동안 그와의 옛일들이 머릿속을 스쳐 지나갔다.

'안녕하세요. 정지유라고 합니다.'
'이번 신입이라고? 잘 부탁해요. 난 이정훈 본부장.'

'죄송해요. 제가 실수했어요. 다시 해 오겠습니다.'
'처음엔 실수할 수도 있는거지, 당연한 건데 뭘 죄송해요. 괜찮아.'

'실장 승진 축하해. 누구보다 열심히 한 보람 있는데? 초고속 승진인 걸 보면.'
'본부장님 덕분이죠. 감사합니다.'

'상무실로 와 줘서 고마워. 정 실장이 있어 주면 큰 힘이 될 거야.'

'이 회사 후계자는 이서국이 아니라 이정훈인 거 몰라서 하는 소립니까!'

"……하아."
지유가 착잡한 표정으로 한숨을 내쉬었다. 그 사람이 정말 내가 지금까지 알고 있던 이정훈 상무님이 맞을까? 언제나 다정하고 유쾌했던, 그 이정훈이 맞을까.

하지만 이미 들어 버렸고, 봐 버렸다. 그 표정과 목소리를.

'차라리 몰랐다면 좋았을 텐데.'

그런 사람이었더라도 마지막까지 몰랐더라면, 그랬더라면 이런 상처도 없을 텐데. 이런 깊은 실망도 없었을 텐데…….

어차피 이번 달까지만 있기로 했던 거니까 그동안만 모르고 지났더라면 이런 식으로 상처받을 일도 없을 거였다.

'……아니, 그건 아니지.'

지유가 작게 고개를 저었다. 나중에 일이 더 크게 번지기 전에 지금 안 것이 어쩌면 다행일 수도 있었다. 알고 있어야 이사실에서도 대처할 수 있을 거였고. 하지만 정훈이 이런 식으로 공격성을 내보일 줄은 몰랐다. 자신의 후계자로서의 지위를 이용해서 자신의 동생을 뭉개려 드는 사람일 줄은 정말 꿈에도…….

"표정이 안 좋은데."

……어?

익숙한 낮은 목소리에 바닥을 보며 걷고 있던 지유가 그 자리에 멈춰 섰다. 설마, 그렇게 생각하며 시선을 올리자 눈앞에 거짓말처럼 서국이 서 있었다.

"이사님……."

지유가 믿기 어려운 눈빛으로 그를 바라봤다. 분위기를 풍기는 그레이톤의 슈트를 입은 그가 진지하게 그녀를 응시했다.

"무슨 일 있습니까?"

걱정스럽게 내려다보는 시선에 지유가 투명한 눈동자가 작게 흔들렸다.

"다음 주에 오신다고……."

"원래 일정은 그랬습니다. 그런데 무리해서 일을 진행시키길 잘한 것 같군요."

서국이 가만히 지유의 얼굴을 내려다봤다.

"이런 얼굴 하고 있을 줄 알았다면 더 빨리 오는 건데."

미간을 좁힌 서국이 그녀를 똑바로 응시했다.

"말해 봐요. 무슨 일인지."

"……."

놀란 얼굴로 서국을 보던 지유가 입을 열었다.

"분명 방금까진 마음이 안 좋았는데요."

그녀의 얼굴에 작게 미소가 어렸다.

"기대하지 않았던 서국 씨 얼굴 보니까 바보같이 헤헤거리게 되네요. 사람 마음 참 그렇죠?"

"……."

둥글게 휘어지는 지유의 눈꼬리를 내려다보던 서국이 숨을 들이켰다. 후, 낮게 숨을 토해 낸 그가 팔을 뻗어 조심스럽게 그녀를 품에 안았다.

서국의 넓은 가슴에 안기자 지유가 눈을 깜빡였다. 귓가에 서국의 뜨거운 숨결이 와 닿았다.

"그렇게 웃으면 내 심장도 버티질 못해."

"……."

"보고 싶었습니다."

귓바퀴를 간지럽히는 숨결과 낮은 목소리에 지유의 심장이 쿵쿵 울렸다. 서국이 천천히 그녀의 몸을 떼어 내고 가까이에서 시선을 맞춰 왔다. 짙은 눈동자에 담긴 열기가 그녀에게 똑바로 와 닿았다.

"하루가 1년 같다는 말, 정말 뼈아프게 절감했어."

지유가 작게 숨을 들이켜고는 말했다.

"나도…… 그랬어요."

그녀의 눈동자를 가만히 응시하던 서국이 지유의 손을 부드럽게 잡았다.

"듣고 싶은 말도 있으니 우선 자리를 옮기죠. 아직 저녁 전일 텐데 식사도 할 겸."

"네. 그래요."

지유가 사랑스러운 미소를 머금고 대답했다. 맞잡은 손에서 느껴지는 온기만으로 상처받은 마음이 위로가 되는 느낌이라 신기했다.

스페인 레스토랑에서 식사를 마친 뒤에야 지유가 오늘 있던 일을 서국에게 털어놨다.

"그래서 마음이 좀 안 좋았어요."

그녀의 말을 조용히 듣고 있던 서국은 모든 설명이 끝난 뒤에야 천천히 입을 열었다.

"그랬군요."

담담한 목소리에 지유의 표정에 의아함이 담겼다.

"별로 놀라지 않으시네요?"

"대강은 알고 있었습니다."

"알고 계셨어요?"

지유가 눈을 크게 뜨자 서국이 물이 담긴 투명한 유리잔을 가만히 쥐며 말했다.

"지유 씨가 이렇게 빨리 알게 될 줄은 몰랐지만 말입니다."

"……저도 몰랐더라면 나았을 걸 싶어요."

지유가 어깨를 들썩이며 한숨을 내쉬었다. 생각할수록 착잡한 일이었다. 믿고 싶지 않은 일이기도 하고. 하지만 서국에게 설명하는 동안 마음은 한결 진정된 상태였다.

"나에겐 차라리 잘됐습니다."

서국의 말에 지유가 디저트 접시 위로 향하고 있던 시선을 들어 올렸다.

"네?"

지유가 의아한 얼굴로 서국을 바라봤다. 그의 수려한 얼굴이 가만히 지유를 향했다.

"당신이 나에게 더 빨리 돌아올 수 있게 됐으니까."

"아……."

"나에겐 그게 가장 중요합니다."

고저 없는 목소리였지만 그의 눈동자엔 숨길 수 없는 열망이 일렁이고 있었다. 그 눈빛에 지유의 뺨에 열이 올랐다. 살짝 시선을 내린 지유가 입을 열었다.

"전 걱정돼요. 서국 씨 실적이 이렇게 다 상무실로 넘어가 버리면, 지금까지 노력하신 일들이 물거품이 되어 버리잖아요."

아까 정훈의 통화 내용을 듣기로 한두 개 뺏는 걸로 그치진 않을 것 같았다. 아마 정훈은 서국의 모든 실적을 자기 걸로 만들 생각일 거였다.

'이 회사 후계자는 이서국이 아니라 이정훈인 거 몰라서 하는 소립니까!'

이성을 잃고 불같이 화를 내던 목소리를 생각하니 지유는 다시 가슴이 답답해졌다.

"걱정할 거 없습니다."

서국의 고저 없는 목소리에 지유가 고개를 들었다.

"어떻게 걱정이……."

"내가 호락호락 넘길 사람으로 보입니까?"

똑바로 닿는 서국의 시선에 지유가 입을 다물었다.

"……."

잠시 말없이 시선을 맞추고 있던 지유가 입술 끝을 둥글게 휘어 올렸다.

"하긴. 그렇네요."

바보 같은 걱정을 했네.

생각해 보면 이서국이 어떤 사람인지 자신이 가장 잘 알고 있었다. 이정훈과 이서국의 차이점 역시 두 사람을 보좌한 자신이 잘 알았다. 이정훈은 절대 이서국을 이길 수 없다.

'아마 상무님도 그걸 알기 때문에 그런 협박을 하고 계신 거겠지.'

그렇게 생각하니 그나마 걱정이 덜어졌다.

"제가 쓸데없는 걱정을 했네요."

"……."

지유의 입가에 맺힌 미소를 서국이 조용히 응시했다. 그의 눈동자가 한층 가라앉았다.

"이젠 다른 걱정을 했으면 좋겠는데."

"네?"

커피잔을 들며 지유가 되물었다. 토끼처럼 동그랗게 뜬 그녀의 눈을 서국이 깊이 응시했다.

"다른 사람은 머릿속에서 지워 버리고 오늘 밤 나와 있을 일을 생각하는 게 나을 거란 말입니다."

아…….

그의 말뜻을 알아들은 지유가 잔을 내려놓고 입안에 담긴 커피를 급히 삼켰다. 얼굴이 화끈거리는 게 느껴져서 손등을 뺨을 살짝 갖다 대는데 서국이 말했다.

"준비가 덜 되었다는 말은 소용없습니다. 말했듯이, 난 지금 한계거든."

강렬한 눈빛에 지유의 심장이 빠르게 뛰었다. 두근, 두근. 머릿속에 산소가 급격히 희박해질 정도로 심장박동이 빨라졌다. 조용히 숨을 삼킨 지유가 작게 말했다.

"나도 더 기다리라고 할 생각 없어요."

그녀가 곧은 시선으로 서국을 마주 봤다.

"……준비됐어요. 나."

수줍지만 단호함이 실린 목소리에 서국의 눈동자가 순식간에 어두워졌다.

"일어나죠."

곧장 일어나는 서국을 따라 지유도 몸을 일으켰다.

"와, 멋진 곳이네요."

괜히 스위트룸의 인테리어를 구경하며 돌아다니던 지유가 긴장하지 않은 척 자연스럽게 소파에 앉았다.

'으, 떨려.'

호기롭게 호텔까지 왔지만 역시 떨렸다. 심장 소리가 머리를 울려대고 긴장으로 입안이 바짝 말랐다.

'괜찮아. 별거 아니야.'

지유는 마른침을 꿀꺽 삼키며 어지럽게 울리는 심장박동을 진정시키려 애썼다. 그런 그녀를 지켜보던 서국이 재킷을 벗어 걸고 다가왔다.

"긴장됩니까?"

"아뇨. 괜찮…… 어?"

소파 쪽으로 다가온 서국이 그녀 앞에 한쪽 무릎을 꿇고 앉았다.

"서국 씨?"

지유가 의아하게 보는데 앉은 채 시선을 맞춘 그가 말했다.

"손 줘 봐요."

"손……이요?"

지유가 의아한 얼굴로 한쪽 손을 내밀었다. 그 손을 부드럽게 끌어낸 그가 그녀의 약지에 반짝이는 링을 천천히 끼웠다.

이건…….

화려한 다이아몬드가 박힌 반지가 제 손가락에 끼워지는 모습을 지유가 놀란 눈으로 바라봤다.

"잘 어울리는군요."

반지가 끼워진 손가락을 가만히 보던 그가 그녀의 손등에 입을 맞췄다.

촉.

부드럽게 입을 맞춘 그가 시선을 들어 눈을 마주쳤다.

"출장 기간 동안 당신 손가락에 이걸 끼워 주는 상상으로 버텼습니다."

"……."

진지한 시선과 목소리에 지유는 감동 어린 시선으로 그를 바라봤다. 쿵쿵쿵. 심장이 빠르게 뛰었다. 자신을 위해 반지를 사 온 것도 감동이었지만, 마치 동화 속 공주를 대하듯 이 커다란 남자가 한쪽 무릎을 꿇어앉은 모습에 두근거림이 커져 갔다.

"……너무 예뻐요."

그녀가 작게 대답하자 서국이 반지가 끼워진 지유의 손가락을 손끝으로 가만히 쓸었다.

"이번에 느낀 건데."

서국이 그녀를 올려다보며 말했다.

"이렇게 한 사람 생각으로 머리가 가득 찰 수 있다는 게 신기했습니다."

"……."

"당신을 빨리 보고 싶어서 거의 잠도 자지 않고 일했는데도, 그 와중에 계속 당신 생각이 났습니다."

서국이 지유의 손을 놓고 몸을 일으켰다. 순식간에 소파에 앉은 그녀보다 훨씬 눈높이가 높아진 그가 두 팔을 뻗어 그녀를 가두듯 소파를 잡았다. 서국의 시선이 이번엔 위에서 지유를 향하고 있었다.

"이 눈과 코, 입술."

그가 눈빛으로 그녀의 얼굴을 훑어 내려가며 말했다.

"그리고 이 머리카락 한 올까지 전부."

지유의 머리칼을 어루만지며 서국이 얼굴을 가까이 가져갔다.

"내 머릿속은 온통 당신이었어."

"……서국 씨."

강렬한 눈빛에 지유는 꼼짝도 못 하고 시선을 뺏겨 있었다.

"이젠 당신이 날 밀어내도 소용없어."

그가 그녀의 작은 턱을 가만히 들어 올렸다.

"나조차 날 감당할 수 없을 만큼 뜨겁게 당신을 원하니까."

"아……."

고개를 기울이며 낮게 속삭인 서국이 지유의 입술을 사납게 삼켰다.

"아음."

입술을 벌려 촉촉한 혀를 휘감아 빨아들이자 지유의 숨결이 순식간에 달아올랐다. 그녀의 작은 호흡까지 모조리 집어삼킬 듯한 강렬한 키스에 지유는 발가락 끝까지 바짝 힘이 들어갔다.

"하, 하아!"

진하게 키스를 퍼붓던 서국이 입술을 놔주자 지유가 더운 숨을 터뜨렸다. 서국이 두 팔로 그녀를 안아 올렸다.
"앗!"
공주님 안기로 안아 올린 그가 긴 다리를 움직여 침대로 향했다. 그러자 지유가 당혹스러운 목소리를 냈다.
"자, 잠깐만요. 샤워 먼저……."
"못 기다려."
탁하게 잠긴 목소리로 말한 서국이 그녀를 침대 위로 눕혔다.
출렁!
거대하고 푹신한 매트리스 위에 지유를 눕힌 그가 그녀를 가둔 뒤 이글거리는 눈으로 응시했다.
"……."
숨도 쉴 수 없을 정도로 타오르는 시선에 긴장감이 턱 끝까지 차올랐다.
'하아, 숨 막혀…….'
시선에 질식해 버릴 것 같아. 어질어질해지는 머릿속으로 생각하면서도 지유는 그의 뜨거운 눈동자에 사로잡힌 채 움직일 수가 없었다. 그녀에게 시선을 박은 채 고개를 기울이며 서국이 속삭이듯 말했다.
"내가 무슨 생각을 하며 버틴지 압니까?"
"모르겠……으읏."
서국이 지유의 보얀 목덜미를 핥으며 셔츠 단추를 하나씩 풀었다. 단추가 풀려나갈 때마다 벌어지는 옷깃 사이로 더운 입술이 도장을 찍듯 닿았다.
"머릿속에선 당신의 옷을 수도 없이 벗겼습니다."

"하, 읏."

희고 말캉한 젖가슴이 흠칫거리는 움직임에 푸딩처럼 흔들렸다. 그 살 위에 살짝 이를 박고 뜨거운 숨결을 토해 내자 지유가 몸을 바르작거렸다.

"찢어 내기도 하고."

"읏, 아……."

야릇하게 빨며 붉은 흔적을 남긴 그가 고개를 들었다. 새까맣게 일렁이는 눈과 지유의 촉촉해진 눈이 마주쳤다.

"이미 머릿속으론 당신 안에 몇 번이고 들어가 사정했어."

"!"

적나라한 말에 지유의 열기로 물든 뺨이 화끈거렸다.

서국이 집요한 시선으로 그녀를 응시했다.

"이런 내가 불편한가?"

낮게 잠긴 목소리로 물어 오자 지유가 숨을 삼키고 말했다.

"그, 그보단…… 부끄러워요."

지유가 발갛게 물든 얼굴로 시선을 살짝 내리고 말을 이었다.

"나도 그런 생각 한 적 꽤…… 있거든요."

차마 얼굴을 보지 못하고 목 부근을 보며 말하는데 그의 남성적인 목울대가 크게 꿈틀거리는 것이 보였다.

"그랬군요."

그의 목소리가 탁하게 갈라졌다. 서국이 그녀의 셔츠를 벗겨 내며 브래지어를 들어 올렸다. 눈앞에서 출렁이는 젖가슴으로 그가 곧장 고개를 숙였다.

"아읏!"

거칠어진 움직임에 지유가 바르작거렸다. 새하얀 가슴을 크게 삼킨 그가 야하게 빨기 시작했다. 축축한 혀로 선홍빛 젖꼭지를 휘어 감아 강하게 빨아 들이자 지유의 허리가 흠칫거렸다.

서국이 젖꼭지를 이 사이에 문 채 탁한 음성을 흘렸다.

“당신 상상 속에서 난 어땠지?”

“흣, 다, 당신은……앗!”

한 손으로 지유의 바지 버클을 풀어 낸 서국이 불쑥 손을 밀어 넣었다. 도톰한 둔덕을 팬티 위로 크게 덮은 손이 음란하게 문질렀다.

“으, 응, 거, 거긴 너무 민망한……! 아!”

“말해 봐. 뭘 원했는지.”

서국이 낮게 재촉하며 지유의 젖꼭지를 빨았다. 집요하게 빨며 그가 얇은 팬티 안으로 불쑥 손을 집어넣었다.

“패, 팬티 안은……!”

지유가 민망한 부위에 침입한 커다란 손의 감촉에 당황한 목소리를 터뜨렸다.

“젖었어.”

그가 관능 어린 음성으로 내뱉고 갈라 터진 속살을 확인하듯 손끝으로 더듬었다. 흠칫거리는 도톰한 속살에 미끌거리는 애액을 비비듯 바르며 문지르자 질척거리는 야릇한 소음이 터져 나왔다.

“아, 그, 그 소리……! 흐, 으읏.”

“말하라니까요. 상상 속에서 나와 무슨 짓을 했는지.”

서국이 지유의 수줍게 감춰져 있는 살을 헤치고 들어가 동그랗게 팽창된 부분을 꾹 눌렀다.

"……핫!"

짜릿한 쾌감에 그녀의 입술이 크게 벌어졌다.

"정지유."

채근하는 낮은 음성에 지유가 어지러운 머릿속으로 말들을 쥐어짰다.

"모르……겠어요. 그, 그냥……아! 저 남자와 자면 어떤 기분일까 하고…… 하, 하아!"

그의 손 아래에서 더욱 통통하게 부풀어 오르는 음핵을 비비며 서국이 젖가슴을 문 채 더운 숨을 토해 냈다.

"내가 여길 이렇게 만져 주는 상상도 했습니까?"

"응, 아, 그, 그건……!"

찌걱, 찌걱.

그새 더 흘러나온 달달한 애액을 손끝에 흥건하게 묻힌 서국이 조갯살 같은 음순과 음핵을 동시에 문질러 댔다. 말캉한 진주 같은 동그란 음핵이 비벼지며 적나라한 쾌감이 터져 나오자 지유의 엉덩이가 저절로 달싹였다.

"후, 정말 못 참게 만드는군."

서국이 신음을 흘리며 고개를 들었다. 지유의 얌전한 바지와 팬티를 동시에 벗겨 내 버린 그가 두 무릎을 잡고서 머리를 숙였다.

"앗, 이사님!"

제 다리 사이로 들어오는 그의 머리를 본 지유가 놀라서 이름을 부른다는 것도 까먹어 버렸다. 아무것도 입지 않은 지유의 하체에 고개를 숙인 서국이 우윳빛 애액으로 야하게 젖어 든 도톰한 살을 거침없이 한입에 삼켰다.

"……하읏!"

지유가 고개를 젖혔다. 한 번도 성적으로 자극된 적 없던 통통한 음순이 뜨거운 입술 안으로 삼켜진 적나라한 감각을 믿을 수가 없었다. 촘촘한 음모가 가지런하게 자란 두덩에 서국이 높은 콧날을 묻고 빨아 댔다. 입술이 거침없이 움직일수록 속살이 바들거리며 연유처럼 미끌거리는 액을 흘렸다. 음부가 흠뻑 젖어 들고 타액과 애액으로 음모가 야하게 엉켜들었다.

"아, 안, 안 돼요, 아아!"

지유가 참을 수 없다는 듯 허리를 흔들며 발개진 얼굴로 신음을 터뜨렸다. 처음 느끼는 짜릿한 쾌감이 그녀를 가만히 있을 수 없도록 만들었다.

"더 빨아 주길 바라는 겁니까? 이렇게 흔들어 대는 건."

서국이 미간을 일그러뜨렸다.

"하앙!"

그가 달싹이는 통통한 엉덩이를 꽉 쥐고 입술로 크게 삼켰다. 말캉한 엉덩이 모양이 엉망으로 망가지도록 꽉 쥐고 도망칠 수 없도록 고정하자 지유의 허벅지 안쪽이 바들바들 떨렸다.

주르륵-

옴찔거리는 속살에서 미끌거리는 애액이 흘러나왔다. 음핵을 빨던 서국이 입술을 내려 단 내를 풍기는 애액을 기꺼이 핥아 마셨다. 순간 지유의 당황한 눈이 커졌다.

"그, 그거 안 돼요! 먹지……!"

꿀꺽.

"!"

노골적인 소리에 지유의 커다래진 눈이 흔들렸다. 그녀의 것을 모조리 삼켜 낸 서국이 상체를 들었다. 이글거리는 눈으로 지유의 발개진 얼굴을 보며 그가 번들거리는 제 입술을 핥았다.

"이대로는 아프게 할지도 모르겠군요."

허스키하게 갈라지는 음성으로 말한 서국이 자신의 바지 버클을 풀었다. 터질 듯 팽창해 있던 페니스를 드로어즈에서 빼낸 그가 지유의 손을 잡게 했다.

"잡아 봐."

서국이 꽉 잠긴 목소리로 말했다.

"!"

손끝에 닿은 팽팽하게 발기한 근육 덩어리의 감촉에 지유의 얼굴이 더 붉어졌다. 발그레하게 물든 뺨을 하고 저도 모르게 시선을 내리자 검붉은 페니스가 위협적으로 쳐올라가 있었다.

꺄악! 너무 커!

속으로 비명을 지르면서도 지유는 저도 모르게 그의 것을 덥석 잡았다.

"……읏."

다 잡히지도 않는 거대한 몸체를 작은 손이 감싸 쥐는 감각에 서국이 쾌감에 짓눌린 신음을 흘렸다.

"이, 이렇게요?"

"그래. 그렇게…… 후우."

서국이 인상을 찌푸리고 지유의 손바닥 안에 자신의 핏대 솟은 거대한 성기를 문질렀다. 느릿하게 비비듯 허리를 움직이자 지유가 당황해하면서도 그 적나라한 모습을 바라봤다.

서국이 남성적인 장골을 밀어 올리며 흥분으로 벌겋게 달아오른 눈으로 지유를 똑바로 바라봤다. 그의 미간이 좁혀 들며 입술에서 헐떡이는 신음이 새어 나왔다.

"그렇게 보면, 읏, 쌀 거 같은데."

세상에, 그런 말을……!

지유는 몹시 부끄러워하면서도 숨을 삼키고 본능적으로 손에 더 힘을 줬다. 음란하게 움직이는 허리 짓이 거칠어질수록 둥근 귀두에 맺힌 투명한 액이 넘쳐흘러 내렸다. 흉포하게 힘줄이 툭툭 불거진 겉면에 점성 있는 쿠퍼액이 발라지며 자신의 손에 문질러지는 소리가 야하게 침대 위를 울려 댔다.

하, 하아.

지유의 숨결도 점점 더 거칠어졌다. 제 몸 안에 찔러 넣은 것도 아닌데 야릇한 신음을 흘리며 일그러지는 서국의 얼굴이 무척 섹시했다.

"두 손으로 잡아 봐."

"읏, 네."

헐떡이며 하는 말에 지유가 두 손으로 거대한 페니스를 잡았다. 그 손을 고정시킨 서국이 음란하게 허리를 쳐올리기 시작했다.

"으, 응! 흣!"

찌걱, 찌걱, 찌걱.

그의 쿠퍼액으로 번들거리는 굵은 몸체가 한껏 단단해진 채 강하게 쳐올라갔다. 그 힘에 지유가 필사적으로 손으로 붙잡는 데 일순 그의 남성이 터질 듯 팽창했다.

"크읏."

서국이 단정한 이마를 찌푸리며 그녀의 두 손을 꽉 잡았다. 울컥거리며 터져 나온 정액이 지유의 손 위로 뜨겁게 흘러내렸다.

"아……."

손가락과 손바닥을 적시는 미끌미끌한 정액의 감촉에 지유가 바르작거렸다. 서국이 거친 숨을 몰아쉬며 그녀의 손안에서 몇 번 더 허리를 움직였다. 관능 어린 움직임으로 남김없이 정액을 분출한 그의 미간이 더 찌푸려졌다.

"한 번 하면 괜찮을 줄 알았는데, 아닌 모양이군."

여전히 전혀 가라앉지 않은 빳빳한 자신의 페니스를 그가 노려봤다. 지유의 손을 닦아 준 서국이 주머니에서 콘돔을 꺼냈다. 여전히 흉포하게 치솟아 있는 페니스에 묻은 정액을 닦아 낸 그가 은박 포장지를 벗겨 그 위에 씌웠다.

"나도 처음이라 확신은 못 하지만."

얇은 실리콘을 굵은 페니스 위에 씌운 그가 시선을 올려 발갛게 물든 얼굴로 저를 보고 있는 지유와 똑바로 눈을 마주쳤다.

"최대한 아프지 않게 해 보도록 노력할게."

그, 그건 불가능할 거 같은데요……?

무섭게 발기한 페니스가 끄덕이며 더 두껍게 팽창하는 모습에 지유가 숨을 삼켰다. 서국이 그녀의 두 다리를 잡아 넓게 벌리며 그 사이를 이글거리는 시선으로 응시했다.

"아까보다 더 흘렸어. 내가 싸는 모습 보고 흥분한 건가?"
"네? 아, 그, 그건."
지유의 얼굴이 화끈 붉어졌다. 서국은 새빨개진 그녀의 귓바퀴를 뜨거운 눈으로 쳐다봤다.
"정말 정지유 당신은 날 돌게 만들어."
음험하게 낮아진 음성으로 내뱉은 그가 흥건히 젖은 채 옴찔거리는 입구에 둥근 귀두를 가져다 댔다. 입구를 느릿하게 문지르며 그곳의 액을 담뿍 묻혀 단단한 끝으로 클리토리스를 비벼대자 어쩔 줄 모르고 지유의 엉덩이가 달싹였다.
"하, 하읏!"
지유의 흠칫거리는 종아리를 움켜잡은 서국이 미끌미끌한 구멍에 페니스를 단번에 찔러 넣었다.
"아……!"
그녀의 입술이 한껏 벌어졌다. 수축하며 조여드는 질 안쪽으로 서국이 빳빳한 페니스를 깊이 박아 넣었다.
"으, 아, 앗……!"
안쪽을 넓게 벌리며 쑤셔드는 힘에 지유의 발가락 끝까지 오므라들었다.
"하, 정지유."
소름 끼칠 듯한 쾌감을 억누르며 서국이 이를 악물고 느릿하게 움직였다. 돌처럼 단단한 근육질 허벅지에 힘을 주고 좁은 질에 깊이 찔러 넣은 페니스를 느릿하게 왕복했다. 아직 절반밖에 들어가지 않았음에도 꽉 찬 듯 압박감이 너무 거세서 마치 끊어질 듯 조이고 있었다.

"아, 흐읏!"

지유가 눈을 꼭 감고 신음을 내뱉었다. 그녀의 반응을 보며 서국이 진지하게 물었다.

"괜찮아?"

그 말에 눈을 질끈 감고 있던 그녀가 그를 바라봤다.

아…….

땀이 송골송골 맺힌 그의 이마를 보자 지유가 숨을 들이켰다. 서국은 그녀를 배려하려 미쳐 날뛰려는 힘을 자제하느라 온몸이 땀으로 젖어 있었다.

"참을 수 있겠어? 많이 힘들면……."

"괘, 괜찮아요."

지유가 얼른 말했다.

"……그래."

서국이 낮게 숨을 토해 내고 잡고 있던 지유의 다리에 입을 맞췄다.

"읏, 흐읏, 아, 앗."

두꺼운 근육 덩어리가 느릿하게 들쑤시는 감각이 길어질수록 그녀의 안쪽이 점점 더 부드러워졌다. 버거우면서도 오물거리며 더 많이 삼키려고 욕심을 부리는 속살을 내려다보며 서국은 죽을 힘을 다해 쾌감을 짓눌렀다.

"안달 내지 마. 그러면 정말 참기 힘들어."

"너, 너무, 흣, 참지 않아도, 괜찮……으, 응!"

더 깊이 파고드는 단단함에 지유의 속눈썹이 찡그려졌다.

"이렇게 버거워하면서 뭐가 괜찮다고. 천천히 할게."

하지만 그렇게 하면 서국 씨가 너무 힘들 것 같은데…….

땀에 젖은 서국의 얼굴을 지유가 신음을 흘리며 바라봤다. 수려한 얼굴이 땀에 젖어 있는 모습조차 묘한 색기를 풍기고 있었다. 그 모습에 몸이 뜨거워지며 안쪽이 확 조여드는 게 느껴졌다.

"……읏."

속살로 꽉 문 채 파르르 떨리는 감각에 서국이 신음을 흘렸다.

"서국 씨, 어, 어서요."

지유가 발갛게 물든 얼굴로 그를 보며 어설프게 허리를 움직여 댔다. 어서 그를 온전히 전부 담고 싶은 욕망이 그녀를 요분질치게 만들고 있었다. 남자를 자극하는 그 얼굴과 몸짓에 서국의 눈이 새까맣게 어두워졌다.

"하, 정말 어쩌려고."

꽉 잠긴 음성을 내뱉은 서국이 지유의 가느다란 발목을 꽉 잡았다. 그러고는 양쪽으로 벌리며 터질 듯 빳빳한 페니스를 무서운 힘으로 찔러 넣기 시작했다.

"……핫! 으, 아, 아앗!"

질 내벽을 쑤셔 올리는 단단한 힘에 그녀의 몸이 아래위로 빠르게 흔들렸다. 거칠게 박혀 드는 힘에 흐트러진 셔츠 사이로 탱글한 젖가슴이 원을 그리듯 흔들리고 있었다. 숨도 쉬지 못할 정도로 깊이 짓쳐든 남성이 왕복을 반복하며 길을 넓혀 댈수록 지유의 눈이 쾌감으로 흐릿해졌다.

"서, 서국 씨! 하읏!"

쾌락에 절여진 채 그를 올려다보며 흔들리는 모습을 노려보며 서국이 음란하게 장골을 쳐올렸다. 지유의 벌어진 입술 안에 붉은 혀가 유혹하듯 말캉하게 보이자 그가 허리를 숙였다.

"키스하게 해 줘."

커다란 몸이 숙여지며 지유의 입술을 삼켰다. 땀에 젖은 서국의 셔츠 안에 근육질 가슴이 그녀의 탱글한 젖가슴을 짓눌렀다.

"응, 아음……음!"

입술을 빼앗긴 채 지유의 몸이 세차게 출렁였다. 집요하게 입술을 빨면서도 서국은 그를 조여 대는 속살 안에 두꺼운 근육 덩어리를 연달아 찔러 넣었다. 쾌감으로 눈을 찌푸린 지유가 막힌 입술 안으로 더운 숨을 토해 냈다.

"하."

서국이 입술을 떼어 내자 두 사람의 입술 사이에 가느다란 타액이 실처럼 길게 이어졌다. 흐릿해진 그녀의 눈을 가까이에서 응시하며 서국이 말했다.

"난 항상 당신을 원해 왔어."

지유의 어지러운 머릿속에 뜨거운 목소리가 흘러 들어왔다.

"내가 느끼지 못한 그 날들에도 정지유만을 원했어."

"아……."

아랫입술을 살짝 빨며 더 깊이 박혀 드는 힘에 지유의 속눈썹이 가늘게 떨렸다.

"날 안아."

그녀가 순순히 손을 뻗어 넓은 어깨를 끌어안았다.

"읏, 앗, 서, 서국 씨……!"

움직임이 점차 가팔라지자 지유의 몸이 크게 출렁이기 시작했다. 매달리듯 감싸 안은 손에 그의 땀으로 젖어 드는 셔츠와 탄탄하게 팽창되는 근육이 느껴졌다.

"이젠 절대 놓지 않아."

지유의 귓가에 욕망 어린 음성을 뱉어 낸 서국이 격렬하게 쑤셔 들어가기 시작했다. 감당할 수 없는 힘이 무자비하게 들이치기 시작하자 지유의 시야가 빠르게 뒤흔들렸다.

"하읏! 앗! 아아!"

짐승처럼 몰아치는 격정에 지유는 아무 생각도 할 수가 없었다.

어지러워……!

점점 아찔해지는 감각을 느끼며 지유가 그를 꽉 붙잡았다. 그녀의 땀에 젖은 손가락에 끼워진 반지가 영롱하게 빛나고 있었다.

반짝.

눈을 뜬 지유가 앞에서 자신을 응시하는 남자를 마주 봤다. 섹시하게 흐트러진 머리칼과 벗은 상체를 한 남자가 근사한 눈빛으로 자신을 보고 있었다.

"아침부터 훌륭하게 눈앞에 웬 조각이…… 앗, 서국 씨?!"

꿈결처럼 중얼거리던 지유가 정신을 차리고 벌떡 몸을 일으켰다.

"아야야."

일어나려던 지유가 인상을 쓰고 다시 침대 위로 풀썩 쓰러졌다.

“오늘은 무리하지 않는 게 좋을 겁니다.”

서국이 입술 끝을 휘어 올리고는 근육통으로 괴로워하고 있는 지유를 끌어와 품에 안았다. 넓은 가슴에 안기게 되자 지유가 눈썹을 시옷 자로 만들었다.

“……그래서 일부러 금요일에 맞춰 오신 거예요? 생각보다 계략 남이시네요.”

지유가 고개를 빼꼼 들어 올리고 말하자 그의 입가에 맺힌 미소가 더 짙어졌다.

‘무슨 남자가 저렇게 섹시하게 웃어?’

지유가 투덜거리던 것도 잊고 홀린 듯 보고 있다가 퍼뜩 말했다.

“근데 나 언제 잠들었어요? 기억에 없는데……?”

“얼마 못 버티던데요.”

“그, 그건 서국 씨가 너무 강해서 그런…… 거죠.”

지유가 민망한 얼굴로 말하는데 그가 그녀의 붉어진 뺨을 어루만졌다.

“많이 노력한 건데. 지유 씨 다칠까 봐.”

낮은 음성으로 속삭이듯 말하고 진하게 시선을 맞추자 지유가 슬쩍 눈을 내렸다.

“……보약이라도 한 제 먹어야겠어요. 서국 씨 감당하려면.”

지유가 시선을 내리깐 채 작게 말하자 서국이 그녀의 얼굴을 들어 올렸다.

“그런 말 하지 말아요.”

시선을 맞춘 서국이 단호하게 말했다.
"최고였습니다. 어젯밤은."
"……."
그녀의 눈을 들여다보던 그가 이마에 부드럽게 입을 맞췄다.
"으음."
가볍게 입술을 떼어 낸 서국이 다시 지유를 품에 안았다. 단단한 품에 그녀를 가둔 채 그가 낮게 말했다.
"무리하지 말고 천천히 나에게 적응해요. 기다릴 테니까."
"……네. 그럴게요."
체력 소모가 너무 심했나?
쏟아지는 잠에 눈을 느리게 깜빡거리며 지유가 생각했다. 넓은 품 안에 아이처럼 안겨 있으려니 묘한 안정감이 느껴져서 그런 것 같기도 했다. 부드럽게 머리칼을 만져 주는 손길 때문인 것 같기도 하고…….
곧 새근새근 잠이 든 지유가 고른 숨소리를 내자 서국이 가만히 몸을 떼어 냈다.
"……."
무방비한 얼굴로 잠이 든 지유의 얼굴을 서국이 말없이 응시했다. 짙어진 눈으로 보던 그가 고개 숙여 그녀의 귓가에 속삭였다.
"사랑해. 정지유."
그가 속삭이는 소리도 모른 채 지유는 단꿈에 빠져 있었다. 기분 좋은 꿈을 꾸는지 아이처럼 방싯 웃는 얼굴을 보자 서국이 부드러운 미소를 지었다. 서국은 내내 잠든 지유에게서 시선을 떼지 못했다. 조금 전 그녀가 깨기 전까지 그랬듯이.

◆ ◇ ◆

팡! 파앙!

지유가 이사실로 들어서자마자 폭죽이 터졌다.

"실장님! 복귀하신 것을 축하드려요!"

홍차 케이크를 들고 기다리던 비서팀 팀원들을 지유가 놀란 눈으로 바라봤다.

"다들……."

"정말 실장님의 빈자리가 너무 컸어요. 오셔서 너무 기쁩니다!"

"오매불망 기다렸어요! 실장님!"

환하게 웃으며 그녀를 반기는 팀원들을 보자 지유는 코끝이 찡해졌다.

"고마워요."

"저희가 고맙죠. 다음 달은 돼야 복귀하실 거 같았는데 생각보다 빨리 와 주셔서 고마워요!"

"이제 다신 다른 데 가면 안 돼요. 우리 이사실의 정 실장님으로 끝까지 남아 주셔야 돼요?"

"그럴게요."

지유가 찡한 콧잔등을 슬쩍 매만지며 미소 지었다. 그녀 앞으로 케이크가 쑥 밀어졌다.

"자! 촛불 끄세요!"

'LOVE'라고 써진 화려한 색감의 초가 지유 눈앞에 놓였다.
"새, 생일도 아닌데 초는……."
지유가 민망한 표정으로 뒷걸음질 치는데 효린이 잽싸게 뒤에서 그녀의 등을 잡았다.
"어서요!"
"불어라! 불어라!"
이런 부끄러움은 1년에 한 번으로 족했지만, 팀원들의 성화에 결국 지유는 발갛게 물든 얼굴로 초를 향해 입바람을 불었다.
"후~"
짝짝짝짝짝!
지유가 초를 끄자 다들 박수를 쳤다.
"나 없는 동안 모두들 정말 수고했어요. 고마워요."
팀원들을 보며 말하던 지유가 마침 들어오던 서국과 눈이 마주쳤다.
두근.
주말 내내 스위트룸에서 함께 있던 남자가 멀끔한 모습으로 나타나자 지유의 가라앉던 뺨이 다시 붉어졌다.
"아, 이사님 오셨어요?"
팀원들이 먼저 인사하고 지유도 그 사이에 섞여 같이 인사했다.
"안녕하세요."
그녀의 발간 뺨을 힐긋 본 서국이 케이크로 시선을 옮겼다.
"축하 파티입니까."

"네. 팀원들이…… 아, 케이크 드시겠어요?"

지유가 묻는 말에 서국이 그들 옆을 지나치며 말했다.

"난 괜찮습니다. 정 실장은 따라 들어와요."

"아, 네. 이거 다들 먼저 먹고 있어요."

빠르게 말한 지유가 서국을 뒤따라갔다.

집무실로 멀어지는 두 사람을 은주가 흐뭇하게 바라봤다.

"이 익숙한 모습도 오랜만이라 반갑네."

"그러게요."

"그래도 이사님도 전과 달라지셔서 아마 그때랑은 차이가 있겠죠."

그들이 은밀한 시선을 부딪쳤다.

"암, 정 실장님 공백이 컸지. 그때와는 분명 다를 거야."

선희가 입가에 은밀한 미소를 띠고는 말했다.

탁.

"앗, 이사……."

문을 닫자마자 강하게 끌어당기는 팔에 지유가 놀란 목소리를 냈다. 그녀를 끌어당긴 서국이 곧장 지유의 입술을 머금고 빨아들였다.

"하읍!"

작은 입술을 벌리며 더운 숨결을 들이마시고 말캉한 혀를 얽었다. 지유의 허리를 뒤에서 붙잡아 들어 올리며 작은 혀를 진하게 빨아들였다. 숨이 막힐 듯 몰아붙이자 아찔하게 터져 나오는 감각에 지유의 다리 힘이 순식간에 풀릴 정도였다.

거친 키스를 퍼부은 서국이 놔주자 지유가 막힌 숨결을 터트렸다.

"하아! 회, 회사에서 이러시면…… 하아, 곤란해요."

지유가 장밋빛으로 발갛게 물든 얼굴로 난처하게 말했다. 그 뺨을 손길로 쓸며 서국이 낮게 잠긴 목소리를 냈다.

"나도 곤란합니다. 당신이 이런 얼굴을 하면."

"무슨 얼굴을…… 으음."

그가 턱을 들어 올려 다시 진하게 입술을 빨아들였다. 야릇하게 키스하다가 작고 통통한 입술을 잘근거리며 그가 말했다.

"아무래도 그 약속은 지키지 못할 것 같군요. 지난 주말 이후로 내 인내가 완전히 사라진 것 같으니."

"아, 하지만……으응."

아랫입술을 잘근거리다가 야릇하게 핥는 감촉에 지유가 어깨를 흠칫거렸다.

하아, 몸이 뜨거워…….

지난 이틀 동안 서로를 확인했던 그 행위들 때문에 작은 자극에도 몸이 반응했다.

"이미 알아 버린 달콤함을 어떻게 모른 척하지? 당신은 그럴 수 있습니까?"

"하, 서국……읏."

그녀의 흐릿한 눈을 내려다보는 그의 눈동자가 어둡게 물들었다.

"이런 눈을 하면서."

더운 숨을 몰아쉬던 지유가 속삭이듯 말했다.

"역시 그건…… 예지몽이었나 봐요."
"무슨 말입니까?"
서국이 그녀의 등을 커다란 손으로 은밀하게 훑어 내려가며 물었다.
"그때…… 상무실로 가겠다고 결정하고 말씀드렸을 때요……. 이런 꿈을 꾼 적이 있거든요."
"나와 이러는 꿈 말입니까?"
그의 목소리가 탁하게 잠겨 왔다.
"네. 내가 상무실 간다고 하니까 가지 말라고 하면서 서국 씨가 막 이렇게……흐읏."
등허리를 은밀하게 쓸어 내려간 손이 통통한 엉덩이를 움켜잡았다. 그 손길에 지유가 흠칫거렸다.
그러고 보니 그땐 회사에선 입지 않은 스커트를 입은 걸 알고 꿈인 줄 알았는데……. 정말 예지몽인 걸까? 스커트를 입은 것도 똑같다니.
"예지몽 맞군요."
낮게 말한 그가 꿈에서처럼 지유의 엉덩이를 음란하게 주물렀다.
"하, 하아, 서, 서국……."
"이렇게 벌어질 일이었으니까."
그가 스커트를 들춰 올리려 했다. 놀란 지유가 할딱이며 다급하게 말했다.
"자, 잠깐……."
그때 뒤의 문에서 노크 소리가 들렸다.

똑똑.

"!"

지유가 커다래진 눈으로 얼른 제 입을 손으로 막았다.

"네."

서국이 지유를 안은 채 대답했다. 거칠게 헐떡이던 그의 목소리는 신기하게도 평소처럼 흘러나왔다.

"이사님, 차 가져왔는데요."

문밖에서 남식의 해맑은 목소리가 들렸다.

'어떡해!'

지유는 혹시 이 상황이 들킬까 봐 서국의 품 안에서 초조하게 눈을 굴렸다.

"미안하지만 나중에 부탁합니다. 지금은 얘기 중이라."

서국이 담담한 목소리로 말하자 문밖에서 곧 대답이 들려왔다.

"알겠습니다."

남식의 대답이 들리고 나서야 지유는 제 입술을 막고 있던 손을 내렸다.

"하아…… 간 떨어질 뻔했어요."

지유가 참았던 숨을 길게 내쉬며 말했다. 서국이 그녀의 얼굴을 바라봤다.

"많이 놀랐습니까?"

그가 귀엽다는 눈빛으로 내려다보는 시선에 지유가 눈썹을 시옷 자로 만들며 항변했다.

"당연히 놀라죠. 팀원에게 이런 모습을 들키면……."

"난 들켜도 상관없는데."
"네?"
그가 가까이서 가만히 응시하며 하는 말에 지유는 심장이 반응했다.
"하, 하지만……."
당황한 얼굴로 지유가 말하자 서국이 곧바로 맞받았다.
"숨길 이유 있습니까? 내가 당신과 연애한다는 걸."
"……."
지유가 서국의 얼굴을 말없이 올려다봤다. 그의 표정은 한없이 진지했다. 이런 대기업 이사가, 게다가 총수의 아들이라는 사람이 비서와 이런 소문이 돌면 어떤 결과가 나오는지 모르지 않을 텐데, 그는 전혀 신경 쓰는 것 같지 않았다. 그 모습이 한편으로는 걱정되면서도 다른 한편으로는 안심이 됐다.
"그래도…… 아직 마음의 준비가 덜 되어서요."
지유가 작게 말하자 그의 눈이 가늘어졌다.
"지유 씨는 항상 마음의 준비가 필요한 사람이군요."
"네. 좀 답답하시죠?"
지유가 살짝 민망한 얼굴로 말하자 그가 그녀의 머리칼을 천천히 어루만졌다.
"괜찮습니다. 지난 8년간 내가 더 당신을 답답하게 했을 테니."
서국의 얼굴에 부드러운 미소가 맺혔다.
아…….
그 수려한 얼굴에 홀린 지유가 저도 모르게 넋 놓고 바라봤다. 서국이 진한 미소를 매단 입술을 그녀의 입술에 가볍게 맞췄다.

촉.

입술이 떼어진 뒤 그의 눈동자가 더 짙어져 있었다. 다시 고개를 기울여 가볍게 입술을 빨고 놔준 그가 탁해진 목소리로 말했다.

“하지만 어디까지 자제할 수 있을진 모르겠습니다.”

“네?”

지유의 물음에 서국이 한층 더 어두워진 눈빛으로 그녀를 내려다봤다.

“난 지금 당신을 저 소파든 어디든 눕혀서 지난 주말 동안 내내 했던 일을 하고 싶은 마음뿐이라.”

그, 그런 말을……!

지유의 뺨이 다시 화르륵 붉어졌다. 그 뺨을 핥은 서국이 귓가에 나지막하게 속삭였다.

“이것도 많이 참고 있는 거라는 것만 알아 둬요.”

“으응……네, 네.”

귓속으로 더운 숨결이 훅 끼쳐들자 지유가 바르작거렸다. 작은 귓불을 살짝 머금었다가 놓은 그가 지유를 놔줬다. 그녀의 흐트러진 옷을 정리해 주는 사이 지유가 달뜬 숨을 진정시켰다.

“홍차 케이크 좋아합니까?”

“네?”

단정하게 옷을 정리해 준 서국이 묻는 말에 지유가 눈을 깜빡였다.

"매번 당신 생일마다 홍차 케이크를 봤던 것 같아서요. 오늘도 그렇고."

"아, 네. 좋아해요. 기억하시네요?"

지유가 방긋 웃으며 말하자 서국의 표정이 어두워졌다.

"……."

"?"

그의 어두워진 얼굴을 지유가 의아하게 바라봤다. 잠시 내려다보고 있던 그가 입을 열었다.

"매년 성의 없는 선물로 마음 상하게 해서 미안해."

……어?

뜻밖의 말에 지유가 그를 잠시 보고만 있었다.

'그것도 기억하고 있었다니.'

지유가 신기한 듯 쳐다보고 있는데 서국이 낮게 한숨을 내쉬고 지유의 손을 가만히 잡았다.

"이젠 다시 그런 일 없을 거야. 맹세해."

진심 어린 목소리에 가만히 보고 있던 지유가 입술을 예쁘게 휘어 올렸다.

"매번 똑같아도 괜찮아요. 당신이 이렇게 기억해 준다면."

"쉽게 용서해 주지 마."

서국이 미간을 찌푸렸다. 미안함이 담긴 눈으로 내려다보는 그를 올려다보며 지유가 밝은 미소를 지었다.

"정말 괜찮아요. 이제 일 들어가야죠? 이사님."

생긋 웃는 얼굴에 그제야 서국의 굳어 있는 표정이 조금 풀렸다.

"그래요. 정 실장."

그가 부드럽게 말했다.

◆ ◇ ◆

이천호 회장 내외와 박 회장 가족이 운치 있는 한식당에서 마주 앉아 있었다. 영주가 호들갑스럽게 입을 열었다.

"급작스러운 요청이었는데 이렇게 자리 마련해 주셔서 감사해요. 회장님."

"자주 보는 사이끼리 뭘 그런 걸 고마워할 게 있나. 안 그런가?"

천호가 대철을 보며 말하자 대철도 웃으며 답했다.

"맞는 말이지. 그럼."

친분을 과시하듯 하는 말에 영주가 눈을 빛냈다. 옆의 태희도 가만히 앉아 미소를 짓고 있었다. 영주가 빠르게 입을 열었다.

"실은 회장님, 오늘 저희가 이렇게 자리를 마련하자고 한 건 드릴 말씀이 있어서예요."

"어떤 일로?"

천호가 영주를 쳐다봤다. 대철과 잠시 시선을 맞춘 영주가 곰살맞게 웃으며 말했다.

"우리 두 집안이 이렇게 화목하게 오랜 시간 보내오고 있는데, 이제 슬슬 혼사에 대한 이야기를 해 볼 시기가 되지 않았나 해서요."

"……."

차를 마시던 명진의 시선이 힐긋 위로 올라갔다.

"안 그래도 나도 이제 진행시킬 시기라고 보고 있던 참이었습니다."

천호가 느긋한 말투로 긍정적인 신호를 보냈다. 그 말에 영주의 얼굴에 화색이 돌았다.

"어머나, 회장님 생각도 그러셨어요? 정말 너무 다행이네요!"

그때 명진이 끼어들었다.

"그런데 이 상무는 지금 한창 후계 준비로 바쁜 걸로 알고 있는데요."

"아, 우리는 태희 짝으로 이정훈 상무가 아니라, 이서국 이사가 어떨까 해요."

"서국이를?"

명진이 한쪽 눈썹을 휘어 올리고 똑바로 쳐다봤다. 그 시선에 움찔한 영주가 조금 당황한 얼굴로 말했다.

"그게, 우리 태희와 이서국 이사는 나이도 동갑이고 어릴 때부터 싸움 한 번 없이 잘 지냈잖아요. 무엇보다 우리 태희가 이 이사와 잘 맞는 모양이더라고요."

"태희 짝으로는 이 상무보다 이 이사가 훨 낫지 뭘 그러나. 태희 생각도 그렇다는데."

천호가 명진을 보며 영주에게 힘을 실어 주는 발언을 하자 영주가 환하게 웃었다.

"그렇죠? 저, 이왕 말 나온 김에 이 이사도 자리 잡아야 할 시기잖아요. 그러니 약혼식이라도 먼저 진행하면 어떨까 하는데……."

영주가 떠보는 말을 하며 힐끔거리자 천호가 고개를 끄덕였다.

“이 이사와 태희라면 두말할 거 없지.”

만족스러운 표정을 짓는 천호를 확인한 영주의 얼굴이 더 밝아졌다.

“저희도 그렇게 생각해요. 두 사람 너무 잘 어울린다고 주변에서도 항상 듣거든요. 그야말로 선남선녀잖아요. 호호.”

천호의 시선이 태희에게 향했다.

“태희 네 생각은 어떠냐.”

“저도 좋아요. 회장님.”

태희가 은은한 미소를 지으며 얌전히 대답했다. 천호가 그 모습을 보며 고개를 끄덕였다.

“그래. 그럼 다행이구나.”

흡족하게 말하는 그를 태희가 조용히 힐끔거렸다.

“…….”

분위기가 나쁘지 않게 흘러가고 있음을 확인한 태희가 조신하게 찻잔을 입술로 가져갔다. 찻잔 아래로 은밀한 미소가 떠오르는데 명진의 목소리가 그녀를 향했다.

“너, 이 이사 안 좋아하지 않니?”

“……네?”

멈칫거린 태희가 찻잔을 내리고 의아한 얼굴로 명진을 바라봤다. 명진은 태희를 가만히 보면서 물었다.

“이 상무 좋아하지 않았어? 미국 유학도 이 상무가 간대서 졸랐다고 들은 것 같은데.”

"!"

명진의 말에 영주의 표정이 순간 굳었다. 태희 역시 마찬가지였다. 순간적이지만 균열이 간 태희의 얼굴을 빠르게 살핀 영주가 당황을 숨기며 웃었다.

"아유, 그거야 공부할 기회라서 그런 거지 이 상무는 그냥 핑계였어요. 그렇지, 태희야?"

"맞아요. 정훈 오빠가 공부하러 간다니까 저도 뒤처지고 싶지 않은 마음에 그랬어요."

태희는 평소처럼 자연스러운 미소를 머금은 채였다.

"……."

그 얼굴을 명진이 주시하는데 천호가 말했다.

"그래. 그런 마음이 있어야 성공하는 법이다. 요즘은 남자만 사업하는 시대도 아니야. 여자도 전면에 나서야 하는 시대다."

"네. 잘 알고 있어요. 그래서 저는 사장님을 무척 존경해요."

태희가 명진을 보며 애교 있게 웃어 보였다.

"앞으로 더 가까워질 테니 저에게도 많은 가르침을 주세요. 사장님."

"이 상무는 어떻게 생각하니?"

명진의 질문에 영주는 다시 긴장했다.

"정훈 오빠요?"

태희는 처음 생각해 본다는 듯 눈을 천천히 굴리다가 말간 미소를 지었다.

"물론 오빠도 너무 좋은 사람이죠. 어릴 때부터 저에게 잘 대해 줬거든요. 서국이도 정훈 오빠도 두 사람 다 너무 좋은 사람들이에요."

태희의 말에 천호가 만족스러움을 드러냈다.

"태희 네가 어릴 때부터 식구처럼 지냈으니 다들 친했던 게지."

"네. 좋은 기억이 참 많아요. 함께 가족 여행도 자주 갔잖아요. 사진들 볼 때마다 참 나에게 소중한 사람들이구나, 그런 생각을 하게 돼요."

태희의 대답을 유하게 듣던 천호가 대철에게 말했다.

"빠른 시일 내에 약혼식 진행해 보면 좋을 것 같은데, 자네 생각은 어떤가."

"나도 더할 나위 없지. 진행하세."

훈훈한 분위기가 흐르자 영주는 그제야 안심한 얼굴로 태희를 바라봤다. 태희는 시종일관 부드럽게 미소 띤 얼굴로 앉아 있었다.

"……."

그런 그녀의 얼굴에 명진의 시선이 조용히 닿았다.

회장실을 나오던 정훈은 맞은편에서 걸어오는 서국을 보고 멈칫거렸다.

"……."

정훈이 표정을 굳히고 지나가려는데 낮은 목소리가 들렸다.

"지금 벌이고 있는 일 멈춰."

서국의 목소리에 정훈이 우뚝 멈춰 섰다. 미간을 좁히고 돌아보자 서국이 서늘한 표정으로 그를 보고 있었다.

"후회하고 싶지 않으면."

고저 없는 목소리에 정훈이 턱을 단단히 굳혔다.

그가 서국 쪽으로 몸을 돌리며 노려봤다.

"너도 지유 씨 놔줬어야지."

도발하듯 말한 정훈이 서국에게 더 가까이 다가갔다. 위협적인 시선을 숨기지 않은 정훈이 서국을 쳐다보며 말했다.

"지유 씨에게 뭐가 이득일까? 그룹 후계자인 보스 아래 있는 것과 평생 승진의 기회 없는 보스의 아래로 돌아가는 것."

"……."

노려보며 말한 정훈이 입술 끝을 비틀었다.

"그 정도 계산도 못 하는 사람은 아니잖아? 이서국."

비웃듯 내뱉은 정훈이 몸을 돌렸다. 그의 등에 서국의 차가운 목소리가 박혀 들었다.

"너도 그 정도 계산은 할 줄 알았어야 했어."

"뭐?"

정훈이 험악한 얼굴로 돌아봤다. 서국이 그를 똑바로 마주 보며 말했다.

"지금 그 말이 앞으로 어떤 결과를 가져올지를."

"……."

예상하지 못한 대응에 정훈의 눈썹이 꿈틀거렸다. 서늘한 시선으로 정훈을 보던 서국이 몸을 돌렸다. 회장실로 걸어가는 그의 뒷모습을 보는 정훈의 얼굴에 숨기지 못한 당혹감이 실려 있었다.

달칵.

서국은 회장 집무실 안으로 들어섰다. 소파에 앉아 있는 천호와 그 뒤에 그림자처럼 서 있는 유 실장을 향해 서국이 고개를 숙였다.

"앉아라."

천호의 고갯짓에 서국이 그의 맞은편으로 걸어가 앉았다. 천호가 곧은 자세로 앉은 서국에게 시선을 뒀다.

서국은 좀 전에 이 방을 나선 정훈과는 전혀 다른 성정이었다. 서글서글하게 웃으며 일에 대한 의욕을 드러내고 자신감을 내비치는 정훈과 대비되는 무감한 표정을 못마땅하게 보던 천호가 입을 열었다.

"어제 박 회장 가족을 만나서 너와 태희의 혼사를 추진하기로 했다."

순간 무표정하던 서국의 눈에 불쾌감이 어렸다.

"저와 박태희 말입니까?"

"그래. 너한테도 더할 나위 없이 좋은 상대 아니냐. 선을 보라고 그렇게 말을 해도 도통 듣질 않으니, 차라리 태희처럼 어릴 때부터 식구같이 지내 온 상대가 배필로 좋을 게다."

"……."

확고한 어조로 말하는 천호를 서국이 말없이 응시했다. 대답 없이 보고 있던 그가 잠시 후 서늘한 목소리를 냈다.

"시간 낭비를 하셨군요."

"뭐야?"

천호의 한쪽 눈썹이 예리하게 치켜 올라갔다. 그 표정에는 아랑곳없이 서국이 천호를 똑바로 보며 말했다.

"제 결혼은 제가 알아서 합니다."

부리부리해진 천호의 눈을 흔들림 없이 응시하며 그가 말을 이었다.

"앞으로도 쓸데없는 시간 낭비를 하지 않도록 말씀드리는 거니 기억해 두시는 게 좋을 겁니다."

천호가 눈을 부라렸다.

"니가 감히……!"

"그럼 나가 보겠습니다."

곧장 일어난 서국이 고개를 숙였다. 그가 몸을 돌리자 노기 섞인 천호의 음성이 등에 꽂혔다.

"어딜 나가! 내 얘기 아직 안 끝났어!"

벼락같은 목소리에도 망설임 없이 서국이 나가 버렸다.

탁.

문이 닫히자 천호가 얼굴이 붉어져선 씩씩거렸다.

"허! 유 실장, 저놈 저거 봤나?"

"네. 봤습니다."

유 실장이 태연한 얼굴로 대답했다.

"지금껏 순한 양처럼 굴더니 독사같이 쳐다보는 것 봤지?"

"네. 회장님이 원하시던 바로 그 모습."

"뭐야?! 내가 언제 저런 독사 같은 눈을 바랐다고!"

천호가 역정을 내자 유 실장은 개의치 않고 서글서글하게 웃었다.

"회장님께서 이 이사님께 저런 강한 모습을 원하시지 않았습니까? 밍숭맹숭 이래도 그만, 저래도 그만인 모습 답답하시다며 선명한 태도를 요구하셨지요."

"그거야 일에서 그러란 거지! 내가 언제 이런 일에 반항하고 지 아비에게 도끼눈을 뜨길 원한다고 했어?"

"일에서 선명한 사람은 다른 모든 부분에서도 선명하죠. 원하시는 모습으로 이 이사님이 바뀌어 가고 있으니 좋아하실 일 아닙니까?"

"지금이 싱글거릴 때야!"

버럭 내려치는 고함에도 유 실장은 유한 미소를 짓고 있었다.

"아침부터 너무 화를 내시면 혈압에 안 좋습니다. 심신 안정에 도움이 되는 차를 가져오겠습니다."

미소를 띤 얼굴로 나가는 유 실장을 천호는 황당한 표정으로 보고 있었다.

"저, 저. 병 주고 약 주는 것도 아니고……."

◆ ◇ ◆

"오늘 회장실에서 무슨 일 있으셨어요?"

생각에 잠겨 있던 서국이 시선을 들어 지유를 바라봤다. 포크로 두툼한 고기를 찍은 그녀가 그의 얼굴을 유심히 살피고 있었다.

"별일 없었습니다."

서국이 단정한 미소를 지으며 말했다. 그 미소에도 지유는 의아한 표정을 지우지 않았다.

"그럼 다행인데, 아까 회장실 다녀온 다음부터 내내 표정이 안 좋아서요."

"……내가 그랬습니까?"

서국이 눈을 가늘이자 지유가 고개를 끄덕였다.

"네. 여기도 계속 주름이 가 있고."

제 미간을 손가락으로 가리키며 지유가 진지하게 말했다. 괜히 걱정을 끼친 것 같아 서국이 부드럽게 말했다.

"그랬군요. 그저 조금 황당한 말을 들어서 기분이 언짢았을 뿐입니다."

"무슨 말이었는데요?"

지유가 의아한 표정으로 그를 바라봤다.

보통 서국은 표정이 겉으로 잘 드러나지 않는 사람이다 보니 표정만으로는 기분이 어떤지 알아채기 힘들었다. 하지만 지유는 워낙 그를 오래 지켜봐 왔기 때문에 미세한 미간의 균열만으로도 불쾌한 심기를 눈치챌 수 있었다.

서국이 회장실에 다녀온 뒤에 내내 이런 얼굴을 한 적은 없었기 때문에 무슨 일인지 의아했다. 지유가 궁금한 시선으로 보고 있는데 서국이 옅은 미소를 지었다.

"지유 씨가 걱정할 문제는 아닙니다. 걱정 말고 들어요."

"……네."

잠시 보고 있던 지유가 입술을 끌어 올렸다.

'신경은 쓰이지만 서국 씨가 그걸 바라지 않는 것 같으니 우

선 식사에 집중하자.'

그렇게 생각한 지유가 한참 동안 포크에 찍혀 있던 두툼한 고깃 조각을 입으로 가져갔다.

"……."

서국은 불쾌했던 일은 잊고 지유가 먹는 모습을 바라봤다.

오늘 메뉴도 육식주의인 그녀의 식성에 맞춘 양질의 스테이크였다. 이렇게 자주 먹으면 질릴 법도 한데 지유는 항상 잘 먹었다. 아무리 큰 사이즈의 스테이크를 시켜도 한 번도 남기지 않는 야생적 식성도 서국에겐 귀여워 보였다.

저 큰 고깃덩이가 대체 어디로 들어가는 건지.

지유의 얇은 허리와 납작한 배를 볼 때마다 신기한 기분도 들었다. 순간 그녀를 안을 때 단단히 허리를 잡고 욕망을 찔러 넣고 흔드는 모습이 떠올랐다. 신음을 터뜨리는 지유를 떠올린 순간 그의 눈이 어둡게 물들었다.

콧잔등에 땀이 송골송골 맺힐 정도로 열심히 칼질해서 야무지게 입안으로 가져가던 지유가 순간 그와 시선이 마주쳤다.

"……?"

그녀는 볼록해진 뺨으로 오물오물 씹으며 서국을 의아하게 쳐다봤다.

"왜 안 드세요?"

지유의 질문에 테이블 위에서 느른히 턱을 괴고 있던 서국이 가볍게 웃었다.

"많이 먹어 둬요. 오늘 버티려면 힘들 테니까."

화르륵.

서국의 말에 지유의 뺨이 순식간에 진한 복숭앗빛으로 물들더니 씹던 움직임이 느려졌다. 볼록해진 뺨이 천천히 움직이는 것마저 서국의 눈엔 귀여웠다. 삼키고 싶을 정도로.

"서국 씨는 날 배려해서 안 먹고 있는 거예요?"

지유가 슬쩍 물으면서도 칼질을 멈추지 않았다. 분홍빛 고깃덩이를 서걱서걱 썰며 동그란 눈으로 힐끔거리는 눈이 작은 동물처럼 귀여웠다.

"눈앞에 더 먹고 싶은 게 있는데 이런 게 먹고 싶을 리가."

낮은 목소리에 지유의 얼굴이 더 붉어졌다.

"그래도 맛있는데……."

작게 말한 그녀가 네모나게 자른 조각을 포크로 찍어 입안으로 쏙 넣었다.

"천천히 들어요."

"네."

지유는 대답하고 열심히 씹었다. 최상의 스테이크에서 환상적인 육즙이 입안에 팡팡 터졌지만, 맞은편에서 지켜보는 진한 시선 때문인지 무슨 맛인지 점점 알 수 없게 되어 버렸다.

……꿀꺽.

겨우 삼켜 낸 지유가 뜨끈뜨끈해진 볼을 손등으로 살짝 매만졌다.

"하아……."

서국이 그녀의 보들보들한 재질의 셔츠를 벗기며 쇄골에 입을 맞추자 지유의 입술에서 더운 숨결이 흘렀다.

‘어지러워.’

지유는 머릿속이 빙글빙글 돌았다. 호텔 스위트룸으로 들어오자마자 벽에 그녀를 세운 서국이 물고 빨아 대는 통에 지유는 정신이 하나도 없었다.

그가 그녀의 셔츠를 벗겨 동그란 어깨를 드러내게 하고선 흔들리는 탱글한 젖가슴으로 입술을 내렸다.

“아, 응.”

브래지어를 들추며 뜨거운 입술로 도로록 솟아 오른 젖꼭지를 가볍게 빨자 지유가 흠칫거렸다. 살짝 빨고 놔준 타액에 젖은 유두를 그가 뜨거운 눈빛으로 쳐다봤다.

“벌써 섰는데. 여기가.”

축축한 혀를 내밀어 점점 더 팽창하는 동그란 유두를 핥으며 서국이 말했다.

“흐으, 앗……그건 서국, 씨가……흣.”

서국이 입술을 벌려 쾌감으로 곤두선 선홍색 젖꼭지를 삼키고 쭉쭉 빨아 댔다. 반대쪽 젖가슴을 크게 주무르며 빨다가 다시 반대쪽도 똑같이 하니 양쪽 가슴이 그의 타액에 음탕하게 젖어 있었다. 하, 하아. 점차 아래로 내려가며 입술 도장을 찍어 대자 달아오른 숨결로 인해 그녀의 귀여운 아랫배가 빠르게 오르내렸다.

“거, 거긴 간지럽…….”

야릇한 감각에 지유가 허리를 숙이며 그의 어깨를 잡았다.

“간지럽습니까?”

서국은 그녀의 허리를 받친 채 물었다.

"기분이 좀 이상……해요. 하아."

지유가 더운 숨을 흘리며 색색거렸다. 서국의 입술이 다시 점차 아래로 내려갔다.

"앗."

커다란 손이 단정했던 스커트를 허리춤까지 끌어올리자 지유의 다리가 휘청거렸다. 서국이 팬티가 고스란히 보이는 그녀의 검은 스타킹에 입을 맞추며 말했다.

"느껴지는 대로 말해요. 난 당신 몸의 반응을 전부 알고 싶으니까."

"주말 동안 계속 물고 빨고 했잖……하읏, 거긴……!"

둔덕을 입술로 크게 삼키는 감촉에 지유가 흠칫거리며 몸을 떨었다. 팬티와 스타킹을 통째로 삼긴 채 음순을 야릇하게 빨아 대자 그녀의 몸이 파르르 떨렸다.

"으, 앗, 서, 서국……."

숨이 턱 막힐 것 같은 감각에 그녀가 어찌할 바 모르는데 서국은 입술을 더 크게 벌렸다.

"아, 안 돼요!"

지유가 도리질 쳤다. 하지만 그는 멈추지 않았다. 섬세한 입술이 벌어지며 뜨겁게 속살을 삼킨 뒤 집요하게 빨아 댔다. 팬티가 축축하게 젖어 들고 입술의 마찰로 인해 젖은 음순이 자극되어 비벼질 때마다 아찔한 쾌감이 솟았다.

"응, 앗! 아응! 자, 잠깐만요, 기, 기분이……!"

서국의 어깨를 꼭 잡은 채 지유가 고개를 저어 댔다. 다급하게 터져 나오는 소리에도 서국은 턱을 더 야릇한 각도로 들어 올려 그녀의 다리 사이에 높은 콧날을 깊숙이 묻었다.
“괜찮으니 그냥 느껴 봐요.”
“하, 하지만……! 아, 아응! 응!”
밀어내려 해도 서국의 강한 몸은 꿈쩍도 하지 않았다. 그녀의 당황한 시야에 그가 제 다리 사이에서 음란하게 빨고 있는 모습이 보였다.
세상에!
그 야한 광경에 지유의 다리가 바들바들 떨렸다. 시각적인 자극과 그의 입술이 빨고 있는 곳에서 터져 나오는 육체적 자극에 도저히 서 있을 수가 없었다.
“하으으……!”
지유가 상체를 숙이며 그의 셔츠를 꽉 붙잡았다. 셔츠를 붙잡은 손에도 바짝 힘이 들어갔다.
“정말 기분이 이상, 흣, 해요. 머, 멈춰야……아, 아흣.”
지유가 할딱이며 말했지만 그녀의 몸은 이성을 배반한 듯 저도 모르게 움직이고 있었다. 엉덩이를 앞으로 내밀며 서국의 입술에 음부를 들이대듯 비벼 댈 때마다 미칠 듯한 흥분이 일었다.
“아……으, 흐응.”
내가 정말 왜 이러지?
자신의 움직임에 당황하며 지유가 제 입술을 잘근거렸다. 서국이 낮게 웃으며 말했다.
“괜찮으니 계속 움직여.”
“네? 아……!”

찌지직!

스타킹이 찢어지는 소리에 지유의 눈이 커졌다. 온몸을 흠칫거리는 지유를 꽉 잡은 채 서국이 훤히 드러난 젖은 팬티를 노려봤다. 맨살에 찰싹 달라붙은 팬티가 도톰한 둔덕과 음순의 모양을 고스란히 드러내고 있었다.

"이대로 빨아 줄까요?"

"네, 네?"

지유가 발갛게 물든 얼굴로 숨을 헐떡이며 내려다봤다. 서국이 아래에서 시선을 들어 올렸다. 욕망으로 새까맣게 물든 그의 눈과 마주치자 그녀의 심장이 확 조여들었다.

"아니면 팬티 들추고 빨아 줄까."

"……!"

적나라한 말에 지유의 얼굴이 새빨갛게 물들었다. 그는 대답을 들을 생각은 없었다는 듯 거침없이 맨살에 달라 붙은 팬티를 들춰 옆으로 당겼다. 흥건하게 젖어 든 음모와 속살을 확인한 그의 눈에 불꽃이 튀겼다.

"흐읏……!"

서국이 입술을 크게 벌려 지유의 맨살을 삼켰다. 그대로 강하게 빨아 당기며 입술 안에서 부풀어 오른 음핵을 혀로 꾹 눌렀다.

"아아아!"

순간 머릿속이 아찔해지더니 지유의 몸이 아래로 무너져 내렸다. 그의 입술 안에서 지유의 애액이 담뿍 흘러나왔다. 허벅지 안쪽이 바들거리도록 그걸 남김없이 빨아 삼킨 서국이 입술을 떼어 냈다.

하아, 하아…….

완전히 힘이 풀린 그녀의 몸을 서국이 안아 올렸다.

"잘했어."

열감으로 따끈따끈해진 지유의 뺨에 입을 맞추며 그가 속삭였다.

출렁.

지유를 조심스럽게 침대 위에 눕힌 서국이 흐트러진 옷을 하나하나 벗겨 냈다. 자신의 옷도 벗어 바닥에 떨어뜨리자 군살하나 없는 날렵하고 남성적인 육체가 드러났다. 끄덕이며 치켜 올라간 두꺼운 페니스에 콘돔을 씌우는 모습에 지유가 숨을 삼켰다.

"서국……씨. 하아……. 나 몸이 너무 뜨거……워요."

"나도 돌 거 같아. 지금."

그가 욕망 어린 목소리를 내뱉으며 그녀의 몸 위로 올라탔다. 탱탱한 허벅지를 들어 올려 제 허리에 감게 한 그가 상체를 숙여 지유의 입술을 삼켰다. 그러고는 찢어진 스타킹 사이로 팬티를 넓게 벌리며 그 사이로 빳빳하게 치솟은 페니스를 강하게 찔러 넣었다.

"아……!"

겹쳐진 입술이 벌어지며 지유의 목소리가 터져 나왔다.

너무 깊어!

속살 안으로 깊숙이 밀려드는 기둥에 지유는 숨이 턱 막혔다. 그래도 만족이 되지 않는 듯 서국이 돌처럼 단단한 둥근 엉덩이에 힘을 주고 두꺼운 근육 덩어리를 더 깊이 쑤셔 넣었다.

"응, 아, 하읏!"

두 팔을 뻗은 그녀가 제 시야를 가린 탄탄한 남자의 몸을 감싸 안았다. 근육이 꿈틀거리는 성난 등을 보드라운 팔로 감싸자 그의 입술에서 낮은 신음이 새어 나왔다.

"……날 그렇게 안으면 내가 더 날뛸 텐데."

"괘, 괜찮아요."

지유가 서국을 꼬옥 안으며 말하자 그의 미간이 일그러졌다.

"내가 괜찮지 않아."

관능적으로 얼굴을 찌푸린 그가 온몸에 단단하게 힘을 줬다.

"망가뜨리면 어쩌려고."

미쳐 날뛸 것 같은 강한 욕망을 죽을힘으로 참아 내며 서국이 지유의 좁은 속살 안으로 느릿하게 왕복했다. 둥근 귀두를 옴찔거리는 입구까지 빼냈다가 다시 뿌리까지 밀어 넣을 때마다 터질 듯 팽창한 근육이 거친 숨결로 오르내렸다.

"하, 응, 아응……."

지유가 아찔한 쾌감에 달짝지근한 숨을 흘렸다. 천천히 흔들리는 그녀의 몸을 서국이 짙은 눈빛으로 응시했다.

지유를 안을 때마다 이성을 마비시킬 만큼 강렬한 욕망이 터져 나왔지만 그녀가 망가지는 것이 더 무서웠다. 그가 단단한 턱에 힘을 주고 최대한 절제했다.

"아아……!"

그를 꽉 물고 있는 속살이 파르르 떨렸다. 거칠게 몰아칠 때도 좋았지만 이렇게 내벽을 긁어 대듯 느릿하게 문지르는 자극이 더 흥분되는 것도 같았다. 안쪽의 수많은 예민한 지점을 굵은 귀두로 찔러 대며 확인하는 통에 지유는 숨이 막혔다.

"으, 응. 서국……씨. 하읏."

지유가 신음을 흘리며 다시 그에게 안겨 왔다. 부드러운 피부와 땀에 젖은 강한 몸이 밀착되자 그의 미간이 찌푸려졌다.

"후, 정지유."

짓눌린 듯한 음성을 내뱉은 서국의 목울대가 크게 꿈틀거렸다. 한 손을 등 아래로 집어넣어 저를 안고 있는 지유의 등을 받쳤다.

"……!"

순간 불쑥 깊이 침입해 들어오는 빳빳함에 지유의 눈이 커졌다.

"앗! 핫! 아읏!"

지유의 몸이 정신없이 빠르게 흔들리기 시작했다. 서국이 지유를 내려다보며 흠뻑 젖어 든 질 속으로 터질 듯 팽창한 페니스를 마구잡이로 찔러 넣었다. 그녀를 내려다보던 서국이 다급하게 터져 나오는 신음을 들으며 고개를 숙여 그녀의 귓불을 핥았다.

"힘듭니까?"

"아직 괜, 찮아, 요, 흐, 앗, 아……!"

깊어……!

자궁까지 들이칠 듯 깊숙이 쑤셔 박히는 힘에 지유의 속눈썹이 가늘게 떨렸다. 서국은 강한 힘으로 멈추지 않고 질 벽을 들쑤셔 댔다. 지유는 완전히 머릿속이 뒤죽박죽이 되는 것처럼 정신없이 흔들렸다. 숨이 턱까지 차오르고 눈앞이 아찔해졌다.

"아아! 서, 서국 씨!"

"후우, 정지유."

제 이름을 부르는 그녀의 입술에 귀를 바짝 가까이 댄 그가 짐승처럼 목을 울렸다. 지유가 이렇게 절정에 임박할수록 제 이름을 소리쳐 부른다는 걸 알았다. 그때마다 귀를 가까이 기울이면 미칠 듯한 쾌감이 짜릿하게 그의 전신을 휘어 감았다.

"아, 안, 돼! 응! 아! 흐앗!"

온몸의 근육을 꿈틀거리며 격정적으로 움직이는 서국의 아래에서 엉망으로 흔들리며 지유가 새된 신음을 터뜨렸다. 점점 더 뜨겁게 달아오르는 그녀의 속살이 흥건하게 젖은 채로 그를 조여 댔다.

"하, 너무 좋아."

목에 핏대를 세운 서국이 근육질 등을 꿈틀거리며 지유를 꽉 안았다. 그대로 무서운 힘으로 좁은 틈새에 빳빳한 근육 덩어리를 쑤셔 넣어 댔다.

"핫! 앗! 아앗!"

한계를 느낀 시트를 꽉 움켜잡은 지유의 팔이 가늘게 떨려 왔다. 그걸 느낀 서국이 그녀의 귓가에 탁하게 잠긴 음성으로 물었다.

"버틸 수 있겠어?"

"아, 안 돼요. 역시 못 버티겠……!"

지유가 빠르게 도리질 쳤다. 온몸이 델 듯 뜨거워져 참을 수가 없었다. 결국 더 버티지 못한 지유의 하얀 허벅지가 떨려 왔다.

"하으읏……!"

절정을 맞이한 그녀의 안에서 미끌미끌한 애액이 터져 나왔다. 흥건해진 내부의 감각에 서국이 신음을 흘리며 거대한 페니스를 둥글게 휘저었다.

"아, 아앗……으응."

오르가슴을 느끼는 동안에도 이리저리 찔리는 자극에 지유가 온몸에 잔뜩 힘을 줬다. 잠시 뒤 그녀가 몸의 힘을 탁, 풀었다.

"하아…… 좋았어요."

혼잣말하듯 중얼거린 지유가 그대로 잠으로 빠져들었다.

"……."

서국은 진정되지 않는 뜨거운 숨을 몰아쉬며 순식간에 잠든 지유를 내려다봤다. 욕망이 채워지지 않은 단단한 몸이 거친 숨결에 따라 관능적으로 오르내리고 있었다.

"후우."

새까맣게 물든 눈으로 그녀를 내려다보던 서국이 길게 숨을 뱉어 냈다.

"아무래도 한참 걸릴 것 같군."

당신이 나에게 적응하기엔.

섹시하게 땀이 맺혀 있는 그의 얼굴에 미소가 떠올랐다. 그녀 옆에 누운 서국이 천진하게 잠이 든 지유를 가만히 응시했다.

2권에서 계속